邊荒傳說

卷14

黃易

異俠大系

新編完整版

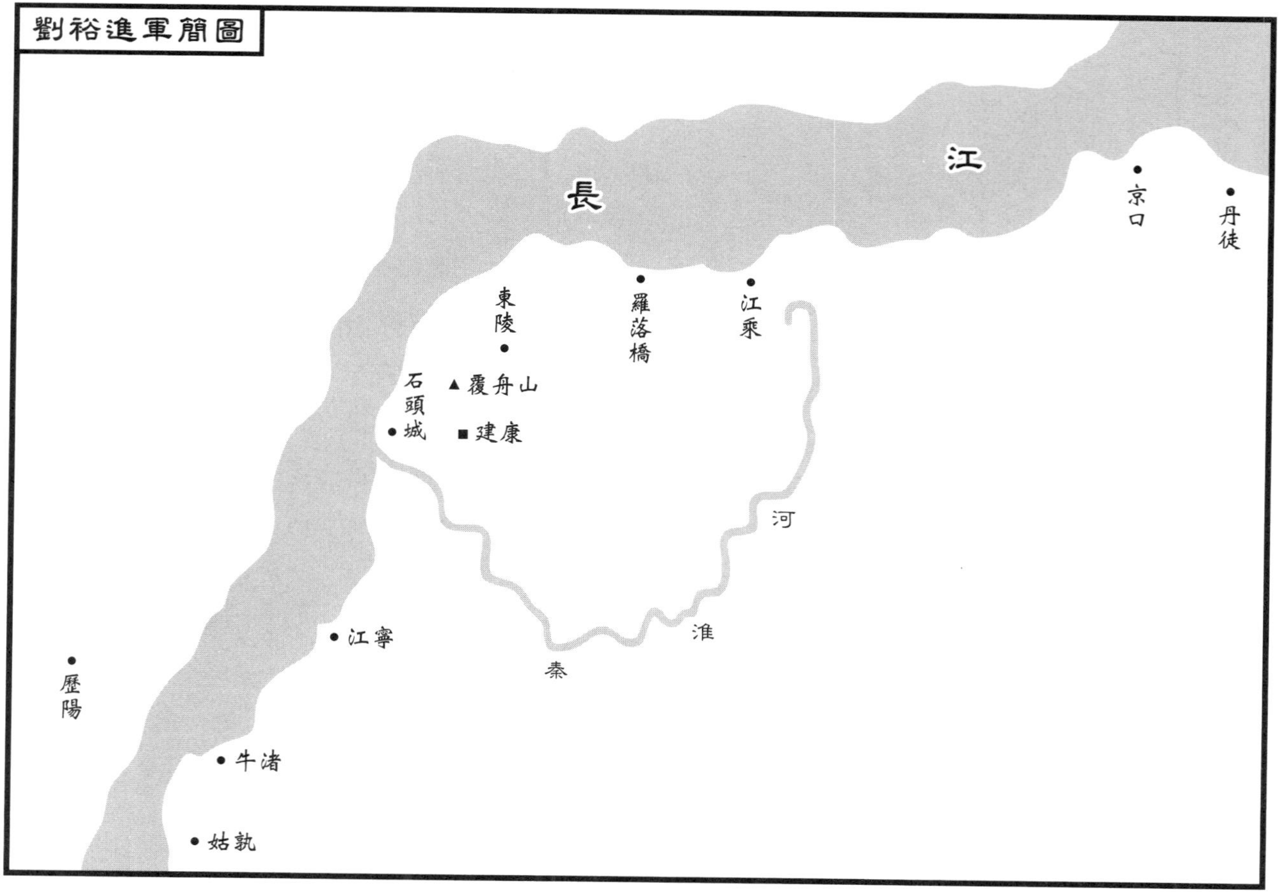
劉裕進軍簡圖
長
江
京口
丹徒
東陵
羅落橋
江乘
石頭城
覆舟山
建康
河
淮
秦
江寧
歷陽
牛渚
姑孰

邊荒傳說

卷14

目錄

第一章　公然決裂

劉裕藉施軍禮的動作，垂下目光，不讓劉牢之看到他眼中的仇恨，同時退往一旁，把主位讓給劉牢之。

劉牢之的神色有點憔悴，顯示他並非對眼前局勢的發展完全放心，甫進書齋，他的目光便狠狠盯著劉裕，臉上卻沒有半點表情。

書齋外傳來衛士布防的聲音，可見劉牢之對自己的安全不敢掉以輕心，正處於高度戒備的狀態下。

劉裕的心裡卻在想，你這奸賊當日伏殺淡眞的爹，當然怕別人也向你使出同樣的手段。

書齋門在劉牢之身後由其近衛關上，似乎立即把這兩個互相憎恨的人，隔離在這獨立的空間內，但誰都曉得這只是一種錯覺。

劉牢之肅立門後，冷哼道：「你爲何回來呢？」

劉裕強壓下心頭怒火，平靜的道：「統領請就上座。」

劉牢之似乎按捺不住情緒想發作，旋又舉步，到主位坐下，喝道：「坐！」

劉裕往一側坐下，舉目朝劉牢之瞧去，劉牢之面無表情地盯著他，道：「先回答我你爲何要回來？」

劉裕露出一個大有深意的笑容，低聲道：「因爲我怕統領一錯再錯，致錯恨難返。」

劉牢之勃然色變，大怒道：「劉裕你算甚麼東西，竟敢來批評我？」

劉裕敢保證在外面的何無忌和一眾北府兵將領，人人對劉牢之說了甚麼都聽得一清二楚，但對自己說的話卻是模糊不清，而這正是他要求的效果。

劉裕提高聲音道：「卑職怎敢批評統領？只因眼前正是我們北府兵危急存亡之時，只要走錯一步，我軍立陷水深火熱之地，不但朝廷傾覆，我們亦會大禍臨身。此刻立即發兵建康是唯一的機會，可以把一面倒的情況扭轉過來。請統領當機立斷，我劉裕願當統領的先鋒將。」

他這番話是說給在外面的何無忌聽的，讓何無忌曉得他全心全意為大局著想，並擺出向劉牢之效忠的姿態，當然，他早先的話已觸怒了劉牢之，其實兩人之間已沒有妥協的餘地。

劉牢之瞪視著他的眼睛殺機大盛，卻似是意識到如任他們之間的對話張揚出去，是有害無利。壓低聲音道：「你剛從海鹽回來，清楚現在建康的情況嗎？」

劉裕昂然道：「今次卑職從海鹽回來，正是要向統領彙報有關建康的最新情況，根據我得來的消息，如我的判斷無誤，明天的建康將再不是司馬氏的建康，而是桓氏的建康。現在我們還有最後的一個機會，請統領立即下令大軍起航，否則機會將永不回頭。」

他雖然沒有吐氣揚聲，但字字含勁，肯定書齋外所有人聽得清楚明白，不會遺漏。

劉裕是蓄意要劉牢之下不了台階，更清楚顯示出劉牢之沒有掌握時勢的能力，假設桓玄確實能於明日一天之內攻陷建康，劉牢之的聲譽將立即崩潰。

劉牢之大怒道：「休要胡言亂語。」

這句話正中劉裕下懷，在有心算無心下，劉牢之正陷身他設計的圈套中。

劉裕的心神出奇地冷靜，清楚自己每字每句的效用。忽又壓低聲音道：「孫爺是怎樣死的？」

劉牢之終於再也忍不住，猛地起立，戟指道：「你這句話是甚麼意思？」

劉裕目注地蓆，沉聲道：「沒有甚麼特別的意思，也不是要把孫爺的血賬算到統領頭上去。只是想提醒統領，能這般害死孫爺的，只有熟悉軍中情況的人才辦得到，且身手高明，精通殺人之道。這個人肯定是統領寵信的人，清楚孫爺的行蹤，更有令孫爺不起戒心的掩飾方法，方能令孫爺如此著了道兒。不用我說出來，統領也該曉得此人是魔門安排在我們軍中的內奸。」

劉牢之呆了一呆，接著臉泛怒容，朝書齋門走去。

劉裕輕喚道：「劉爺！」

劉牢之正準備喝令親衛開門，忽聽到劉裕叫出以前對他的尊稱，愕然止步。

劉裕心中大感快意，直至此刻，劉牢之正被他牽著鼻子走。

從容道：「何穆是否帶來了桓玄在斬殺聶天還的一役中損兵折將、元氣大傷的消息呢？」

劉牢之旋風般轉過身來，雙目厲芒遽盛，目光像兩枝箭般投往劉裕，道：「誰告訴你的？」

劉裕差點想仰天大笑，當然沒有如此放肆，他怕的不是劉牢之，而是怕損害自己在何無忌心中的形象。淡淡道：「我是猜出來的，統領中了桓玄和魔門的奸計哩！」

劉牢之的呼吸急促起來，狂呼道：「一派胡言！」

「砰！」

劉牢之竟就那麼硬把書齋門撞開，憤然去了。

燕飛在隔了一道大街的宅舍之頂探出頭來，俯瞰著何無忌府第的正門，看著劉牢之在親將近衛的簇擁下，怒氣沖沖的來到廣場處，緊跟在他身後的其中一人是何無忌。親衛忙把劉牢之的坐騎牽至。

劉裕和劉牢之說話時，燕飛藏身附近另一座建築物內，憑他一雙靈耳，把兩人之間的對話，不論揚聲說話，又或低聲密語，都盡收耳裡。

聽得劉裕懷疑劉牢之心腹將領裡有魔門的臥底，燕飛也感有理。暗忖橫豎閒著，不如乘機把這個魔門之徒找出來，順手清理掉，一了百了。正如向雨田說的，與魔門的人講道理只是白癡行爲，最佳策略莫如見一個殺一個，見一對殺一雙。

且眼前是唯一的機會。

說到底劉牢之並不是蠢人，口上雖罵劉裕一派胡言，事實上他肯定已把劉裕的警告放在心裡。這類的事一給人點醒，當事者會心裡有數，或至少有個譜兒，如果劉牢之立即找他心中懷疑的人來問話，便最爲理想。

所以燕飛立即趕到此處來，進行他的計畫。

劉牢之一臉陰沉的走到戰馬旁，忽然止步，道：「無忌！」

何無忌走到他身後道：「在！劉爺有甚麼吩咐？」

劉牢之轉過身來，狠狠盯著何無忌，道：「我一向對你如何？你來告訴我吧！」

何無忌垂首道：「劉爺對我好得沒話說。」

周圍過百兵將人人肅然站立，呼吸卻沉重起來，偌大的廣場，只有兩人說話的聲音和戰馬的嘶鳴，氣氛壓人。

劉牢之動氣道：「不要劉爺前劉爺後，我是你的親舅。」

對面高處暗黑裡的燕飛心中感慨，他終於明白劉裕的報復手段，就是在兵不血刃下，教劉牢之眾叛親離，失去他最渴望的權力和聲譽。

何無忌抬起頭來，雙目射出堅定的神色，道：「我認同劉裕的看法，如果我們再不行動，明天的建康將是桓玄的建康，而我們則剩等著被桓玄強行解散或收編的命運。」

劉牢之悶哼道：「假設明天桓玄仍攻不下建康又如何呢？」

何無忌壓低聲音道：「劉裕就像玄帥般，從來沒有錯估過敵人，他也是唯一打敗過荊州軍的人。現在他屏棄前嫌，肯爲舅父賣命，這眞的是我們最後的機會，錯過了便永遠錯過，舅父你仍不明白嗎？」

劉牢之雙目厲芒遽盛，一字一句的緩緩道：「你是完全站在他那一方了。」

何無忌決然道：「我只是爲大局著想。」

劉牢之沉聲道：「你給我告訴劉裕，明天正午前，他必須離開廣陵，滾回海鹽去，否則莫怪我無情。」

說畢踏鐙上馬，眾兵將連忙跟隨，紛紛翻上馬背，只剩下何無忌一人站著。

劉牢之在馬上俯視何無忌，冷然道：「若你仍想不通的話，明天便隨劉裕一起滾，就當我劉牢之沒有你這個外甥。」

接著似要發洩心頭怒火的叱喝一聲，催馬朝敞開的大門衝去，眾兵將追隨其後，消失大街中。

劉裕看著何無忌進入書齋，默然無語。

何無忌在他身旁頹然坐倒，呼出一口氣道：「走了！」

見劉裕沒有反應，何無忌沉聲續道：「他要我告訴你，假設明天正午前你仍留在廣陵，他會不客氣的。」

劉裕往他瞧去，道：「你是不是很沮喪呢？」

何無忌嘆道：「自琰帥的死訊傳來，孫爺又忽然死得不明不白，我便生出絕望的感覺。這種感覺很折磨人，令你感到不論做任何事，都是沒有意義的。」

劉裕道：「你是否感到很疲倦？」

何無忌苦笑道：「那是來自心底的勞累，令我只希望避往百里無人的荒野，不想見到任何人，再不理人世發生的事。」

劉裕點頭道：「我明白你的感覺，因我曾處於比你眼前情況惡劣百倍的處境，至少在你身上仍未發生教你悔疚終生的事。」

何無忌一呆道：「在你身上發生過這種事嗎？」

劉裕道：「當那種事發生後，你不會想向任何人提起。現在的你比我幸運多了，擺在你眼前是個選擇的問題。想想你的嬌妻愛兒吧！你便明白現時此刻的決定是多麼重要。你舅父曾背叛過桓玄，改投司馬道子，以桓玄的心胸狹窄，定不忘此恨，當桓玄奪得建康後，第一個要收拾的人就是你舅父，而你是你舅父最親近的將領，桓玄亦絕不會放過。你舅父已是無可救藥，所以你必須作出決定，作出令你永不感後悔的明智決定。」

何無忌的呼吸急促起來，又有點不解的道：「我早向你表明心意，爲何你還要說這番話？」

劉裕沒有直接回答他，只是平靜的說下去道：「人的心是很奇怪的東西，全在你以甚麼角度去看事物。我當然明白你的心情，但若換一個角度去看，你對你舅父已是盡了情義，無奈他忠言逆耳，你沒必要作他的陪葬品，若株連妻兒，則更悲慘。告訴我，你是否失去了鬥志和信心？」

何無忌頹然道：「我有沒有鬥志和信心並不重要，最重要是你劉裕行便成，我則依附驥尾。」

劉裕搖頭道：「這是不成的，坦白告訴你，我有十足的把握可以擊敗桓玄，但其中一個條件，就是要你回復本色，全力助我。想想玄帥吧！他是怎樣栽培你的呢？你現在這副樣子，不會令他大失所望嗎？仗未打已想著解甲歸田，這場仗還何能言勝？玄帥竟培養出全無鬥志理想的北府兵將嗎？我們爲的不單是北府兵的榮辱，更爲南方百姓著想，這就是我們北府兵的使命，要延續安公和玄帥的安民政策。其他的一切再不重要，包括你舅父在內。」

何無忌眼神逐漸凝聚，又懷疑的道：「你眞有擊敗桓玄的把握？」

劉裕微笑道：「還要解甲歸田嗎？」

何無忌羞慚的道：「當我沒說過這句話好了。唉！眼前劉爺要把我們逐離廣陵一事，又如何應付呢？」

劉裕心忖我正是要逼劉牢之做出這樣的蠢事，怎會沒辦法應付？淡淡道：「他老人家既有此意，我們便依他的意思又如何？」

何無忌愕然瞧著他。

劉裕從容道：「北府兵的兩大根據地，一是廣陵，另一處爲京口。廣陵沒有我容身之所，我們便到京口去。」

京口離廣陵只有半天船程，在長江下游南岸，與廣陵互相呼應，仍屬劉牢之的勢力範圍。

何無忌臉色微變道：「這和留在廣陵有甚麼分別？」

劉裕道：「當然大有分別。我們要在一夜之內，讓廣陵所有的北府兵將清楚知道，我將到京口去。願追隨我劉裕的，可到京口向我投誠，要效忠你舅父的，便留在廣陵，就是如此。」

何無忌臉上血色褪盡，道：「如風聲傳入舅父耳中，恐怕我們見不到明天的太陽。」

劉裕胸有成竹的道：「所以你必須回復鬥志，下一個永不追悔的決定，如此才能與我並肩作戰，放手大幹一場，明白嗎？」

何無忌臉上多點血色，急促的喘了幾口氣，道：「我們這是要和舅父對著幹了。」

劉裕微笑道：「只要我們準備充足，你舅父是不敢妄動干戈的，因爲他負擔不起，想想這是甚麼時勢？」

何無忌皺眉道：「可是京口由舅父另一心腹大將劉襲把持，絕不會歡迎我們。」

劉襲也是劉牢之的同鄉，乃北府猛將，武技一般，但才智過人，被劉牢之倚爲臂助。

劉裕道：「那就要看我們到京口去的時機。」

何無忌對劉裕生出深不可測的感覺，劉裕這些聽來只是衝口而出的話，都是經深思熟慮的。

劉裕知道何無忌猜不著他的手段，微笑道：「當桓玄大破建康軍的消息傳至廣陵和京口，最佳的時機將會出現。」

何無忌苦惱的道：「那我們豈非要苦候時機的來臨？」

劉裕問道：「消息要隔多久才傳至這裡？」

何無忌道：「經飛鴿傳書送來消息，三個時辰便成。」

劉裕沉吟道：「如此正午前後將可以收到消息，與劉牢之驅逐我們的時間配合得天衣無縫，就像老天爺蓄意安排似的。」

何無忌道：「你憑甚麼作這樣的猜測？」

劉裕道：「桓玄大破司馬尚之後，往建康之路暢通無阻，桓玄最怕的事是你舅父忽然變卦，惟恐夜長夢多，所以絕不會拖延時間，如此桓玄最快將可在今夜抵達建康。在戒嚴令解除前攻打建康還有個好處，就是可把對平民的騷擾減至最低。桓玄並不是來搞破壞，而是想做皇帝，最理想莫如建康的民眾醒來後，方驚覺桓氏已取代了司馬氏。」

說到這裡，不由想起司馬元顯，若他接到屠奉三的警告，說不定能避過殺身之禍，逃往廣陵來，那他也算對司馬元顯盡了情義。

何無忌現出心悅誠服的神情，點頭道：「明白了！」

劉裕道：「我們和劉爺的對抗搞得愈轟動愈好。最重要是把水師的將領爭取過來，這樣我們更有打動劉襲的本錢。當誰都看出劉爺大勢已去，他的統領之位便名存實亡。」

何無忌道：「劉爺若感到形勢的發展不利於他，很可能盡起親將近衛，放手一搏。」

劉裕道：「我們把計畫稍微改變一下如何？你和詠之最清楚廣陵的情況，先連結心向著我的將領，到我們站穩陣腳，才通知其他將領。」

何無忌點頭道：「這是比較穩當的做法，我和詠之懂得拿捏分寸的。」

劉裕道：「你的府第便是我們的臨時指揮中心，你該知會令堂一聲，讓她清楚情況。到明天正午，我們便率隊到京口去。」

何無忌領命去了。

第二章　危機之夜

燕飛伏在統領府附近一所大宅主堂的瓦脊上，靜候近半個時辰，仍沒法潛進統領府去。

統領府燈火通明，人影幢幢，明崗暗哨，警備森嚴，尤過當日滎陽城慕容垂的行宮，其時大雪漫漫，現在卻是皓月當空，令潛進去的難度大增，即使以燕飛之能，也感無計可施。

自劉牢之回府後，便不住有人進進出出，可見劉牢之正出盡全力維繫軍心，以對抗劉裕的分化。他召來各大小將領訓示說話，令燕飛的如意算盤再打不響，因沒法弄清楚劉牢之心中懷疑的魔門內奸是何人。

但燕飛仍全神監視著統領府的動靜，如劉牢之忽然大舉出動，便可以先一步通知劉裕，讓他能早作打算。

今夜是危機四伏的一夜，只要劉牢之把心一橫，將出現血洗廣陵的場面，姑不論劉裕生死，由謝玄一手創立的北府兵將告四分五裂。

此時一隊人馬馳出統領府，領頭者高頎瘦削，雙目閃閃生光，頓時吸引了燕飛的注意。

燕飛之所以特別留心此人，不但因為他的警覺性比其他人高，更因他舉目掃視街上和附近樓房的情況時，雙目隱泛異芒，令燕飛生出似曾見過的感覺。

當他記起曾在譙奉先的眼中發現過同樣的芒光時，燕飛心中大喜，暗忖得來全不費工夫，哪敢猶豫，忙跟蹤去了。

何無忌府內不住傳來大批兵衛走動布防的聲音，顯示何無忌手下兵將正進駐府內，劉裕仍安靜的坐在書齋內，似乎外面發生的事與他沒有半點關係。

劉裕的內心感到出奇的平靜，一種從未有過的平靜。等待最折磨人，但他苦待復仇的時候終於過去了，現在他正在復仇之路向前邁進，與劉牢之更是短兵相接，正面交鋒。

這是一場奇特的決戰，比拚的是軍心所向和兩人的號召力。

關鍵處在於桓玄能否於明天攻陷建康。

想想都覺荒謬，自己本身的成敗，竟繫於頭號敵人桓玄的勝利上。

北府兵內，不論上下，均知劉牢之是採取隔山觀虎鬥，坐享漁人之利的策略。但假如劉牢之預計落空，建康軍根本不堪一擊，劉牢之便成作繭自縛，他在北府兵內的聲譽將徹底崩坍。

在這樣的情況下，他劉裕將成北府兵將的唯一選擇，只有他才可挽狂瀾於既倒，追隨劉牢之的人只會成爲劉牢之的陪葬品。

自己的預測會落空嗎？

劉裕心中苦笑。

他是不得不行險一博，因爲他負擔不起任何延誤。只有趁桓玄陣腳未穩之際，領導北府軍全力反撲，方有擊敗桓玄的機會。

如讓桓玄穩霸建康，封鎖上游，再派大軍來攻打廣陵和京口，那他劉裕將只餘待宰的分兒。

想到這裡，魏詠之來了，隨行的還有劉裕相熟的將領彭中。

彭中令劉裕想起王淡眞，當年他送王淡眞到廣陵去，便在半途上與他率領的一支巡軍相遇。那時彭中仍只是個校尉，現在看服飾便知他晉升爲副將，比魏詠之只低一級。

三人見面，均有恍如隔世的感覺。

坐好後，魏詠之豎起拇指道：「劉帥你眞有本事，竟能壓著劉毅那狂妄自大的小子，從他手上奪得海鹽的兵權，改寫了與天師軍的戰果。我們剛在興致勃勃談論你戰功當兒，忽然你又在廣陵出現，還收伏了老何，教他爲你賣命。現在誰還敢不相信你的『一箭沉隱龍，正是火石天降時』的讖言。哈！我們各兄弟均以追隨你爲榮，沒有人比我魏詠之更清楚你做了其他人沒可能辦到的事。」

劉裕道：「不要誇我了，我只是有點運道吧！」

彭中曾是他的青樓夥伴，說起話來沒有顧忌，笑道：「不是一點運道，而是鴻運當頭，將來你飛黃騰達，最要緊不忘我們這班手足，定要來個論功行賞。」

魏詠之聞言大笑。

劉裕頓感輕鬆起來，向彭中笑道：「你這小子升了職，人也風趣起來。」

魏詠之道：「不要小覷小彭，他在與天師軍之戰中當水師的先鋒船隊，大破天師軍的賊船隊，故能連升兩級。他奶奶的，今時不同往日，小彭已是水師中最有實力的猛將之一。」

劉裕一雙眼睛立即亮起來，道：「水師？」

魏詠之道：「這正是何大人特別要我帶小彭來見你的原因，廣陵水師分十二隊，小彭正是其中一隊的指揮將，手上有十二艘戰船，現在全體投歸你老哥的旗下，任憑差遣。」

劉裕的目光移往彭中。

彭中興奮的道：「告訴你都不相信，我已和手下們商量過，大家一句異議也沒有，以後我們便跟著你了。」

劉裕心中大喜，手上忽然多了十二艘戰船，局面立時截然不同。自己今次策動的「兵變」，開始有成績了。

三人商量妥行事和配合上的細節後，劉裕向魏詠之問道：「孔老大情況如何？」

魏詠之現出尊敬的神色，道：「我已以飛鴿傳書知會孔老大，請他老人家回來。說起孔老大，眞不得不叫一句好漢子。」

彭中道：「全賴孔老大把胡彬在京口的家小送往壽陽，胡彬才能放手助你們，但孔老大也因此觸怒劉牢之，不得不到鹽城避禍。」

劉裕這才曉得發生了這麼多事。孔靖對他劉裕的支持貫徹始終，不離不棄，的確是難能可貴，令他深切感激。

魏詠之道：「今夜是廣陵最不平凡的一夜，形勢的發展，我們實在無從控制和阻止。消息從不同的渠道傳播開去，現在軍中兄弟全曉得你老哥回來領導我們。我敢說一句，即使是劉牢之身旁的親兵近將，心向著你的亦大有人在。他奶奶的，如到現在有誰仍未看清楚劉牢之只是個背信棄義的小人，便應一死以謝天下。」

彭中憤然道：「劉牢之任玄帥之弟飲恨沙場，傷盡兄弟們的心，他娘的，誰願陪劉牢之這種人去死呢？」

魏詠之興奮的道：「只要我們北府兄弟上下一心，又有你劉帥領導，桓玄怎可能是我們的對手？

比起苻堅，桓玄差遠了。」

劉裕心中一陣感慨，更感激謝玄，沒有他的造就，自己怎可能有今天？謝玄對北府兵的影響力是無與倫比的，正因北府兵內人人視他劉裕爲謝玄的繼承人，當劉牢之令所有人失望之時，他劉裕便可兵不血刃的取而代之。

魏詠之和彭中的看法，代表的是軍中其他兄弟心中的想法。

此時又有其他將領來見，魏詠之和彭中欣然離開，分頭行事去了。

燕飛踰牆而入，避過巡衛，抵達內院，那目標人物剛進入一座建築物內。燕飛忙潛至近處，運功竊聽。

一個陰柔的聲音不疾不徐的問道：「劉牢之爲何忽然召見高將軍呢？」

只聽他說話的語調，燕飛便感到此君屬自負兼有智謀之輩。同時曉得自己跟蹤的人是北府兵著名將領高素。

高素沉聲道：「劉裕回來了！」

那人愕然道：「劉裕不是在江南與徐道覆交戰嗎？」

高素嘆道：「劉裕此子行事總能出人意表，他今次回來這招的確是詐謀奇計，立即威脅到劉牢之，令他統領之位岌岌可危。聽劉牢之語氣，何無忌已投向劉裕。應先生可有對策？」

應先生沉吟片刻，道：「先發制人，劉牢之爲何不動手？」

高素道：「現在形勢混亂，劉牢之手下的將領均認爲欠缺動手的藉口，話是如此說，但劉牢之是聰明人，該知沒有人願意隨他與劉裕動干戈。論現時在軍中的威望，劉牢之實比不上劉裕。」

應先生道：「此事眞教人頭痛，若我們的人不是被派了出去辦事，便可集中全力，一舉擊殺劉裕，一了百了，勝過殺幾個北府兵的主將。」

燕飛聽得心中懍然，曉得魔門正配合桓玄進攻建康的行動，同時展開刺殺北府兵將領的計畫，好令北府兵驟失幾個關鍵性的將領，致陣腳大亂，無力應付桓玄。

不過他縱然知道對方的陰謀，亦無法補救改變，因根本不知道對方要刺殺的目標。

高素嘆道：「儘管我們人手充足，恐怕仍難辦到，因爲劉裕有燕飛隨行。」

應先生失聲道：「甚麼？」

燕飛從應先生的反應，感受到魔門對自己的深刻懼意。

高素道：「劉牢之已向劉裕下了最後通牒，要他明天正午前離開廣陵，滾返海鹽去。不過看劉裕擺出的姿態，是要和劉牢之對著幹。唉！眞沒想過，形勢會這般急轉直下，應先生可有對策？」

這是高素第二次向應先生問計，可知高素已亂了方寸。

應先生沉默下來。

高素道：「還有另一件教人煩惱的事，劉牢之已懷疑孫無終的死與我有關，不過比對起劉裕的事，算是無關痛癢。」

應先生忽然道：「我們立即走！」

高素失聲道：「甚麼？」

應先生道：「形勢非常不妙，劉牢之肯定是從劉裕那裡得到消息，方會對你生出懷疑……」

燕飛再沒有聽下去的興趣，心中叫了一聲「太遲了」，從潛伏處撲出來，破窗入屋，接著電光爆閃，兩聲慘叫後，燕飛又穿窗離開，聞聲趕至的府衛連他的影子也沒看到。

推開艙門，小白雁的飲泣聲傳入耳內，高彥頓感肝腸欲斷。

小白雁伏在床上，把臉埋入枕頭裡，顯然是不想被人聽到她的哭聲，不過只看她整個人不住抽搐，便知她哭得很厲害。

高彥輕輕關上房門，自己也忍不住淚盈於睫，走到床沿坐下，勉強忍住心中的悲痛，探手按著她肩頭，俯身湊到她耳旁道：「雅兒！雅兒！不要哭哩！早晚我會割下桓玄的一雙卵蛋，來給你送酒。」

尹清雅抖動一下，沙啞著聲音嗔道：「我不要他的臭卵蛋。噢！你這死壞蛋，引人說粗話。」

高彥道：「我們夜窩族的人都知道，人在失意時，最要緊多說幾句粗話來壯壯氣勢，這更是醫治悲傷的靈丹妙藥。我要是能割下桓玄的卵蛋，才不會拿他的卵蛋送酒。便如我說要操桓玄的十八代祖宗，難道眞的會這樣幹嗎？那根本是沒有可能的，何況我只對雅兒一個人有興趣。」

尹清雅倏地坐起來，猶帶淚珠的俏臉現出哭笑難分的表情，哭得紅腫的秀眸，狠狠盯著高彥，大嗔道：「臭高彥！死高彥！人家傷心得要死了，你還來和人家說這種臭話，乘機調戲人家。」

高彥舉袖爲她抹拭臉蛋的淚漬，心痛的道：「千錯萬錯，都是我錯。雅兒要打要罵，悉隨姑奶奶你的心意，最重要是不要再哭，哭壞了身體，只會讓桓玄那奸賊一個人高興。你師父是怎樣教你的，不是絕不可滅了他的威風嗎？」

尹清雅默然不語，任由高彥爲她拭淚。

赤龍舟在風平浪靜的鄱陽湖滑行著，明月高掛天上，和平寧靜。

高彥見尹清雅平復下來，心中暗喜，道：「老卓那小子親自下廚，弄了幾道拿手小菜要讓雅兒品嚐，現在他和程公、姚小子都在艙廳恭候你大小姐大駕。唉！雅兒很多天沒好好吃過東西了！看！人都瘦了！」

尹清雅白他一眼，幽幽道：「你不也瘦了嗎？人家沒吃東西的心情，你也陪人家不吃。你這死混蛋。」

高彥擠出點笑容道：「只要想起你沒吃過東西，我便食難下嚥。」

尹清雅垂下螓首，好一會兒後輕喚道：「高彥！」

高彥欣然道：「小人在！」

尹清雅終於忍俊不住，「噗哧」一聲笑起來，然後又惱又嗔的道：「你這死小子、臭小子，人家傷心時，偏要來逗人家笑，弄得人家不知多麼難堪。」

高彥道：「令雅兒快樂，是我高小子一輩子最偉大的成就，其他的事都不放在我眼裡。我可以向你保證，終有一天可打得桓玄卵蛋不保。桓玄怎可能是燕飛和劉裕的對手？他只餘等待卵蛋被打掉的一天。」

尹清雅再控制不住失控了的笑意，既喜且嗔的道：「你這壞傢伙，又逗人笑了。」

高彥探手摸上她仍有點濕漉漉的臉蛋兒，讚嘆道：「雅兒的臉蛋眞滑。」

尹清雅任他放肆，還道：「我還以爲你轉了性兒，連續十多天都沒再對人家動手動腳，豈知仍是死性不改。」

高彥的手移往她後頸，觸手處的肌膚嬌柔細嫩，頓時魂爲之銷，正要把她摟過來親個嘴兒，尹清雅皺眉道：「你想幹甚麼？」

高彥慌忙縮手，尷尬的道：「沒甚麼？只是想和雅兒親嘴！嘿！既然雅兒認爲時機尚未成熟，便留待日後再進行吧！」

尹清雅立即霞燒玉頰，狠狠盯他一眼，又「噗哧」笑道：「時機尚未成熟？唉！你這壞小子。不過給你這麼胡搞一通，雅兒再不想哭哩！嘻！操桓玄的十八代祖宗，我現在才明白這句粗話是多麼無聊。不過你說得有點道理，我傷心只會便宜了桓玄。」

接著白他一眼道：「這些天來辛苦你哩！由早到晚都忙著建立新的情報網，又要來逗人家歡笑，我卻一點也幫不上忙。更要感謝程公，全賴他改組我幫，方能令幫中的兄弟保持狀態和鬥志。」

高彥道：「正在艙廳等候你的夜宴，亦是送別賭仙的宴會。老卓和小姚會留下來，但程公必須趕返壽陽去，設法聯絡劉裕，看大家如何配合。來吧！勿讓他們久等了。」

尹清雅忽然垂下頭去，連耳根都紅透了，神情可愛誘人至極。

高彥訝道：「雅兒想到甚麼呢？」

尹清雅以微細的聲音輕喚道：「高彥！」

高彥不解道：「雅兒有甚麼心事？」

尹清雅仍沒有抬頭望他，嗔道：「蠢蛋！」

高彥抓頭道：「我應該知道的嗎？爲何罵我蠢蛋呢？」

尹清雅由小嗔變大嗔，仍不肯朝他瞧去，道：「死小子、臭小子！」

高彥終於醒悟過來，喜不自勝道：「時機成熟了嗎？」

尹清雅嬌軀輕顫的道：「沒用的傢伙！」

高彥忘掉了一切，湊過去吻上她濕潤柔軟的香唇。

在這一刻，他深切體會到作爲這世上最快樂的男人的滋味。

第三章　噬心之恨

當第一道曙光出現在建康之東，建康城的控制權已落入桓玄的手裡。

在黎明前的一個時辰，桓玄一方的三百多艘戰船，浩浩蕩蕩地進入建康的大江水域，依計畫於各戰略據點登陸。

司馬元顯憑手上的萬多建康軍，本非無一戰之力，可是負責守衛石頭城的心腹大將王愉，在其堂弟王緒的慫恿下，背叛了司馬元顯，令司馬元顯無法進行倚城而戰的大計，頓時陣腳大亂。

司馬元顯駭得魂飛魄散，慌忙率軍退往宮城，希望憑宮城的重重防護、儲糧的充足，死守宮城。

豈知譙奉先早領一支千人軍隊，在王愉的掩護下潛伏石頭城內，首尾夾攻司馬元顯，邊追邊喊「放下武器」，軍心渙散的建康軍登時四散潰逃，司馬元顯在離宮門數丈外慘被譙奉先活捉。

宮城的守將見大勢已去，開門投降，司馬道子慌忙逃遁。

此時桓玄在譙縱、桓偉一眾大將的前呼後擁下，踏著被敗軍棄下的各式武器所布滿的御道，策馬大搖大擺的朝宮城推進，開路的是五百精銳的親兵，後面跟著的是另一支千人隊伍，好不威風。

高踞馬上的桓玄遙望著宏偉宮城的外大門宣陽門，志得意滿的嘆道：「司馬道子呵！你有想過敗得這麼快、這麼慘嗎？要怪便怪你失盡人心，沒有人肯爲你賣命。」

身旁的譙縱雙目亦射出興奮的神色，諂媚的道：「南郡公天命在身，豈是氣數已盡的司馬氏所能抗衡？眼前建康軍不堪一擊的情況，正顯示人心全向南郡公。只要南郡公登位後，施行新政，一洗司馬氏頹廢腐敗的風氣，必能得到天下群眾的支持，讓桓家皇業，千秋萬世的傳下去。」

桓玄仰天大笑。

多年來的夢想，就在眼前實現，建康軍的不戰而潰，不但代表他擁有南方最強大的軍隊，更代表人心的歸向。

在南方，誰能比他更有取司馬氏而代之的資格？

開路部隊忽然散往兩旁，列陣肅立，原來已抵宣陽門外。

桓玄目光投往城牆，飄揚著的已盡是他桓氏的旗幟。

一隊人押著雙手反縛身後的司馬元顯，從城門走出來，領頭的正是換了一身將服的譙奉先。

桓玄呵呵笑道：「元顯公子別來無恙？」

司馬元顯被押至桓玄馬前，兩旁的戰士同時伸腳踢在他後膝處，司馬元顯慘嚎一聲，「噗」的跪在桓玄馬前。只見他滿身血污，一副披頭散髮、狼狽不堪的樣子，便知他吃盡苦頭，令人難以聯想他以前威風八面的模樣。

司馬元顯雙唇顫震，臉上沒有半點血色，但雙目仍射出堅定不屈的神色。

桓玄像看著最能令他開懷大笑的景況，欣然道：「你爹沒帶你一道抱頭鼠竄嗎？」

司馬元顯咬著嘴唇，目光射往地面，不肯答他。

旁邊譙奉先獰笑一聲，移到司馬元顯左後側，一把抓著他的頭髮，扯得他仰起臉龐，向著馬上的桓玄。

在桓玄身旁的譙縱一副貓哭耗子假慈悲的神態，憐惜的道：「南郡公心胸廣闊，若元顯公子能多說幾句好話，說不定南郡公不但不計較元顯公子過去的胡作妄爲，還會賞你一官半職，元顯公子要把握機會呵！」

司馬元顯現出不屑神色，嘴裡發出「呸」的一聲。

桓玄右手揚起，手上馬鞭閃電般往司馬元顯抽下去，「啪」的一聲，司馬元顯右臉頰清楚出現血痕，口鼻同時滲出鮮血，接著半邊臉腫了起來。

司馬元顯狂呼道：「劉裕會爲我報仇的！」

四周登時嘲弄聲響起。

桓玄訝道：「劉裕？哈！劉裕！爲何替你報仇的不是你老爹？你對他這麼沒有信心嗎？」

司馬元顯外貌雖不似人形，但雙目卻噴出火燄般的仇恨。

譙縱淡淡道：「這叫忠言逆耳，亦是你們司馬氏覆滅的原因。」

桓玄笑道：「劉裕算甚麼東西？他在江南已是自顧不暇，無法脫身，只要我斷他糧草，再和天師軍來個前後夾擊，他還可以有多少風光日子呢？公子你把心願錯託在他身上了。」

司馬元顯緊抿著嘴，雙目神色堅定，顯是對劉裕信心十足，絲毫不爲桓玄的話所動搖。

桓玄忽然露出一個高深莫測的笑容，柔聲道：「沒有你老爹在旁照拂，元顯公子是不是很不習慣呢？」

司馬元顯現出不解的神色。

桓玄忍不住心中得意之情，啞然笑道：「讓我帶公子去見你老爹最後一面，肯定公子做鬼後仍會對我非常感激。」

司馬元顯雙目射出既疑惑又驚懼的神情，尙未有機會想清楚桓玄話中含意，已被兵衛架往一旁。

大笑聲中，桓玄領頭馳進宣陽門去。

劉裕進入書齋，正盤膝默坐的燕飛睜開眼睛。

劉裕把門關上，到燕飛身旁坐下，問道：「肚子餓嗎？要不要吃點東西？」

燕飛搖頭表示不餓，道：「現在是甚麼時候？爲何外面這麼靜呢？但我卻感覺到外面有很多人。」

劉裕神采飛揚的道：「尙有小半個時辰便到午時，我們會於午時一刻離開這裡，然後到碼頭登船赴京口去。外面的確有很多人，自今早日出後北府兵的兄弟便在府門外聚集，人愈來愈多，無忌打開了府門，讓弟兄們進來，不過一個廣場不夠，府外的大街也擠滿了人。」

燕飛精神大振道：「看來你成功了，劉牢之有甚麼反應？」

劉裕現出鄙夷的表情，哂道：「他可以有甚麼反應？昨夜他想調動軍隊，卻沒有人依他的命令，最支持他的高素又被你幹掉了，令他更是無計可施。連他的親兵團離心者亦大有人在，今回他是徹底的完蛋。」

燕飛皺眉道：「爲何你不出去和你的北府兵兄弟說話？好激勵他們？」

劉裕搖頭道：「還未到時候。」

燕飛訝道：「你在等待甚麼呢？」

劉裕微笑道：「我在等候建康陷落的消息。」

此時何無忌門也不敲的推門闖進來，緊張的道：「劉爺來了！他要見你！」

劉裕從容道：「把他請進來。」

何無忌掉頭便去，又給劉裕喚回來，吩咐他道：「無忌你接著立即到碼頭去等我，我和劉爺說幾句話便來會你。」

何無忌現出猶豫神色，欲言又止。

劉裕微笑道：「放心去吧！我說過的話，是不會不算數的。」

何無忌苦澀的嘆了一口氣，這才去了。

燕飛不解道：「在這樣的情況下，劉牢之來找你有甚麼作用？」

劉裕長長呼出一口心頭的悶氣，徐徐道：「自淡眞死後，我一直在等待此刻，就是劉牢之四面楚歌、走投無路的一刻，你道我知不知道他爲何事來此呢？建康失陷了！」

此時足音漸近，燕飛明白劉裕的心情，在此事上他也很難說甚麼話，拍了拍劉裕肩頭，迅速從窗門離開。

劉牢之跨檻步入書齋，昨夜頤指氣使的氣燄已不翼而飛，容顏蒼白憔悴。

書齋門在他身後掩上。

劉裕雙目不眨地直視劉牢之，臉上沒半點表情。

劉牢之沉重地呼吸著，迎上劉裕的目光，書齋內的氣氛立即變得像一根拉緊的弓弦。

劉裕沒有起身迎迓，更沒有如往常般敬禮，淡淡道：「統領請坐。」

劉牢之並沒有因劉裕無禮冷淡的神態勃然大怒，默默在他對面坐下，苦笑道：「我錯了！」

劉裕心中一陣快意，若不是劉牢之計窮力竭，四處逢絕，怎肯說出這句話來。

劉牢之見他沒有反應，只好說下去道：「剛收到建康來的飛鴿傳書，荊州軍在黎明前登陸建康，石頭城的將兵竟不戰而降，令建康軍陣腳大亂，士兵四散逃走，不戰而潰，司馬元顯還被桓玄生擒活捉，司馬道子匆忙逃離建康，不知所蹤。唉！眞想不到建康軍竟如此不堪一擊，我很後悔沒聽小裕的話。」

直至聽得司馬元顯被活捉的消息，劉裕的眼神方有變化，但一雙眼仍是牢牢地盯著對方，令劉牢之感到渾身不自在。

劉牢之嘆道：「現在桓玄甫佔京師，陣腳未穩，如我們立即舉事，反撲桓玄，說不定能把他一舉擊垮，小裕認爲行得通嗎？」

劉裕硬壓下聞得司馬元顯悲慘下場而來的情緒，平靜的道：「我眞的不明白統領，你手握的是南方最精銳的雄師，卻對桓玄望風而降，坐看京師落入桓玄手上。到現在桓玄剛剛得志，倚天下最強大的城池，威震四方，朝野人心皆已歸之，你才要去討伐桓玄，這算甚麼道理呢？」

劉牢之沒有半點火氣的苦笑道：「我錯在低估了魔門的力量，沒有聽小裕你的忠告。唉！昨夜魔門進行刺殺，高素、劉襲、竺謙之、竺郎之和劉秀武均已喪命，眞想不到情況會發展至如此田地。」

接著雙目射出熾熱的神色，道：「小裕……」

劉裕舉手截斷他的話，目光投往上方的屋樑，雙目射出沉痛的神色，緩緩道：「我曾戀上一個好女子。」

劉牢之爲之愕然，不明白於此時刻，劉裕爲何忽然扯到與眼前之事完全不相關的話題去。

劉裕續道：「紅顏命薄，爲了家族，她不得不投入她最憎恨和討厭的人的懷抱裡，犧牲自己。最恨是她的犧牲只是白白的犧牲，因爲她爹被一個無義之徒以卑鄙的手法害死了。最後她只好服毒自盡。」

說罷目光回到劉牢之身上，雙目精光濾盛，語調卻出奇地平靜，沉聲道：「統領曉得這個可憐的女子是誰嗎？」

劉牢之曉得不妙，但卻是無從猜測，只好茫然搖頭。

劉裕吐出長壓心頭的一口怒氣，冷然道：「她就是王恭之女王淡真，現在統領該清楚我劉裕的心意了。」

接著拂袖而起，頭也不回地離開書齋。

劉牢之像失去了一切希望般呆坐著，臉上再沒有半絲血色。

外面忽然爆起震天撼地喊叫小劉爺的聲音，廣陵城也似被搖動著。

屠奉三和宋悲風在建康東北燕雀湖旁一座小亭碰頭，相視苦笑。

宋悲風嘆道：「建康軍窩囊至此，的確教人難以相信。」

屠奉三道：「有劉帥的消息嗎？」

宋悲風搖頭道：「建康對外交通斷絕，到午後桓玄才重開大江。究竟問題出在甚麼地方呢？據傳司馬元顯已成階下之囚，桓玄又大肆搜捕司馬道子的心腹臣將，弄得烏衣巷的世族人心惶惶，不知何時大禍臨身。」

屠奉三道：「問題出在我們低估了魔門，經長期的部署，他們有一套完整攻陷建康的計畫，只看守石頭城的王愉忽然向桓玄投降，便知王愉這人很有問題，若非本身是魔門之徒，便是被魔門收買了，所以臨陣倒戈，令司馬元顯的部隊立即崩潰，否則桓玄豈能如此輕取建康。」

又道：「至於烏衣豪門的驚懼肯定是不必要的。在魔門的輔助下，桓玄會施懷柔之政，以籠絡人心。我剛才在碼頭看到大批糧船源源不絕地從上游駛來，照我猜桓玄會開倉濟民，穩定人心後，再向北府兵開刀。」

宋悲風眉頭深鎖的道：「若桓玄能令上下歸心，我們單憑武力，實不足以硬撼桓玄。」

屠奉三冷笑道：「假設桓玄只是魔門的傀儡，像那個白癡皇帝般，我幾敢肯定我們將沒有機會。幸好桓玄絕不是願意任人擺布的人。所謂共患難易，共富貴難，桓玄和魔門之間肯定會出問題。例如我們設法讓桓玄曉得譙縱、譙奉先和李淑莊等均是魔門之徒，我才不相信疑心重的桓玄不起戒心？相信我，桓玄很快會露出他猙獰的真面目。以他的性子，忍不了多少天的，特別在沒有人能控制他的情況下。」

宋悲風聽得心情輕鬆了點。

屠奉三道：「見過大小姐了嗎？」

宋悲風道：「她和孫小姐應在返回建康的途中，所以我須多留幾天。」

屠奉三色變道：「不妙！」

宋悲風駭然道：「甚麼事這般嚴重？」

屠奉三道：「桓玄對謝鍾秀一直有狼子之心，垂涎她的美色，又可作爲對謝玄的報復，如她在現時的形勢下返回建康，沒有人能保得住她。」

宋悲風登時亂了方寸，道：「桓玄不敢這麼膽大妄爲吧？」

屠奉三道：「很難說！桓玄若想得到某個東西，是會不擇手段的，如果我是你，會設法截著她們，不論如何都不讓她們回建康。」

宋悲風心急如焚的道：「我立即去！」

屠奉三一把扯著他，道：「我會在建康多待十天，順道刺探敵情，你回來時聯絡我。」

宋悲風點頭答應，逕自去了。

屠奉三長長呼出一口氣，心緒波盪不休，難以平復。

他太明白桓玄了，一向自恃家世，目中無人，以往在荊州能稱王稱霸，皆因桓氏在荊州根源深厚，故無人敢與他爭鋒。

這種自小養成只顧自己，不顧他人感受的性格，是沒法改變的。當再沒有任何力量約束他時，只會變本加厲。很快建康的高門便會清楚他是如何可怕和可恨的一個人。登上九五之尊的位子後，他只會是個無人不恨的暴君。

如果沒有挑戰者，他的暴政可賴強大的武力來維持。

不過他卻有一個最強勁的挑戰者，那個人就是劉裕。

劉裕與桓玄是截然不同、有若天壤之別的兩個人。

劉裕的布衣出身，本是他爭權的最大障礙，令建康的高門難以信任他。可是當累世顯貴、出身著名世家的桓玄令所有人失望之際，劉裕反令人覺得他可爲建康帶來清新的氣象。

對群眾而言，即使沒有甚麼「一箭沉隱龍」，劉裕布衣的身分，對他們已具莫大的吸引力。

屠奉三有十足信心劉裕能從劉牢之手上奪取兵權，當劉裕全面反擊桓玄，桓玄將嘗到今天輕易得到勝利的苦果。

正因得來太易，以桓玄的性情，不但不會懂得珍惜，還會自以為不可一世，餘子均不足道。

他和桓玄之間的恩怨，也快到解決的時候了。

在這一刻，屠奉三清楚義無反顧選擇了劉裕，是他這輩子最行險但又最正確的一著。

就在此時，衣袂破風聲在他後方響起來。

第四章　走投無路

太陽剛剛下山，天色轉暗。

慌不擇路下，好不容易穿過一片叢林，來到一處奇怪的地方，在及膝的野草原上，放滿一堆堆的石頭，怕超過百堆之多。

司馬道子愕然道：「這是甚麼地方？」

在前方領路的陳公公停下來道：「這是個亂葬崗，附近的村民沒有錢買棺木，死了的人便就這麼挖個坑穴埋葬，堆些石頭作記認算了。」

司馬道子大感不是滋味，不想再問下去。

當外宮城守將開門向敵人投降，他便曉得大勢已去，匆忙下來不及收拾財物，就那麼逃出建康，希望能逃往無錫，與駐守該城的司馬休之會合，再借助劉裕的北府兵，反擊桓玄。

離開建康時，追隨的親兵近二百人，豈知不住有人開溜，到坐騎力竭倒斃，司馬道子方駭然驚覺只剩下他和陳公公兩個人。踏著亂葬崗的枯枝敗葉，那種失落的感覺，是他作夢也未想過的。

他不想聽亂葬崗的由來，陳公公卻不識趣的說下去，道：「附近有幾個村落，人丁最旺的是陳家村，謝安在世時，陳家村非常興旺，丁口有過千之眾。淝水之戰後，富家豪強四出強搶『生口』，擄回家中充當奴婢，加上朝廷為成立『樂屬』，強徵大批農村壯丁和佃客入伍，弄至田產荒廢，餓死者眾。陳家村現已變成荒村，餘下的村人都逃往別處去了。」

司馬道子大感不妥當，道：「公公！在這種時候爲何還要說這些話呢？」

陳公公沒有回頭，嘆道：「王爺問起此地，我只是如實奉告，沒有甚麼特別的意思，王爺不用多心。」

他的語氣有種來自心底的冷漠意味，再經他帶點陰陽怪氣的語調道出來，分外使人有不寒而慄的驚怵感。

司馬道子不安的感覺更濃烈了，沉聲道：「公公爲何對這地方如此熟悉？」

陳公公淡淡道：「王爺想知道嗎？隨我來吧！」

說罷領頭朝前方的密林走去。

司馬道子猶豫了一下，方猛一咬牙，追在陳公公背後。

此時天已全黑，抵達密林邊，疑無路處竟有一條鋪滿腐葉的林路，植物腐朽的氣味充滿鼻腔。再向右轉後，眼前豁然開闊，竟是一個破落的村莊，數百個被野蔓荒草征服侵佔的破爛房子，分布在一道小河的兩岸，彷如鬼域。

司馬道子厲喝道：「公公！」

陳公公在村莊的主道上站定，冷然道：「王爺有甚麼吩咐？」

司馬道子「鏘」的一聲拔出忘言劍，臉上血色褪盡，厲呼道：「爲何要背叛我？」

陳公公緩緩轉過身來，面向著他，木無表情地看著，目光先落到他手上的寶劍，再移到他臉上去，不帶半分感情平靜的道：「王爺也懂得問爲甚麼嗎？那我便要請問王爺，爲甚麼謝安、謝玄爲你們司馬氏立下天大功勞，卻要被逼離開建康？爲何祖逖、庾亮、庾翼、殷浩、桓溫先後北伐，都因你們司馬氏的阻撓致功敗垂成？你如果能提供一個滿意的答案給我，我便告訴你爲甚麼我會出賣你。」

破風聲在四面八方響起。

司馬道子不是不想逃走，只恨陳公公的氣勁正牢牢緊鎖著他，令他無法脫身。

忽然間，他陷身重圍之內，兩旁的道路屋頂上，均是幢幢人影。

下一刻數十枝火把熊熊燃燒，照得荒村明如白晝，更令他失去了夜色掩護的安全感。

一把熟悉的聲音在他身後響起道：「瑯琊王別來無恙！」

司馬道子感到陳公公收回鎖緊著他的氣勁，慌忙轉身。

桓玄在十多個高手簇擁下，正施施然朝他走過去。

司馬道子一陣顫慄，臉色說有多難看便有多難看。

桓玄在他前方三丈許處立定，其他人散立在他身後。

桓玄一副志得意滿的神情，笑容滿面的笑道：「瑯琊王害怕了嗎？」

桓玄身後一人微笑道：「本人巴蜀譙縱，特來向王爺請安問好。」

司馬道子劍指桓玄，厲喝道：「桓玄！」

桓玄好整以暇的欣然道：「瑯琊王稍安毋躁，先讓我們好好敘舊，暢敘離情。我這人最念舊情。哈！坦白說！我桓玄之所以有今天的成就，眞的要好好多謝你，若不是得你老哥排斥忠義，窮奢極侈，官賞濫雜，刑獄謬亂，令民不聊生，局勢大壞，弄至朝政腐敗不堪，我豈能如此輕取建康……」

司馬道子大喝道：「閉嘴！」

桓玄毫不動氣，笑道：「瑯琊王竟懷疑我的誠意，事實上我字字發自眞心，沒說半句假話。來人！讓元顯公子和他爹父子相見。」

司馬道子聽得渾身劇震之時，司馬元顯從人堆背後被押到桓玄身旁來。

司馬元顯雙手被反綁在身後，披頭散髮，軍服破損，滿臉血污，一臉羞慚的垂著頭。

司馬道子顫聲道：「顯兒！」

押解司馬元顯的其中一人伸手扯著司馬元顯的頭髮，硬逼他抬頭望向司馬道子，喝道：「見到你爹還不問好？」

司馬元顯上下兩片嘴唇抖顫了半晌，艱難地吐出一聲「爹」。

百多人包圍著這對落難父子，當場同時發出嘲弄的哄笑聲。

桓玄細審司馬元顯的神情，微笑道：「看！我桓玄不是說得出做得到嗎？說過帶你來找你爹，現在你老爹不是活生生在你眼前嗎？公子心願得償，黃泉路上好應感激我。放開他！」

司馬道子狂喝道：「不！」

正要搶前拚命救子，後方勁氣襲體。

司馬道子終究是九品高手榜上的第二號人物，反手一劍劈去。

「鏘！」

桓玄的斷玉寒離鞘而出，就在司馬道子與陳公公劍掌交擊的一刻，刃光閃過，司馬元顯的頭顱離開了脖子，屍身側傾倒地。

桓玄斷玉寒回鞘，司馬元顯死不瞑目的頭顱才掉在地上，鮮血噴灑滾動了近丈，濺出一道令人驚心動魄的血路。

陳公公一擊便退，只是要阻止司馬道子出手。

司馬道子臉色蒼白如死人，呆盯著兒子身首分離的遺體，雙目射出悲痛絕望的神色。

桓玄像做了件微不足道的小事般聳肩道：「我對元顯公子已是格外開恩，讓他死得痛痛快快。不過我對琅琊王會更尊重一些，保證你可以有個公平決鬥的機會。這可是琅琊王最後一個殺我的機會，琅琊王要好好掌握。」

司馬道子深吸一口氣，雙目燃燒著仇恨的火燄，似在這一刻回復了信心和鬥志，冷笑道：「公平？哼！這就是你這賊子所謂的公平嗎？」

桓玄笑道：「世上豈有絕對的公平？琅琊王該比任何人更明白此中道理！退後！」

譙縱等人忙往後移，另一邊的陳公公也後撤數丈。

司馬道子雙目射出堅定的神色，不眨眼地狠盯著桓玄，顯是生出拚死之心。

桓玄心中暗喜，他今回的種種施爲，無非是要激起司馬道子拚死之心，令他心存僥倖，希望可以一命換一命。即使司馬道子處於巔峰狀態，他桓玄也有把握把對方玩弄於股掌之上，何況現在司馬道子身疲力竭，末路窮途。最理想莫如生擒司馬道子，那他便可以要司馬道子受盡屈辱，求生不得，求死不能。

「鏗！」

斷玉寒出鞘，遙指司馬道子。

一個令桓玄無從揣測的笑容，在司馬道子的臉上逐漸顯現。

桓玄感到不妙時，司馬道子搖頭嘆道：「你桓玄有甚麼斤兩，可以瞞過我？不長進就是不長進，事實會證明我對你的看法沒有錯。」

桓玄大喝一聲，斷玉寒化作寒芒，橫過三丈的距離，直取司馬道子。

司馬道子一聲狂喝，手中忘言劍沒攻向敵人，卻往自己脖子抹去。

在刎頸自盡前的一剎那，他想起了乾歸，更想到桓玄只能得到他屍身的心情。

桓玄倏地止步，一臉失望神色瞧著司馬道子在他身前頹然倒下去。

除火把燒得「劈啪」作響外，荒村鴉雀無聲。

當人人以爲桓玄會割下司馬道子的人頭時，桓玄卻緩緩還刀入鞘，仰望夜空道：「下一個是劉牢之，接著便是劉裕了。」

屠奉三靜坐不動，彷似不知有人接近。

香風襲來，一身夜行勁服盡顯她動人體態的美女在他對面坐下，竟然是久違了的任青媞。

屠奉三朝她瞧去，心中一震，不是因她懾人的美麗，而是因感到再不能掌握她的深淺。這個感覺令他不敢貿然出手，偏偏她又是屠奉三最想殺的人之一。

任青媞看破他心意似的淒然一笑，像因見著他而勾起重重心事，生出無限的感觸。她的魅力變得更誘人，不但肉體的每一寸地方都充盈著活力和生機，最引人的是那雙美眸像隔了一層雨霧般的朦朧，教人沒法一下子看個通透，卻更是引人入勝，亦更具攝魄勾魂的異力。

屠奉三冷冷的看著她，沒有說話。對侯亮生的死，他一直感到痛心和惋惜，所以特別照顧蒯恩。

屠奉三很少對人動感情，與侯亮生交往的日子雖短，但他卻很欣賞侯亮生的節操、才智和學養，令他視其爲肝膽相照的知己，也因而對害死侯亮生的任青媞，生出切齒的仇恨。

任青媞雙目蒙上淒涼的神色，輕柔的道：「劉裕呢？」

屠奉三悶哼道：「任后認爲我們仍可以互相信任嗎？」

任青媞從容道：「成大事者豈能拘於小節？這道理屠當家該比任何人更清楚。若我要向桓玄出賣你們，保證你們死得很慘，看在這點分上，屠當家仍不肯回答我這麼簡單的問題嗎？」

屠奉三心中懍然，曉得了任青媞爲何能找上他。破綻在宋悲風身上，由於宋悲風曾往烏衣巷謝家去，故被伺伏在那裡的任青媞掌握行藏，追蹤到這裡來，現身相見。

他的感覺沒有錯，任青媞確實是功力大進，故能瞞過已提高警覺的宋悲風。

任青媞又問道：「劉裕是不是正身在建康？」

屠奉三暗嘆一口氣，道：「他不在這裡。」

任青媞美目深注的看著他，輕輕道：「我清楚屠當家心中對我不能釋然的恨意，可是屠當家最大的仇人應是桓玄而非我任青媞，對嗎？」

屠奉三壓下心中的情緒，皺眉道：「縱使如此，但我們之間還有合作的可能性嗎？」

任青媞苦笑道：「我本不想解釋侯亮生的事，可是見到屠當家現在對我的態度，忍不住要向你道出實情，我實在無害死侯亮生之意。」

屠奉三冷笑道：「眞是笑話，那晚如非我出手，侯先生早命喪任后手上。」

任青媞道：「那晚我確實想行刺侯亮生，好報復桓玄，卻被你阻止。當我再次去見桓玄，以爲侯亮生定會向桓玄報上此事，故向桓玄解釋在離開江陵途上，遇上一個懷疑是你屠奉三的人，並跟蹤你直抵侯府，還和你動過手。豈知……豈知侯亮生竟向桓玄隱瞞此事，致令多疑的桓玄懷疑侯亮生是你安置在他陣營內的奸細，遂派人去抓他來問話，侯亮生竟又先一步服毒自盡，事情就是如此，我實無害死侯亮生之心。」

屠奉三默默聽著，臉上不露表情。

任青媞再問道：「劉裕究竟是否正身在建康？」

屠奉三嘆道：「我眞不明白你，爲何要苦苦追問劉裕的下落？找到他對你又有甚麼好處？」

任青媞淡淡道：「道理很簡單，因爲我憎恨桓玄。」

屠奉三愕然以對。

任青媞幽幽道：「我清楚劉裕的爲人，他絕不會就這樣耽誤在海鹽，坐看桓玄覆滅司馬氏王朝，毀掉謝玄一手創立的北府兵團。」

屠奉三沉聲道：「你既然這麼了解劉裕的行事作風，便該猜到他到哪裡去了。」

任青媞雙眸精光閃過，道：「他在廣陵，對嗎？」

屠奉三沒有直接回答，皺眉道：「我仍不明白你想找劉裕的原因。」

任青媞淡淡道：「因爲我怕他在不清楚眞正的形勢下，會輸掉這場與桓玄的決戰。」

屠奉三細看她好半晌，道：「任后似乎認爲自己清楚一些我們不知道的事。」

任青媞回敬他銳利的眼神，柔聲道：「你們不知道的事多著哩！我敢說即使劉裕能把北府兵控制在手上，若依目前的情況發展下去，你們仍是輸多贏少的局面。」

屠奉三忽然問道：「你對桓玄的仇恨有多深？」

任青媞微笑道：「屠當家誤會了，我與桓玄其實說不上有甚麼深仇大恨，但我卻是徹底的憎惡他。喜歡一個人或討厭一個人，都是沒有甚麼道理可說的。」

屠奉三道：「這是你要幫助我們的主因嗎？」

任青媞道：「可以這麼說，但這只是部分的原因。首先，我和桓玄再沒有合作的可能。唉！坦白點說吧！聶天還已死，投向劉裕變成了我唯一的選擇，何況我現在最感激的人正是劉裕，你該明白我爲何感激他。」

屠奉三點頭表示明白。

任青媞最大的仇人是孫恩，劉裕現在把天師軍打得七零八落，令任青媞心中的恨意得到宣洩。

屠奉三道：「你最該感激的人不是劉裕，而是燕飛，因爲孫恩已命喪燕飛之手。」

任青媞劇顫道：「甚麼？」

屠奉三遂把翁州之戰依燕飛的說法道出來，他並非原諒了任青媞，而是以大局爲重，希望從任青媞那裡多得到點有關桓玄的情報。

任青媞是個極不簡單的女人，只看她想出殺侯亮生以打擊桓玄的計策，便知她把別人的強項弱點掌握得非常精準。她既說出劉裕處於下風，必然有所根據，令屠奉三不敢掉以輕心。

對屠奉三來說，殺死桓玄乃頭等要事，其他一切均可以置諸一旁。

任青媞聽得熱淚泉湧，心情激動。

屠奉三待她平復下來後，道：「任后可否告訴本人，關於桓玄還有甚麼事是我們不曉得的呢？」

任青媞默然半刻，然後緩緩道：「如果你們不能在攻打建康前，殺死李淑莊，此戰必敗無疑。」

屠奉三頓然呆了起來，愕然瞧著她。

第五章 成敗關鍵

百多艘戰船，浩浩蕩蕩的順流而下，朝京口駛去。目的地在望。

站在指揮台上的劉裕，極目遠眺，訝道：「爲何碼頭處如此燈火輝煌？」

站在他身旁的除燕飛外，尙有何無忌、魏詠之、彭中和數名北府兵的將領，他們都無法解開劉裕的疑問。

燕飛的眼力最好，道：「我看是火把的光芒，且是數以千計的火把光，方有如此威勢。」

劉裕道：「劉襲死了，京口現在該由誰來主事呢？」

何無忌答道：「劉襲的副手是檀憑之，劉襲遇刺身亡，京口當由他主事。」

燕飛一震道：「我果然沒有看錯，碼頭處擠滿了人。」

此時離京口碼頭已不到一里，人人清楚看到碼頭處高舉著數以千計的火把，映得臨江處一片火紅，數也數不清的人聚集在那裡，造成萬頭攢動的奇景。

忽然喊叫聲轟天響起，叫的都是「小劉爺」又或「劉裕萬歲」，只要不是聾的，都知道他們在歡迎劉裕駕到。

劉裕頓感渾身熱血沸騰，同時曉得自己成功了，北府兵已毫無疑問的落入他手中，只要他一道命令，北府兵的男兒便會爲他拋頭顱灑熱血，沒有人會有絲毫猶豫。

劉裕振臂狂呼道：「兄弟們！劉裕來哩！」

碼頭處正迎接他的數以萬計軍民，爆起另一陣更熱烈的歡呼聲，把風聲和江水拍岸的聲音全掩蓋過去。

以屠奉三的才智，聽得這句話，也要自愧弗如，難以置信的道：「李淑莊有這麼重要嗎？」

任青媞白他嬌媚的一眼，道：「只聽你說這句話，便知道我不是瞎擔心。我敢說一句李淑莊是繼謝安之後，建康最有影響力的人，她不但能把桓玄捧上帝座，還可發動整個建康高門去支持桓玄。今次桓玄之所以能輕易攻陷建康，不但因她提供了最精確的情報，更因她令王愉背叛司馬元顯，把石頭城拱手送予桓玄。只從此點，已可知李淑莊能起的作用是多麼有決定性。」

屠奉三有點無話可說，任青媞這妖女的確厲害，每一句話都深深地打動他，因爲她現正供應最珍貴的情報，使他頗有如夢初醒的古怪感覺。

對！

建康的政治是高門大族政治，若誰想管治建康，不管願不願意，必須先爭取他們的支持。誰是最能控制高門大族的人呢？當然是供給他們最需要東西的人，那個人就是李淑莊。

從這個角度去看，李淑莊實爲桓玄能否鞏固治權的關鍵人物。

屠奉三心中同時充滿疑惑。

任青媞爲何要幫助他們，這樣做對她有甚麼好處？任青媞說甚麼憎恨桓玄、感激劉裕的那一套，他是絕對不相信的。換過一般人或許因這樣的原因而作出選擇，可是因著任青媞獨特的出身和心態，他了解她不會是感情用事的那種人。

她有甚麼目的呢？

任青媞以她那充滿誘惑性低沉而悅耳的聲音輕柔的道：「建康的高門名士是無可救藥的，對丹藥的追求更是沉溺難返，難以自拔。現在建康盛行服食五石散，這個風氣正是由李淑莊一手創造，不但因她供應的五石散功效神奇，更因服食她的五石散後遺症較少，故令她成爲建康最受歡迎的人，也令她成爲建康最富有的人。加上她八面玲瓏、擅長交際，深明高門名士的心態喜好，又被推崇爲清談女王。她也成了建康高門那種醉生夢死生活方式的象徵，她的取向，直接影響著名士們對桓玄的態度。對高門的人來說，皇帝可以換，但李淑莊卻是無可取代的。」

屠奉三道：「供應五石散的該不止她一家，她只不過是最大的供應商吧！沒有了她，有暴利可圖的五石散仍會繼續賣下去。」

任青媞微笑道：「所以我說你不明白她的手段。李淑莊賣的五石散是與眾不同的，她在建康有個很大的煉製五石散的丹鼎房，每次開爐煉藥，均由她親自配方，下面的人只負責炮煉，把從各地運來的上等材料，煉成令建康高門如癡如狂的五石散。譙縱正是她五石散材料最大的供應者。」

稍頓續道：「如果這樣說你仍未明白她的厲害處，我可以再告訴你她另一高明的手段。人對藥物的反應是有變化的，服多了某種藥，會生出抗藥性，感覺變得麻木，藥效當然大打折扣。五石散亦然。可是李淑莊卻有十二種配製五石散的丹方，故每次都煉出不同功效的五石散，那種新鮮的感覺，是建康高門無法抗拒的。因著這種特殊的關係，誰敢開罪李淑莊呢？」

屠奉三動容道：「竟有此事？眞教人難以相信。」

接著雙目精光閃閃地盯著她道：「李淑莊懂得十二種不同煉製五石散的丹方一事，該屬極端的秘密，你怎會曉得呢？」

任青媞雙目現出淒迷之色，令她更有一種近乎邪異的魅力，幽幽的道：「因爲這丹術之法，李淑莊是從家兄處學得的。」

屠奉三又呆了起來，因爲實在想不到。

任遙竟曾和李淑莊相好過？

任青媞回復先前的神態，淡淡道：「現在你該明白爲何李淑莊這麼有影響力。想想吧！當你們攻打建康之時，建康高門全體支持桓玄，加上建康物資無缺，縱然你們兵力比桓玄更強大，亦等若投身虎口，有敗無勝。何況你們的兵力根本比不上桓玄，且沒法支持一場長期的攻防戰。」

屠奉三苦笑道：「可是正如你所說的，李淑莊代表著建康高門的荒唐夢，若殺她的事算到我們的劉爺身上去，劉爺豈非成了建康高門的公敵？」

任青媞從容道：「李淑莊說服建康高門支持桓玄的辦法，正是就劉爺布衣出身作文章，指出劉爺永遠不會明白建康的高門，不會諒解他們。由於階級間的水火不容，劉裕只會是個破壞者。這個論據命中大部分高門的要害，令他們盲目支持桓玄。」

屠奉三道：「你仍未回答我剛才的問題。」

任青媞「噗哧」嬌笑，變得像一朵盛放鮮花般耀人眼目，抿嘴欣然道：「山人自有妙計。」

屠奉三暗呼不妙，她於此時此刻賣關子，絕不是好兆頭，顯示她肯拔刀相助，不是免費而是有條件的。

嘆一口氣道：「任后有何所求呢？」

任青媞柔聲道：「假如我真能助你們布局殺死李淑莊，事後又沒有人懷疑到劉爺身上去，我要劉爺納奴家做小妾。」

屠奉三失聲道：「甚麼？」

任青媞神態悠然自得，一副不愁你不接受的模樣，平靜的道：「我知道劉爺一向顧忌我的出身背景，怕我玷污了他的名聲。所以我不求任何公開的名分，只要他親口對我說一句話，我這秘密小妾便會全心全意的愛他，為他做任何事。除了你、他和我外，我永不會公開這個秘密，別人問起時，我絕不會承認與劉爺的真正關係。」

屠奉三也不由打心裡佩服她，可知此事她是經過深思熟慮，且顧及到劉裕的為難處。假設劉裕亦認為李淑莊是打敗桓玄最大的障礙，又不可以請出如燕飛般的高手去刺殺她，唯一選擇便是乖乖的接受她的條件。

任青媞漫不經意、順口一提的道：「煩你告訴劉爺，青媞仍為他保持著處子完整之軀，只要他說一句話，青媞會向他獻上女兒家最珍貴的東西。」

屠奉三頭痛起來，岔開問道：「若李淑莊身死，她的丹法不就絕傳了嗎？建康高門豈非會因此發瘋？」

任青媞道：「你提出了一個我很欣賞的問題。建康高門肯定因此沒法快樂起來，不過放心，他們的怨氣會發洩在桓玄身上，這是個氣氛的問題。」

接著忍不住的嬌笑道：「我還有個好提議，由我去接管淮月樓，繼續煉丹賣藥，以安定人心。李淑莊算甚麼東西？家兄的『黃金三十六方』只傳了她十二方，我則知曉所有的丹方，保證可做得比她更有聲有色。論清談嘛！她更不能與我這個帝王之後相比。」

以屠奉三的鎮定功夫，也感頭皮發麻。

他和劉裕都低估了任青媞，她於此時提出這個「交易」，頓然扭轉了她自任遙橫死後所處的劣勢。

她計畫的周詳和完美無瑕，令「受害者」也要拍案叫絕，最妙是劉裕對她並非沒有情意，如論媚惑男人之道，天下間恐怕沒多少女人能是她的對手。令劉裕更難拒絕的是她不要任何名分，可是當她爲劉裕誕下麟兒，劉裕可以不認自己的親子嗎？如此她曹氏的血緣，便可進入劉裕的可能繼承者內。

另一方面她則取李淑莊而代之，成爲新一代的「清談女王」，成爲建康最有影響力的人之一，那時劉裕只會更在乎她，而不敢辣手摧花，把她除掉。

屠奉三苦笑道：「這種事，我很難爲劉爺作主。」

任青媞輕鬆的聳肩道：「這個當然，當我見到劉爺，得他答應後，會立即把對付李淑莊的妙計全盤奉上，保證他滿意。」

屠奉三權衡輕重後，無奈的道：「好吧！我立刻和你趕去見劉爺，不過我要先弄清楚他是不是仍在廣陵。」

任青媞雙目射出熾熱的神色，屠奉三眞的沒法搞清楚她究竟是因計謀生效，說服了自己，還是因即將見到劉裕而芳心狂喜。

宋悲風抵達謝家，立知不妙，只見人人面露興奮神色，便知謝道韞回來了，果然梁定都一見他便道：「大小姐和孫小姐回來了！」

宋悲風一顆心直沉下去，想著屠奉三的警告，整個人虛虛蕩蕩的，無有著落之處。

梁定都壓低聲音道：「大小姐知道大叔在建康，吩咐如果你來，立即請大叔去見她。」

宋悲風記起上兩回到謝府，都被謝混冷言冷語一番，大小姐當是回來後得知這方面的情況，才如此吩咐下面的人。

問道：「孫少爺呢？」

梁定都領先而行，答道：「孫少爺黃昏時匆匆回來，沐浴更衣又匆匆離開。現在京師人心惶惶，街上到處都是荊州兵，我看孫少爺是去找人商量，看看如何應付朝廷的劇變。」

宋悲風默然無語，隨梁定都到達忘官軒外，梁定都在大門處停下來，道：「大小姐要單獨見大叔。」

宋悲風拍拍他肩頭，自行入軒，暗忖若在軒內的人是謝安，那就好了。

安坐蓆上的謝道韞外貌又清減了幾分，但精神看來不錯，見宋悲風入軒，欣然道：「大叔到我這邊來坐。」

宋悲風依她指示在她對面的蓆子坐下，問安後道：「大小姐何時回來的？」

謝道韞勉強擠出點笑容，道：「回來不到兩個時辰，正要設法去找大叔，大叔便來了，真想不到可以這麼快見到大叔。」

宋悲風沉聲道：「桓玄沒有留難嗎？」

謝道韞道：「不但沒有留難，把關的將領曉得我們是誰後，不知多麼恭敬有禮，說桓玄特別吩咐下來，絕不可對謝家的人無禮。」

宋悲風暗吃一驚，只能希望是屠奉三猜錯，桓玄不是因對謝鍾秀有狼子之心，而是因爲要籠絡建康的世族，方如此蓄意示好。

謝道韞訝道：「大叔有甚麼心事？」

宋悲風猶豫片刻，終忍不住道：「我在擔心桓玄對孫小姐有野心。」

謝道韞苦笑道：「坦白說，我也正在擔心。桓玄一向仇視和妒忌小玄，現在小人得志，權傾朝野，縱能收斂一時，但以桓玄的本性，在沒有任何約束力下，很快會露出他猙獰的眞面目。他既可以用最卑鄙的方法得到淡眞，也可以不擇手段的逼鍾秀從他。不過現在局勢未穩，他該仍沒有那麼大的膽子。」

宋悲風斷然道：「我們立即走！」

謝道韞淒然道：「遲了！早在離建康二十里處被荊州兵的水師船截著，我便知遲了，誰想得到建康這麼快陷落？我們是由兩艘戰船護送回來的，接著一批數百人的荊州兵進駐烏衣巷，秦淮河更多了快艇巡邏。建康已在桓玄嚴密的控制下，我們是寸步難行。」

宋悲風想到燕飛，如有他出手相助，儘管桓玄高手盡出，燕飛仍有本領送謝鍾秀到廣陵去。

謝道韞的聲音傳入他耳中道：「走得了和尚走不了廟，我們謝氏親族有數百人在這裡，我們怎可棄之不顧呢？第一個遭殃的人，肯定是小混。」

宋悲風頓感好夢成空，求燕飛出手一事再不是解決的辦法。

謝道韞嘆道：「他們是怎樣死的？」

宋悲風心中一顫，感覺到現實的殘酷。謝琰和兩個兒子的死亡，當然不是直接由他們引致，可是在以大局為重下，他們一方確實沒有向謝琰施援手，謝琰不肯接受是一回事，但他們整個反擊天師軍的行動中，也的確沒有包括設法保謝琰一條命。

他很希望能告訴謝道韞他們已盡了力，卻沒法向謝道韞說出與事實違背的話。

宋悲風頹然道：「事情快得出乎所有人意料之外，我們剛在海鹽站穩陣腳，二少爺竟主動領兵迎擊攻打會稽的天師軍，因此中伏身亡。唉！二少爺若肯聽部下的話，就不用死得這麼慘。」

謝道韞兩眼紅起來，垂下頭去。

宋悲風硬按下心頭悲痛，道：「大小姐節哀順變，現在謝家的重擔子，已落在大小姐肩頭上。」

謝道韞輕拭淚珠，抬起頭來，平靜的道：「桓玄已取得絕對的優勢，你有甚麼打算？」

宋悲風完全徹底地感到劉裕秘密潛返廣陵這一步是走對了，如果劉裕此時仍偏處海鹽，他就如謝道韞說這番話時的神態般，完全不看好劉裕。

宋悲風壓低聲音道：「劉裕已返廣陵去與劉牢之攤牌，策動兵變，把權力從劉牢之手上奪過來。所以桓玄仍未算坐穩了皇位，還得問過劉裕才行。」

謝道韞驚喜的道：「竟有此事？小玄真的沒有看錯劉裕。」

又皺眉道：「我對小裕的軍事才能沒有絲毫懷疑，最怕的是他不懂建康的政治，反之桓玄則是這方面的能手。」

宋悲風明白她的意思，目前建康乃天下防禦能力最強大的城市組群，如建康的高門全站在桓玄的一方，任北府兵軍力如何強大，亦難以攻陷建康。

只看桓玄如此輕易攻陷建康，便知他一早得到建康高門的支持。

宋悲風道：「我要立即趕往廣陵，找劉裕想辦法，看可否爲孫小姐盡點力。」

謝道韞欲言又止，最後道：「大叔路途千萬小心。」

宋悲風答應後去了。

第六章　帝皇夢醒

桓玄率領荊州軍攻陷建康後第三天，傀儡皇帝司馬德宗在桓玄的指示下召開早朝，罷黜了一批於司馬道子當權時得勢的貪官，拔擢了建康高門包括王弘和謝混在內的多個年輕俊彥，除復用隆安年號，其他均一切如舊。又開倉賑濟百姓，令朝政有清新之象。

更使人安心的是譙縱和譙奉先均沒有被任用為朝臣，前者被封為益州公，後者為巴蜀侯，令建康的高門鬆了一口氣，不用擔心被外來的世族動搖他們家族的地位。

至於劉牢之，桓玄處理的手法擺明是有針對性的，硬朗多了。先貶劉牢之為會稽太守，會稽此時仍在天師軍的控制下，桓玄此著背後的含意，可謂司馬昭之心，路人皆見。又派桓弘率軍到廣陵去向劉牢之宣讀聖旨，同時接收北府兵兵權。

桓玄再以親族和旗下大將出鎮建康附近各重要城池，完成了部署，守穩了陣腳。

桓玄則封自己為都督中外諸軍事、丞相、錄尚書事、揚州牧，領徐、荊、江三州刺史，假黃鉞，獨攬大權於一身。

在建康一役中為他立下大功的王愉和王緒，得到的卻是沒有實權的高位，還被發落到偏遠之地，當個閒官。

當桓玄忙著接見和安撫各大家族的領袖時，譙奉先滿臉陰霾的來到皇宮內苑見譙縱，道：「情況不妙！」

譙縱正閉目打坐，聞言睜開眼睛皺眉道：「如何不妙？」

譙奉先在他身旁坐下，沉聲道：「剛收到消息，劉裕到了京口。」

譙縱愕然道：「他怎可能分身呢？」

譙奉先道：「這表示天師軍已不足爲患，建康還有個傳言，說孫恩不敵燕飛，在決鬥中身亡。若傳言屬實，天師軍便等於完蛋了，這結局只是遲早的問題。」

譙縱點頭道：「看來天師軍是處於劣勢，可是臥榻之側豈容他人酣睡？劉牢之肯坐看劉裕在京口分化他的人嗎？」

譙奉先嘆道：「這恰是最令我憂心的地方，在北府兵軍權的爭奪戰中，劉牢之已敗下陣來。我得來的情報支離破碎，大概的情況是劉裕忽然潛返廣陵，策動兵變，再率投誠他的北府兵將齊赴京口。現在京口已成北府兵的大本營。聽說肯留在廣陵的兵將不足千人，還陸續有人逃往京口去歸附劉裕，劉牢之大勢去矣。」

譙縱不解道：「高素和應剛明那兩個傢伙是吃白飯的嗎？連情況也掌握不了。」

譙奉先苦笑道：「不要怪他們，當我們的人剌殺成功返回廣陵後，已人事全非，高素和應剛明都不知去向，又沒有留下任何暗記，該是給劉裕宰掉了。」

譙縱終於色變，沉吟不語。

譙奉先道：「現在我們有兩個頭痛的難題，一個是劉裕，另一個就是桓玄那小子。」

譙縱雙目殺機大盛，冷冷道：「如果不是我們向他痛陳利害，今早桓玄便會自立爲帝。這小子眞不成材，不明白小不忍則亂大謀的道理，一朝得志便原形畢露，我眞怕他壞了我們的大計。」

譙奉先道：「現在想殺他也不容易，這混蛋比任何人更怕死，出入都有大批親衛高手保護。」

譙縱嘆道：「我們怎麼都要忍他一陣子，待收拾劉裕後，才可進行對付他的大計。」

譙奉先道：「事實上我們幫了劉裕一個大忙，精心設計下殺死的，全是劉牢之最得力的心腹將領，令劉牢之更是孤立無援。」

譙縱問道：「劉裕實力如何？」

譙奉先道：「只以北府兵論，兵力該不超過七萬人。謝玄在世時，北府兵達十萬之眾。謝玄去後，司馬道子致力削減北府兵，令北府兵降至七萬。現在留在海鹽一帶的北府兵約二萬五千人，其他北府兵部分駐守壽陽等重要城池，照我猜測，劉裕現在手上的兵力只在二萬人之間。可是要精確掌握劉裕的實力，必須把荒人計算在內，而那根本是無從估計的。」

譙縱道：「要供養一支二萬人的部隊，劉裕辦得到嗎？何況劉裕尚要支持另一支身處戰場的二萬大軍。」

譙奉先道：「我不敢低估劉裕這方面的能力，他極受鹽城一帶群眾的歡迎，又得到佛門和地方幫會的支持，加上神通廣大的荒人，大有可能解決糧資軍需上的種種難題。當然！這種情況絕不會持久，如果我們封鎖京口上游，又派軍進佔廣陵，供應上的問題肯定可以把劉裕拖垮。」

譙縱欣然道：「這麼說，心急的不是我們而是劉裕，只要我們守穩建康，劉裕便不得不冒險反擊，在我們團結一致下，劉裕絕對沒有機會。」

譙奉先頹然道：「但我卻擔心會被桓玄這小子搞砸了我們的大計。淑莊的一套之所以能奏效，全因能深深打動建康的高門，令他們相信桓玄會顧及他們的利益，再加上淑莊的影響力，故水到渠成。

若桓玄不依原定的計畫，會令建康高門離心，如與劉裕裡應外合，我們將重蹈司馬道子的覆轍。」

譙縱道：「要嫩玉想想辦法。」

譙奉先點頭道：「只好如此。」

譙縱沉吟道：「如果能刺殺劉裕，可一勞永逸。」

譙奉先嘆道：「我還未告訴你，今回劉裕是有燕飛隨行的。」

譙縱劇震無語。

譙奉先看著譙縱，也是欲語無言，由此可見燕飛對魔門的鎮懾力。

譙縱嘆了一口氣，道：「現在我們是與時間競賽，只要能令桓玄暫緩稱帝，使建康的高門相信他只是到建康來撥亂反正，我們肯定可擊垮劉裕。除嫩玉外，你也要在桓玄身上多下點工夫，反而我不方便和他說這方面的事。因爲攻陷建康後，他對我的猜疑已大幅增加。哼！桓玄是絕對不宜與之共事的人。」

譙奉先道：「還有一件事令我擔心。」

譙縱皺眉道：「希望不是太壞的消息。」

譙奉先頭痛的道：「眞的很難說。照我看桓玄對謝玄的女兒謝鍾秀很有野心。」

譙縱失聲道：「桓玄不會這麼蠢吧？害死了王恭的女兒還不夠，還敢去碰絕對碰不得的謝鍾秀？你憑甚麼作出這樣的判斷？是否桓玄親口說的？」

譙奉先道：「我的看法錯不到哪裡去，桓玄派出高手去監視謝家，又特別提拔謝混，向謝家示好。以桓玄一向對謝玄的妒忌，他怎會做這種事呢？」

譙縱道：「這事也非沒有解決的辦法，便由淑莊出馬去迷惑他，教他暫時對別的女人沒有興趣，只要拖至劉裕落敗身亡，他愛怎樣失德壞政，由得他沉淪墮落好了。」
稍頓續道：「未來這兩個月的時間，將決定我們的成敗。不要讓桓玄因謝鍾秀壞了我們的大事，明白嗎？」
譙奉先點頭去了。

京口。太守府。
劉裕在進入西院的月洞門前止步，心中苦笑，自己的腳步是否比平時急了點呢？這是不是表示自己想快點見到任青媞？由此可見她在他劉裕的心中，有著一定的地位。
無可否認，任青媞是天生的尤物，擅長勾引媚惑男人之道，他曾與她有過親密的接觸，雖未至於亂性，但已深明她的魅力。
但他眞的可信任她嗎？
這並非指她在助他對付桓玄一事上的誠意，對此他沒有懷疑。正如她所說過的，她在玩一個尋找眞命天子的遊戲。
他懷疑的是她的居心。
不過這還非最大的問題，最大的問題是他感到若接受任青媞這個「愛情交易」，會對不起江文清。
就算江文清可以和其他女人分享他劉裕，但絕對不會是任青媞。
如果他接受交易，他和任青媞的關係將要瞞著江文清，永遠不能讓江文清知道，這會是非常沉重的負擔，他能承受那種隱瞞身邊最親近的人的內疚感覺嗎？

他不知道！且生出玩火的感覺。任青媞是個危險的女人，誰都不知道給她纏上會有怎樣不測的後果。

燕飛和屠奉三都沒法在此事上爲他拿主意，接受與否須由他自己決定，但只看燕飛和屠奉三都沒有出言反對，便知任青媞提出的交易條件確實令人難以拒絕。

在屠奉三詳細道出任青媞的提議後，劉裕便處於一種異常的心態裡，患得患失，猶豫中又夾雜著得到這動人美女的興奮。當記起首回在邊荒的汝陰破城與她相遇的情景，心中便燃著了一團自己也沒法控制的熱火。他不但迷戀她的肉體，受她的萬種風情吸引，更享受她正邪難測的作風行爲帶來的高度危險和刺激，所以即使她曾試圖殺他，他仍沒法對她狠下心腸，視她作敵人。

在刺殺乾歸一事上，不論她是否用心不良，但她的確讓他掌握到成功的關鍵，與司馬道子關係亦因而扭轉過來，致有後來的理想發展。

李淑莊眞的有這般重要嗎？

屠奉三肯帶她來見他劉裕，證明以屠奉三的老謀深算，仍要同意她的看法。以燕飛的智慧，亦沒有說出反對的話來，只說李淑莊與譙縱是魔門助桓玄爭霸天下一事中最關鍵性的兩個人物，任何一人被除去，等於去了桓玄的一臂。

唉！

他也不得不承認，李淑莊在建康確有非常特殊的地位，上自司馬道子父子，下至王弘等高門子弟，誰敢不尊敬她。

他還曉得自己的一個弱點，就是爲了要以桓玄的血，來清洗淡眞的辱恨，他可以付出任何代價。如果他擁有可以長期與桓玄周旋作戰的能力，他大可以拒絕任青媞，但事實擺在眼前，縱然得到邊荒集的支援，在糧資上他也沒法支持一場長達數年的戰爭。桓玄封鎖上游，令漕運斷絕的情況下，供應補給上的問題會不斷惡化，直到最後把他的軍隊蠶食掉爲止。

他唯一能擊敗桓玄的方法，就是速戰速決。

無險可守的邊荒集，仍可在萬眾一心團結一致的情況下，屢退強敵，而攻打天下有最強大防禦力的建康又是如何？

任青媞的提議的確是他沒法拒絕的。

李淑莊便是桓玄和建康高門之間的聯繫，除掉她，桓玄和建康高門目前互惠互利的關係將蕩然無存。如能把李淑莊的死嫁禍桓玄，功效會更爲彰顯。

想到這裡，劉裕穿過月洞門。

書齋出現眼前。

任青媞來京口一事，瞞著了所有人，只讓燕飛知道。劉裕也不會讓除燕飛以外的任何人曉得此事。

劉裕的心「霍霍」的躍動著，想起她衣服裡滑如凝脂和充滿彈力的柔膚，血都熱起來。

劉裕暗嘆一口氣，責怪自己的不爭氣，腳步卻把他帶到緊閉的書齋門前。

深吸一口氣，硬壓下心中波盪起伏的情緒，劉裕把門拉開，進入書齋內。

作男裝打扮的任青媞靜靜坐在一角，美目深注的牢牢看著他，秀眸射出能把任何鋼鐵造的心燒熔的熾熱艷光。

劉裕緩緩把門關上，接著倚門而立，嘆道：「這是何苦來哉？你並不愛我！」

任青媞垂下螓首，幽幽道：「劉裕！你知道嗎？奴家一輩子最難受的一刻，就是看著親兄慘死在孫恩的卑鄙手段下。在那一刻，我感到自己既一無所有，但同時家族的重擔子亦全落到奴家肩上來。那種令人窒息失落痛苦的感覺，是無法告訴別人的。你明白嗎？」

接著站了起來，緩步向劉裕走過去，道：「你永遠不會明白背負在我們身上的責任，那不是一朝一夕的事，而是自懂事後便被灌輸教導的事，令你覺得除此之外，其他一切都是沒有意義的。」

劉裕看著任青媞直抵他身前觸手可及處，看著她秀美的玉容，瞧著她默默含愁的一雙眸神，心中的滋味確實難以言宣。既想把她擁入懷裡，又不願這麼輕易屈服在她的媚態誘惑下，矛盾至極點。

他和她的恩恩怨怨，眞不知從何說起。

任青媞平靜的道：「當我清楚家族只剩下我一個人，我想到的只有一件事，我只能以著了魔來形容自己，就是找到代替司馬氏的新朝天子，媚惑他，得盡他的愛寵，然後爲他懷下繼承者。這是個多麼瘋狂的想法？令我過著生不如死、不住糟蹋自己的生活。不要看我表面一副風流得意的樣兒，事實上我心中的痛苦，是沒法道出來的。」

劉裕頭皮發麻地瞧她，像看著另外一個人，一個陌生人。

任青媞繼續「獨白」道：「我感到自己是無根的浮萍，完全身不由己，從一個地方跑到另一個男人身邊去，飄蕩如陌上被揚起的塵屑。我試圖愛上你之外的不同男人，但總沒法子成功。」

劉裕仍是說不出話來。

任青媞用神的看他，花容閃過疲倦的神色，柔聲道：「你明白嗎？那是種很折磨人的感覺，令你不但憎恨別人，也憎恨自己，更憎恨老天爺。然後喜訊傳來，劉裕從海鹽出擊，大破天師軍，於十多天間把形勢完全扭轉過來。就在那一刻，我整個人輕鬆起來。過去的歲月就像一場夢，我終於從帝王夢中醒轉過來。縱使帶著曹魏皇族血緣的人成爲皇帝又如何呢？做皇帝算甚麼一回事？但爲何過去我總想不通？看看現在的白癡皇帝，看看桓玄，爲何我要對帝王夢如此執著難捨呢？就在這一刻，我知道自己愛上了劉裕，只是我一直不肯坦白承認罷了！我爲何不可以快樂的生活？爲何我不可以好好的享受人生？說到底，我仍是一個人，我也有人的七情六慾。劉裕你明白嗎？」

劉裕頹然道：「你好像不知道自己正在和我進行一個政治交易。」

任青媞喜孜孜的道：「愛一個人，是可以爲那個人作出改變的，我決定絕不會爲你生兒子，你仍對我有懷疑嗎？」

劉裕瞪大眼望著她，露出不能相信的神情。

任青媞垂首以微僅可聞的聲音輕輕的道：「我需要的只是我們之間一個新的起點，爲此我可以作出任何讓步和犧牲。明白嗎？」

又朝他瞧去，欣然道：「你公然做你的皇帝，奴家則暗中過一過建康女王的癮兒，算是對先祖有點交代，是兩全其美的好事嘛！」

劉裕被她動人的神態逗得怦然心動，又忙克制自己，心叫厲害。他眞的沒法從她說話的神態找出任何破綻，換句話說是一點都沒感到她是虛情假意。

沉聲道：「你有甚麼辦法可以弄垮李淑莊？」

第七章　愛的交易

任青媞美目生輝的道：「關鍵處仍在那三十六條製煉五石散的『黃金丹方』。李淑莊從家兄處得到的十二條丹方，已足令她的五石散稱霸建康，爲她賺來驚人的財富、名譽和影響力。可是時間長了，十二條丹方總有重複的時候，藥效對曾服食過的人自然難像初嚐到時般新鮮刺激。所以李淑莊爲得到另外的二十四條丹方，一定肯付出任何代價，尤其在這剛奪權的時刻，操控建康高門的心，比一時的勝敗更重要。」

劉裕道：「你曉得其餘的二十四條丹方嗎？」

任青媞道：「如果不知道的話，怎敢來見劉爺你？家兄的原意是要利用餘下的丹方來控制李淑莊，可惜壯志未酬，已給奸人所害。在你們殺乾歸之前，李淑莊曾來找我，當時我已猜到乾歸與她有密切的關係，否則怎能掌握我的行蹤？我當時謊稱那三十六條丹方來自教內另一人物關長春，家兄也是從他那裡學來製五石散的秘法。」

劉裕道：「眞有這個人嗎？」

任青媞舉起一雙玉手，按在他寬闊的胸膛上，笑臉如花的道：「這是個由我杜撰出來子虛烏有的人物，只是爲搪塞了事。李淑莊卻深信不疑，還向我追問關長春的下落。你道我告訴了她甚麼呢？」

劉裕道：「我怎會知道？唉！你的手……」

任青媞把開始撫摸他胸膛的手上移，纏上他粗壯的脖子，整個嬌軀貼靠劉裕，昵聲道：「奴家情不自禁嘛！除了你之外奴家再不會有另一個男人，也不想有，不向你撒嬌獻媚，向誰呢？」

劉裕登時大感吃不消，提醒道：「燕飛和屠奉三等著我回去向他們報告呢！」

任青媞停止在他懷裡扭動，湊到他耳旁道：「人家爲你保留了女兒家最珍貴的東西，你不想現在要嗎？」

劉裕差點喪失理智，比之以往，今回的克制力實大不如前，因爲自己向她追問對付李淑莊的方法，等於接受了她的條件。說出這句話後，眼前的動人美女，立即成了他的秘密小妾，只是想到她身屬自己，應有的防禦能力已告全面瓦解。

劉裕探手把她抱緊，苦笑道：「先談正事，以後時間多著哩！」

任青媞一聲歡呼，獻上令他魂銷意軟的激情香吻，然後嬌喘細細的道：「天呵！奴家終於得到劉爺的愛寵，這一吻與以前的都不同，奴家感覺得到。」

劉裕心忖女人終究是女人，最愛計較這種事，而他捫心自問，自己對她是慾大於愛，因爲對她的提防，直至此刻仍沒有完全放鬆。

任青媞回到正題去，道：「我告訴李淑莊，關長春爲人貪財好色，但卻是一等一的高手，在煉製五石散的成就上更是前無古人，集三國和兩晉丹學的大成，專責爲我們逍遙教煉製丹散，再賣往南方來。你現在該清楚家兄爲何會搭上李淑莊，皆因李淑莊是我們丹藥生意的一個大買家，透過這一盤可賺取驚人暴利的生意，我們可得到源源不絕的財資，以支持我們的復國大業。唉！一切已成過去。」

劉裕皺眉道：「既然沒有關長春這個人，誰爲你們煉製五石散呢？」

任青媞美眸生輝的看著他，得意的道：「當然是奴家哩！在我教內，只有家兄、家姊和奴家三個人曉得『黃金丹方』的秘密，『黃金丹方』源自我們曹魏家藏一部叫《靈散大成》的手抄秘本，再被我們加以改良，成三十六條珍貴的秘方。」

劉裕皺眉道：「我仍不明白。」

任青媞道：「我還告訴李淑莊，家兄遇害後，樹倒猢猻散，逍遙教再不存在，關長春亦回復自由身，但與我仍有聯繫。當時我仍沒有想過取李淑莊而代之，只是想狠敲她一筆，同時也可令她有顧忌而不敢對付我。可是當桓玄搭上譙嫩玉，我忽然醒悟過來，掌握到譙縱和李淑莊已連成一氣，不止是生意夥伴的關係那麼簡單。也在那一刻，我開始反省自己的作爲是否愚不可及。但眞正的醒悟，是發生在得知聶天還慘死在桓玄手上的時候。那就像天空烏雲盡去，露出青天，同時我發覺自己的心中只有一個人，那個人就是你劉裕。幸福就在眼前，只看我是否肯改變，肯去爭取，你還不明白人家的心意嗎？」

她說著正事，忽然又扯到這方面的事來，劉裕雖感煩惱，但仍明白任青媞步步進逼的原因，就是要他劉裕表態。

而劉裕亦是別無選擇，爲了殺桓玄，他甚麼事都願意去做，何況能把任青媞納爲秘密情人，肯定沒有男人會認爲是苦差事。劉裕首次主動尋得她香唇，痛吻一番後，看著臉泛桃紅的任青媞道：「你甘心作我的秘密小妾，是我劉裕的福分。可是你變成另一個李淑莊，卻使我感到爲難。坦白說，我對建康高門服藥的生活方式非常反感，我……」

任青媞伸指按著他的嘴唇，不讓他說下去，柔聲道：「我明白你的感受，但切勿犯拂逆人心的錯誤。高門的形成和崛起，由漢代開始，現在已成牢不可破的社會結構。你若成爲當權者，可像王導、謝安般改革社會諸多不公平的情況，但卻不能從根本去摧毀高門。可預見的是即使你能推翻桓玄，仍會遭到建康高門的反擊，問題出在你的布衣身分。純賴武力去治國是行不通的，強大如秦朝也只歷經兩朝即亡，所以你必須爭取人心。兩晉的政治，就是高門大族的政治，在這種形勢下，你必須令自己適應。劉爺啊！奴家眞的是爲你著想，你可以繼續謝安的施政方針，卻絕不可干涉建康高門的精神生活和方式，還要盡量爭取他們的支持，而奴家則可當你最忠心的小卒。」

劉裕爲之啞口無言，記起王弘問過他的一句話，就是他會否是建康高門生活方式的破壞者？當時他向王弘保證：他不會是破壞者。因爲如他說出實話，會立即遭王弘鄙棄。

對王弘或任何高門子弟來說，家族永遠佔有最重要的席位。

任青媞不但聰慧多智，且目光如炬，把建康高門士人的心態看得通透明白。

任青媞微笑道：「事實擺在眼前，建康高門是無可救藥的，你雖然用心良苦，他們卻絕不領情。你的帝王之路並不好走，高門和寒族的對立並不是一朝一夕間形成，而是數百年根深柢固的風尙和習慣。」

劉裕明白過來，任青媞對建康之所以能有這麼深入的了解，皆因她和族人一直在這方面下工夫，做好爭奪皇權的準備。不像他半途出家，在種種形勢的神推鬼使下，被送到這個位置來。現在他可說是沒有選擇，只能繼續朝這個目標邁進。

苦笑道：「好吧！算我拗你不過。如何可以殺死李淑莊，又不讓任何人懷疑到我身上來呢？」

任青媞欣然道：「我們必須找人假扮關長春，引李淑莊入彀，這是一舉兩得的方法，不單可破壞桓玄對建康高門的控制力，更可奪取李淑莊龐大的財富。」

劉裕道：「李淑莊絕不是容易被欺騙的人。有一件事你可能仍不清楚，就是李淑莊背後有一個叫魔門的派系撐她的腰，譙縱、譙奉先、譙嫩玉至乎陳公公，都屬這派系的人，而魔門的最終目的，就是要奪取天下的政權。」

任青媞淡淡道：「對魔門我是有認識的，且我對李淑莊早有此懷疑，只不過由劉爺來證實吧！」

劉裕問道：「你仍有把握可以騙倒李淑莊嗎？」

任青媞吻他一下，柔聲道：「我現在更有把握。魔門內派系眾多，誰也不服誰，人人自私成性。若李淑莊遇上關長春，不但不會讓其他魔門人知悉此事，還會千方百計設法隱瞞，更有利於我們的行動。」

劉裕再忍不住，坦然道：「不要賣關子了！你究竟有甚麼奇謀妙計？」

任青媞道：「李淑莊央我安排關長春到建康去見她，還保證她會令關長春絕不會後悔去見她。我只答會設法為她傳話，至於關長春肯不肯見她，由關長春自行決定，我不想牽涉到他們兩人之間的事去。」

劉裕道：「除非由燕飛去扮關長春，否則沒人能殺她，而燕飛太容易被人認出了，只看燕飛的一雙眼睛，便知他絕不會是貪財好色的人。」

任青媞淡淡道：「屠奉三又如何呢？」

劉裕皺眉道：「建康四處是桓玄的眼線探子，要奉三在桓玄的勢力範圍內公然活動，太冒險了，何況奉三能否殺死李淑莊，也是個疑問。」

任青媞沒好氣道：「有時真不明白你，竟會這麼糊塗？事關妾身的終身幸福，妾身會讓你的頭號猛將去送死嗎？今回是鬥智不鬥力，有心算無心，妾身保證李淑莊會陰溝裡翻船，老本都要賠掉。」

任青媞左一句妾身，右一句妾身，聽得劉裕都有點心驚膽跳，亦正是這種危機感帶來的刺激，令他更感到任青媞高度的誘惑力。

任青媞以往行事爲求目的、不擇手段的作風，在他心中幾乎形成牢不可破的深刻印象，所以不論她如何言詞懇切，劉裕一時間也難全盤受落。

沉聲道：「我在聽著！」

任青媞湊到他耳邊道：「妾身和李淑莊約定了一套不會驚動任何人的聯繫方法，只要屠奉三能令李淑莊對他扮成關長春的身分深信不疑，李淑莊便難逃一死。至於行事細節，我會詳細告訴屠奉三。現在你去向屠奉三打個招呼，告訴他我們明早出發到建康去，然後回來陪妾身，讓妾身向劉爺獻上貞操。」

紀千千坐在廳堂一角，神態悠然自得，唇角掛著一絲笑意。

小詩從外匆匆進來，來到她身前道：「皇上回來了！」

紀千千要她坐下，問道：「誰告訴你的？」

小詩答道：「是風娘讓詩詩知會小姐，風娘說皇上今晚或會見你。」

紀千千心忖慕容垂大部分時間都不在滎陽，肯定是爲明春的決戰做準備工夫，此戰關係到大燕的盛衰，所以慕容垂絕不會把氣力花在別的事上。對慕容垂的軍事才能，於攻打慕容永一戰中她早有深刻難忘的認識和經歷，現在他全心投入與燕郎和拓跋珪的戰爭裡去，定不容易應付。

以前她只希望慕容垂置她不理，現在卻很想見到他，好探聽他的口風。

紀千千點頭道：「知道了！」

小詩欲言又止。紀千千微笑道：「說吧！是否要問龐老闆的事？」

小詩立即玉頰霞燒，道：「不是啊！小姐爲甚麼會忽然提起龐老闆？」

紀千千心道你不肯說龐義，只好由我來提起。若無其事的聳肩道：「沒甚麼！只是見詩詩近日總是一副神不守舍的模樣，神態異乎往常，順口猜一猜吧！」

小詩垂首道：「不是……不是啦！」

紀千千心中憐意大生，對小詩來說，被軟禁的滋味當然不好受，終日無所事事，很容易胡思亂想。龐義便像投進她心湖的一顆石子，引發了圈圈漣漪。

小詩正處於少女懷春、情竇初開的年紀，因而對高彥生出好感。不過紀千千曉得在自己的推波助瀾下，小詩回想起與龐義相處時的情況，會感受到龐義對她的眞愛，生出異樣的感覺。

紀千千輕輕道：「龐義是一個有本事的人，不但有一手好廚藝，能釀出像雪澗香般令燕郎愛如甘露的美酒，更是個超卓的建築師。龐義雖不善於表達心中的感情，但不代表他是個不解溫柔的人，像他這種人一旦釋放心中的感情，會永不改變，至死不渝。小姐我絕不會看錯他。」

小詩連耳根都紅透了，不依道：「小姐說到哪裡去了？」

紀千千道：「如果我估計無誤，你很快會見到龐老闆，小詩心裡有點準備才好哩！」

小詩愕然道：「小姐如此肯定嗎？」

紀千千愛憐的道：「我們最艱苦的時刻快過去了。當雪融後，燕郎便會與慕容垂展開最後一場決戰，我們回復自由的日子也不遠了。」

小詩劇震道：「打不過慕容垂又如何呢？」

紀千千信心十足的微笑道：「是不是給慕容垂那場收拾慕容永的戰爭嚇怕了？燕郎是不同的，他絕不會輸給慕容垂。」

小詩垂首無語。

紀千千柔聲道：「詩詩可知慕容垂正處於下風，他分別派出大軍遠征邊荒集和盛樂，都落得鎩羽而回，由兒子率八萬大軍攻打盛樂的一戰，更於參合陂全軍覆沒，形勢再非一面倒哩！」

小詩一呆道：「小姐怎能知道這麼多外面發生的事？」

紀千千聳肩道：「知道就是知道嘛！小姐我神通廣大，不但有千里眼，還有順風耳。告訴我，你見到龐老闆會怎樣呢？」

小詩又再臉紅過耳，以低語般的微細聲音道：「小婢不會嫁人，終生都伺候小姐。」

紀千千笑罵道：「我紀千千何時當你是奴婢，眞不長進。你是我的好姊妹嘛！只要你能得到幸福，我便高興。」

小詩頭垂得更低了，道：「小姐要詩詩嫁給誰，詩詩便嫁給誰吧！」

紀千千聞弦歌知雅意，大喜道：「如此說，你該對龐老闆沒有惡感，這可是天大喜訊，但終身大事也不能馬虎，你先和龐老闆多相處一段時間，看看他是否能打動你的心，說不定那時我想你不嫁你都不肯呢？」

小詩嗔道：「小姐啊！詩詩不是這個意思啊！」

紀千千反問道：「那又是甚麼意思呢？」

小詩百口難分的道：「不知道！」

紀千千嬌笑道：「好哩！好哩！我費了這麼多唇舌，都是爲你的終身幸福著想，希望你有個好歸宿。」

小詩輕輕道：「或許他根本沒有將詩詩放在眼裡呢！」

紀千千心忖這丫頭終於心動了，否則以她的羞怯，怎會忍不住說出心裡最大的疑問。道：「我敢保證龐老闆對詩詩是一片癡心。小姐曾看錯人嗎？」

小詩正要答她，紀千千低聲道：「風娘來了！」

小詩嚇了一跳，別頭朝大門瞧去，好一會兒仍見不到風娘的蹤影，回過頭來正要說話，風娘已跨檻入堂。

小詩不能相信的看著紀千千。

風娘來到她們主婢身前，道：「皇上有請千千小姐。」

第八章　新的起點

高彥進入艙廳，卓狂生正埋首寫他的天書，寫得天昏地暗，不知人間何世。

高彥在他桌子對面坐下，咕噥道：「又在寫你的鬼東西？」

卓狂生把筆放下，老懷安慰的瞧著他嘆道：「你這幸運的小子，就憑一招死纏爛打，竟把小白雁追上手，眞令人羨慕。」

高彥認眞的道：「朋友歸朋友，你寫書時若教人認爲我只此一招，我不會放過你。我高彥是有很多優點的，你下筆要小心些，勿要破壞老子我千秋百世的形象。」

卓狂生笑道：「你放心好了，在本館主的生花妙筆下，你臉皮夠厚會變成鐵骨錚錚，一往無前；死纏爛打變爲擇善固執，情深不移。唉！我怎捨得破壞你在我書中的形象，明知是說謊都要堅持下去。」

高彥毫無愧色的道：「這還差不多。哈！原來連你也羨慕我。」

卓狂生油然道：「呸！我羨慕你？想歪你的心了！不過我確實有感而發，羨慕你的是另有其人。」

高彥訝道：「誰羨慕我？」

卓狂生道：「就是姚猛那小子。」

高彥昂然挺胸，一臉得意之色的道：「他親口向你說的嗎？」

卓狂生道：「我是從一些蛛絲馬跡看出他在羨慕你。昨天在鄱南城登岸，這小子不知多麼注意街上的女兒家，不但品頭論足，還問我的意見。明白嗎？這叫臨淵羨魚，不如退而結網。這小子心動了，你不覺他南來後，從沒嚷過要到青樓去胡混嗎？這就是改變的先兆，他在向你這個老前輩學習。」

高彥嗤之以鼻道：「我確實是他的先進，卻不是老前輩，你著他來見我，讓我向他面授機宜，保證他終生受用不盡。」

卓狂生沒好氣的瞪他一眼，忽然想起甚麼的岔開道：「我的天書愈寫愈精采，你的小白雁之戀已非常圓滿，只差宰掉桓玄這一節。但我卻遇到一個難題，或者你可以幫忙。」

高彥興致盎然的道：「念在你沒有功勞亦有苦勞，說出來吧！看我可以幫上甚麼忙？」

卓狂生瞪他一眼道：「我沒有功勞？你這忘恩負義的傢伙。告訴我，你在愁腸百結、憂心如焚時，誰來安慰你、鼓勵你？你在計窮力竭之時，誰給你想出激得小白雁來參加邊荒遊的絕世好計？他奶奶的，現在打完齋就不要和尚，你這傢伙還有良心嗎？」

高彥陪笑道：「卓瘋子請息怒。說吧！說吧！爲了朋友我可兩肋插刀，何況是你這個有大恩於我的瘋子？」

卓狂生容色稍緩，道：「我想問你，照你看，天降火石那件事會否和燕飛有關呢？」

高彥苦笑道：「他不說出來，我怎知道？」

卓狂生光火道：「你不是在大爆炸後於天穴旁見到燕飛嗎？他當時是怎樣的一副神態？有沒有說過甚麼奇怪的話？快用你不濟事的小腦袋想想。還說甚麼兩肋插刀，你奶奶的！」

高彥點頭道：「給你提醒，當時老燕的神情的確有點古怪，他目瞪口呆地瞧著坑穴的中心處，一副別有所思的神色。」

卓狂生緊張的問道：「他有沒有和你談及天穴，例如表示驚奇或不解諸如此類？」

高彥沉吟道：「回想起來的確非常古怪，他不但沒半句話談及天穴，還岔到別的事情去。我當時滿腦子小白雁，故不以爲意。」

卓狂生拍桌道：「我猜得不錯，燕小子是清楚天穴的來龍去脈，故不願提起，因他不想說出眞相。」

高彥抓頭道：「不是由天上掉下來的火石撞出來的嗎？」

卓狂生罵道：「這只是空想瞎猜，硬給不明白的事想出個道理來。他奶奶的！小飛還有些甚麼特別古怪的話？想清楚點，此事對我的天書至關重要，愈離奇愈好，如此才有志怪傳奇的色彩，但老子天書裡的事卻是眞的。」

高彥苦苦思索，忽然嚷起來道：「有了！」

卓狂生大喜道：「快從實招來！」

高彥沒好氣道：「我是被你盤問的犯人嗎？」接著現出回憶的神情，道：「當時我問他宰掉了孫恩沒有？他的答案非常古怪，他說……他說孫恩仍然健在，他也不是打敗孫恩，但孫恩的確受了傷。接著甚麼此事說來話長，便敷衍過去了。」

「砰！」

卓狂生一掌拍在桌上，雙目射出興奮的神色。

高彥曉得燕飛有難了，以卓狂生的性格為人，絕不會放過燕飛。

紀千千在慕容垂對面坐下，心中湧起難言的滋味。

慕容垂外形清減了，但眼神仍是那麼堅定而有自信。他換上一身便服，舉止從容，換過另一個場合和不同的關係，他會是她紀千千欣賞的一代豪雄。

慕容垂從佔有壓倒性的優勢，發展到現在的勝負難卜，事實上正由她一手造成，令他的奇謀妙策，反變為予敵可乘之機的弱點。

雖說慕容垂是咎由自取，可是慕容垂到底對她情深一片，手段當然不正確，不過連紀千千也想不到慕容垂可得到她的其他辦法。

他拘禁的只是她的軀殼，她的靈神卻是完全自由的，還可與燕飛繼續他們火辣的熱戀，這是眼前這個霸主梟雄作夢都想不到的事。

慕容垂雙目射出驚異的神色，仔細打量紀千千。

紀千千心中叫糟時，慕容垂大奇道：「千千不但容光煥發，出落得比以前更艷光照人，最令人驚奇的是多了一種難以說出來的特質，究竟發生了甚麼事？」

紀千千暗鬆一口氣，只要不是被他看破自己功力大進便成。若無其事的道：「或許是吧！這些日子來閒著無事便做些坐息吐納的功夫。皇上很忙哩！不知哪個人又要遭殃呢？」

慕容垂神色不變，從容道：「千千何不直接問我，是否在做著對付燕飛和拓跋珪的準備工夫？」

紀千千心中暗懍，曉得以慕容垂的個性，在沒有把握下，不會主動提起燕飛和拓跋珪，現在毫無顧忌的說及他們，當是已胸有必勝的把握，又想試探自己的反應，方會和她紀千千談論兩人。

垂首輕聲道：「皇上殺了燕飛又如何呢？」

慕容垂仰望屋樑，滿懷感觸的道：「大秦終於滅亡了！」

紀千千沒有說話。

慕容垂目光回到紀千千俏臉去，每次見到紀千千，這美女總能予他新的衝擊，便像首次見到她時般驚艷。他從未遇過一個女人能像紀千千般令他心生震撼。她的美麗固是異乎尋常，但最動人還是她的性格和才情。

慕容垂道：「大秦最後的領袖人物苻登已被姚興擒殺，大秦是徹底的完蛋了。」

紀千千道：「現在還剩下哪些人與皇上爭天下呢？」

慕容垂道：「除燕飛外，其他人都不放在我慕容垂眼裡。」

紀千千頓時心生惶惑，慕容垂不提拓跋珪，顯然是在軍事上有對付拓跋珪的周詳計畫，且贏面極大。換句話說，就是慕容垂在對仗沙場上，仍是信心十足，不認爲包括拓跋珪在內的任何人，能在戰場上擊敗他。

慕容垂究竟有甚麼定計呢？

但燕飛卻非慕容垂能憑軍事手段解決的，此正爲慕容垂的煩惱。

紀千千很想問他，殺了燕飛又如何呢？難道自己會因此向他屈服嗎？但卻不敢刺激他，若逼得他獸性大發，便糟糕透頂。

紀千千垂首不語。

出乎她意料之外，慕容垂柔聲道：「千千累哩！早點上床休息吧！明天如果我能騰出時間，便陪千千到郊野騎馬散心。」

紀千千心中一顫，忽然間她對明春的決戰再沒有像以前的信心，因爲她感到慕容垂已掌握到致勝的方法。

在這一刻，她強烈的想著燕飛。

劉裕推門而入，廳內不見任青媞的倩影，遂直入臥室，這美女正含羞答答的坐在床沿處，抬起螓首瞄他一眼，欲語還休的再垂下頭去。

劉裕從來沒想過這種女兒家嬌羞的神態會出現在這堅強獨立的美女身上，心中湧起古怪又新鮮的刺激感覺，想到即可拋開一切顧忌的與她到床上顛鸞倒鳳，共赴巫山，心臟不爭氣的劇烈悸動了幾下，那是既驚心動魄，又是銷魂蝕骨的感覺。

他不由生出偷情犯禁的滋味，力逼自己不要去想江文清，只去想桓玄，爲了能殺死桓玄，他願意做任何事，何況要做的事只是佔有眼前動人的美女？

如眞有正邪之分，到此刻劉裕仍不知如何將任青媞歸類。嚴格來說，或就劉裕所知，除了那次刺殺自己不遂外，他眞的找不到任青媞的惡行。

由於劉裕沒有見過侯亮生，所以對侯亮生之死，遠不如屠奉三的刻骨銘心。

這令他沒有必須拒絕任青媞的心障。

任青媞換回以素黃爲主的女裝便服，長髮垂披肩背，秀髮仍隱現水光，顯剛浴罷，黑髮白肌，形成強烈的對比，令她更是明艷照人。束腰的彩帶，突出了她優美動人的線條，散發著能引起男性情慾兼帶點詭異的高度誘惑力。

劉裕移到一旁坐下，面向著她道：「剛收到消息，劉牢之自盡了。」

任青媞像早預料到般平靜的道：「對你是好消息還是壞消息呢？」

劉裕清楚感到和任青媞的關係不同了，頗有男歡女愛的感受，也有點像回家和嬌妻愛妾閒聊的滋味。

劉牢之的自盡肯定是好消息，也是他一直在期待著的。以劉牢之的爲人，見大勢已去，絕不會讓自己落入桓玄手上，因爲桓玄會教他生不如死，唯一避此大難的方法，就是一死了之。

但不知如何，劉裕總感到有些失落，並沒有他預期得到爲淡眞洗雪了部分恥恨的滿意感覺。當然不是因他忽然心軟，他自己是知道原因的。如果能親手殺死劉牢之，看著劉牢之飲恨於他的厚背刀下，他的感覺會全然不同。

沒有人能明白他對劉牢之和桓玄兩人噬心的深刻仇恨，他劉裕沒有因此變成瘋子，已是老天爺格外開恩。

他一直在克制自己的情緒，盡力不去想有關淡眞的任何事，盡量令自己沒有胡思亂想的閒暇，至乎去找尋能代替淡眞的女人，以減輕心中的痛苦，就像一個沒完沒了的噩夢，無法自拔。

當天師軍因失去嘉興被逼撤退的一刻，他壓制著的仇恨像熔岩般爆發出來，使他毅然拋開一切，到廣陵來和劉牢之爭奪北府兵的控制權。

現在劉牢之死了，只剩下桓玄。

坦白說，他對任青媞是感激的，沒有她，他大有可能慘敗於桓玄手上，把性命都賠上去，這個想法，令他徹底改變了對任青媞的觀感，何況她的引人處不在淡眞和文清之下，那是與眾不同的另一種風情。

劉裕壓下波動的情緒，沉重的道：「這是我預期會發生的事。劉牢之明白桓玄是怎樣的一個人，當他曉得桓玄要貶他到會稽當太守，便知桓玄對他的心意，與其落入桓玄手上，受盡活罪，不如轟轟烈烈的自了殘生，說不定我會照顧他的家人。」

任青媞道：「你會嗎？」

劉裕終展露笑容，點頭道：「這是我必須做的事。我已趁桓玄的人尚未抵達廣陵之際，命人把他的家人送到京口來。我還會爲劉牢之舉行大葬。」

任青媞定神細看他好半晌，柔聲道：「記得嗎？當妾身首次在汝陰遇上劉爺，曾向劉爺施毒，但劉爺卻不怕我施的毒，像個沒事人似的。」

劉裕點頭道：「當然記得，你還說那是甚麼丹毒，但似乎對我毫不生效。」

任青媞抿嘴笑道：「我當時是想試探你是不是盧循等其中一方的妖人。丹毒是一種奇異的東西，產生自煉丹的過程中，對服食丹藥的人方有奇效。你不怕丹毒，代表你不是服慣丹藥的人，也表示你有異乎常人的體質。」

劉裕明白過來，隱隱感到任青媞忽然提起往事，是有原因的。

任青媞續道：「如論對丹毒的認識，天下煉丹者雖眾，但莫過於有『丹王』之稱的安世清。而他本人亦中了丹毒，變得半瘋半癲，遂令我有可乘之機，不但誆得他傳我製丹之術，還從他處學曉丹毒的秘密。噢！不要用那種眼光看人家，安世清當時被丹毒蠶食，失去了性慾，只是個寂寞孤獨的瘋老頭，青媞並不是以美色去迷惑他。妾身只曾讓你動手動腳使壞過。」

劉裕心中一熱，當日在廣陵她和自己親熱，任他放肆，肯定仍是心中猶豫，因不知是否選對了人。現在當然再沒有此心障，如此媚骨天生的美女，一旦把自己完全開放和奉獻，會是如何動人的一回事呢？

任青媞又道：「對付李淑莊，又要不讓別人知道是我們下手，唯一方法就是對她巧施丹毒，讓她在不知不覺下上了大當，事後建康的高門只會認爲她是因煉丹出岔子致死，保證後果一乾二淨。」

劉裕擔心的道：「最怕奉三出紕漏，被李淑莊識破。」

任青媞道：「妾身會盡傳他有關製煉丹藥的知識，以屠奉三的才智，當懂得如何避重就輕。我在建康尚有兩個落腳的地方，我會在其中一處支援屠奉三。妾身和劉爺的關係亦是如此，青媞會乖乖的不來騷擾劉爺，只在暗處等候，劉爺何時興至，便可來寵幸妾身。青媞於此立誓，只會成爲劉爺生命的樂趣，而不會成爲劉爺的煩惱。」

劉裕也聽得折服，如果這尤物眞的行如其言，確實會使他戒心盡去，愛她寵她唯恐不及，更會全力支持她取李淑莊而代之，做建康最有影響力、無名而有實的女王。

遙想初遇她時的情景，不由心中唏噓，當時怎想得到她會是自己能否成爲南方之主的關鍵人物？其時根本沒想過自己會成爲新朝的皇帝。就如於烏衣巷邂逅淡眞，怎想到這位高高在上的美女會投懷送抱，央他帶她到天之涯、海之角。而在擁抱著她的一刻時，豈料到她會有如此悽慘的下場？

任青媞神態自然地向他伸個懶腰，無限地強調了她誘人的曲線和風情，垂首嬌羞的道：「晚了！

讓妾身伺候劉爺就寢好嗎？」

更鼓聲適於此時從遠處傳來，益顯夜深人靜的氣氛，劉裕有點貪婪的欣賞她曼妙的美姿，心中的慾火燃燒起來。

任青媞離開臥榻，婀婀婷婷的朝他走過去，玉頰被兩團紅暈逐漸佔據，只要是有經驗的男人，便知她春心動了。

劉裕跳將起來，一把將她擁入懷裡。

任青媞「嚶嚀」一聲，馴若羔羊的軟倒在他有力的擁抱中，把粉臉埋入他頸項處，輕輕道：「青媞一直不曉得自己對劉爺已是情根深種，起始時只是看得起你，樂意和你合作。至乎讓劉爺毛手毛腳，嘻！也只是感到給你放肆使壞得很舒服、很窩心，有些兒樂此不疲，更希望你再壞一點。」

她說得輕描淡寫，但每句話都觸動著劉裕正在不住高漲的慾念，這美女勾引和調情的手段，確有一手。

劉裕情不自禁的把她攔腰抱起，朝臥榻走去，心中不由生出自豪的成就感。

在不久前，他就是這樣的佔有了江文清，現在則換成懷中的美女。她們都有顯赫的出身，換了仍在北府兵時當探子的劉裕，想碰碰她們的玉手都不可能。但淝水之戰和謝玄的另眼相看，把他的生命完全改變過來，現在他已成爲桓玄以外南方最有權勢的人，眼前美女正因此而向他屈服投降，向他獻身。忽然間他感到任青媞是否對他眞情眞意並不重要，最重要是她肯全心全意幫助自己，而更重要的是他想得到她。

自第一次看見她，他便想得到她，所以肯和她合作。如果沒有淡眞的影響力，早在廣陵時便會忍不住與她發生關係。對她，劉裕一直是克制的，因爲他並不信任她。

現在一切問題再不復存，因爲他們的利益已結合一致。

「蓬！」

任青媞給他抛在厚軟的被浪上去。

這美女臉紅如火的橫陳床上，星眸半閉的昵聲道：「可是當我在建康想害死劉爺的一刻，我的內心竟出現劇烈的爭鬥，就在那一刻，我曉得自己深深愛上了劉爺，至乎難以自拔。」

劉裕緩緩脫下外袍，平靜的道：「但你終究還是對我出手了！」

任青媞道：「妾身錯了！願領受劉爺任何懲罰。」

劉裕趁尚未被慾火完全掩蓋理智前，問道：「當時你爲何要殺我呢？」

任青媞露出一絲苦澀的笑容，道：「當時我看好的是聶天還，這樣說你明白嗎？噢！讓人家來爲你寬衣。」

劉裕虛揮右掌，發出勁風將燈火弄熄，同時把任青媞整個人抱起來，讓她坐在床沿處，爲她寬衣解帶。

兩顆心激烈的跳動著。

任青媞似沒法憑自己的力量坐穩，兩手無力地按在他寬肩處。

劉裕看著這美女在自己一雙手的努力下衣服不住減少，逐漸呈露羊脂白玉般的嬌軀，心中明白自己正走上一條與這美女一起的不歸路。

他愈來愈相信屠奉三那番話，就是當你處在某個位置，便要幹那個位置的事，否則就意味著失敗——徹底的失敗。

爲了擊垮桓玄，爲了要桓玄濺血在他的厚背刀下，爲替淡眞討債，他願意做任何事。

夜色更濃了。

第九章　元神夢會

會稽。太守府。

徐道覆獨坐內堂，一臉陰霾。

自懂事以來，他很少感到孤獨，可是此刻的他確是感到無比的孤獨，失去了一切的孤獨。他沒有吃晚飯，因爲他沒有胃口。想的只是喝酒，有鐔雪潤香就更好了，但又克制著自己，清楚絕不該喝得酩酊大醉。

有時他眞的痛恨自己的身分，若他不是孫恩之徒，便不會和紀千千分手，生命也會走上一條完全不同的路徑。這想法成了他生涯中最難忍受的負擔。

近幾天他有點怕面對手下，因爲看到的是一張張迷惘的面孔。

他是明白原因的，有關天師命喪於燕飛劍下的消息，正傳得沸沸揚揚的，徹底地摧毀了他們的士氣。如果事情屬實，他唯一選擇是解散天師軍，然後有多遠逃多遠。

盧循推門而入，一臉凝重之色地來到桌子對面坐下，道：「事情大不簡單。」

徐道覆聽得精神一振，問道：「如何不簡單？」

盧循道：「我剛從翁州趕回來，看到令人難以相信的事。你還記得邊荒的天穴嗎？」

徐道覆不解道：「這和天穴有甚麼關連？」

盧循道：「在天師失蹤後，有漁民經過翁州西面的水域，發現在西灘有個巨大的坑穴，此事立即廣傳開去，到我趕到翁州，雖然坑穴被潮水帶動沙石填塞了大半，但坑穴的痕跡仍是清楚分明。」

徐道覆聽得目瞪口呆，說不出話來。

盧循以帶點興奮的語氣道：「天師絕不可能鬥不過燕飛，照我看天師終如願以償的飛昇道化去了。」

徐道覆道：「那天師究竟曾否與燕飛決戰呢？」

盧循道：「這個可能性很大，上次邊荒突然而來的出現天穴，正是發生於天師與燕飛決戰期間，今回亦然。自天穴事件後，天師除了燕飛外對其他一切事都不感興趣，而可令天師全心投入的事，便只有成仙成道，可見他與燕飛的鬥爭，亦與成仙成道有直接的關係，比對起燕飛曾向我們透露的話，我的猜測當離事實不遠。」

徐道覆頓然有煥然一新的感覺，點頭道：「對！如果勝的是燕飛，依他的作風，會把天師的頭顱割下來示眾，如此我們將像彌勒教般不戰而潰，可是他並沒有這麼做。」

盧循現出崇敬的神色，道：「天師肯定是飛昇去了。」

徐道覆道：「由於確有漁民目睹翁州西灘的大坑穴，所以我們說出來的就不是空口白話，而是有事實根據。此事至關緊要，就說天師大功告成，水解去了。」

盧循道：「沒有一年半載，翁州的坑穴痕跡也不會被潮水洗去，此事我們必須搞得大一點，以振奮軍心。我會親領一批信徒，到翁州坑穴旁舉行祝賀天師水解成道的隆重儀式，你則籌畫全力反撲北府兵的計畫。」

徐道覆欣然道：「師兄的喜訊來得及時，我剛收到消息，劉裕已返廣陵去，現在北府南征平亂軍的主持者是朱序，比起劉裕，他差遠了。」

盧循道：「如此我們分頭行事，絕不能滅了天師的威名。」

燕飛躺在床上，腦袋仍在運轉，想著劉裕的事。

終於，他開始有點相信來自卓狂生「劉裕一箭沉隱龍，正是火石天降時」這兩句讖語。一切是否注定了的呢？如非隱龍曾大鬧建康，劉裕雖然確實以姬別特製的超級火箭把它射沉，效應也不會如此彰顯；天地心三珮的合一，也是注定於該夜與一箭沉隱龍同時發生，開啓仙門。他燕飛、孫恩和尼惠暉都是有「仙緣」的人。兩件事的發生並非偶然的，而是受到某種凡人不能明白的緣力牽引。

只有他明白，劉裕現在擁有的東西，是在不可能的情況下得到的。劉裕一直在失敗的邊緣掙扎打滾，直至任青媞提出「交易」，勝利的契機方出現在劉裕的一方。

燕飛一意趕回南方助劉裕對付魔門，正因曉得魔門在長時期的部署下，一旦發動，勢會令桓玄盡佔上風。但任青媞的策略，卻可從內部動搖魔門的部署，將原本一面倒的形勢扭轉過來。

對任青媞他一直沒有恨意，說眞的反要多謝她的所作所爲，若非與她因緣際會，他絕不會服下丹劫，致有今天。

一陣睡意襲來，模糊間，他似聽到呼喚他的聲音。

燕飛睜開眼來，臥室睡床全消失了，他正置身於嫩綠濕潤的草原上，便像兒時的情景，金色的雨正綿綿密密的從天而降，天地充滿奇異的色光。

他清楚明白正從夢中「醒」過來，這是個清醒的夢，他曉得自己正在夢境中，卻不會夢醒。

「燕飛！」

燕飛心神一顫，差點守不住夢境。竟然是紀千千在呼喚他，呼喚在夢境裡的他。

燕飛夢中的心靈開始延伸，景物不住的變化，下一刻他發覺坐在一塊巨岩上，前方百丈許處是一道從上方沖奔而下急瀉數十丈的大瀑布，形成了一個水潭，清澈的水騰奔而來，在坐處巨岩的兩旁流過，天地盡是「隆隆」的瀑潮聲，水流撞上岩石，激起晶瑩的水花。

他感到與紀千千的心靈結合在一起，就在那一刻，他知道今回與以往任何一回的心靈感應並不相同，紀千千是在夢中召喚他。

景象又變，出乎他意料外，更令他欣喜如狂的是，他倏地發覺正和紀千千並肩坐在邊荒白雲山區天穴之旁，共賞奇景。

天地一片蒼茫，似是艷陽照耀的白天，又似是明月高掛的晚夜。

但一切都不重要了，最重要是紀千千在他身邊，她是如此的眞實，如斯的美艷不可方物。

兩人四目交投。

紀千千「嚶嚀」一聲，伏入他懷裡，用盡所有氣力把他抱緊，感覺是如此眞實，如此有血有肉，令燕飛生出想哭的衝動。

燕飛一雙手愛憐地撫摸她，還吻上她香唇，黑夜和白晝同旋共舞，愛情的烈燄熊熊燃燒著，一切又變成純粹的感覺，分不清楚是夢境還是現實。

紀千千摟著他脖子，坐到他的腿上去，香吻像雨點般落在他臉上，滿足地嘆息道：「燕郎啊燕郎，千千成功了！我們又在一起了。」

燕飛愛撫著她香背，嘆息道：「究竟發生了甚麼事？」

紀千千欣然道：「千千是受到上次夢中見你的經驗啓發，想出這個辦法來，幸好燕郎亦在夢中，令我們能在夢中相見，共醉夢鄉。今夜臨上床前，千千下定決心要在夢裡召喚燕郎，遂只讓這個念頭陪人家入寢。千千自小便迷醉於夢裡的動人天地，但卻沒想過夢境竟可變成這個樣子，且這麼眞實，有點像出竅化爲夢軀來與燕郎相會。噢！這就是天穴嗎？爲何並不穩定的呢？千千明白哩！我現在看到的，是燕郎記憶和印象裡的天穴。」

燕飛忍不住又吻她豐潤的紅唇，一股無可比擬的滿足感覺，從身上每一個毛孔滲湧出來。

紀千千反應熱烈，肆無忌憚地向他展示令他銷魂蝕骨的媚態嬌姿，似要把自己擠進他的身體裡，融合起來。

四周的景象開始模糊，被黑暗逐漸吞噬，但紀千千仍是有血有肉，輝散著詭異神秘的彩芒。

燕飛知道她的心靈力量正在減退，全賴自己的能量，在支持她的夢體。

問道：「慕容垂有甚麼動靜呢？」

紀千千也意識到靈能轉弱，道：「這正是千千召喚燕郎的原因，慕容垂該是胸有成竹，有把握打贏這場仗，燕郎千萬要小心。唉！千千多麼希望能與燕郎在夢中共赴巫山，那會是名副其實的綺夢。」

燕飛用力抱她，嘆息道：「我要在清醒的現實裡與千千合體交歡，夢中總有點變幻難測的虛無感覺。」

紀千千道：「孫恩的事情解決了嗎？」

燕飛扼要的敘述了如何成全孫恩的經過，然後道：「我已掌握到破空而去的竅訣，時間到了，我便和千千、玉晴穿越仙門，去探索洞天福地的秘密。」

紀千千雀躍道：「千千正期盼著那一刻的來臨，當我們活厭了之後，便離開這裡。照千千看，燕郎亦是喜歡玉晴姊的，對嗎？不如我們兩個同時嫁給你，效娥皇女英，共事一夫。千千不會妒忌的，自曉得人間世或許只是幻象，千千一切都看開了，感到很多心魔都是不必要的。」

燕飛一呆道：「我眞的從沒有想過要娶玉晴，只感到她是我的紅顏知己，千千在說笑嗎？」天旋地轉，肉體再不存在，只剩下心靈結合後，兩情繾綣的醉人感受。

紀千千在他心靈裡失望地嘆息一聲，表達了對剛才動人夢境戀戀不捨的心意，輕柔的道：「千千是認眞的，此刻說出來的是心底裡想說的話。千千對愛情的看法已起了變化，愛情是沒有保留的，那是人世間最珍貴的事。只要燕郎快樂，千千便開心。明白嗎？呆子！安玉晴如果不是愛上燕郎，是絕不會和你攜手到任何地方去的，明白嗎？」

燕飛正要答話，紀千千已離開他的心靈，傳回來是一聲「燕郎珍重」。

燕飛睜開眼睛，目光所見是臥室的樑柱，但感覺上仍像沒有醒過來，只是從一個夢域轉往另一個夢域。

紀千千的想法比他更大膽創新，竟給她想出元神夢會的神奇玩意，令燕飛的心情登時大爲改善，如果夢境能持久一點，就更美好了。

最令他想不到的，是紀千千主動提出要成全他和安玉晴，而事實上他從沒有認眞去想這方面的事，只隱隱感到最終會朝這個方向發展。

安玉晴會怎麼想呢？

紀千千說得對，他更明白紀千千的想法，當你曉得眼前的人間世，只是生命旅途短暫的棧道，你便不會像以前般執著。只希望能好好享受這段充滿愛恨和悲歡離合的旅程，勿要錯過美好的事物，全心全意的去欣賞和品嘗、經歷這種經驗。

生命從來沒這般美妙過。

紀千千對慕容垂的判斷該接近事實，慕容垂當有打贏這場仗的把握。

一直以來，慕容垂均以善用奇兵名懾天下，今次他有甚麼出奇制勝的策略呢？最令人意外的，當然是在時間和路線上，出奇不意地攻拓跋珪於不備。

如此荒人根本無從援手，當得到消息時，拓跋珪早被慕容垂的奇兵以雷霆萬鈞之勢打垮，他們的「救美行動」亦完蛋大吉。

他必須警告荒人，再由荒人知會拓跋珪，看如何配合。

他想到向雨田。

若光靠向雨田一個人的力量當然有限，但他卻是個超卓的探子，兼之聰明狡猾，如果有他幫忙，肯定可識破慕容垂的計策。

想到這裡，差點立即起床去找劉裕或屠奉三商量，要他們立即派人到邊荒集傳話。當然他不會眞的這麼做，等到天明的耐性他還是有的。

心湖不由自主的又浮現安玉晴的玉容和她那雙神秘如星夜的美眸。向她提出世俗男女之間的要求，她會如何反應？這種話說出口後便收不回來，會徹底改變他們之間微妙動人的關係，這樣究竟是破壞還是更使其趨向完美？他眞的沒有肯定的答案。

他和安玉晴之間一直被一堵無形的牆分隔著，誰都不敢踰越。紀千千寥寥幾句話，這堵牆便崩塌下來，他們之間再沒有障礙。

想到這裡，他下了決心，一切任其自然而然的發展，既不用著意，更不用著跡，就像仙緣臨身，要推也推不掉。

第十章　帝皇視野

劉裕、屠奉三和燕飛三人在偏廳共進早膳。起始時劉裕似乎有點尷尬不想說話，但話匣子打開後，便一直滔滔不絕，可見劉裕與任青媞共度春宵後，心情極爽。

燕飛心中欣慰，他是唯一目睹劉裕爲王淡眞痛不欲生的人，所以只要劉裕可在這方面得到「補償」，不論陪他的是淑女還是妖女，他都爲劉裕高興。

當劉裕向屠奉三說及丹毒的計謀，燕飛點頭道：「任后確實沒有胡謅，我曾見過安世清，他眞的中了丹毒，且沒法痊癒，幸好被我誤打誤撞的以眞氣幫他化解了。」

劉裕和屠奉三均是第一次聽他提起安世清，連忙追問。

燕飛解釋後，屠奉三道：「如果連丹王也沒法解丹毒，那天下間除了我們的小飛外，將無人可解，任后此計妙絕。」

劉裕道：「青媞會陪奉三一起潛入建康，在路途上，她會詳細說出整個計畫，她還會爲奉三易容改裝。據她說即使桓玄見到奉三，也認不出是誰，而她所施的物料，可保持十天的時間，風吹雨打亦不會剝落。」

屠奉三雙目射出興奮神色，道：「任后確實是個不可多得的人才，幸好她現在爲我們辦事。」

劉裕現出深有同感的神情，轉向燕飛道：「建康現在妖氣沖天，我想請燕兄你和奉三一道到建康去，照應奉三。」

屠奉三皺眉道：「劉帥的安全才是最重要的。」

劉裕笑道：「孫恩既去，小飛又不會對付我，有甚麼人是我應付不來的？如果北府兵的統帥須小飛力保才留得住小命，我這個北府兵統領也不用當了。」

燕飛笑著點頭道：「我們的確不用擔心劉兄的安全，何況誰曉得我不在劉兄身邊呢？」

劉裕大喜道：「得燕兄親自出馬，今次的行動將大添勝算。」

燕飛道：「還有一件事，就是我需要一個人，為我去傳達一個重要的口信給拓跋儀。」

屠奉三和劉裕愕然互望，均感燕飛行事難測。他們最近一直在一起，而燕飛卻似忽然得到某一重要情報，必須知會邊荒集。

屠奉三道：「完全沒有問題，我手下有個外號『神行將』的人，名字叫馬風，最擅長潛蹤匿跡之術，對邊荒又瞭如指掌，由他去辦最為穩妥，我便叫他來見你。」

說罷喚來手下，傳召馬風。

燕飛道：「我想先行一步到建康去，和支遁打個招呼，問他有關建康的最新情況。」

劉裕隱隱猜到他不願和任青媞同行，只好答應。

燕飛、屠奉三和任青媞先後離開，劉裕也沒閒著，召來何無忌、魏詠之、檀憑之等一眾大將，商量劉牢之自盡後的部署。

正忙得昏天黑地時，宋悲風抵達京口，劉裕在內堂見他。

宋悲風憂心忡忡的把心中的懷疑，向劉裕傾訴，然後道：「桓玄雖仍未登上帝位，但已與皇帝沒有甚麼分別，最怕是他要納孫小姐為后，那謝家也很難反對。咦！小裕的臉色為何變得這麼難看？你想到甚麼呢？」

劉裕心中正翻起仇恨的滔天巨浪。不！無論謝鍾秀對他如何，他也絕不容桓玄染指謝鍾秀，那是他不能容忍的事。劉裕硬把波盪的情緒壓下去，道：「孫小姐必須立即離開建康。」

宋悲風搖頭嘆道：「太遲了！現在整個建康都在桓玄的嚴密監察下，烏衣巷內任何的舉動都瞞不過桓玄。但最令人頭痛的是謝混那小子，桓玄不但給了他一個肥缺，還親自見他，說盡好話，令這小子以為自己時來運到。」

劉裕冷靜了點，微一沉吟，道：「桓玄此計極毒，他是想利用謝混來詆毀我，破壞我在建康高門心中的形象，令他們更肯定如果我當權，將會摧毀他們。」

宋悲風苦笑道：「不用桓玄唆使，謝混也會這麼做。他不去怪他老爹，卻把父兄的死亡全怪在我們身上，眞不明白謝家怎會出了這種是非不分的人？」

劉裕道：「謝家現在是內憂外患，單憑大小姐並不足以對抗桓玄，此事眞教人頭痛。」

宋悲風淒然道：「我最怕孫小姐步淡眞小姐的後塵，我明白孫小姐，她表面看似天眞不懂事，其實對事物有深入的看法，且外柔內剛，性子很烈。」

劉裕像被一個尖錐子直刺入心臟去，道：「有一個直接簡單的方法，可以解決這件事。」

宋悲風生出希望，連忙問道：「甚麼辦法？」

劉裕道：「就是請燕飛出手，把孫小姐送到京口來，那就算桓玄出動千軍萬馬，也沒法攔著一意突圍的燕飛。」

宋悲風呆了起來。

劉裕皺眉道：「這不是最好的方法嗎？宋大哥認爲有問題嗎？」

宋悲風道：「這確實是萬無一失的辦法，即使有魔門高手攔截，亦阻擋不了小飛。問題是我們不得不顧及這麼做的後果。」

劉裕欲語無言。

宋悲風嘆道：「桓玄凶殘成性，若眼看著到了嘴邊的肥肉被我們搶走，一怒之下，說不定會失去理性，向謝家施辣手。儘管他因投鼠忌器，一時間不敢下手，可是若當他守不住建康，離開前也必盡殺謝家的人，以洩心頭之恨。」

劉裕頹然道：「那麼這是行不通哩！」

宋悲風沉重的道：「孫小姐更不是自私的人，縱然她心中渴望離開建康，也會以大局爲重。孫小姐就是這麼的一個人，不會因個人的喜惡幸福而置家族於不理。」

劉裕心中劇顫。

對！

謝鍾秀正是這樣的一個人，爲何自己以前沒有想過？她之所以洩露他和淡眞私奔的事，便是以大局爲重。否則以她和淡眞的交情，怎會出賣淡眞？

想到這裡，劉裕心中灼熱起來，那次她拒絕自己，會否是基於同樣的道理？她因明白自己絕不可以和他相好，致傷透了他劉裕的心。建康高門士庶之防的保守作風是根深柢固的，如果劉裕犯禁，將是不可原諒的行爲，其嚴重後果可徹底摧毀劉裕。

旋又生出自憐之意，人家小姐不愛你就是不愛你，也不想想當時自己的身分地位。

宋悲風苦笑道：「我眞的無法可想，才來找你，並非不知你現在根本沒有閒暇去理會這種事。」

劉裕拋開惱人的情緒，斷然搖頭道：「這絕不是一樁閒事，我和你同樣關切，這事不能不管。桓玄既不肯放過王淡眞，更不會放過謝鍾秀。看桓玄這個人，絕不能以常人視之，故也不可以常理去測度。據奉三所說，他是被桓溫寵壞，只要是他想得到的事物，在未得到之前，他永不會罷休。」

宋悲風心急如焚的道：「可是我們有甚麼辦法呢？」

劉裕道：「我們已有了反攻桓玄的整個計畫，就是要從建康內部去顚覆桓玄，動搖他的治權。燕飛和奉三已到了建康去，有他們在，該可以應付任何緊急的情況。」

宋悲風道：「假如桓玄召孫小姐入宮，我們有甚麼方法應付？」

劉裕沉吟道：「桓玄或許是個狂人，又或是一頭嗜血的豺狼，但卻不是瘋子，他明白小不忍則亂大謀，一天未登上皇位，他一天不敢冒開罪建康高門之險。所以如你所說的情況眞的發生，可由大小姐親自拒絕桓玄的狂妄要求。隨便找個藉口吧！就說孫小姐須爲親叔守孝，不便見外人如何？」

宋悲風點頭道：「這不失爲應付桓玄的辦法。」

又道：「你還記得王元德、辛扈興和童厚之三人嗎？」

劉裕答道：「當然記得，他們都是建康的幫會龍頭，當日在建康，宋大哥曾安排我與他們秘密見面，但只是止於大家互相了解一下對方，沒有甚麼實質的結果。」

宋悲風道：「現在時勢不同了，小裕你已成了桓玄之外最有實力的人，是唯一有資格挑戰桓玄的人，他們當會對你刮目相看。」

劉裕不解道：「他們爲何這麼看得起我呢？現在論整體實力，我和桓玄實在還有一段很大的距離。」

宋悲風道：「你掌握不到重心所在哩！他們希望你勝出，不但因相信你是與火石同時降世的眞命天子，更因爲你與他們同樣是布衣庶人。這是世族和寒門一場永不會停下來的鬥爭，但世族高門一直佔盡上風，直至現在的桓玄，而他們渴望桓玄是最後一個掌權的世族。你明白嗎？」

劉裕苦澀的道：「可是爲了擊倒桓玄，我必須爭取建康高門的支持，尤其是烏衣巷內的世族。而我若要統治南方，也要倚賴他們。」

宋悲風正容道：「我們每一個人都明白這情況，也不是要求你鏟除分隔高門與寒族的界線，只希望你能繼續安公鎭之以靜的治國方針，讓人人都有安樂的日子過。」

劉裕聽得發起呆來。

一直以來，推動著他的力量，全來自爲淡眞洗雪恥恨的決心，其他一切都是模模糊糊的，雖有觸及，甚或自己親口道出來，但都沒有仇恨之火的燒心蝕骨。扭轉了與天師軍之戰的局勢後，手刃桓玄的心頭大願更像燎原之火，佔據著他的心神。當然他的心雖火熱，但理性卻是冷如冰雪，讓他冷靜明智地去作出每一個令他可爭取到最後勝利的決定。

宋悲風這番無意中說出來的話，令他生出無比震撼的驚忱感覺，彷如暮鼓晨鐘，令他如夢初醒，猝不及防下開闊了他狹窄的視野，使他再不被局限在某單一的意念中。

對！

現在他劉裕努力的方向，實關係到南方民眾的切身利益，關乎到長期被高門剝削壓迫的庶民的未來福祉。

自淝水之戰後，政局不穩導致戰火連天，各大勢力爲了爭權，置民眾的苦樂不顧。當權者如司馬道子動輒加稅，又巧立名目強徵壯丁入伍，弄到生產荒廢，民不聊生。

孫恩則挑撥僑遷世族和本土豪族的仇恨，利用人民對朝政的不滿，打著宗教的幌子，叛亂造反。

桓玄本性狼子野心，爲遂私利，封鎖建康上游，無視下游民眾缺乏糧資的苦難，只爲圓他的帝王夢。

司馬氏王朝已成明日黃花，天師軍亦再難言勇，只剩下進佔建康的桓玄在揚威耀武，其帶來的禍害更將遠過於司馬氏王朝。特別是桓玄勾結魔門，一旦讓魔門得勢主事，首先遭殃的勢必是推崇孔孟之學的儒生，接著便是一直與魔門勢不兩立的佛、道兩門。其後果實不堪想像。

現在力挽狂瀾的責任，已落在他劉裕肩頭上，他的成敗，直接與南方高門庶民有最切身的關係。如果他失敗，漢族不但無望統一中原，還會陷進沉淪黑暗、萬劫不復的悲慘境地。

劉裕出了一身冷汗。

在這一刻，他才眞正掌握到自己的位置。

復仇雪恥當然重要，但比之南方群眾的福祉，孰輕孰重，他心中自是清楚分明。最重要的是令南方回復安公在世時的繁榮興盛，人人有安樂的好日子過，在穩定和清明的政治下，逐漸改革社會上種種不公平的情況。如此方不負安公和玄帥的厚望。

宋悲風訝道：「小裕你在想甚麼？爲何神色這般古怪？」

劉裕深吸一口氣，大有煥然一新的感覺，因爲對自己現在的處境，對未來的憧憬，均有了全新的視野。

這有點像佛家所描述的頓悟，他實在難以形容。

劉裕道：「我們說到哪裡？」

宋悲風疑惑的看著他，道：「我提到王元德、辛扈興和童厚之三個在建康有影響力的人，他們的心都是傾向我們這一方。」

劉裕點頭道：「對！他們都是有心人。但我們可以完全信任他們嗎？」

宋悲風道：「對他們來說，桓玄只是另一個董卓，董卓於東漢末年帶兵進京，最後在京師殺個雞犬不留。他們最崇敬的人是安公，這樣說小裕該比較明白他們。」

劉裕道：「你今回到建康去，有聯絡他們嗎？」

宋悲風道：「見過幾次了！他們對你都是推崇備至，並表明只要你反攻建康，他們會聚眾起事來呼應你。」

劉裕的心活躍起來，沉吟片刻道：「若他們願意配合，可以起很大的作用。」

宋悲風道：「有甚麼地方可用得著他們，劉帥請吩咐下來，他們定會盡力爲劉帥辦事。」

劉裕苦笑道：「你也來喚我作甚麼劉帥？還是叫小裕親切點。」

宋悲風道：「你可知你自己剛才的神態，自有一股睥睨天下的氣概，使我感到『小裕』的稱謂再不配合你的身分。」

劉裕一時乏言對應。

宋悲風道：「請劉帥指點。」

劉裕沉吟半晌，道：「在反攻桓玄前，我們必須從內部動搖建康的軍心，打擊桓玄的聲譽。」

宋悲風精神大振道：「是否要叫他們散播謠言？」

劉裕搖頭道：「雖然我和桓玄勢如水火，但我仍不屑以憑空捏造的謠言去誣衊詆毀他，我要他們把有根據的事實廣傳開去，就是桓玄弒兄和勾結魔門兩方面的事。當人心穩定時，這類傳言能起的作用並不大，可是在人心惶惶的時刻，傳言便有無比的威力。」

宋悲風皺眉道：「可是現在建康非常平靜，看不到驚慌的情況。」

劉裕淡淡道：「當桓玄露出狐狸的尾巴，兼之我們對付李淑莊的行動成功，建康將再難保持平靜。此事必須秘密進行，不但要防桓玄，更要防魔門的勢力。只要想想李淑莊是魔門的人，便知風險有多高。」

宋悲風欣然道：「劉帥放心！他們都是老江湖，既明白情況，當然不會掉以輕心。」

劉裕道：「聶天還也是老江湖，但也陰溝裡翻了船，最怕身邊的人是魔門的奸細，那便非常危險。」

宋悲風愕然道：「我倒沒想過。」

劉裕道：「散播消息必須時機適當，方能收最大的效果，這方面可和奉三配合，看建康的情況決定。」

又道：「孫小姐的事我們絕不可坐視，卻要隨機應變。有燕飛在建康，憑他超卓的才智，定可解決難題。」

宋悲風點頭應是。

劉裕嘆道：「我多麼希望能親自到建康去，暗中與桓玄狠鬥一場，只可惜我再不能像以前般自由自在了。」

說這番話時，劉裕心中浮現謝鍾秀的嬌容，對她再沒有絲毫恨意，只有無盡的憐愛。

第十一章　殘酷本質

小詩嗔道：「小姐是故意讓我的，明明可吃掉詩詩一條大龍，卻讓人家逃出生天。」

紀千千和小詩正在下棋，這是一個寧靜的午後，外面雪花飄飄。

紀千千笑道：「我們又不是對仗沙場，何用寸土必爭呢？你讓讓我，我讓讓你，大家開開心心的。」

小詩道：「可是棋弈的樂趣，正在於較量高下，這盤小姐讓我四子，我仍奈何不了小姐。想當年小姐和安公棋逢敵手，殺得難分難解，才精采哩！」

紀千千想起謝安，雙目射出孺慕緬懷的神色，道：「那眞是教人懷念的好日子！」又悠然神往的道：「一邊和乾爹下棋，一邊聽他論述對天下蒼生的抱負，感覺眞的動人。」

小詩怕她因思念謝安而傷情，岔開道：「小姐今天心情很好呢。」

紀千千心忖我的心情當然好，昨夜才夢會愛郎，只嫌春夢苦短，親熱的時間太急促了。微笑道：「得知我的詩詩情歸何處，心有所屬，小姐當然開心。」

小詩大窘道：「人家哪是心有所屬呢？全是小姐硬派人家的。」

鬧得沒個開交時，風娘來了，坐到一旁來，目光投往棋局，道：「小詩姑娘今天的成績不錯啊！」

紀千千看風娘一眼，見她神色凝重，忍不住問道：「大娘今天爲何一副心事重重的樣子呢？」

風娘沒有直接答她，道：「皇上要老身來向小姐賠罪，他今天有事，不能陪小姐到郊野馳騁。」

紀千千聳肩道：「沒有關係！」

風娘看她一眼，欲言又止。

紀千千訝道：「大娘想說甚麼？」

風娘沉吟片晌，道：「小姐心中最好有點準備，短期內我們會有遠行。」

紀千千心中一顫，想到即將來臨的大戰，可是現今正値深冬，天氣寒冷，處處積雪，慕容垂難道要軍隊在冰天雪地攻打平城，那絕對是不智之舉。

小詩識相的找個藉口，進房去了。

紀千千問道：「天氣這麼冷，到哪裡去？」

風娘黯然道：「或許是回都城中山去吧！一切由皇上作最後決定。」

紀千千輕輕道：「大娘有甚麼心事呢？」

風娘呆了半晌，垂首嘆道：「這件事眞的不知如何了局？」

紀千千試探道：「大娘是指我嗎？」

風娘木無表情輕描淡寫的道：「我在擔心皇上。小姐你明白嗎？我好歹都是慕容鮮卑族的人，不能不爲我的族人著想，更要爲皇上著想。如他有甚麼不測，慕容鮮卑族的命運將會非常悽慘。小姐認識拓跋珪嗎？他絕對是心狠手辣的人，參合陂一役，活埋了我族數萬戰士，是多麼的殘忍不仁。所以現在慕容鮮卑族的人，萬眾一心，團結起來，因爲每個人都意會到，這場仗是絕不能輸的，輸了慕容鮮卑族將會變成這暴君的奴隸。」

如果風娘以激動的語氣說出這番話，紀千千的感受不會這般震撼和深刻。可是風娘神態反常的平靜，透露出對戰爭沉痛的悲傷和無奈，帶著種看破世情的心灰意冷和麻木，似已失去激動的能力，反令紀千千更深切地從殘酷的現實體會到戰爭不是你死就是我亡的本質。

她雖從燕飛處知悉參合陂之役燕軍幾全軍覆沒，只剩下慕容寶和十多個將領親衛突圍逃生，卻從沒有想過燕軍的數萬降兵竟被拓跋珪生葬。

拓跋珪怎可能下這個可怕的決定，把數萬降兵埋掉，這該是任何正常的人心理上沒法承擔的事。燕郎爲何不阻止他呢？

不過她也想到，拓跋珪殘忍的手段是奏效的，這一招狠狠打擊了慕容垂，使燕人生出恐慌，動搖了燕軍的信心。

紀千千說不出話來。

風娘淡淡道：「小姐沒有話說嗎？」

紀千千苦澀的道：「戰爭從來都是無情和殘酷的，我可以想像如讓你們當時攻入盛樂，也會殺個雞犬不留，誰都不願做亡國之奴，一天中土仍是四分五裂，這樣的情況會持續下去。」

風娘點頭道：「慕容鮮卑和拓跋鮮卑結下解不開的血仇，要直至一方完全屈服，戰爭方會了結。皇上很看得起拓跋珪，一直在籠絡他，但此子的野心太大了，不肯向皇上稱臣，以致事情發展至不可收拾的地步。」

風娘還是首次和紀千千談及外面發生的事，顯然是她心中充滿憂慮和惶恐，忍不住宣洩出心中的憤怨和無奈。

風娘又道：「拓跋鮮卑族最出色的兩個人，就是拓跋珪和燕飛。他們兩個聯合起來，是非常可怕的組合。唉！皇上一世英明，想不到亦會犯下錯誤，令燕飛因小姐你而成爲皇上的死敵，也使荒人變成敵人。」

這是風娘第一次清楚透露不同意慕容垂強擄紀千千主婢的事，換作平時紀千千會心中感激，但紀千千已因知道參合陂的慘事，情緒跌至谷底，再不能有特別的感覺。

風娘輕輕道：「皇上對小姐的愛是沒有保留的，難道小姐沒有一丁點感動嗎？」

紀千千淒然道：「這是何苦呢？千千已心有所屬，永遠不會改變。」

風娘頹然無語。

好半晌後，風娘苦笑道：「是老身不好，不該告訴小姐這些事，影響小姐的平靜。」

紀千千嘆道：「大娘早該讓我知道的。大娘爲何今天有這麼大的感觸？」

風娘垂下頭去，好一會兒才道：「剛才皇上離開前，老身向他說留得住小姐的人，亦留不下小姐的心，何不放過小姐，專心於國家大事，卻給他斷然拒絕。唉！都怪老身多嘴，但老身偏忍不住。」

紀千千呆看著她。

風娘輕拍她肩頭，逕自離去。

桓玄的血在沸騰著，他的夢想終於成眞了。

在親兵簇擁下，桓玄馳出宮城的大門，踏上寬廣的御道。目的地是秦淮河畔的淮月樓，「清談女王」李淑莊設宴款待他，並會親自侍酒。

有資格與會者，都是建康高門舉足輕重的人物，由李淑莊穿針引線，安排他們這次私下的會面。這會是一個重新分配利益和權力的重要政治宴會。

建康城已在他絕對的控制下，附近城池亦被他派兵逐一接收佔據，只遇到毫無威脅力的零星反抗。

現在對桓玄來說，最要緊是安定建康高門大族的心，去除登基的障礙，以免重蹈其父桓溫的覆轍，硬被謝安和王坦之以延兵之計阻撓，致功虧一簣。

桓玄心情興奮的另一個原因，是即可見到李淑莊，她是否如傳言般的動人，今晚便可清楚。

桓玄道：「到淮月樓前，我想先到烏衣巷去。」

策馬追在他後側的譙奉先聞言暗吃一驚，道：「淑莊和貴賓正恭候相國大人的大駕。」

桓玄微笑道：「便讓他們稍候片刻，不會耽擱很久的。」

譙奉先忍不住的問道：「相國大人爲何忽然要到烏衣巷呢？」

桓玄欣然道：「我要到謝琰的靈位前上香致祭，並邀謝混公子一起到淮月樓參加晚宴，沒有謝安的後人參宴，今晚的宴會將大大失色。」

譙奉先心中暗罵，知道桓玄醉翁之意不在酒，但偏又拿他沒法，只好閉口不言。

桓玄不知想到甚麼，哈哈一笑，揮鞭催馬，隨從們連忙加速，擁著桓玄放蹄御道，朝朱雀門旁的烏衣巷入口揚塵而去。

劉裕在何無忌等七、八名北府兵將領陪伴下，策騎巡視，沿城牆走了一匝。

能守而後能攻，京口正大幅加強城防，特別在碼頭區一帶，廣置石壘箭樓，以應付桓玄從水路來的突襲。

廣陵已落入桓玄手上，由桓弘率兵進駐，不過廣陵向為北府兵的根據地，沒有一年半載，桓玄休想可真正的控制廣陵，而劉裕是絕不會讓桓玄有這樣的機會。

到達碼頭區時，正為工事忙碌的兵員紛紛對劉裕致敬喝采。

劉裕和諸將甩鐙下馬，慰問士兵。

此時數騎從城門馳出來，赫然是久違了的孔老大孔靖。

劉裕心中一陣激動，迎了上去。

帶領孔靖來見劉裕的魏詠之大笑道：「孔老大今天從鹽城趕來哩！」

孔靖大笑聲中，躍下馬來，與趕至的劉裕擁個結實，周圍的人齊聲叫好。

孔靖離開少許，仍用力的抓著劉裕的肩頭，嘆道：「幹得好！我們的小劉爺幹得好，不但沒有令我們失望，還使我們人人喜出望外。」

孔靖是這一帶最有影響力的幫會大龍頭，無人不識，登時引起轟動，均知劉裕得到孔靖的支持。

劉裕搭著孔靖走到岸邊，何無忌等曉得他們有事商量，沒有跟隨，還為他們擋著來湊熱鬧的人。

孔靖再嘆道：「你從海鹽出擊的那一手實在非常漂亮，得到北府兵兄弟的一致讚賞，事前眞的沒有人想得到。」

劉裕謙虛的道：「全賴你老哥照拂有加，運馬、運糧、運金，掏空你的家當眞不好意思。」

孔靖笑道：「有甚麼關係，我是做生意的人，這鋪賠了，下一鋪便賺回來，只要劉爺你步步高升，我孔靖當然跟著飛黃騰達，大家都有好日子過。」

接著正容道：「你找得我這麼急，有甚麼用得著我的地方？」

劉裕道：「現在我們最大的難題，就是缺糧，京口的糧倉，只餘不足一個月的糧食。如果反攻建康，糧食將會更爲吃緊。」

孔靖頭痛的道：「建康下游的所有城池，均有同樣的難題。我從沿海各縣搜購回來的糧貨，都運往海鹽去。唉！現在有錢都買不到糧貨，怎麼辦好呢？」

劉裕胸有成竹的道：「辦法是有的，卻需要孔老大你幫忙。」

孔靖坦然道：「客氣話不用說了，大家禍福與共，幫你等於幫我自己。只要我辦得到的，定會爲劉爺你辦得妥妥貼貼。」

劉裕衷心的道：「無論將來我變成了甚麼，我劉裕會永遠當孔老大是兄弟。」

孔靖微笑道：「自第一眼看到你，便知劉爺是這種人，否則玄帥怎會看中你？」

劉裕目光投往大江，五艘北府戰船正逆流而上，進行偵察和巡邏的行動。道：「我們是缺糧，桓玄是糧多。如桓玄懂兵法，會如何對付我們呢？」

孔靖道：「這個我眞的不在行，不如由你來告訴我吧！」

劉裕首次發覺孔靖是個很坦白的人，點頭道：「桓玄最愚蠢的做法，是揮軍來攻，如此則勝負難料。現在桓玄不論在兵員的數目上，至乎其他任何一方面，都佔盡上風，沒道理冒險來和我們硬拚，但當然也不能置我們不理，最佳的策略莫如重施故技，封鎖漕運，讓我們因缺糧而崩潰。」

孔靖同意道：「若我是桓玄，也會這樣做。現在北府兵力量分散，有一半的人在另一條戰線作戰。桓玄現在坐擁天下有最強防禦力的堅城，當然是以順流對逆流，以逸待勞最爲上算。經劉爺這般分析，我也認爲桓玄會以封鎖漕運的方法對付我們。」

劉裕道：「桓玄若要封鎖京口的漕運，必須派重兵進駐廣陵，還要調來戰船，且不可拖延，宜快不宜遲，否則如讓我們在他們部署未完成前，對廣陵發動攻擊，桓玄將損失慘重。」

孔靖點頭道：「廣陵是建康和京口間最重要的大城，如桓玄能守穩廣陵，我們將動彈不得，直至箭盡糧絕。」

劉裕欣然道：「兵員的調動，是複雜龐大的軍事行動，須各方面的配合。桓玄手下的將領，並不熟悉江東這區域的情況，更不察民情，兼且如此勞師而來，反變成我們是以逸待勞，情況倒轉了過來。有點像重演南征平亂軍攻打天師軍的一戰。」

孔靖訝道：「這麼說，劉爺早預料到眼前的情況，所以故意棄廣陵取京口，就是要布下引桓玄上鉤的魚餌。」

劉裕道：「當我決定到廣陵挑戰劉牢之的權力，便想到種種的可能性。」

孔靖現出心悅誠服的神色，道：「我來京口之前本憂心如焚，可是現在見到劉爺，聽劉爺剖析敵我情況，雖仍未掌握到劉爺致勝的辦法，但整個感覺不同了，忽然間充滿了信心和鬥志。」又誠心的道：「究竟我可以在甚麼地方出力？」

劉裕道：「我有把握把廣陵奪回來，且是毫不費力，但時機最重要，否則攻奪廣陵，只是徒添我們的負擔。」

孔靖給引出興趣來，問道：「何謂最適當的時機？」

劉裕道：「就是當荊州軍把大批糧貨物料送抵廣陵的一刻，我們在廣陵城內發動攻擊，以雷霆萬鈞之勢殺死桓弘，攻他一個猝不及防，如此荊州軍肯定崩垮，我們便可把糧資據爲己有了。」

孔靖是老江湖，一點便明，大喜道：「這件事可包在我身上，廣陵是我的老家，目前我在廣陵的手下尙有數百之眾，只要我潛返廣陵，便可配合劉爺行事。」

劉裕道：「最重要是弄清楚桓弘如何存放糧貨，先奪糧貨後動手，如被敵人撤退時燒掉糧倉，我們等於打了一場敗仗。」

孔靖笑道：「明白！」

劉裕道：「我還要提醒老大你有關魔門的事，說不定你的手下裡也有魔門的內奸。」

孔靖愕然道：「魔門？」

劉裕遂把魔門的事詳細告訴他，又指出高素是魔門的奸細。

孔靖聽罷欣然道：「這方面劉爺可以放心，我信靠的全是本地出生身世分明的人，沒有可能被魔門滲透或收買。我敢誇口說一句，有我在廣陵主事，桓弘死了仍不知是怎樣一回事。」

劉裕道：「剛才我見孔老大及時趕至，我已知勝券在握。」

孔靖笑道：「我剛才見你一路走過來，大有龍行虎步的威勢，心中想到的是這個人鐵定是老天爺揀選的眞命天子，跟著他絕對錯不到哪裡去。」

劉裕大笑下摟著他肩頭，道：「希望我不會令老大失望。」

孔靖微笑道：「我看人是不會看錯的。」

第十二章　魔門聖君

當桓玄在淮月樓欣賞秦淮風月的時候，燕飛抵達建康。

即使沒有劉裕的請求，他也會到建康來，與魔門來個短兵相接。從向雨田、鬼影的身上，可窺見魔門驚人的實力。正如向雨田說的，與魔門是沒有甚麼話可說的，只有見一個殺一個，見一對殺一雙，不是你死就是我亡。

劉裕的成敗，直接影響到北方與慕容垂的決戰。如果不是劉裕雄才大略，想出北返廣陵從劉牢之手中奪兵權的大膽之計，牽制著桓玄，肯定桓玄的戰船隊此刻正開赴壽陽，以切斷邊荒集連接南方的生命線。接踵而來的，將會是針對邊荒集的大規模軍事行動。假設劉裕仍在海鹽與天師軍相持不下，失去邊荒集的支援，建康、廣陵、京口等重鎮又全落入桓玄手上，劉裕肯定完蛋，那時荒人自顧不暇，還如何配合拓跋珪應付慕容垂。

想想燕飛也要暗抹一把冷汗，勝敗只是一線之隔。

他到建康來還有另一個目的，就是保護支遁。

對魔門來說，支遁是建康第一個必須除去的人。支遁雖不懂武功，但佛法精深，在建康德高望重，是南方佛門的代表人物，對建康高門有龐大的影響力，更是深悉魔門底細的人。這樣對魔門有威脅力的人，魔門是不會容他活下去的。

但魔門絕不敢貿然殺死支遁，會等到站穩陣腳才動手，而佛門也會派出護法高手，保護支遁。

建康形勢之複雜，是不明內情的人難以想像的。

燕飛從燕雀湖的方向進入建康城區，全身黑色夜行勁裝，把頭臉蒙著，只露出眼、耳、口和鼻，展開身法，逢屋過屋，朝歸善寺掠去。

建康表面看來仍是燈火燦爛，昌盛繁榮，如果不曉得建康近日翻天覆地的變化，誰都想不到司馬氏的天下已被桓氏取代。

入目的情況，使燕飛尤感從內部動搖桓玄管治的重要性。任劉裕如何縱橫無敵於沙場，如鬥力而不鬥智，劉裕即使盡起全軍攻打建康，亦只有慘敗的分兒。

建康不但有防禦力強的宮城，還有石頭城、冶城、越城、東府城、丹陽郡城等附城，其中只石頭城一城，便足可令攻打建康的軍隊吃不完兜著走。

驀地燕飛心生警兆，忙伏身簷頂，別頭朝宮城的方向瞧去。

在燈火不及的高處，一道人影現身離他超過三百丈的瓦頂處，正躥房越脊的朝歸善寺疾掠。

燕飛從對方體型認出來人是個女子，且體態均勻曼妙，如果蒙頭布罩下藏著是一張美麗的臉孔，肯定是有傾城之姿的美女。

他敢肯定此女是魔門妖女，而且是魔門中出類拔萃之輩，她身法的飄閃難測頗有鬼影的味道，卻絕不是李淑莊。

她會是誰呢？

難道是譙嫩玉？

又會這麼巧的，燕飛思索間，女子在前方掠過，投往歸善寺方向的暗黑去，燕飛再不猶豫，緊跟在她身後去了。

紀千千坐在床旁的几椅處，情緒低落。

她清楚除了燕飛外，再沒有靈丹妙藥能醫治她的心病。

活埋數萬人的可怕景象浮現在她腦海。拓跋珪真的沒有別的選擇？又或是拓跋珪本身是嗜血的人？

只恨昨夜夢會燕飛，損耗了她的心力，令她沒法在短期內再召喚燕飛。

她提醒自己此時正陷身於一場有關兩個敵對族群存亡的生死決戰裡，為了爭取最後的勝利，任何一方都會不擇手段，盡顯戰爭醜惡的本質。

燕郎為何不阻止拓跋珪做這種泯絕人性的惡行？這個才是橫亙在她心中的疑問。

她必須堅持下去，必須堅強起來。

忽然間，她感到被難以解除的懷疑佔據心神，懷疑逐漸轉變為沮喪，彷似世上再沒有任何事具有令人追求和奮鬥的意義，包括她和小詩的自由在內。

同一個時間，她曉得自己正陷入修行上另一低谷，如果她不能克服，拓跋珪極可能要慘吃敗仗，輪到慕容垂把拓跋族的戰士生葬，因為慕容垂顯然又在大耍他的奇兵手段。自己絕不可放棄。

這兩個矛盾的想法磨蝕著她的心，把她推往更低落的心情去。

一陣天旋地轉，在失去意識前，她隱約聽到小詩焦急的呼喚。

燕飛踰牆而入，避過兩個隱藏的哨崗，來到大宅中園處。

這所佔地數畝的大宅與歸善寺比鄰，當神秘女子直入此宅時，燕飛還以為她經由此宅潛赴歸善寺，但當發覺大宅有多處暗哨，便知事情大不簡單。

換作別的高手，縱然輕功與燕飛所差不遠，亦無法在敵人不知不覺下進入宅院的範圍，因為對方的暗哨分布得非常巧妙，藏於樓房高處，嚴密得連小鳥飛來都難瞞過他們的眼睛。

但在燕飛神奇的靈應下，卻可掌握對方注意力的破綻和空隙，以鬼魅般的快捷身法，穿越在彷如視網間的漏隙，輕易過關。

燕飛功聚雙耳，立即接收到大宅內的諸般聲響，認清目標，朝最接近歸善寺的西院掠去，當然是小心翼翼，不讓敵人察覺他的闖入。

聲音愈趨清晰，是男女對話的聲音。

燕飛心中暗喜，想不到有此意外收穫，且得來毫不費力。身處之地當是魔門的秘密巢穴，位於歸善寺之鄰，既教人想不到，更含有在近處監視支遁之意。

燕飛最後在西院小園內的一處樹叢隱藏起來，離他三丈許處是一幢兩層的樓房，中間隔著一個小魚池，說話聲從樓房下層傳出來。

對方已蓄意收斂聲浪，但仍沒法瞞過燕飛異乎一般高手的靈耳。

一個女子的聲音道：「究竟發生了甚麼事？」

燕飛心中叫好，屋內兩人的對話，該是剛進入正題。

蒼老的男聲應道：「恐怕是靜齋的人來了！」

女子失聲道：「這是不可能的，自漢亡以來，不論靜齋和禪院，都偃旗息鼓，明哲保身，罕有派人出山。怎會於此時此刻，卻忽然出現在歸善寺內？」

燕飛聽得一頭霧水，因從未聽過靜齋和禪院兩個門派，只猜到兩派不但是魔門的死對頭，且是魔門忌憚的派系。

蒼老的聲音道：「玉姑娘的反應合理，起始時我也認爲不是靜齋的人，是當對方連傷我方五個高手，我才懷疑起來。出手的年輕尼姑手下極有分寸，被她擊傷的都是經脈受創，短期內難再出手，卻沒有性命之虞，此正爲靜齋不殺生的作風。」

燕飛心忖，這老者稱該是譙嫩玉的女子作玉姑娘，語氣恭敬，顯然譙嫩玉在魔門內的地位，要比老者爲高。

譙嫩玉道：「此女尼外貌如何？」

老者道：「由於大家於黑暗中動手，那女尼的身手又迅疾如雷電，沒有人看得眞切。一天不除去此尼，我們休想動支遁半根寒毛。若此女已臻『劍心通明』的境界，任何偷襲刺殺的行動，均要先過她那一關。」

燕飛放下大半心事，他正爲如何保護支遁而頭痛，有別人代勞，當然最理想。

譙嫩玉道：「如對方眞的來自靜齋，恐怕要譙公出手，方有制勝的把握。」

老者道：「玉姑娘認爲應該這樣做嗎？」

譙嫩玉苦惱的道：「我不知道。唉！今回眞是枝節橫生，忽然殺出個靜齋的女尼來。最糟糕是我們根本摸不清對方的實力，不知對方是否還另有潛伏的高手。」

老者道：「我們原先的計畫，是要支遁死得不明不白，令包括桓玄在內的所有人找不到我們的把柄。如果把事情鬧大了，對我們是有害無利。」

又道：「玉姑娘可否在桓玄處想辦法，我不信桓玄不想除去支遁。」

譙嫩玉回復平靜，淡淡道：「支遁不但是謝安的方外至交，且佛法精微，備受建康高門的推崇和尊敬。可以這麼說，支遁代表的正是建康高門盛世的美好歲月，建康精神的象徵。強橫如司馬道子，明知支遁支持劉裕，見到支遁仍要執禮甚恭，不敢有半句微言。現在桓玄陣腳未穩，若敢公然處決支遁，會引起建康高門的強烈不滿，桓玄豈敢冒這個險呢？支遁的問題，必須由我們解決。」

老者道：「我們是否該暫緩對付支遁的行動？」

譙嫩玉道：「我立即回宮去與譙公商議，由他決定。現在你們必須立即撤退，放棄這個地方，不要留下讓敵人可追查到我們的任何線索。清楚嗎？」

老者道：「明白！一切依玉小姐的吩咐行事。」

燕飛正要先一步離開，到隔鄰看看那來自靜齋的女尼究竟是何方神聖，並對她作出警告，但聽到譙嫩玉嘆了一口氣，似乎尚有下文，忙留在原處竊聽。

老者道：「玉姑娘爲何憂心忡忡的樣子，支遁並不能左右大局的發展，待我們達到目的，不要說支遁，靜齋和禪院也將沒有立足之地。」

當他說到靜齋和禪院，話語間流露出深刻的仇恨。

譙嫩玉道：「我不是在想支遁的問題，現在支遁能保住老命已非常難得，在目前的形勢下，他根本難起任何作用。但我卻擔心靜齋的人能於此關鍵時刻，對支遁提供保護，似像看穿了我們全盤計畫的樣子，才教人憂慮。」

燕飛心中暗讚，譙嫩玉確非一般女流之輩，看事情通透明白。又想到或許是支遁向靜齋求援，因曉得自己危在旦夕。

老者道：「對！此事內中大有玄機，我們切不可掉以輕心。」

譙嫩玉道：「現在我們看似佔盡上風，事實上危機處處，一個不小心，便會功敗垂成。張師叔把情況如實稟上聖君，讓他拿主意。」

燕飛聽得心中大懍，譙嫩玉口中的聖君，肯定不是譙縱，因爲如是後者，譙嫩玉自己告訴他便成，不用別人通傳。

爲何向雨田從沒有提過這個人呢？

聽譙嫩玉說的話和對這叫「聖君」者的尊敬語調，便知魔門的整個奪取政權的行動，大有可能產自他的腦袋。

如果能殺死此人，會是對魔門最嚴重的打擊。

張師叔道：「一切遵從玉姑娘的吩咐。」

燕飛拿定主意，即使張師叔到天涯海角去向那聖君打報告，他誓要跟到天涯海角去。

譙嫩玉沉聲道：「小心被人跟蹤，建康表面看來一片寧靜，其實是危機四伏。」

張師叔信心十足的道：「跟蹤我也沒用，我只會以本門的特別手法，知會聖君。」

燕飛心中好笑，兩人這番對答，似是針對他而說的，事實針對的是來自靜齋的年輕尼姑。不過他也知道正如張師叔說的，跟蹤他只會是浪費時間，立即放棄此一想法。

屋內沉默下來。

好半晌後，譙嫩玉道：「現今最令人憂心的兩個人，一是劉裕，一是桓玄，你說多麼令人頭痛？」

張師叔訝道：「我明白劉裕現在是最能威脅我們的人，但為何桓玄會成為我們的難題呢？」

譙嫩玉憤然道：「桓玄這傢伙稍得志便忘形，又不肯聽人說話，不把劉裕放在眼裡，認為劉裕難以成事，只是急於稱帝，過當皇帝的癮兒。哼！若不是我們別無選擇，我眞想趁他色迷心竅時一掌了結他。」

張師叔笑道：「憑玉姑娘的手段，迷得桓玄神魂顚倒，哪怕桓玄不對玉姑娘言聽計從。」

譙嫩玉道：「桓玄不會信任別人，我也不例外，我還要盡量避免和他談論政事，以免引起他的疑心。唉！我很辛苦哩！」

張師叔道：「沒有付出，怎會有收穫？將來如我聖門德被天下，玉姑娘應記首功。」

譙嫩玉平靜的道：「我怎有資格居首功，要論功當推譙公和夫人，何時輪得到我？」

接著道：「對劉裕此人，我們絕不可以小覷。他能於最關鍵的時刻，秘密返回廣陵，發動兵變，破壞了我們對付北府兵的周詳計畫。現在更守穩京口，又有燕飛這種可怕的高手護駕，令我們沒法進行刺殺，只有和他在沙場上見眞章，便可知此人兵法如神，雄才大略。如果沒有我們大力支持，桓玄肯定鬥不過他。」

張師叔道：「玉姑娘是否太悲觀呢？現在我們佔盡上風優勢，劉裕不論在經濟、政治和軍事上亦比我們差，如此報上聖君，怕會令聖君掌握不到確切的情況。」

譙嫩玉道：「剛才的一番話不是我說的，而是譙公親口說的。」

張師叔連忙閉嘴。

譙嫩玉道：「譙公還說，若依現在的情況順利的發展下去，劉裕一方必敗無疑。不過劉裕和燕飛都不是肯坐以待斃的弱者，事實證明了劉裕能精確的掌握時局，否則他豈能於最適當的時機奪得海鹽的控制權，又於最關鍵的時刻，潛返廣陵？」

張師叔道：「劉裕還可以做甚麼呢？」

譙嫩玉坦然道：「我不知道。」

張師叔爲之愕然。

譙嫩玉接下去道：「正因我們看不通劉裕的手段，才這麼擔心。所以必須稟上聖君，請他想辦法。」

張師叔道：「聖君必有應付的辦法。」

譙嫩玉道：「在我去江陵前，聖君曾向我指示，我們最危險的一段時間，就是助桓玄攻佔建康後，未完全站穩陣腳的時刻。因爲我們已由暗轉明，如果不小心，將會成爲敵人攻擊的明顯目標。他特別擔心夫人，因爲她關係到我們的成敗。」

張師叔欣然道：「夫人神功蓋世，自保方面該全無問題，只要小心一點，足可應付敵人任何陰謀詭計。桓玄的事請玉姑娘不要過慮，在夫人的媚術和施藥雙管齊下，肯定桓玄會被她玩弄於股掌之上，乖乖的和我們合作。」

譙嫩玉道：「一切要看夫人的手段了，我對桓玄的影響力正不住減弱。」

聽到這裡，燕飛知道再偷聽不到重要的事，遂悄悄離開。

第十三章　神秘女尼

烏衣巷。謝家。

謝道韞登上二樓，謝鍾秀正神情木然的坐在一角，兩眼無力的朝她瞧過去，接著一雙秀眸紅起來，顯露出心中的憤慨，卻忍著不哭出來。

謝道韞完全明白謝鍾秀的感受，而她亦感同身受。

謝鍾秀以違反她內心眞正情緒的平靜語調道：「那奸賊走了嗎？」

謝道韞還是首次聽到謝鍾秀這樣罵一個人，可見謝鍾秀如何痛恨桓玄。

謝道韞在她身旁坐下，道：「走了！」

謝鍾秀兩唇輕顫，欲語還休。

謝道韞柔聲道：「秀秀是不是想問桓玄爲何要到我們謝家來呢？」

謝鍾秀雙目射出深刻的仇恨，道：「這奸賊害死淡眞仍不夠，還要害死我。」

謝道韞劇震道：「秀秀！」

謝鍾秀以使人心寒的平淡語調道：「我寧死也不願讓桓玄得逞的。」

謝道韞心神抖震，色變道：「秀秀千萬要振作起來，不要有尋死的念頭。只要姑姑有一口氣在，絕不讓桓玄稱心遂意。」

謝鍾秀淒然道：「現在這奸賊權傾建康，我們如何能和他對抗？唉！小混雖然看似精靈，卻像他爹般糊塗，那奸賊對他稍施顏色，便受寵若驚，以爲鴻鵠將至，與那奸賊赴宴前還特意到我這裡來，送上那奸賊的禮物，給我連人帶禮轟了出去。爹爲甚麼這麼快離開秀秀呢？剩下秀秀孤零零一個人。」

謝道韞心酸的道：「秀秀不要說這種話。我們謝家仍有希望，這個希望還是經由你爹締造出來的。」

謝鍾秀一呆道：「希望？」

謝道韞點頭道：「是可能實現的希望。還記得劉裕嗎？」

謝鍾秀嬌軀劇顫，朝她望去。

謝道韞沉聲道：「劉裕於大破天師軍後，秘密回到廣陵，發動了不流血的兵變，從劉牢之手上把兵權奪去。現在劉裕佔領京口，正緊鼓密鑼，準備反擊桓玄。」

謝鍾秀露出有點不能置信的表情，雙目卻回復了點神采，道：「竟有此事？」

謝道韞慌忙道：「此事千眞萬確，烏衣巷無人不知此事。」

謝鍾秀擔心的道：「劉裕鬥得過那奸賊嗎？」

謝道韞道：「秀秀就算對劉裕沒有信心，也該對你爹有信心，你爹從來沒有看錯人。」

謝鍾秀的俏臉亮起來，喃喃道：「劉裕！」

謝道韞道：「劉裕和桓玄的決戰，已如箭在弦上。劉裕要贏此一仗，收復建康，必須速戰速決，以免桓玄有站穩陣腳的機會。劉裕如能打垮桓玄，我們的苦難便過去了。」

謝鍾秀不知想起甚麼，黯然垂首。

謝道韞心痛的道：「秀秀啊！你和劉裕之間究竟發生過甚麼事呢？」

謝鍾秀答非所問的淒然道：「沒有用的，我和他之間再沒有可能了。」

謝道韞一呆喚道：「秀秀！」

謝鍾秀現出心力交瘁的疲倦神色，道：「我爲我們謝家子弟的不爭氣痛心。唉！我累哩！想早點休息。」

謝道韞扶她站起來，道：「秀秀你要堅強起來，千萬不要放棄。」

謝鍾秀沮喪的道：「劉裕鬥不過桓玄又如何？鬥得過他又如何？」

說罷星眸閉上，身子搖搖欲墜。

謝道韞吃力的扶著她，大驚道：「來人！」

兩個小婢從樓下奔上來，助她扶著謝鍾秀。

謝鍾秀又張開美目，眼神渙散，好一會兒後方意識到發生了甚麼事。

謝道韞見她清醒過來，吩咐其中一婢立即去請大夫來，然後和另一婢攙扶她返閨房，讓她躺在臥榻上，又爲她蓋好被子。

謝鍾秀從被內伸出纖手，握著她的手，道：「姑姑不要擔心秀秀，我很快便沒事了！姑姑也要保重身體，姑姑清減了很多呢！」

謝道韞輕輕道：「秀秀有沒有話要和劉裕說？姑姑可請宋大叔爲你傳話。」

謝鍾秀在棉被內的身體抖動了一下，雙目射出熾熱的神色，旋又被淒苦無奈的眼神代替，苦澀的道：「再沒有甚麼話好說的了。」

謝道韞肅容道：「秀秀有沒有想過，劉裕此仗若勝，再不會重蹈你爹的覆轍，受制於不思進取的司馬氏王朝，以致坐失統一天下的良機？」

謝鍾秀疑惑的道：「姑姑是指……」

謝道韞俯身耳語道：「我是說，劉裕如攻入建康，將再非屈居人下之人，秀秀明白嗎？」

謝鍾秀「啊」的一聲叫出來，顯是從未想過劉裕可能是未來新朝之主。

謝道韞道：「秀秀仍要瞞著我嗎？你不把發生的事說出來，姑姑如何爲你拿主意作決定呢？」

謝鍾秀雙目淚如泉湧，搖頭道：「沒有用的，我傷他太深了，他不會原諒我，只會恨我。」

謝道韞訝道：「秀秀私下見過劉裕嗎？」

謝鍾秀泣不成聲道：「我私下見過他兩次，最後一次拒絕了他，我還記得他當時的神情，唉！我做了甚麼事呢？」

謝道韞雖仍未弄清楚確切的情況，但已猜得個大概，怕她過於激動，不敢追問。邊爲她拭淚邊道：「好孩子！一切都過去了，當劉裕踏足建康，會帶來全新的氣象、全新的時代，我們也會有個新的開始。放心吧！姑姑會爲你好好安排，讓你能和喜歡的人在一起。高門大族的婚姻害苦了我們謝家的女兒，姑姑絕不會讓秀秀走我們的路。」

謝鍾秀閉上美目，很快發出均勻的呼吸聲，倦極下睡著了。

謝道韞的熱淚終忍不住奪眶而出。

在劉裕擊敗桓玄前，將是謝家最風雨飄搖的艱難歲月，自己能夠挺下去嗎？

想到這裡，她的心劇痛起來，牽動著她的五臟六腑。自丈夫和兒子慘死會稽後，她的心痛症便不時發作，每次都比前一次劇烈，令她曉得餘日無多。可是她怎樣都要撐下去，直至謝鍾秀有好的歸宿。

那時她再沒有心事了。

燕飛踏足歸善寺的牆頭，騰身而起，再幾個起落，立足於歸善寺大雄寶殿的瓦頂上，整個寺院的形勢，盡入他眼底。

他是蓄意暴露行藏，以測試神秘女尼的應變能力。

寒風呼呼，建康大部分地區已黑燈瞎火，唯獨秦淮河一帶仍是燈火輝煌，顯出建康的改朝換代，對秦淮風月沒有絲毫影響。

不論誰來當皇帝，建康高門醉生夢死的生活方式，都會繼續下去。桓玄如是，劉裕也不例外。

燕飛心生感觸。

比對起北方諸胡的刻苦耐勞，勇武成風，南人實非北人的對手。淝水之敗，問題並不出在戰士身上，而是出在苻堅身上。

苻堅無疑是有為的霸主，可惜遇上的對手卻是百年難得一遇的風流將相——謝安和謝玄。

如果換上拓跋珪又如何？

想到這裡，燕飛終於生出感應。

燕飛也不由打心底佩服來自靜齋的年輕尼姑，他肯定就算她武功比不上孫恩，也是非常接近孫恩級數的高手，竟可避過他無所不至的感應網。

來人落在後方瓦坡邊緣處。

燕飛緩緩轉身，接著瞪大眼睛地看著眼前寶相莊嚴、清麗脫俗的美麗女尼，失聲叫道：「是你！」

第十四章　看破世情

年輕女尼背負長劍，低宣佛號，雙手合十道：「燕施主終於來了！」

燕飛的腦袋頓然變成一片空白，頭皮發麻，不能置信地盯著對方。

年輕女尼玉容平靜，光潔的禿頭不見戒疤，卻特別強調了她俏臉的輪廓及她那雙曾令燕飛夢縈魂牽的眸神。

西北風一陣陣吹來，颳得她袍服飄揚，但神態卻是莊嚴肅穆，彷似已割斷了與人世一切的牽連和關係。

燕飛虎軀劇震，失聲道：「玉晴……」

竟然是安玉晴。

燕飛艱難的道：「這究竟是怎麼一回事？」

安玉晴澄明清澈又深不見底的眸神凝視著他，花容恬靜無波，合十道：「小尼看破世情，已出家爲尼，現名思去，燕施主勿要提小尼以前的俗號。」

燕飛的一顆心直沉下去。

不久前他才因紀千千的寬容，對安玉晴生出憧憬和遐想，忽然間安玉晴卻出家爲尼，眼前的情景，就像虛空在他眼前破碎般震撼，如若五雷轟頂。

一時間他完全不明白發生了甚麼事，整個人虛虛蕩蕩，臉上血色盡褪。

安玉晴見到他神色的轉變，嬌軀微顫，垂下螓首，似是沒想過燕飛有如此激烈的反應。道：「罪過！罪過！」

燕飛控制不住自己般道：「玉晴就算看破世情，也不用出家。」

安玉晴現出苦惱的神色，道：「是我不好！這個玩笑開得太大了。」

就在燕飛糊塗起來時，兩朵紅暈出現在安玉晴兩邊玉頰上，且逐漸擴大，波及整個耳根，至乎她光滑如鏡的禿頭。燕飛一呆道：「開玩笑？」

安玉晴似害羞得要找個深洞藏起來，粉臉被紅霞徹底征服，苦惱的道：「玉晴只因見燕兄駕到，心中歡喜，忍不住和你鬧著玩兒，想不到你……唉！你還不明白嗎？」

燕飛衝口而出道：「可是你的頭髮……」

安玉晴低聲道：「隨我來！」

一會兒後，兩人在安玉晴上次借住的那個靜室相對坐著，歸善寺一片夜深人靜的氣氛，在靜室沒有燈火的暗黑裡，窗外傳來北風的呼嘯聲，靜室彷似變成了宇宙的核心。

安玉晴閉上美目，神色逐漸平靜下來。

她不出聲，燕飛也不敢說話，因感應到她正全力行氣運功。

安玉晴體內眞氣澎湃，元神卻愈是收斂，似融入了遼闊無邊的大地去，充盈著生發之機。

然後令燕飛更料想不到的事，在他眼睜睜下發生了，安玉晴原本光潔嫩滑的光頭，漸轉顏色，一根一根的秀髮，奇蹟般從千萬計的毛孔鑽出來，詭異離奇至極點。燕飛從未想過世間可有此奇景，亦無法明白安玉晴如何辦得到。

當安玉晴頭上烏黑閃亮的秀髮，再次披垂在她兩邊香肩的一刻，安玉晴張開美眸，一眨不眨地瞧著燕飛，柔聲道：「這就是至陰無極，燕兄滿意嗎？」

燕飛呆頭鵝般死命看著她，在看過她「落髮爲尼」，三千煩惱絲盡去的素裝形象後，眼前她黑髮白肌的模樣，分外予他無比震撼的衝擊感覺，尤感到眼前的「她」的珍貴和不容錯失。

安玉晴不知想到甚麼，被他看得不好意思地垂下頭去，赧然道：「我眞的沒想過你的反應會這麼激烈，像給人判了極刑的樣子。燕兄還看不破嗎？出家和還俗又有甚麼分別呢？」

燕飛逐漸明白過來，但仍未完全掌握到情況，苦笑道：「我的道行太淺了，給玉晴一試便露出底細。出家和還俗當然大不相同，出家要守清規戒律，還俗則甚麼都不用理會，對嗎？」

安玉晴嬌嗔道：「燕飛！」

燕飛先略皺眉頭，捕捉到安玉晴往他瞅來露出嗔怪神色的一眼，攤手道：「先告訴我是怎麼一回事，好安我的心。」

安玉晴現出罕有害羞不依的神情，苦惱的道：「當晚於廣陵別後，我本想依你的話返山靜修，可是總放心不下支遁大師，遂順道到建康來探訪大師，方知建康已成險境。尤令我擔心的是魔門的威脅，他們控制建康後，第一個要殺的人肯定是他老人家。桓玄方面我反不擔心，因爲給他天大的膽子也不敢於此時勢冒犯大師。但憑我一個人的力量怎對抗得了實力龐大的魔門呢？於是我想到唯一的辦法，就是令對方誤以爲我是來自慈航靜齋的人。只有當他們深信不疑靜齋的人正保護大師，才能使他們心生忌憚，不敢胡來。事情就是這樣。」

燕飛生出如釋重負的輕鬆感覺，又不自覺的皺了皺眉頭，問道：「慈航靜齋究竟是何門派，竟有可震懾魔門的力量？」

安玉晴定神看著他，訝道：「這是燕兄第二次皺眉了，但該與你說的話沒有直接關係。」

燕飛現出凝重的神色，道：「我眞的不覺自己有皺眉頭，給你提醒，我的心中有點不舒服的感覺，但卻不明白原因。」

安玉晴沉吟道：「原因或許來自你神通廣大的元神，向你的識神傳遞某個信息，令你的識神生出反應。」

又解釋道：「所謂識神，就是一般日常的你和我，平時所思所感，一切判斷分析、喜怒哀樂，都是由識神來主事。」

燕飛聞言露出震駭的神色，閉上眼睛，好一會兒後睜開眼來，擔心的道：「糟糕！千千極可能出事了。」

安玉晴問道：「你有甚麼感應？」

燕飛答道：「正因我沒有任何感應，所以我覺得她出事了，當我進入元神的境界，我強烈地想念千千，可知事情應與千千有關係。」

安玉晴道：「燕兄平時可感應到她嗎？」

燕飛道：「我不但可感應到她，還可以和她進行不受距離阻隔的心的對話，只恨不久前我剛和她進行了破天荒第一回的夢鄉相會，令她損耗了大量靈能，短期內將沒法再作心的對話。唉！怎麼辦好呢？」

安玉晴柔聲道：「爲何燕兄不主動去找她呢？看究竟發生了甚麼事？」

燕飛苦笑道：「若我有此本領，剛才早去了。」

安玉晴道：「便讓我施仙法來助你一臂之力如何？」

燕飛愕然道：「仙法？」

安玉晴欣然道：「凡與仙門有關的福分，就是仙緣；能破空而去的功法，便爲仙法。自我初步練成至陰無極後，我發覺自己在感應和隱藏兩方面的能力大幅地增加。假設我和你攜手合作，不論千千姊的心靈如何微弱，你也有辦法找到她，在不用她損耗心力下與她建立心靈的傳感。事不宜遲，我們立即進行吧！」

燕飛握著她伸過來的一雙纖手，柔軟而溫潤，接著一股無法形容的感覺蔓延到他全身經脈，那並不是眞氣的輸送，而是一種心與心的結合。

下一刻，他已和安玉晴那似如大地般，充滿生機和成長力量的心神結合爲一。倏忽間，天地詠舞旋轉。

他們的肉身、靜室和溫柔的晚夜都消失了，只剩下心靈的大地，而他並不是孤獨的，安玉晴毫無保留地和他一起動身，探索心靈的秘境。

燕飛感到元神強大起來，有點類似死後陽神離體的自由感覺，似是無所不能，卻只有一個目的，就是尋找紀千千。

安玉晴的靈能像澎湃的海潮，一陣一陣的衝擊他心靈的堤岸，每一漲潮，他都感到自己強大了一點。

心靈的感應如蜘蛛網般往四面八方延伸，越過茫茫的大地，也不知過了多少時候，他終於感應到紀千千。

高彥步入艙廳，只見卓狂生和姚猛兩人在密斟，似在商議甚麼要緊的事。

正說得眉飛色舞的卓狂生見高彥來到，笑道：「高小子你來得正好，我們正想去找你。」

高彥在桌子一邊坐下，皺眉道：「這麼晚了！有甚麼事不可留到明天說呢？」

姚猛笑道：「嫌晚？你在說笑吧！我們夜窩族有哪個不是晝伏夜出的夜鬼，白天有啥癮子？夜晚人才夠勁，想起東西來格外精神。」

卓狂生瞇著眼打量他，道：「你不是剛從小白雁的香閨走出來吧？」

高彥嗤之以鼻道：「又來試探老子的私事，不要以爲我被小白雁轟了出來，是老子我體諒她的心情，把我和她的洞房花燭夜延至宰掉桓玄之後，明白嗎？」

卓狂生和姚猛對視大笑，高彥卻像聽不到似的，逕自伸手去拿桌上的酒瓶。

卓狂生搶先按著酒瓶，道：「先談正事，然後你愛喝多少便多少。」

高彥無奈下把手收回去，不滿道：「和你們兩個有甚麼正事可以談的？」

姚猛湊近他少許道：「重奪巴陵算不算正經事呢？高少！」

高彥劇震道：「你在說笑嗎？現在桓玄透過周紹和馬軍那兩個奸賊，控制著巴陵，如果不是這樣，我們也不用流亡到鄱陽來。」

卓狂生皺眉道：「你這個沒膽子的傢伙，只看你的窩囊樣便令人心中有氣，眞想喚醒小白雁來看看，瞧她愛上的是個多麼沒用的小子。」

姚猛笑道：「當然我們不會眞的這樣做，大家兄弟，爲你著想是分內的事。出主意的雖然是我們，但領功的卻是你。明白嗎？你已初步取得小白雁的歡心，現在是要鞏固她對你的欣賞和感激。而討好她的唯一方法，就是狠狠打擊桓玄，以洩她心中的淒苦。」

高彥懷疑的道：「可是你們兩個智力有限，能想出甚麼方法來呢？」

卓狂生沒好氣道：「我們縱然不像老劉和鎭惡般精通兵法，幸好剛巧是三個臭皮匠，湊起來正好是個諸葛亮，明白嗎？」

姚猛興奮的道：「現在桓玄正攻打建康，抽空了荊州的軍力，周紹和馬軍只得二十多艘戰船，兵力不過二千，只要我們能謀定後動，你高少肯定可以提著周、馬兩人的頭去向小白雁領功，讓她弔祭老聶和老郝的在天之靈，說不定當晚你便可以和小白雁洞房。」

卓狂生道：「巴陵如重入我們手上，我才不信桓玄不生出恐慌，然後進退兩難，不知該回防江都還是繼續攻打建康。」

給兩人你一言，他一句，說得高彥開始興奮起來，點頭道：「對！如果我能把巴陵奪到手中，扯桓玄那奸賊的後腿，肯定雅兒會很開心，說不定……噢！」

卓狂生接下去道：「說不定眞的肯讓老子我摸她的手兒，對嗎？」

高彥光火道：「甚麼摸手兒，嘴都親過了，只剩下……嘿！」

卓狂生和姚猛聽得捧腹大笑，倏又收止笑聲，駭然往艙門處瞧去。

小白雁笑意盈盈的走進來，坐到面對高彥桌子的另一邊去。

三人你看我我看你，均曉得如被尹清雅聽到他們剛才的對話，高彥肯定大難臨頭。

尹清雅卻像個沒事人似的，只是收起笑意，道：「你們在談甚麼？」

姚猛試探道：「這麼晚了，清雅仍未睡嗎？」

尹清雅白他一眼，沒好氣的道：「你們三個傢伙這樣大呼小叫，吵得人睡意都飛走了，還問人家為何這麼晚仍未睡覺。」

卓狂生在桌子下暗踢高彥一腳，要他說話。高彥別的不行，胡謅卻是他的拿手本領，乾咳一聲，道：「不要聽我們像在大呼小叫，事實上這是我們一向的說話方式，我們說的可是正事。我們已擬好整個反攻桓玄的大計，保證他要吃不完兜著走。」

小白雁一雙鳳目亮了起來，問道：「甚麼反攻大計？」

卓狂生撚鬚微笑道：「計畫是由你的高小子的腦袋想出來的，連我和小猛聽到後都佩服得五體投地，讚不絕口。我以前實在低估了他。」

聽得毛管根根豎起的姚猛也違背良心的道：「不要看我們高少平時糊塗，其實是精明厲害的人，我們荒人以前多次與敵人周旋，都賴他想出奇謀妙計。」

高彥被恭維得飄飄然渾身舒泰之際，尹清雅卻不置可否的道：「說來聽聽。」

卓狂生忙要代高彥說出來，卻被尹清雅阻止，輕描淡寫的道：「橫豎是高小子想出來的，由他來說。」接著忍不住「噗哧」笑出來道：「人家也想把巴陵搶回來嘛！」

高彥剛張開口，卻半句話都說不出來。只從尹清雅曉得他們志在巴陵，三人都心知肚明她至少聽到一大截他們的對話。

三人面面相覷，尹清雅不耐煩的道：「高小子快說，若是胡謅的，請你閉上尊口，勿要浪費本姑娘的睡覺時間。」

高彥暗抹了一把冷汗，曉得尹清雅聽到自己向外公布曾親過她的嘴兒的豪言壯語，幸好見她面無慍色，心裡踏實了點。再乾咳一聲，求救目光投往卓狂生。

卓狂生兩眼上翻，表示無能爲力。

尹清雅皺眉朝高彥瞧去，一副隨時大發嬌嗔的姿態。

姚猛也暗自爲高彥著急，事實上他和卓狂生只是想到有可乘之機，趁桓玄兵力集中到建康，覷隙奪取巴陵，至於如何實行，正要和高彥湊成一個諸葛亮來研究。

高彥吃力的思索，苦笑道：「要奪回巴陵！嘿！要奪回巴陵……他奶奶的，當然是裡應外合，我……天呵！有了！」

尹清雅忍著笑的道：「你不是早想好了嗎？爲何卻像剛想到的樣子。」

高彥興奮得手舞足蹈，道：「幾時想到都好，最要緊是我們攻陷巴陵後，再守穩巴陵，威脅桓玄的老家，逼他要應付兩條戰線的大戰，那肯定早晚可割下桓玄的卵蛋來送酒。」

尹清雅掩耳道：「不准你再說髒話。」

高彥像變成另一個人，俯前向尹清雅道：「先放下你那雙柔軟的玉手。」

尹清雅乖乖的垂下雙手，以奇怪的眼神看他，像剛認識他的模樣。

高彥神氣的道：「論兵法，我只識兩句話，就是『知己知彼，百戰不殆』。」

卓狂生和姚猛交換個表示失望的眼色，前者嘆道：「這就是你所謂的奇謀妙計，他奶奶的，我還……」

幸好姚猛適時的在桌底下暗踢他一腳，他才沒有繼續說下去。

高彥對卓狂生的冷嘲熱諷絲毫不以爲意，注意力全集中到尹清雅俏臉去，道：「爲何知己知彼能百戰不殆呢？皆因不但清楚自己的優點，更能完全掌握敵人的弱點。論實力，我們當然遠及不上桓玄，不過桓玄的主力部隊已到了建康去，如此我們和敵人實力上的對比便大幅拉近了。」

尹清雅苦惱的道：「可是現在巴陵已被敵人控制，要攻陷巴陵並不容易，如果敵人援軍從江陵開來，那吃不完兜著走的人不是敵人，而是我們哩！」

卓狂生和姚猛根本沒想過士氣方面的問題，還以爲巴陵幫眾就如荒人般有頑強的鬥志，聽得小白又嘆一口氣道：「現在我們兩湖幫士氣消沉，恐難與敵人正面硬撼。」

高彥從容道：「雅兒說出了我們的弱點，若要我們只精於水戰、從未攻城過的兄弟去攻打巴陵，雁這兩句話，禁不住頹然若失。

卓狂生等三人同時動容，意會到高彥確是成竹在胸，並非胡言亂語。我們肯定吃大虧，說不定未到牆腳便走失了大半人。」

姚猛不解道：「不攻城又如何奪城呢？」

高彥探手去摸卓狂生頦下長鬚，笑道：「山人自有妙計。」

卓狂生往後縮開，不讓高彥得逞，不耐煩的道：「還要賣關子，快從實招來。」

高彥靠往椅背，長吁一口氣道：「坦白說，自倉皇撤離巴陵後，我們可說是亂成一團，潰不成軍，全賴爲我岳師父復仇的意念與劉裕的金漆招牌拉扯著人心。但在情報方面，在本人策畫下仍做得非常出色，令我們對敵人的情況瞭如指掌。巴陵的敵軍由周紹和廢了一隻手的馬軍指揮，兵力不足二千五百人，戰船二十八艘。唯一可對他們施援的是留駐江陵由桓修統領的部隊，兵力在五千人間，戰船三十五艘。想想看，如果我們能擊垮桓修往援巴陵的船隊，情況會如何發展？」

尹清雅一震道：「巴陵的敵人不但會變得孤立無援，還要害怕我們乘勝追擊，奪取江陵。」

卓狂生也精神大振道：「高小子果然沒給我們讚錯，江陵確實是桓玄必救之地，不容有失。」

姚猛皺眉道：「問題在如何把江陵部隊引出來呢？」

尹清雅星眸閃閃的道：「若是在江河上，我們肯定有機會。」

高彥得意的道：「奇謀妙計來哩！第一招叫佯攻巴陵，第二招叫籠裡雞造反，第三招是中途截擊，第四招再來個圍魏救趙，如此四招齊出下，包管敵人吃不完兜著走。」

尹清雅撒嬌的媚笑道：「算你哩！」

高彥立時樂不可支，顧盼自豪。

姚猛一頭霧水的道：「清雅明白他的招數了嗎？」

尹清雅聳肩奇道：「有甚麼難懂的，你還不明白嗎？」

卓狂生苦笑道：「我只明白了小半，煩高少把其餘我不明白的地方解釋清楚。」

尹清雅道：「高少說的甚麼三招四招，簡單來說只得一招，就是把留守江陵的桓修引出來，再在大江上突襲他的船隊，只要能令桓修傷亡慘重，敵人將不得不撤軍回防江陵，因爲在形勢比較下，敵人只好棄巴陵保江陵。」

卓狂生和姚猛拍案叫絕，並對高彥刮目相看。

有了目標，便有了動腦筋的方向，四人立即思如泉湧，你一句我一句的定下了收復巴陵的大計，忘了時間的流逝。

自聶天還和郝長亨遇害後，尹清雅首次拋開了悲傷和憤怨，全心投入反攻桓玄的行動中。

第十五章　心病心藥

「燕郎！」

正憂心如焚的風娘和小詩聞聲撲到床榻一旁去，只見昏睡榻上的紀千千臉上出現驚喜的表情。

風娘和小詩均心中駭然，小詩更是被嚇得面無人色，因為病至胡言亂語絕對不是好事，看來紀千千今次昏倒的情況非常嚴重。

紀千千玉容又生變化，滿臉悽怨，眼淚從閉上的雙目汩汩流出來，令人為之心酸。

小詩撲上去抱著紀千千大慟哭道：「小姐！你千萬不可以出事呵！」

風娘後悔得差點想自盡。都是自己不好，為何要告訴紀千千拓跋珪活埋數萬人的事呢？紀千千顯然抵受不住。

紀千千雙唇輕顫，似在說著囈語，卻沒有發出聲音。

風娘半勸半強逼的把小詩拉得站起來，強自鎮定的道：「不要擔心，你小姐只是在作夢，情況該正轉好。看！她的眼皮在抖動著，夢由心生，該是個好夢來的。」

小詩仍是不能自已，泣不成聲，風娘怕她過度傷心，施展手法，不一會兒小詩哭得模模糊糊間，沉睡過去。風娘愛憐的把她抱起來，放到一角的榻子上去，又為她蓋好被子。

再回到紀千千床邊時，紀千千已沒有流淚，容色平復下來，呼吸變得均勻，就像平時熟睡的模樣。

風娘擔心稍減，拂熄了房內的油燈，坐在床沿處，心中百感交集。

紀千千在燕飛的懷裡「醒轉」過來，她沒有像上回夢中相會般「見到」燕飛，那純是一種感覺，但又是如此實在。

紀千千不敢相信的呼喚燕飛。

燕飛的聲音在她心靈中回應道：「沒事哩！不要哭了！究竟發生了甚麼事呢？」

紀千千感到正被燕飛緊緊的擁抱著，熾熱的愛戀感覺，令她回復了鬥志和生機，燕飛的愛，像席捲大地的洪流般橫過她心靈的天地，毋須任何言語，便驅走了孤立無援和失落的擾人情緒，令她的心神回復澄明平靜，再次生出已擁有了一切，別無他想的滿足滋味。

「燕郎呵！拓跋珪是否在參合陂活埋了數萬燕兵呢？」

燕飛在她內心深處嘆息道：「這就是戰爭的殘酷，爲了取得最後的勝利，小珪是不擇手段的。因爲怕我阻止，他故意支開我去追擊敵人，令他可以在不受我阻撓下如此施爲。千千你必須振作起來，不然我們攜手離開這個殘酷人間世的計畫將會功虧一簣。殺戮還會繼續下去，直至另一方完全屈服，這是誰都不能改變的事，包括拓跋珪、慕容垂和我燕飛在內。戰爭從來就是這麼一回事，現在再沒有另一個選擇。」

聽到燕飛沒有參與這可怕的行動，紀千千整個人輕鬆起來，展眼舒眉，天地倏地明亮起來，下一刻，她從燕飛懷抱裡抬起頭來，看到燕飛深情的眼睛。

紀千千驚喜的道：「這是不可能的，燕郎怎辦得到的呢？」

燕飛的面容在她的注視下逐漸清晰起來，四周卻暗黑下去，那情景既眞實又虛幻，秘異至極點。

燕飛輕柔的道：「今次全賴安姑娘大力幫忙，令我能突破以前的局限，越過萬水千山來與千千相會。生命眞的從沒這麼美好過，千千感應到安姑娘嗎？」

燕飛確是有感而發，任旁人怎麼猜想，絕沒有人可以猜得著，紀千千和安玉晴的初遇竟是在如此的情況下發生。三個心靈的接觸，愛的感覺是如此無邊無際和綿密，超越了世間任何男女的所謂「愛」。其縱深處亦是摸不著頂，碰不著底，愛的深處仍有無盡的愛。奇妙的感覺，在心靈的秘密天地裡，瀉出千川萬河，激出漫空的火花。

紀千千驚喜的嚷道：「玉晴姊！是你嗎？」

安玉晴的聲音從遠處傳過來平靜道：「千千姊！我們終於相遇了。縱然是初次相會，但我對千千的了解，已超越任何的了解，我們正分享著的，亦超越了我們所曾擁有過的一切。自懂事以來，我一直在追求某種東西，又或某一方面的事物；某種眞相，又或某種最近似眞相的眞相。我害怕去知道，也渴想知道。但在這刻，我感到已找到我一直在追尋的東西。生命不是挺奇妙嗎？」

到最後幾句話，她的聲音沉寂下去，微如回音。

紀千千嘆道：「玉晴姊道出了我的心事，只要我們能在一起，其他的事我再不在乎。玉晴姊的話令我感動。」

燕飛曉得安玉晴已支撐得非常吃力，不想她過度損耗，道：「我們要走了，千千要保重，人世間的劫難，自有其前因後果，不是個人之力能夠改變，我們只要問心無愧便成。千千須堅強起來，比以前更堅強，記住我們很快就會在一起了。」

紀千千忙道：「風娘告訴我，短期內我們會離開滎陽，目的地可能是中山，但可能只是個幌子，燕郎勿掉以輕心。」

燕飛一句「明白了」，和她心靈的連繫倏地中斷。

紀千千「呵」的一聲叫了起來，心中充滿依依不捨的情意，但再沒有絲毫孤獨無助的感覺。

她自然而然的睜開雙目，首先接觸到的是風娘充滿關懷的眼光，接著發覺返回了臥房的現實裡，記起了自己仍是慕容垂的俘虜，身處滎陽城內慕容垂的行宮裡。

前後兩個截然不同的情景，其強烈的對比和分野，令她生出奇異的感覺。

黑夜是如此寧和靜謐。

坐在床沿正目不轉睛打量著她的風娘正爲她把脈，雙目閃過驚異的神色，道：「小姐不但完全復元，眼神還比平時明亮深邃。」

紀千千暗吃一驚，怕她看破端倪，忙岔開道：「發生了甚麼事呢？」一邊說話，一邊坐將起來，風娘只好縮手。

風娘體貼地爲她拉被子蓋著嬌軀，答道：「小姐昏倒了，太醫來看過你，說小姐的脈象虛弱散亂，不過我看小姐已沒事了！眞奇怪。」

不知如何，紀千千總感到風娘今天有異於平時，不單神態上遠較平常親近，更是滿懷感觸，難掩傷情。

紀千千目光投往一角的小詩，擔心的道：「一定嚇壞詩詩哩！」

風娘柔聲道：「當她醒來看到小姐身體安康，會以爲作了個噩夢。」

接著深沉的嘆了一口氣。

紀千千訝道：「為何大娘像滿懷心事似的呢？」

風娘凝視了她好半晌，臉上現出傷感的神色，輕輕道：「那是舊事了，在二十多年前的同一個晚上，發生了一件事，改變了我的一生。我多麼希望那一晚的事並沒有發生，但我也知道，假設事情重演一遍，我仍是會作出同樣的選擇，那或許是命中注定的。」

紀千千諒解的道：「那就是說大娘並沒有後悔自己的選擇。」

風娘露出紀千千是她知己的感動神情，點頭道：「小姐看得很準，我並沒有後悔，只是感嘆造化弄人，老天爺為何要這樣對待我呢？」

紀千千隱隱感到風娘說的事與燕飛之父有關，問道：「究竟發生了甚麼事呢？」

風娘沉默片刻，然後像提起與自己不相干的事般，淡淡道：「我愛上了敵人。」

紀千千「呵」的一聲叫了起來，一時不知如何安慰她才好。

風娘的容顏現出既傷感又沉醉的表情，顯然腦際中正縈迴著對往事的追憶，沉重的道：「回憶為何總是令人痛苦？是因為我們知道逝去了的歲月是追不回來的，而我們也永遠無法回到過去，無法彌補因錯誤抉擇而造成的痛苦。回想起當時的一刻，似乎某一力量正支配著我，使我完全無法為自己作主。這就是命運嗎？」

紀千千當然沒法給她一個肯定的答案。不由想起在建康秦淮樓雨枰台上初見燕飛時的情景，本來她對到邊荒集去仍有點猶豫，可是見到燕飛後，僅有的少許猶豫都消失了，更感到若命運真的存在，燕飛便是她的未來。

風娘完全沉浸在記憶的洪流裡，像看不到紀千千般幽幽自語道：「當時在王猛的率領下，包括皇上在內的大批高手全力追捕他，我也是其中之一。但沒有人想過他如此強橫，竟能屢次突破我們的天羅地網，脫身而去。那時我還不知道，已對他生出傾慕之意，他是如此智慧、大膽和堅毅，可以能人之所不能。」

紀千千忍不住問道：「他是誰呢？」

風娘似再次發覺紀千千的存在，目光往她投去，雙目閃閃生輝，卻沒有答她的問題，自顧自的說下去道：「當時他已逃至邊疆，如給他逃往大草原去，我們將永遠尋不著他。唉！我並不明白爲何王猛不惜一切也要殺死他，只知道要遵從上頭的命令。在我們全力搜捕下，他再一次陷進我們的羅網內，但仍給他憑著蓋世奇功，突圍而逃，不過他也因傷上加傷，接近油盡燈枯的地步，我和兩個王猛手下誤碰誤撞的截上了他。唉！」

紀千千好奇心大起，追問道：「接著發生了甚麼事呢？」

風娘像著了魔般雙目射出溫柔的神色，輕輕道：「眞想不到，我們合三人之力仍不是他的對手，我的兩個夥伴先後命喪在他的手中，當我也被他擊倒，自忖必死時，他卻放過了我。唉！我從未見過有人像他般把生死置於度外，還和我開玩笑，說自知再沒法逃走，又見我生得標致，寧讓我割下他的頭顱去領功。唉！如果他不是接著昏迷過去，我說不定眞會殺他。可是我怎能對一個曾放過我，又全沒有反抗之力的人下手呢？」

紀千千同情的看著她，想像到當時她心中的矛盾和痛苦。

風娘一臉沉醉的道：「於是我作出了這一生最大膽的決定，最不顧一切的決定，就是助他逃往塞外去，然後永遠都不回來。」

紀千千只有聽著，沒法答話。她明白風娘當時的心情，那種不惜一切也要保著情郎性命的決心。

風娘道：「由於我清楚王猛的布置和部署，加上我的坐騎是族內有名的神驥，雖帶著一個人，仍在三天之後才被追上。」

紀千千駭然道：「我還以爲大娘就這樣帶著他成功逃往塞外去，豈知仍被人截著，那怎麼辦呢？」

風娘望著她，眼神逐漸凝聚，從回憶中返回到現實來，沉聲道：「截著我的是皇上，當時他只是王猛手下的一個大將，與王猛的關係亦不太好，因爲王猛一直不信任他。」

紀千千開始有些兒明白慕容垂和風娘之間的關係，明白爲何慕容垂肯信任風娘，但她肯定慕容垂不曉得墨夷明和燕飛的關係，否則絕不會把看守自己的重責，託付在風娘手上。

風娘像說著與自己再沒有任何關係般的事，淡然自若的道：「皇上一個人追上來，只對我說了兩句話，那就是：『如果墨夷兄肯立誓永不再踏足中土，我便放你們兩人一條生路。』」

紀千千生出很大的感觸，因爲想到若慕容垂當年沒有放過墨夷明，就不會有燕飛這個人。

風娘現出無限唏噓的神情，道：「縱使皇上是出於想打擊王猛的私心，我仍是非常感激他。」

紀千千輕輕道：「於是，大娘遂帶他去找燕郎的娘，因爲大娘知道，若沒有熟悉邊疆情況的人幫助，你們絕無法脫出王猛的天羅地網，對嗎？」

風娘露出警惕的神色，回復平靜的淡淡道：「老身今天話太多了。小姐好好歇息，老身告退！」

紀千千看著風娘離去的背影，首次生出對命運的深刻體會，想到「造化弄人」四個字。

風娘、燕郎的娘和墨夷明之間究竟發生了甚麼事呢？爲何他們不可以快快樂樂地在一起，共度美好的歲月？

紀千千很想知道。

第十六章　危險交易

劉裕獨坐大堂內，吃著親衛爲他弄的早點，思潮起伏。

漫長的一夜終於過去，昨夜他只睡了兩個時辰。

當李淑莊中計身亡之時，建康城陷入惶恐驚恍之際，他會透過王弘和他的高門至交，向建康權貴發出最重要的信息，就是他劉裕若攻佔建康，將會稟承謝安和謝玄的施政方針，繼續「鎮之以靜」的國策。一切以穩定爲重，所以他劉裕絕不是高門制度的破壞者，而是他們的保護者。

要下這個決定是不容易的，須經過激烈的內心鬥爭和掙扎。

可是他並沒有別的選擇。

他憎厭高門大族華而不實的作風，不喜歡他們服藥清談、醉生夢死、脫離現實的生活方式。他更不欣賞皇室那種與民隔絕，以榨取民脂民膏，來維持極盡奢侈的宮廷生活，可是當他成爲南方之主時，他將會成爲他們的一分子，這個想法令他感到矛盾和失落。

但劉裕更明白當他攀登至最高的位置，像現今的桓玄，只會有兩個結局，一是保著那個位置，直至嚥下最後的一口氣；一是從那位置掉下來，摔個粉身碎骨。不會有第三條路走。

個人的生死榮辱，對劉裕來說或許並不重要，直至此刻仍未被他放在心上。可是他必須爲身邊和追隨他的人著想，例如江文清、屠奉三、蒯恩、陰奇、宋悲風、魏詠之、孔靖，至乎從邊荒集來與他共生死的每一個荒人兄弟、每一個爲他賣命的北府兵。那絕非只是個人的事。他劉裕若完蛋，他們的下場也會非常悲慘。

進一步再想，假設江文清爲他生下白白胖胖心愛的兒子，他劉裕有甚麼不測，他的妻兒會首先遭殃。在激烈的權鬥裡，人性會徹底泯滅，只剩下不是你死就是我活的鬥爭。

桓玄正是處於這個位置上，而作爲唯一有資格挑戰桓玄的人，他比任何時刻更能深切地體會到桓玄位高勢危的處境，因爲桓玄正是他未來的寫照。

他愈來愈明白屠奉三的話——當你處於那個位置時，便要做那個位置該做的事。

所以爲了追隨他的人的整體利益，個人的得失再不是最重要，必要時須作出犧牲和讓步。身爲布衣庶人，他對高門大族的作風是深惡痛絕的，但爲了大局，他必須作出妥協。而一旦他向高門大族發出妥協的信息，他只有堅持承諾，否則將成棄信背義的人。

他唯一可以堅持的，是永遠不被建康皇朝和高門的風氣征服同化。在穩定政局後，他會倚仗智士如劉穆之等推行緩慢而持恆的社會改革，能做多少便做多少，如此才不辜負萬民對他的期望，他也可向玄帥交代。

這個想法令他的心舒服了點。

他想到謝鍾秀，她是淡眞的另一個化身，擁有她，似能彌補無法挽回的過去留下來的最大遺憾。

現在他兵權在握，再不是以前那個掙扎求存的小人物，只要擊敗桓玄，他將成爲權傾南方的霸主，是否登上帝位，全看他自己的心意。在這樣的情況下，她還會拒絕他嗎？

已對謝鍾秀死去了的心，忽然又活躍起來，烈焰般火熱。

她是在乎他的，否則不會投懷送抱，不會用那種可使人全身火燒般的眼神看他。

她那晚拒絕他，或許是另有原因。

他曾經恨她，但更清楚心中對她的愛，不是高門與寒族的分隔所能阻止。當他成爲九五之尊，社會階層的分野對他再不起任何作用。

他該怎麼辦呢？

「何無忌將軍求見大帥！」

劉裕從起伏不定的思想潮裡回醒過來，看著何無忌來到桌子另一邊施禮坐下。

劉裕欣然道：「不是有甚麼急事吧？」

何無忌雙目射出悲痛的神色，道：「劉牢之統領的大葬定於今午舉行，一切準備工夫已做好。」

劉裕點頭道：「我會親自主持。入土爲安，無忌須化悲憤爲力量。」

何無忌默然半晌，道：「我是代表眾人來說話，希望劉帥你在葬禮上，自立爲我北府兵的大統領，好名正言順的領導我們，繼承玄帥的遺志。」

劉裕本身倒未想過這方面的事，心中湧起難言的滋味，但亦知道不能令手下們失望。同意道：「就這麼辦吧！」

何無忌大喜而去。

看著何無忌的背影消失門外，劉裕的心神卻飛到建康去，前路雖仍是舉步維艱，但阻止他向桓玄作出最嚴酷報復的障礙已告消除，剩下的就看他如何運用手中的力量，把桓玄連根拔起。

他再次強烈地思念著謝鍾秀。

如得不到她，會是失去淡真後另一個不能彌補的憾事。

建康。燕雀湖。

屠奉三藏身密林裡，監察著湖邊小亭的情況，不久前，他就是在此小亭內被任青媞說服，帶她去見劉裕。

他等了近兩個時辰，卻沒有絲毫不耐煩。

還乘機把任青媞傳他的丹道之學在心裡重溫一遍。幸好他不用強記二十四條丹方，只須記牢其中之五，便可依計行事，應付李淑莊。

經任青媞爲他妙手易容後，他的頭髮變得更烏黑閃亮，肌膚嫩滑如嬰兒，一副服藥有成的模樣，他的耳朵變長了，鼻子高了一點，改變不算太大，可是當他照鏡子時，竟差點認不出自己來，不得不對任青媞出神入化的易容術心生佩服。

太陽已到了西山之下，天地暗黑下來，寒風呼呼，遠近不見人蹤。

倏地一道人影出現在小亭之旁，來得毫無先兆，令屠奉三也不由暗吃一驚。李淑莊的武功，還在他估計之上。

李淑莊油然登階步上小亭，似生出警覺的朝屠奉三藏身處瞧去，也讓屠奉三看到她別具風情的花容。

屠奉三是第二次見到她，仍忍不住心中暗讚，難怪她能顛倒眾生，確有非凡的魅力。他雖不好女色，卻絕非對女人沒有經驗的人，知此女媚骨天生，是男人夢寐以求的極品。她一身黑色緊身勁裝，盡顯她成熟動人的線條體態，更襯得她膚白如雪，不怦然心動者肯定不是正常的男人。屠奉三感到她是故意作此誘人打扮，目的在迷惑她以爲是「色鬼」的關長春，這個想法令屠奉三大感刺激，生出玩火的感覺。

李淑莊從容道：「關兄大駕既在，何不立即現身相見呢？」

她的聲音低沉而充滿磁性，與她獨特的風韻配合得天衣無縫，相得益彰。

屠奉三一陣怪笑，走出密林，一雙眼睛貪婪地上下巡視她的嬌軀，扮出一副色迷迷的神情，負手向她走過去，嘿嘿笑道：「清談女王果然名不虛傳，確是人間極品，我關長春最擅長觀女之術，得我品評，夫人該足以自豪。」

說話間，已登上方亭，在不到半丈的距離肆無忌憚的飽餐秀色。

李淑莊雙目閃過不屑的嘲弄神色，旋又以媚笑掩飾，橫他一眼道：「關道兄果然是有道之士，神采不凡，沒有令淑莊失望哩！可惜無酒，否則我們今晚在湖旁把酒談心，必能盡興。」

屠奉三心中佩服，對象卻不是李淑莊，而是任青媞。任青媞爲自己設計的外貌形相，正是煉丹得道，憑丹藥治疾病、養精神、安魂魄、益氣明目、延年益壽的超卓丹師。

要知李淑莊之所以能成爲建康最大的五石散供應商，全賴她從任遙處得到的十二條丹方，煉製出遺害最少的五石散，登時把其他劣質的五石散比下去。

屠奉三現在的模樣，比用千言萬語對李淑莊更有說服力。

屠奉三傲然一笑，從懷囊裡掏出一個瓷瓶，放在桌子中心處，微笑道：「丹砂之道，博大精深，本人憑一己之力，遍訪天下名師，歸納後經反覆驗證，創出『黃金三十六丹方』，已盡五石散之道。五石者，指的是五石之精：丹砂，太陽熒惑之精；磁石，太陰辰星之精；曾青，少陽歲星之精；雄黃，后土鎮星之精；矽石，少陰太白之精。此五星者，能令人長生不死。」

又笑道：「酒逢知己千杯少，若真的飲過千杯，肯定會中酒精之毒，但若你服我瓶中的丹散，保證立獲神效，飄飄如仙，有酒無酒，豈是問題，夫人敢否一試？」

李淑莊坐到石凳，目光落在小瓷瓶上，美目閃閃生輝，道：「瓶內盛的是否以另二十四條丹方煉出來的五石散？」

屠奉三在她對面坐下，微笑道：「瓶內有五顆五靈丹，粒粒不同，來自不同的煉製方法和配方，各有靈效，是否與夫人懂得的丹散相同，夫人一試便知。」

李淑莊俏臉現出兩朵紅暈，令她更是充滿誘人的神態，目光飄往屠奉三，秀眉輕蹙的道：「闢道兄爲何這麼想淑莊立即服用呢？令淑莊不由懷疑瓶內裝的或許是烈性春藥，淑莊服食後會變得情思難禁，春心蕩漾，搶著向道兄獻身，任道兄爲所欲爲，豈非被道兄佔了人家的大便宜嗎？」

屠奉三暗叫厲害，即使自己是別有居心，一意來對付她，可是仍被她此時的誘人情態打動，慾念大作。李淑莊的高明處是她沒有半分淫娃蕩婦的意味，反有一股凜然不可侵犯的姿態，但說的話又極盡挑逗之能事，合起來便成高度的誘惑力。

屠奉三心忖，整個騙局全由任青媞一手策畫，他只是個執行者，幸好如此，他便不用「隨機應變」，讓個人的情緒心態左右計畫的推展。而李淑莊的色誘早在任青媞算計中，屠奉三亦清楚自己該如何應付。

事實上任青媞是透過他來和李淑莊鬥法，因爲任青媞不單要爭取劉裕的愛寵，還要取李淑莊而代之。

屠奉三原本色迷迷的神態一掃而空，雙目神光閃閃，淡然自若的道：「夫人放心！我關長春行走江湖三十多年，早明白人心險惡，故一向公私分明。今次關某收到任后的傳書，曉得夫人肯不惜代價，取得其餘二十四條秘方，經反覆思量後，方下決定到建康來見夫人。故今次我來不是求色，而是求財，所以夫人不必擔心瓶內裝的是春藥而非靈丹。關某有財後，美女還不是任我予取予求，何用冒大險打夫人的主意？」

李淑莊露出對他刮目相看的神色，完全意料不到這個任青媞口中的色鬼，可以如此見色不迷，皺眉道：「難得道兄快人快語，淑莊亦不說廢話，道兄儘管開出條件來，只要淑莊能辦得到，都會盡力滿足道兄。」

又赧然垂首道：「縱然道兄提出的條件中，包括淑莊的身體，淑莊也會認眞考慮。看得出道兄是個懂情趣的人嘛！」

屠奉三眼前如出現了一幅成熟美女動春情的圖畫，卻沒有絲毫淫褻的意味，小亭內的空氣似是灼熱了起來，令他心中某種渴望油然而生。少年時代在情路上的慘痛經歷，令屠奉三害怕愛情，害怕受傷，所以日後縱使有無數美女投懷送抱，他仍要克制自己的情感，唯一例外的是紀千千。可是在這一刻，他卻被李淑莊勾起了久埋內心深處的某種情懷，在很長的一段歲月，他從來沒有生出這種願望。

屠奉三心中大懍，曉得這風情萬種的美女正向自己施展最高明的媚術，如非心中戒備森嚴，一時不愼下，連他都會著了道兒。

一切都在任青媞的預料之中。任青媞早曾警告他，李淑莊的最高目標，是把他收爲己用，讓他爲她煉丹製藥。於李淑莊來說，關長春絕對是無可替代的人才。

雖然明知李淑莊在利用他，可是只要想到自己詐作受不住引誘，將可盡情享受這動人的尤物，心中也忍不住生出衝動，由此可見李淑莊媚術的威力，影響的正是他的心。

屠奉三微笑道：「我關長春從來不是個知情識趣的人，夫人如果眞的這麼想，恐怕會非常失望。」

李淑莊抿嘴淺笑，似略帶著點羞澀，好像她正陷入情網裡去，俏臉現出嬌嗔的神色，予人打開了心扉的醉心感受。輕輕的道：「奴家說關道兄懂情趣，指的是道兄精通御女之術，奴家多麼希望世上有能征服我的男人呢！道兄認爲奴家是個危險的女人，大概錯不到哪裡去，奴家自知不是甘於被馴服的女人。可是道兄遇上過奴家這樣的女人嗎？錯過了便永遠嘗不到我李淑莊的滋味。奴家可任由道兄餵服春藥，那至少在一段時間內，道兄可以完全控制奴家，對奴家幹甚麼奴家絕不會反對，只會盡心盡力的討好和逢迎道兄。」

屠奉三心叫救命，這個女人挑逗男人的本領確實高明得令人害怕，輕描淡寫裡每字每句，以她那柔韌低沉的聲音娓娓道出，實具無比的誘惑力。幸好自己搜遍全身也找不到半顆春藥，不然說不定會試試看。

他裝出不解的神色，道：「建康多名士，夫人若要男人，保證淮月樓外會出現人龍，爲何夫人卻獨看上我關長春呢？唉！今次我來只是明賣明買，不想橫生枝節，夫人明白嗎？」

李淑莊凝神看著他，秀眸燃燒起來，誘人至極點，顯示她正催發媚功，輕輕道：「道兄可知奴家最憎厭的，正是那些扭捏作態的所謂高門名士。淑莊從來最討厭那些打著道德旗幟，擺出替天行道，當他本身便是最高道德標準化身的人。反是道兄般的眞情眞性，最合奴家心意。對道兄奴家是眞心的，我們不但會是床上的好對手，還會是最佳的合作夥伴。只要道兄肯點頭，財富、美女將盡入道兄掌握中。奴家亦絕不會干涉道兄的自由，淮月樓的一眾美人兒，道兄愛哪一個陪你都沒有問題。」

屠奉三心忖如果自己眞是關長春，肯定立即向她投降，幸好他並不是關長春，且清楚她的底細。啞然笑道：「夫人勿要耍弄我了，夫人只是看中我另外的二十四條丹方，而非看上我這個人。任后在信中警告過關某人，如果是想要你的人，而不是來做交易，就叫我千萬勿要到建康來。任后不會無的放矢，我信任她的判斷。夫人勿要在這方面再浪費時間，不如讓我們認眞談談交易的條件吧！」

李淑莊微一錯愕，接著花枝亂顫的笑起來，神態說有多迷人就有多迷人，她嬌喘著道：「道兄對自己煉製的春藥那麼沒有信心嗎？又或者傳聞中『凡煉丹之士，都是製春藥的高手』這句話並不準確？好吧！看在你可拒絕我這分能耐上，李淑莊便恭聽道兄開出的條件，希望可以辦得到吧！」

屠奉三生出危險的感覺，魔門的行事作風，從來是損人利己，想與魔門中人公平交易，等若與虎謀皮，何況自己會漫天索價？而據燕飛之言，魔門有一套刑法之學，如被李淑莊生擒活捉，她會有辦法令任何硬漢乖乖的說眞話。

所以李淑莊色誘不成，下一步會出手試探，秤他的斤兩。

屠奉三淡淡道：「夫人先驗清楚瓶內的五靈丹如何？」

李淑莊含笑看著他，似聽不到他說的話。

屠奉三全神戒備。

第十七章　鬥智鬥力

屠奉三的目光追視著從瓷瓶倒在桌面的丹丸，射出狂熱的神色，道：「丹砂之爲物，燒之愈久，變化愈妙，不若草木燒之即盡。而丹砂燒之爲水銀，積變又還成丹砂，世上還有比這更美妙的事嗎？」

李淑莊先封好瓷瓶，接著用春蔥般的玉指，拈起那顆被倒出來的丹丸，這才往他瞧去，卻不說話。

屠奉三仍然目不轉睛地把注意力集中在丹丸上，像沒察覺李淑莊的存在般，以充滿感情的聲音道：「你看那朱紅色，便像人的血色，因爲它是天地血氣化出來的，是生命永恆的標誌。」

屠奉三完全投入關長春這個子虛烏有的人物裡，用他的眼去看世界，用他的腦袋去思索，全心投入。

一直以來，屠奉三憑其精密的頭腦、冷靜的性格，能洞悉人性的敏銳觀察力，對他說謊者從來沒有好的下場。將己比人，李淑莊亦肯定是類似他的厲害角色。要瞞過她並不容易。而唯一可以騙倒她的方法，是眞的變成了「關長春」。

他有種把自己解禁釋放了的痛快感覺，當然，他的狂熱只會因涉及煉丹術的事時才顯露出來，契合著他丹術大家的身分。

李淑莊把兩指捏著的朱紅色丹丸送到鼻端下，用神的嗅吸了一下，閉上美目，俏臉現出迷醉的神色，柔聲道：「爲何道兄煉製出來的丹散，幾乎不存在丹毒遺害的問題呢？」

屠奉三不敢怠慢，傲然道：「一般丹師，對丹道之學不求甚解，只知依方製煉，濫用雄黃和礜石，又不懂控制火候，產出丹毒。初服時當然沒有問題，還嚐到甜頭，於是盲目地加大服用量，結果中毒日深，首先胃痛難當，接著皮膚乾燥發疹、知覺失常，至乎全身痲痺、吐瀉不止、過度衰弱而亡。凡此種種，均是無知者所爲。我關長春集古今丹法大成，別出機杼，捨雄黃、礜石而用白石英和鐘乳，令人可長服無恙，否則夫人也不會有今天能在建康呼風喚雨的成就。」

李淑莊倏地張開美目，深深看進屠奉三眼中，眸神亮起奇異的彩芒，直有攝魄勾魂的奇異魔力。即使屠奉三一直在嚴密提防，亦給她這出人意表以眼神制敵的奇招，看得心中一陣迷糊。但屠奉三何許人也，在「外九品高手」榜上，排名亦僅次於聶天還，心志堅定，又正處於高度戒備狀態，豈會這麼容易著了道兒。其驚悸恍惚一閃即逝，同時運聚玄功，應付突變。

果然李淑莊俏臉綻開一個像陽光破開密雲般的燦爛笑容，登時把她平時似不大配合的五官同化，合成充滿異常之美的形相，其散發的迷人魅力確能奪人心魄，她兩指一彈，丹丸如迅雷激電般化作紅光，朝屠奉三眉心處射去。

如被擊中，肯定屠奉三失去反抗能力，變成她階下之囚，任她魚肉。

屠奉三右手閃電伸出，丹丸立即凝定半空，原來已被屠奉三捏在拇指和食指之間。

行家一出手，便知有沒有。

屠奉三接丹的手麻痺起來，又生出酥軟的古怪感覺，顯示出李淑莊的魔功，絕不在他之下。

屠奉三不驚反喜，因爲他們並不是要作生死決戰，關鍵在於李淑莊有沒有把他生擒活捉的本領，如果李淑莊自問辦不到，只好乖乖的和他進行交易。

李淑莊雙目掠過驚訝的神色，旋又微笑道：「道兄果然有談交易的實力。」

屠奉三兩指運勁，丹丸化爲碎粉從指間灑往桌面，雙目殺機遽盛，沉聲道：「夫人太過分了，竟想不付出任何代價，便要得到我的黃金寶方？」

李淑莊若無其事的道：「道兄並不是第一天在江湖裡混，當知道談交易有談交易的資格，說出你的條件吧！」

屠奉三探手取回小瓷瓶，收在袍袖內，冷笑道：「夫人才是不懂江湖規矩，竟不明莊閒之別，主客之分，我關長春又不憂柴憂米，不須看你的臉色做人。交易就此告吹，夫人要逞強動手，還是和平離開，悉從尊意。」

這一招叫以退爲進。

事實上李淑莊的反應和行爲，盡在任青媞估計之內，如此方能向她開出更辣的條件，令她上當。眼前局面得來不易，如果不是高明如屠奉三者，肯定優勢會盡傾李淑莊的一方，由她主控情況。

李淑莊的秀眉輕蹙起來，現出一個可使任何男人心軟的歉疚表情，柔聲道：「現在奴家更欣賞道兄哩！淑莊最愛霸道強橫的男人呢！如果我還是口不對心，教我李淑莊五雷轟頂而亡。道兄不惜遠道而來，也不想空手而回吧！」

屠奉三哈哈笑道：「立誓對我能起甚麼作用呢？夫人認爲我仍可以信任你嗎？」

李淑莊聳肩道：「對二十四條丹方，我是志在必得，道兄是老江湖，盡可開出苛刻的條件，教淑莊不能從中做手腳。道兄是明白人，該曉得我的心意。」

屠奉三從容道：「如果夫人認爲有能力把我性命留在這小亭內，肯定犯了另一個錯誤。」

李淑莊興致盎然的道：「聽道兄的語氣，似是除武功外，尙有可倚仗的東西，對嗎？」

屠奉三淡淡道：「夫人猜中哩！」

話猶未已，「噗」的一聲，桌面爆起一團濃得化不開，帶著強烈腥味的黑色迷霧，迅速擴散，席捲方亭。

李淑莊嬌叱聲起，黑霧裡傳出拳掌交接、勁氣激撞的聲音，不絕於耳，好一會兒方歇下來。

黑霧在寒風吹拂下逐漸稀疏後，重現兩人的身形，仍是安然隔桌對坐，似沒有發生過任何事。

事實上屠奉三心中大懍，對李淑莊的魔功，他已盡量高估，但她顯示出來的功力，仍要比他猜想的更爲高明。

這顆毒霧丸是逍遙門鎭門法寶之一，乘敵人猝不及防下使出來，既有障目之效，毒素更可從敵人皮膚滲入體內。由於屠奉三事前服下解藥，故可不受影響，還可出手令敵人無暇把毒素排出體外，致被大幅削弱戰鬥力。可是李淑莊不但一邊對抗毒素，還可招招封死他施盡渾身解數的狂攻，只此便可看出李淑莊武功至少勝他一籌。

恐怕要燕飛出手，方可以收拾她。

李淑莊仍是那副嘴角含春的動人模樣，抿嘴笑道：「人家相信了！道兄還不開出條件，難道要等到天明嗎？道兄有所不知，淑莊到這裡來赴約，作出了多麼大的犧牲，否則這一刻便該在皇宮內享受宮廷的宴樂。」

亭子內的黑煙已然消散，迷霧卻蔓延至亭外去，令亭子似變成了世上唯一實在的處所，情景詭異迷離。

屠奉三頗有初步取得勝利的感覺，剛才的手段，只是讓李淑莊清楚知道他有隨時全身而退的本領。此亭位於燕雀湖旁，並不是胡亂挑的，而是看中可借水遁的優點。

屠奉三亦從李淑莊說的話，猜到她今晚與桓玄有約，登時一陣快意，他是無意中破壞了桓玄的好事。緩緩道：「每方千兩黃金，鐵價不二，一錢也不能少。」

李淑莊現出煩惱的神色，苦笑道：「每方千金，二十四條丹方便是二萬四千兩黃金，縱然我李淑莊富可敵國，一時也拿不出這筆金子來。」

屠奉三舔了舔嘴唇，故意露出好色之徒色迷迷的樣子，道：「如果夫人肯讓我餵服春藥，又以獨門手法挑起夫人的情慾，好好享受夫人一晚，我可把價錢減半，只收一萬二千兩。」

李淑莊白他一眼，風情萬種的道：「你這人哩，說到最後還是要財色兼收。可是一萬二千兩仍非小數目，一時間教人如何籌措？況且你要運走這批金子也不容易呢！」

屠奉三是故意向李淑莊顯露色心，以令李淑莊感到他有可乘之隙，說不定不用付出半兩金子。微笑道：「對夫人我已是非常讓步，至於如何籌措金子，就是夫人的事了。」

李淑莊嗔道：「我怎曉得你給我的丹方是眞是假？若是假的，淑莊豈非既賠了金子，也賠了人嗎？」

屠奉三皺眉道：「夫人的憂慮，令我感到夫人似是今天才到江湖來混。第一條丹方，我現在便可以給你，暫不收費用，夫人回去試過便知眞假，可是以後每方五百金，必須以金子來換，沒金子便沒有丹方。這是條件之一。」

李淑莊苦惱的道：「還有別的條件嗎？」

屠奉三笑道：「夫人在建康財雄勢大，聽說譙縱也是你的生意夥伴，我又要留在建康，等你以金子來換丹方，又要設法把金子運往秘處收藏，夫人一定有可乘之機，如果我手上沒有點憑藉，豈非以身犯險，空有萬兩黃金，卻沒福享用？」

李淑莊橫他一眼，沒好氣的道：「說出來吧！」

屠奉三知她心中殺機大盛。而他早曉得以魔門中人的行事作風，絕不會信任任何人，所以李淑莊不但要謀取他的丹方，更要置他於死地，如此李淑莊方可獨享丹方的秘密。屠奉三故意表露色心，好讓她暫緩想殺自己的意圖，希望她等到兩人歡好的一刻才動手。

正因存此僥倖之心，故李淑莊可容忍他任何苛刻的條件。

屠奉三淡淡道：「我要夫人把淮月樓的地契和樓契交由我保管，直至完成交易後，我才讓夫人曉得於何處取回去。」

李淑莊雙目異芒遽盛，目不轉睛地看著他，接著唇角飄出一絲甜甜的笑意，溫柔的道：「你這人哩！精明厲害得教人驚異。好吧！一切依你的話去辦，但千萬不要騙我，否則我會教你非常後悔。」

屠奉三哈哈一笑，道：「我才不會與銀兩鬥氣，何況可以享受夫人的動人肉體，最怕是夫人忘不了我，那時後悔的該是夫人才對。」

李淑莊沒好氣的道：「唉！男人！」

屠奉三從懷中掏出一封以火漆密封的信函，置於李淑莊身前桌面上，道：「夫人服下由本人提供的春藥後，會出現只有我方曉得的徵狀，所以勿以為可以用障眼法來騙我。」

李淑莊拿起密函，收進香袖內，輕輕道：「我爲甚麼要騙你？就怕你是銀樣蠟槍頭，說時便天下無敵，幹起來時卻只是個笑話。順帶一提，我的鼻子非常厲害，是春藥還是毒藥，我一嗅便知。」

屠奉三啞然失笑道：「既可財色兼收，我才不會做蠢事，平添夫人這種勁敵。夫人放心吧！一切依足江湖規矩，丹方只賣一次，除夫人和關某人外，再不會有人曉得丹方的秘密。」

李淑莊道：「我們如何聯絡？」

屠奉三道：「三天後，夫人該已煉出仙散且親自試過丹散是否應驗如神，到時我會用先前的方法約會夫人，屆時夫人莫忘帶來五百兩眞金和用以抵押的房地契。」

李淑莊俯前仰起俏臉，星眸閉上，昵聲道：「親我！」

屠奉三大笑道：「如此危險的香吻，還是免了吧！」

李淑莊緩緩張開秀眸，內中充滿火熱的慾燄，白他一眼，似以媚眼道出「你這個沒膽鬼」這句話，然後坐直嬌軀，訝道：「你這個人，絕不像你的外表又或任后所描述般簡單，淑莊有看錯嗎？」

屠奉三心中大懍，曉得她閱人千萬，對男人的經驗豐富無比，純憑直覺洞察出自己不尋常之處，而這番話更非無的放矢，旨在測試他的反應。

冷然道：「簡單也好，不簡單也好，你是永遠不會明白我的。」

李淑莊聳肩道：「你和任后有一手嗎？」

屠奉三正容道：「你不會明白我對任后的敬意，更不會明白我們。逍遙教早隨帝君之死煙消雲散，但我們仍要生活下去。人生充滿了無奈，現在我只希望能縱情享樂，不負此生。」

李淑莊嘆了一口氣，緩緩起立。

屠奉三不眨眼地盯著她，怕她忽然發難。

李淑莊道：「道兄知道我爲何嘆息嗎？」

屠奉三搖頭表示不知道，事實上他眞的不曉得她因何嘆氣。

李淑莊道：「終有一天，我會告訴你原因。」

說畢頭也不回的去了。

屠奉三仍安坐亭內，好一會兒後，燕飛現身亭內，坐到李淑莊剛才的位置去。

屠奉三道：「她眞的走了。」

燕飛點頭道：「她去哩！任青媞所料無誤，她眞的是孤身前來，顯示她不想讓魔門的其他人曉得此事。」

屠奉三道：「此女不論心計武功，都是上上之選，如果我是眞的關長春，肯定鬥不過她。」

燕飛同意道：「她剛才央你吻她，又故意說些別有用心的話，是要分你的心神，使你放鬆毛孔，洩出體氣，好以異乎常人的嗅覺，認記你的氣味。」

屠奉三駭然道：「我倒沒想過，如果她有方總一半的本領，我便非常危險。」

燕飛道：「她還有另一招殺手鐧，就是她以爲魔門另一叫鬼影的高手，會於這幾天到建康來，此人追蹤躡跡之術，天下無雙。下次你攜金離開之時，如被此人跟蹤，肯定再無秘密可言。」

屠奉三大吃一驚道：「那怎麼辦好呢？」

燕飛笑道：「幸好鬼影已被我和向雨田在邊荒集聯手宰掉，否則我們今回的倒莊大計，將會泡湯。」

屠奉三鬆了一口氣，有感而發的道：「幸好有你這個魔門剋星，否則眞鬥不過他們。」

燕飛道：「鬥爭才剛開始，當李淑莊曉得難憑一人之力獨得所有丹方，她就會召同門助拳幫忙，那你的處境就更危險了。」

屠奉三笑道：「有你燕飛保護我，頂多是被揭破身分，不會有性命之虞。」

燕飛道：「你現在準備到哪裡去呢？」

屠奉三道：「我要去見任青媞，向她報告見李淑莊的情況，即使被發現我與她在一起，亦不會惹人懷疑，反是合情合理。」

燕飛道：「你們要小心那叫聖君的人，如果我沒有猜錯，他才是魔門最厲害的人物。只要他的才智武功近乎向雨田，便非常難應付。」

屠奉三點頭道：「明白了！」

燕飛道：「目下建康最安全的地方，不是任青媞的兩個秘巢，而是歸善寺，因爲魔門顧忌慈航靜齋，等閒不會再去歸善寺惹事。」

屠奉三欣然道：「若我想好好睡一覺，會到歸善寺去。」

燕飛微笑道：「想聯絡我，也可到歸善寺去，現在讓我暗送屠當家一程，看看李淑莊會否死心不息，跟在屠當家身後。」

屠奉三立即起身，笑道：「我不會留下任何氣味，李淑莊想跟蹤我，只會是勞而無功。」說罷沿湖去了。

第十八章　能者當之

京口。

太守府主堂內，劉裕拿著大弓，不但勾起了回憶，還牽動了心底的某種情懷，低迴不已。

坐在一旁的何銳欣然道：「有人在統領大人的小艇上發現這把裂石弓，認得是我幫之物，把它送回來，好得打賞。當時我們還以為大人遇害了，直至聽到大人在海鹽破賊，方放下心來。」

劉裕輕拉弓弦，想到就是憑這把三百石的超級強弓，射得焦烈武幫破人亡，心中頓生感觸。後來在返回建康途中，因被陳公公攔路截擊，致把此弓留在艇裡，現在又物歸原主。

不過令他滿懷愁緒的卻是柔然美女朔千黛，在遇上陳公公前的一刻，他剛和這熱情奔放的大膽美女吻別，生出黯然銷魂的感覺。她現在該已回到塞外，他與她還有相見的一天嗎？

何銳續道：「我們曉得大人急需米糧，遂於鹽城附近各農村竭力搜購糧食，共得五船，希望能暫解大人的煩惱。」

劉裕回到現實裡，大喜道：「真是我劉裕的好兄弟，雪中送炭最是難得，我劉裕是絕不會忘記的。」

何銳感動的道：「大人仍是以前那個熱血好漢。孔老大沒有說錯，我們追隨大人，是不會錯的。」

又道：「聽得大人有事，我們每一個兄弟都全力為大人奔走。大人在海鹽一帶已是家喻戶曉的大英雄，人人希望你當上皇帝，知道我們購糧是與大人有關，都肯以最低價賣出糧貨，有些人更把儲糧捐出來。」

劉裕動容道：「我眞的很感激。」

此時魏詠之來了，到劉裕耳旁道：「賭仙來哩！」

高彥步入艙廳，卓狂生正埋首寫他的天書，直到高彥在他桌子的對面坐下，方覷著眼朝高彥瞧去，怪笑道：「又給小白雁轟了出來？這叫言多必失，甚麼『小嘴也親過』，哈！已被我照單全收，成爲書中的金句。」

高彥得意的道：「剛好與你說的相反，雅兒在此事上沒有說過我半句話，還對我好得不得了。」接著望向窗外，道：「明早該可進入洞庭。」

卓狂生聳肩道：「對不起！已改不了，不是因爲寫好了，而是因爲我根本不相信你，若她眞是對你好，你就不會有空到這裡來騷擾本館主。」

高彥光火道：「你怎可混淆事實，把白變成黑，是變成非呢？太沒有道德操守哩！」

卓狂生啞然失笑道：「問題在你會告訴我事實和眞相嗎？如果小白雁賞了你一記耳光，你會說出來嗎？當然不會，因爲於你顏面有損，太過窩囊，所以只好由我作出客觀的判斷，明白嗎？」

高彥拿他沒法，悻悻然的道：「有個問題，我想問你很久了，可否告訴我？我覺得你對邊荒的事，知道的始終有限，例如有關燕飛的事，你只是一知半解，若是那樣，牽涉到他時，你如何落筆呢？憑空猜想嗎？那寫出來的便只是荒唐大話，而非荒人之史。」

卓狂生好整以暇的道：「你好像到現在仍不清楚我是誰。老子叫卓狂生，是邊荒集最著名說書館的館主，更是邊荒的首席說書人，就像你是邊荒的首席風媒。老子我寫的荒人之史，就是說書人筆下的邊荒史，目的是令人聽得過癮，你卻來計較天書的內容是否準確符實，天下間還有更可笑的事嗎？」

高彥爲之啞口無言。

卓狂生微笑道：「我不單在記錄歷史，也在創造歷史，明天當我們抵達洞庭湖，兩湖幫眾將從各處水域蜂擁而來，你的小白雁將會成爲新一任的兩湖幫主，然後打著爲聶天還復仇的旗號，封鎖巴陵的所有水路交通，孤立巴陵，當巴陵的敵人向江陵求援，我們反攻巴陵的大計將全面展開。哈！高小子！我保證當巴陵落入我們手上時，小白雁會高興得向你投懷送抱，再不會像今晚般再次將你轟出房來。我的〈小白雁之戀〉，亦可有個圓滿的結局。」

高彥仍然說不出話來，但一雙眼睛卻明亮起來，似已預見到未來美好的日子。

程蒼古盡述兩湖幫現時的情況後，道：「現時兩湖幫幫眾的心都向著你，不但倚賴你劉爺爲他們報仇雪恨，更望你爲他們帶來美好的將來。如果有選擇，誰願落草爲寇呢？」

劉裕雙目放光動容道：「現在集結在小白雁旗下的兩湖幫，竟尚有近百艘戰船和五千戰士，眞教人想不到。我本以爲樹倒猢猻散，卻想不到兩湖幫經如此沉重致命的打擊後，仍能團結一致。」

程蒼古道：「這不得不讚聶天還領導有方，待手下有如子女，令所有人對桓玄的背信棄義大感憤慨，又因小白雁及時回去，且有我們同行，發揮出你老哥眞命天子的效應。如果我們能好好利用，會教桓玄非常頭痛。」

劉裕狠狠道：「不只是頭痛，而是可造成桓玄致敗的破綻，令桓玄再非沒有後顧之憂。以前我們荒人最害怕的是要打一場須應付兩條戰線的戰爭，現在我們可讓桓玄嘗透箇中滋味。如小恩能抽身南脅建康，說不定我們可以逼得桓玄撤離建康，那桓玄便再沒有倚仗。」

又問道：「壽陽方面情況如何？」

程蒼古道：「壽陽現今成了南方最有朝氣的城市，全城軍民一致支持劉爺。胡彬是個人才，得到邊荒集運去的金子後，他於江陵上游的城市大量搜購糧貨、物資和兵器弓矢，部分經邊荒集運往北方，部分則送到海鹽，令我方再沒有欠缺糧資的問題。桓玄鎖江之舉，反大大便宜了我們，肯定是桓玄始料不及的事。還有是劉爺你的威望無遠弗屆，各地的大小幫會都全力幫忙，省下我們不少工夫。」

劉裕嘆道：「我多麼希望能和我們的荒人兄弟並肩作戰，把慕容垂打個落花流水，迎回千千和小詩。唉！只可惜我自顧不暇，無法分身。」

程蒼古欣然道：「我不是找話來安慰你，事實上你在南方的行動，對拯救千千和小詩起著關鍵性的作用，使荒人能心無旁鶩的投入與慕容垂的戰爭去，與你親身參與沒有多大的分別。」

劉裕聽得心中舒服了點，沉吟道：「如果我派一個人去助小白雁對付桓玄，程公認爲兩湖幫的人肯接受嗎？」

程蒼古道：「不但樂意接受，還會非常歡迎，這代表劉爺肯把他們收歸旗下。不過此人必須是水戰的大行家，否則精於水戰的兩湖幫眾不會心服。」

劉裕道：「你看老手這人如何呢？」

程蒼古微一錯愕，道：「論操舟之術，老手不單是北府兵第一把手，且可能冠絕南方水道。但若要指揮近百艘戰船，我卻怕他不能勝任。」

劉裕微笑道：「程公可以放心，於海鹽一役中，老手以事實展示了他有當水師指揮的資格。最妙是他的『奇兵號』性能規模絕不在聶天還的旗艦之下。人的心理很奇怪，聶天還在世時，幫內人人以他的『雲龍』馬首是瞻，沒有了『雲龍』，會教他們感到失落。而『奇兵號』剛好填補了『雲龍』的位置。其中情況，頗爲微妙。」

程蒼古動容道：「劉爺對人的心理掌握得很準確。只要小白雁以『奇兵號』爲座駕舟，已可大大激勵士氣。好！此事便交由我去辦，『奇兵號』現在泊在城外碼頭處，就是老手送我來的。哈！老手得劉爺這麼看得起他，他肯定非常高興。」

劉裕起身道：「事不宜遲，我和程公一起去見他，今回要麻煩程公陪他到兩湖去，更要勞煩程公爲他出主意。」

程蒼古大笑道：「只要能砍掉桓玄的臭頭，上刀山我也不會皺半下眉頭，何況是如此痛快的事。」

談笑聲中，兩人找老手去也。

燕飛推開靜室的門，仍在盤膝靜坐的安玉晴張開雙目，道：「你回來哩！」

燕飛在她對面輕鬆自然的坐下，微笑道：「今次我特別留神，在進入歸善寺的範圍時，即感應到你，可見我也沒法避過玉晴靈應的監察，何況是魔門的人？支遁大師得玉晴護法，該可避此一劫。」

又道：「玉晴一直在坐息嗎？」

安玉晴欣然道：「千里傳感的動人滋味確實無與倫比，亦非常損耗心力，但我卻很開心，因爲終於可以爲千千姊盡點心力嘛！人家早醒過來哩！行功完畢卻見不著你，向大師問好請安後，便回到這裡來練功。噢！差點忘記了，大師想見你。」

燕飛皺眉道：「這麼晚了，怕會騷擾他的清修。」

安玉晴道：「大師吩咐下來，你大駕何時回來，何時移駕去見他。照我猜他該有急事找你。」

燕飛苦笑道：「我只是在找藉口，因爲我覺得坐在這裡親近玉晴是一種享受，捨不得離開。」

安玉晴俏臉霞燒，垂下頭去，輕輕道：「見過大師，你還可以回來的，如果我們對坐練功，對雙方都有很大的好處。」

燕飛灑然笑道：「我現在比之以前任何一刻，都更珍惜這短暫的人生，也深切體會到自己的幸運和福緣。我眞的不是哄你，自從首回在邊荒與玉晴結緣，我一直沒法忘記你，似乎冥冥之中，有一根絲線把我們繫在一起。昨夜誤以爲你出家爲尼，那打擊的嚴重，確實沒法子形容給你聽。」

安玉晴連耳根都紅透了，微嗔道：「人家可不是要試探你，只是和你開玩笑鬧著玩兒，哪想得到你的反應這麼大。你這人哩！還不去見大師？」

燕飛道：「我的話尚未說完呢！我眞的很感激你，昨夜如非得你之助，千千大有走火入魔的危險，輕則失去到洞天福地的福緣，重則有性命之虞。想想都教人心寒。成功和失敗，只是一線之別。」

安玉晴勇敢的抬起螓首，深黑如夜空亮星的美眸迎上他灼熱的目光，含笑道：「明白哩！經過昨夜的心心相連之後，我們三個人的眞心意瞞不過其中任何一人，多餘的話還用說嗎？快去見大師，莫讓他久等了。」

燕飛笑道：「我畢竟是人，不直接說出來，總有點不夠圓滿的感覺。」

說罷歡喜的去了。

「奇兵號」的艙廳裡，老手聽罷劉裕派給他的重要任務，看看劉裕，又看看程蒼古，現出難以置信的神色，又驚又喜的道：「統領這麼看得起我老手，我老手就算肝腦塗地，也要完成這個重要的使命。唉！統領認爲我眞的行嗎？」

劉裕聳肩輕鬆的道：「如果有另一個人選，我絕不會讓你去，因爲只有坐你的船，我才會感到安心，可以好好的倒頭大睡。」

程蒼古笑道：「劉爺從沒有看錯人的，看小恩便知道，劉爺起用他時，誰想得到小恩如此了得？」

老手誠惶誠恐的道：「論操舟之技，我對自己有十足信心。但打水戰可不是孤船作戰，我最怕自己能力有限，不能同時顧及各方面的事。」

程蒼古啞然笑道：「我這個軍師是只會吃飯的嗎？我會在旁提醒老兄你，至於如何執行，則由你出主意。」

劉裕道：「對自己有點信心吧！在海鹽你不是曾率領船隊與敵血戰嗎？你的表現非常出色。事關重大，我是不會胡亂推你出去的。」

老手挺起胸膛，點頭道：「統領既然眞的認爲我行，那麼屬下該差不到哪裡去。好！我今回就豁了出去，不會教統領看錯人。」

劉裕沉吟道：「時間寶貴，你們愈早到達兩湖，對我們愈有利。」

程蒼古道：「我們先出海，再北上入淮，然後設法神不知鬼不覺地潛往洞庭去，可令敵人大吃一驚。」

老手欲言又止。

劉裕察覺他異樣的神態，道：「有甚麼話，放膽說出來！你現在等於兩湖幫的主帥，做主帥便該有主帥的膽識和氣魄。」

老手雙目閃閃發亮，沉聲道：「若要令敵人震驚，屬下有個大膽的主意。」

劉裕心中一陣感動，是因老手忽然像變成另一個人似的，滿腦子主意。

事實上自崛起成爲北府兵的領袖後，他一直在學習謝玄，學習他的泱泱大度和肯提拔後進、用人唯才的作風。第一次在八公山與謝玄親近說話，他便爲謝玄的氣度傾倒，生出「士爲知己者死」的感覺。所以當他逐漸掌握權力，一直在留意和發掘人才，讓他們能發揮才能，老手正是他看中的人之一。在這一刻，他大有豐收的滋味。

程蒼古訝道：「有甚麼方法可令桓玄震驚呢?」

老手道：「屬下是因統領提起『雲龍』，致想起當日『隱龍』大鬧建康水域的事。」

劉裕動容道：「你是想闖大江水道的一關，直接到兩湖去。」

老手分析道：「桓玄取建康太輕易了，會令荊州水師生出懈怠之心，而爲了穩固形勢，桓玄的戰船必須分別派駐往京口上游各重要城池，部分更要回防江陵，又要防範我們在南面的部隊，致令實力分散。在這樣的情況下，屬下有十足的信心，可像『隱龍』般大鬧建康水域，既可省時間，又可滅桓玄的威風，提醒建康的高門，誰才是主宰南方的人。」

程蒼古道：「上回『隱龍』是佔有順流之利，今回我們卻是逆流，會否有問題呢？」

老手傲然道：「屬下到壽陽後並沒有閒著，還利用逗留壽陽的十天時間，大大改良了『奇兵號』的性能，加強了船上的設施裝備，全面提升戰力。不是屬下誇口，縱然憑『奇兵號』未改善前的性能，不論順流逆流，都沒有人可在遼闊的大江上攔得住我，何況是現在的『奇兵號』？屬下敢以性命擔保，今次闖關是萬無一失，請統領批准。」

劉裕欣然道：「你辦事，我怎會不放心？就依你的想法去做吧！」

老手大喜道：「多謝統領大人的信任，我會高掛統領和我們北府兵的旗幟，飄揚過建康，痛摑桓玄一個巴掌。」

劉裕道：「今夜你們立即起航，到兩湖後，設法與我們聯繫，程公已清楚我全盤的計畫，配合上當沒有問題。」

老手神氣的應諾。

劉裕目光投往窗外，心中激動不已，每過一天，他便多接近目標一點。兩湖最新的情況，令他調整了作戰的策略，也使他更有擊敗桓玄的把握。

他要桓玄不住地發覺形勢轉劣，要桓玄不斷地喪失原本佔盡上風的優勢，更要桓玄吃盡苦頭，如此方可稍洩他心中的恨意。

第十九章　一己好惡

建康。歸善寺。

方丈室內，燕飛和支遁再次聚首，均感歡欣親切。兩人盤膝對坐，互相問好後，燕飛道：「我正要來向大師請安，只因俗事繁忙，到現在才有空，希望沒有擾大師的清修。」

支遁微笑道：「我們還須說客氣話嗎？先讓我向燕施主報上桓玄的近況如何？」

燕飛啞然笑道：「聽大師的語氣，似乎很滿意桓玄最近的發展，對嗎？」

支遁欣然道：「燕施主的用語生動傳神，老衲也不打誑語，桓玄佔據建康後，雖只是數天時間，已盡顯他苛刻煩瑣、喜愛炫耀的性情，更急於稱帝，其所作所爲，眞是可笑。」

燕飛皺眉道：「大師知否譙縱、譙奉先、譙嫩玉、李淑莊和陳公公，均屬魔門之徒，他們深謀遠慮，且部署多年，怎容桓玄胡來呢？」

支遁道：「悲風早告訴我有關譙縱等人的事，所以我亦特別對他們留神。如果桓玄肯對譙縱等言聽計從，確有成功的機會。可是桓玄何等樣人，恃著才幹家世，自命爲不世英傑，現今一朝得志，更不會接納其他人的意見，何況他這人疑心極重，如譙縱等人的意見屢屢和他相左，不生疑才怪。照現時的情況看，桓玄重用的並非譙縱和譙奉先，而是他本族的人，例如以桓偉出任荊州刺史、桓謙當侍中、桓胤當中書令、桓弘任青州刺史，桓修爲撫軍大將軍。」

稍頓續道：「而在建康城破前，早向他投誠者均得重用，如王謐、殷仲文、卞範之等人，其中王謐更被任命爲中書監。至於獻石頭城立下大功的王愉，本被投閒置散，但在王謐的斡旋下，竟不用外放，改當尙書僕射，可見桓玄用人，只講一己好惡，並沒有周詳的安排。」

燕飛道：「這麼說，魔門是選錯了人。」

支遁道：「魔門亦沒有別的選擇。桓玄好大喜功，常以高門才識自負，對奏事官吏特別苛刻，如發現奏章有一個錯字或筆誤，便如獲至寶，以示聰明，且嚴厲查辦，弄得人人自危，又親自指派最低層的官員，詔書命令紛亂如麻，多得令人應接不暇，小事如此細緻，大事卻一點不抓，也不知該如何處理。由此可見桓玄根本不是治國的人才。」

燕飛心忖如果侯亮生仍然在世，又得桓玄重用，而侯亮生亦肯全力輔助桓玄施政，肯定不會有現在施政紊亂的情況。

支遁道：「安公並沒有看錯桓玄，這個人根本不是治世的料子。我之所以不厭其詳道出桓玄入主建康後的情況，是希望燕施主能轉告劉裕，愈讓桓玄多待在建康，愈能令建康高門認識清楚桓玄的本質。安公沒有說錯，桓玄雖有竊國之力，卻無治國之才，難成大器。」

燕飛明白過來，支遁這番話，是要提醒劉裕，不用急於反攻桓玄，而是給桓玄時間自暴其短，弄得天怒人怨時，再來反擊桓玄便可收事半功倍的奇效，亦可把對建康的傷害減至最低。支遁不愧一代名僧，佛法高深不在話下，對政事也卓有見地，故能成爲謝安的方外好友。

問道：「桓玄在登基稱帝一事上，有甚麼行動？」

支遁低宣佛號，道：「稱帝？這幾天我聽到最多的一句話，燕施主道是句甚麼話呢？」

燕飛有點摸不著頭腦，不明白支遁爲何岔到風馬牛不相關的事上，他們不是正談到桓玄稱帝的事嗎？苦笑道：「我完全猜不到，且沒有半點頭緒。」

支遁淡淡道：「那句話就是『如果安公仍在……』。」

燕飛恍然明白，事實上支遁已答了他的問題。桓玄意圖篡晉之心，路人皆知，就像當年桓玄的老爹桓溫，分別在桓溫當時有謝安阻撓掣肘，桓玄卻是無人制止，致令建康的人懷念起謝安來，想到如果謝安尚在，哪由得桓玄放肆。人死不能復生，這當然是沒有可能的，由此可見人們的無奈，亦可知不滿桓玄者大有人在，只是敢怒而不敢言。

支遁道：「昨天桓玄裝模作樣，上疏請求皇上准他返回荊州，旋又逼皇上下詔反對駁回；到今早桓玄又有新的主意，呈上另一奏疏要率領大軍北伐，甚麼掃平關中、河洛，然另一手則強迫皇上下詔拒絕。種種動作，莫不是爲先『加授九錫』，再而『禪讓』鋪路，所作所爲，教人鄙視。」

燕飛首次感到支遁亦是個憂國憂民的人，難怪能成爲謝安的知己。

支遁有感而發的道：「每當朝廷有事，首當其衝的總是王、謝二家。安公在多年前，早預見眼前情況。阿彌陀佛！安公在世時，絕不像外人看他般如此逍遙快活。或許人不該太有智慧眼光，洞悉一切會是一種沉重的負擔和痛苦，眾人皆醉我獨醒的滋味更不好受，人世間的醜惡會令人感到厭倦。唉！老衲著相哩！」

燕飛深切地明白支遁說的話，他自己本身的情況也是另一種的眾人皆醉我獨醒，身處局內卻知道局外的事，曾有一段時間他的情緒非常低落，幸好一切已成過去，他已掌握「出局」的秘密和方法。

道：「安公還有劉裕這著棋子，足可令桓玄把贏得的全賠出來。桓玄如此急於稱帝，正顯示他不顧魔門的部署，自行其是，這對我們是天大的好消息。」

支遁道：「現今京師桓玄得勢，致群魔亂舞，若不是得玉晴來助，我們將首遭劫難。」

燕飛道：「大師何不暫離建康？如此魔門將失去目標。」

支遁道：「有作用嗎？」

燕飛道：「現在我們在明敵人在暗，如果魔門傾力來對付大師，恐怕我和玉晴兩人攔他們不住。在一般情況下，敵人或許不敢觸怒靜齋，但此爲非常時期，實難以預測。大師爲南方佛門的領袖，我們絕對不容有失。只要大師肯點頭，我會作出妥善的安排。」

支遁道：「一切隨緣，燕施主若認爲老衲該暫時離開，便依燕施主的辦法去做。」

燕飛暗嘆一口氣，支遁必須在安玉晴的追隨保護下離開，換言之安玉晴須和他暫別一段日子，可是確是別無選擇，最大問題是他燕飛不可以暴露行藏，那不單會引起魔門的警覺，還會令桓玄派人大舉來搜捕他。但對支遁的通情達理，他大感欣慰。

道：「事情就這麼決定。大師今夜便走，目的地是壽陽，我會送大師一程。離開建康，我們便有辦法，可安排大師坐船到壽陽去。」

接著又把那晚聽到譙嫩玉與門人對話的事說出來，問道：「他們的所謂『聖君』，究竟是何方神聖？」

支遁皺眉道：「我從未聽過這個稱號。魔門分兩派六道，各有統領的人，誰都不服誰。但既有聖君的出現，可見魔門各派系間達成協議，已團結在此人之下。此人能被尊爲聖君，魔門之徒又肯聽他的指示，他必爲魔門最出類拔萃之輩，其才智武功亦足以服眾，燕施主要留神了。」

燕飛點頭表示明白，再商量離去的細節後，燕飛找安玉晴去了。

「砰！砰！砰！」

高彥睡眼惺忪的擁被坐將起來，拍門吵醒他的尹清雅笑意盈盈的來到床邊坐下，伸個懶腰，舒暢的道：「昨夜睡得眞好，很久沒這麼一覺睡到天明哩！」

見高彥瞪大眼睡意全消，又目不轉睛地打量她的腰身，嗔道：「死高彥！你那雙賊眼在看甚麼，日看夜看還不夠嗎？」

高彥嘻皮笑臉的道：「怎會看夠呢？看一世也不夠！何況昨夜你又不准我繼續看下去。不惱我了嗎？」

尹清雅訝道：「惱你甚麼呢？」

高彥暗罵自己多嘴，忙陪笑道：「沒甚麼，只是隨口說說吧！昨夜我還以爲可以和雅兒共度良宵，卻被雅兒趕了出來，落得形單影隻，輾轉難眠，醒來後胡思亂想，在所難免。哈！」

尹清雅嗤之以鼻道：「我看你睡得不知多麼沉穩，拍了半天門才見你醒來。嘻！你甚麼地方惹火我呢？爲何我想不起來？」

高彥不捨地離開被窩，到床邊和她並排而坐，陪笑臉道：「過去的忘掉算了，一切由今天開始。計算日子，我和雅兒情投意合已有一段時間，何時方可以正式結爲夫婦，洞房花燭呢？」

尹清雅嗔道：「誰和你這個滿腦子只有髒東西的傢伙情投意合？現在我們是去打仗呵！你還整天只想著如何佔人家的便宜，有點耐性好嗎？」

高彥探手摟著她香肩，笑道：「好好！雅兒說甚麼便甚麼。不要當我不明白雅兒的心事，雅兒是要待割掉桓玄的卵蛋後才和我洞房花燭。哈！我怎會不明白。不過我今次想出反攻巴陵的大計，怎都算立下點汗馬功勞吧！雅兒暫時雖不以大便宜來謝我，小便宜怎都該送我吧！」

尹清雅任他摟抱，聳聳肩胛輕描淡寫的道：「抵銷了！」

高彥失聲道：「抵銷了？」

尹清雅忍著笑道：「天作孽猶可違，自作孽不可活！誰叫你四處張揚曾親過雅兒的嘴，若不是真給你這小子佔過這個便宜，我便一劍幹掉你。」

高彥心都癢起來，道：「能親雅兒的嘴，是截至目前我高小子最偉大的成就，一時忍不住向外公布，是人之常情，否則還有甚麼事說出來可鎮住老卓那瘋子呢？哈！」

尹清雅道：「功過相抵就是功過相抵，沒得商量。想多佔點便宜嗎？便要再立功。」

高彥隨口問道：「要立甚麼功呢？」

尹清雅沒好氣道：「我不再和你胡扯，人家心裡有件事很擔心呢！」

高彥奇道：「是甚麼事呵？」

尹清雅低聲道：「我怕大江幫的人會找天叔算賬。」

高彥一頭霧水的道：「誰是天叔？我見過他沒有？」

尹清雅氣道：「天叔就是胡叫天，你竟然沒聽過嗎？枉你還自認是邊荒的首席風媒。」

高彥陪笑道：「聽過聽過！他是大江幫的叛徒，依江湖規矩，這種事我們很難插手。」

尹清雅嗔道：「但他是我們兩湖幫的人呵！死小子！快幫我想辦法。」

高彥道：「叫他躲遠點不就成了嗎？」

尹清雅不悅道：「我正是不想天叔過那種東躲西藏的淒涼日子，他對師父非常忠心，如師父在天之靈曉得我連天叔也護不住，會怪我的。」

提起聶天還，尹清雅兩眼一紅，泫然欲泣。

高彥登時投降，道：「此事要和劉裕說才成，否則誰都不敢和大小姐開口。我的娘，待攻陷巴陵再理會這方面的事好嗎？」

尹清雅欣然道：「算你吧！你定要說服劉裕那傢伙。」

高彥拍胸道：「再不成便請出燕飛去和劉裕說，哪由得他不答應？此事包在我身上。」

又賊眼兮兮的去看她，道：「這算不算大功一件呢？」

尹清雅跳了起來，笑著道：「當然是天大的功勞，只可惜你尚未立下此功。」

高彥想把她抓回來，尹清雅一個閃身，出房去了。

高彥倒回床上去，幸福的感覺充滿全身，得妻如此，夫復何求。只要想想將來大功告成時，與小白雁洞房花燭，便感到沒有白活。

任青媞的聲音在房外響起道：「三哥！宋大哥來了！正在外廳等你。」

屠奉三從床上坐起來，心中苦笑，任青媞喚他「三哥」，弄得他渾身不自然起來，但又有甚麼辦法呢？她一副大家都是自己人的神氣態度，縱然曉得事實如此，又或發展至這種地步，他仍是感到有點難以接受，沒法面對這種現實。

他並不奇怪宋悲風會來找他，因為抵建康後第一件事，便是通過暗記向宋悲風傳遞信息，他只是奇怪宋悲風到今天才來相見。

匆匆梳洗後，屠奉三到外廳見宋悲風，任青媞正烹茶招呼宋悲風。

這個秘巢位於城西人口密集處，鄰近石頭城，外觀與四周的民房沒有太大的分別，非常穩妥。

任青媞笑臉如花的殷勤奉上香茗後，退往內進去，讓他們方便說話，確實知情識趣。

屠奉三訝道：「宋大哥不奇怪爲何我會和她在一起嗎？」

宋悲風道：「我剛到京口見過劉帥，昨夜才趕回來，還有甚麼好奇怪的？」接著把原委道出，又頹喪的道：「我回來後想趁天亮前潛進烏衣巷見大小姐，向她轉述劉帥的話，豈知烏衣巷警備森嚴，且有敵方高手巡守，我怕打草驚蛇，只好放棄。」

屠奉三沉吟片刻，問道：「劉帥與孫小姐並非一般的關係，對嗎？」

宋悲風苦笑道：「事實上我知道的只比你多一點點。上一回在建康，我曾應孫小姐的要求，安排他們兩人秘密私下會面，至於他們之間發生了甚麼事，我全不知情。」

屠奉三愕然道：「孫小姐爲何要見劉帥呢？」

宋悲風嘆道：「此事說來話長，其中牽涉到王恭的美麗女兒王淡眞，而孫小姐正是王淡眞的閨中密友。唉！一併告訴你吧！劉帥曾與淡眞小姐苦戀，結果不用我說出來吧！」

屠奉三劇震無語。

宋悲風狠狠道：「現在我最想做的事，是幹掉桓玄那個小子，個人的生死絕不放在我心上。」

屠奉三雙目精芒閃閃地看著宋悲風，沉聲道：「這是勞而無功的事，只會白白犧牲，一個不好，如被擒而不死，落在魔門的人手上，說不定會洩露我們的秘密。小不忍則亂大謀，桓玄本身武功高強，近身親衛更全是一等一的高手，換了燕飛也奈何不了他，何況尚有魔門高手全力保護桓玄。宋大哥絕不可輕舉妄動。」

宋悲風頹然點頭。

「兩位大哥好！」

兩人聞聲瞧去，燕飛正穿窗而入，來到兩人身旁，微笑道：「屠兄說得對，一切好商量，但千萬不要輕舉妄動，如果桓玄那麼容易被幹掉，我立即去辦。」

屠奉三笑道：「有我們的邊荒第一高手在，見大小姐一事可以迎刃而解。」

燕飛欣然坐下，道：「任后呢？」

屠奉三以眼神示意任青媞在內進處。

燕飛道：「我剛從大江北岸回來，湊巧碰上一個震動人心的情景，你們猜猜看我見到甚麼呢？」

宋悲風是沒有猜謎的心情，屠奉三則是完全沒有頭緒，後者攤手表示投降。

燕飛欣然道：「我見到的是高掛北府兵和我們劉爺旗幟的『奇兵號』，公然硬闖建康的大江河段，主持者肯定是老手，把前去攔截的敵艦玩弄於股掌之上，還撞沉了其中一艘，眞是非常精采。當時岸上看熱鬧的至少有數百人，此事將轟動全城，桓玄今回面子肯定掛不住。老手的確有一手。」

兩人爲之愕然。

屠奉三訝道：「老手駕『奇兵號』要到哪裡去？爲何捨易取難？」

燕飛道：「當是兩湖幫傳來好消息，因爲我看到指揮台上尚有我們的賭仙。今次『奇兵號』高調張揚，盡顯鋒芒，是要爲劉帥以別開生面的方式傳遞軍令，同時向兩湖幫示好，也讓桓玄疑神疑鬼，卻偏又毫無辦法。」

宋悲風道：「此著非常高明，一艘戰船，便把桓玄的氣燄硬壓下去。」

屠奉三喜道：「總算有個振奮人心的好消息，如果兩湖幫能取回巴陵，桓玄將陷入被前後夾擊的局勢。」

燕飛道：「究竟出了甚麼問題？宋大哥爲何想去刺殺桓玄？」

屠奉三道出因由，然後道：「現今我們根本沒法到烏衣巷見大小姐，幸好有你燕飛在，此事只有你一個人辦得到。」

宋悲風道：「孫小姐是安公最疼愛的後輩，我絕不會讓桓玄傷害她。」

燕飛道：「我們當然不可讓王淡眞的慘事在孫小姐身上重演，不過我必須待至夜色降臨，方有在不驚動任何人下偷進謝府的把握。」

接著向兩人使個眼色。

任青媞無聲無息的出現在後門處，滿臉喜色的道：「噢！燕爺來了！」又欠身施禮。

燕飛起立還禮，笑道：「任后來得正好，今次我來是有要事找任后商量。」

屠奉三明白過來，以燕飛的爲人，若不是有事，絕不會主動接觸任青媞，不是因他難忘舊恨，而是不想虛與委蛇。

任青媞欣然在地蓆坐下，垂首感激的道：「只要燕爺吩咐下來，青媞會盡心盡力去爲燕爺辦妥。青媞之所以有今日，一切能重新開始，全賴燕爺大人有大量，不計較青媞的過錯。」

屠奉三和宋悲風都明白任青媞的意思，因爲燕飛對劉裕有決定性的影響力，如果燕飛從中作梗，今回倒李淑莊的行動，肯定難以成事。

燕飛微笑道：「過去的事便讓它過去好了。我今日來找任后，是怕事情有變，我們必須改變計畫。」

眾皆愕然。

第二十章　佳人有約

「砰！」

內宮御書房內，桓玄一掌拍在長几上，滿臉怒容的喝道：「是誰負責把守水道？敵人這麼要來便來，要去便去，視我桓玄為無物嗎？」

分坐兩旁的桓偉、桓修和在另一邊的譙縱、譙奉先都聽得面面相覷，不知該如何答他。

眾人中，以桓偉與桓玄的關係最密切，讓桓玄發了一會兒脾氣後，勸道：「現在當務之急，是要弄清楚敵人為何要這麼做？又要到哪裡去？」

桓修也道：「劉裕派戰船來硬闖建康的水道關防，定有他的盤算，不會只逞威風這般簡單。」

桓玄冷靜下來，道：「你們有甚麼看法？」

譙縱從容道：「若我沒有猜錯，兩湖幫的餘孽已和劉裕接觸聯繫，並結為一黨，密謀反攻。這艘戰船正是要到兩湖去，闖關一方面為節省時間，更是向我們示威，要我們進退失據。」

桓偉色變道：「益州公這個看法很有道理。」

桓玄不屑的道：「沒有聶天還的兩湖幫，還可以有甚麼作為？只要我們能盡早收拾劉裕，一切問題可迎刃而解。」

譙奉先道：「大人明鑑，劉裕蓄意挑釁，大有可能是要激怒大人，引我們進擊京口。」

桓修皺眉道：「劉裕陣腳未穩，為何如此不智？」

譙奉先解釋道：「劉裕是知兵的人，清楚上策是以逸代勞，下策是勞師遠征。且憑他現時的實力，來攻打像建康這般的城池，與送死沒有任何分別，且首先必須克服廣陵一關。如果我們倉卒攻打京口，他便有可乘之機，說不定可借勢奪取廣陵。」

譙縱附和道：「若劉裕是故意挑惹我們，又虛張與兩湖殘餘合擊之勢，更證明了他缺糧的傳聞，故急於求戰。否則好該待平定天師軍後，方從三方向我們發動攻擊。」

桓玄冷笑道：「劉裕垂死掙扎，根本不放在我眼裡，就看我何時割下他的臭頭。」

譙縱向譙奉先使個眼色，要他說話，後者忙道：「兩湖餘孽雖說難成氣候，但在兩湖始終根源深厚，是一個禍患，如能乘此時機，一舉肅清兩湖餘孽，另一方面則全力封鎖下游京口的漕運，不住削弱劉裕的實力，那南方的和平統一，可以預期。」

桓玄面露難色。

譙縱欣然道：「只要大人一聲令下，我譙縱願率本部戰船，以巴陵爲基地，掃蕩兩湖小賊，有馬軍和周紹兩個深悉兩湖幫情況的人助我，我有把握在三個月內完成剿賊的任務，請大人明鑑。」

桓玄目光投向譙縱，用神地看他好一會兒後，冷冷的道：「南方的主戰場是在這裡，是建康和京口之爭，如要勞煩益州公，便是小題大作。」

轉向桓偉道：「大將軍剛被任命爲荊州刺史，兩湖幫的小賊便由大將軍負責。退下！」

眾人只好施禮告退。

燕飛心中忽然湧起對紀千千的思念，那並不是往常一般的記掛，而是突如其來腦海浮現出千千的絕世玉容，心中同時生出感應，接收到千千向他發出的信息。雖只是電光石火般的快速，但他已清楚掌握到千千心靈傳感的內容。

千千復元了，心靈的力量比以前更強大，且忍不住相思之苦，預約今夜的夢中之會。

這次毫不含糊的心靈快訊，頓時令燕飛生出美妙無比的動人滋味。於此正置身於敵後凶險處的一刻，他卻和千千互通心靈的款曲，定下心與心之間的約會，其感覺眞的無法形容。

決勝的時刻正不住逼近。不論是南方的爭霸戰，又或拓跋族與慕容族的鬥爭，均以不同的步伐朝終結點邁進。形勢每一天都在變化中，他便像怒海中的小舟，每一刻都有舟覆人亡之險，而正是在這種危機四伏的情況裡，他和紀千千的熱戀攀上了高峰，譜出最奇異和迷人的戀曲。

屠奉三的聲音在他耳內響起，道：「燕飛你在想甚麼呢？爲何忽然不說話了。」

燕飛「回醒」過來，連忙集中飄蕩的魂魄，這才發覺屠奉三、任青媞和宋悲風都以古怪的目光瞧著自己。

燕飛此時仍對剛才的感覺戀戀不捨，紀千千的傳感似仍縈迴心谷，隨口道：「我剛才說到哪裡？」

任青媞道：「燕爺剛說到魔門團結在一個他們稱之爲聖君的人之下，接著便像記起某些事似的，神情還相當古怪。」

燕飛收攏心神，點頭道：「對！對！」

宋悲風關心的道：「小飛有甚麼心事呢？」

燕飛心忖自己確有「心事」，問題在沒法老老實實的說出來，忙返回正題道：「我們對付李淑莊的大計，有個關鍵性的假設，就是魔門中人全是自私自利之輩，所以李淑莊當不會把與關長春的買賣告訴魔門的同夥。但當我曉得魔門是由一個叫聖君的人主持大局，我對這個假設的信心動搖了。」

稍頓續道：「試想一下，李淑莊發覺關長春是她一人獨力對付不了的，而她更不捨得金子，兼之根本沒有閒情和時間與關長春周旋磨蹭，她會怎麼做呢？」

屠奉三點頭道：「我也曾想過同一個問題，李淑莊便曾親口說過，她見我的當夜本該到皇宮去赴宴，卻因我而推掉了約會。約她的人該是桓玄無疑。」

當他說及李淑莊時，此女音容笑貌似在他腦海裡活過來般，彷佛正對他賣弄風情，撒嬌獻媚，形態千變萬化，卻都是那麼迷人。以屠奉三的修養功夫，也暗吃一驚，心忖難道自己已著了她的道兒？忙把這股因李淑莊而起的情緒硬壓下去。

任青媞輕笑道：「譙嫩玉不行了！所以李淑莊須親自出馬去迷惑桓玄，想不到我們無意之間，竟壞了魔門的事。」

她說出眾人想不到的猜測，因任青媞本身亦是此道的高手，推己及人，故能想及這方面的事。

屠奉三最同意她的猜想，因爲縱然自己一意殺死李淑莊，仍然有點抵受不住她的誘惑，何況對她沒有戒心的桓玄。他太清楚桓玄了。

道：「照我看不是譙嫩玉道行未夠，而是桓玄對譙家生出疑心，桓玄便是這麼一個人，想和他共富貴的，最後都不會有好結果。」

燕飛聽著兩人對李淑莊與桓玄之間關係的看法，心中充滿古怪的感覺。他們四人是多麼奇怪的組合，相互間既是恩怨難分，偏又湊在一起，共同去做一件事。

四人之中，宋悲風的背景簡單多了，而任青媞和屠奉三均非等閒之輩，各自為本身的目標努力，至乎不擇手段。

宋悲風道：「若照這般去推想，奉三下次去見李淑莊，會是非常危險的事。」

燕飛道：「理該如此，如果李淑莊向那聖君求援，魔門會採取速戰速決的策略，一舉解決關長春的問題，以免夜長夢多，被關長春影響他們奪天下的大計。難在我和宋大哥都不宜出手，只有任后的干涉，方不會令魔門的人起疑。」

屠奉三和宋悲風明白過來，正因須任青媞出手，所以燕飛縱然心中不情願，也必須來找任青媞商量，好找出解決的辦法。

任青媞露出凝重神色，道：「如果李淑莊確有此打算，會嚴重影響我們的計畫，令我們功虧一簣。」

屠奉三道：「李淑莊還有一個顧慮，就是她若激怒我時，我或會不顧一切洩露所有丹方的秘密，那在五石散的買賣上，李淑莊將失去一向擁有的優勢。所以李淑莊一是乖乖的和我交易；一是全力出手對付我，生擒不了便來個殺人滅口。」

任青媞道：「我們原定的計畫，仍是最完美的計畫，能達致最理想的效果，當李淑莊試服第三條丹方煉製出來的五石散，其丹毒會引發前兩條丹方的丹毒，像山洪般在她體內暴發，且令過往長期積聚在她體內的丹毒流竄全身經脈。任她魔功蓋世，也要抵受不住。」

燕飛苦笑道：「這當然最理想，可是如果李淑莊向那聖君求援，在對事情緩急輕重的取捨下，那聖君絕不容李淑莊陪我們玩這個遊戲，如此這計畫便再行不通了。」

宋悲風提議道：「我們可否把丹方記錄下來，然後想方法讓李淑莊奪去，又不會懷疑我們是故意讓她得逞？」

屠奉三道：「如果我是李淑莊，取得丹方後只會暫擱一旁，不會急於煉丹試丹，這樣便失去原來計畫的意義了。」

任青媞道：「我認爲我們尙有一線機會。」

燕飛心中不禁佩服她，因爲他自問再想不到任何辦法，顯示在這種勾心鬥角的鬥爭下，任青媞的心計實在他們之上。

屠奉三喜道：「請任后指點。」

任青媞向他嫣然一笑道：「三哥不用對青媞這般客氣，大家是自己人嘛！」

屠奉三和燕飛交換個眼色，均感到對方的無奈，他們兩人對任青媞一向都只有惡感而沒有好感，但在形勢轉移下，卻不得不接受任青媞成爲劉裕的女人這個現實。

敵人變成了自己人。

任青媞續道：「當日我向李淑莊編造關長春這個人時，之所以特別指出關長春貪財好色，正因感到李淑莊是媚惑男人的高手，我才故意這麼說，那時還想不到關長春的好色可以起甚麼作用。」

屠奉三苦笑道：「幸好我和她於燕雀亭交手時，仍表現出好色的作風，一方面在抗拒她的色誘，另一方面又似控制不住自己地開出要她獻身的條件。不過若接受她的誘惑，肯定不會有好結果。」

任青媞淡淡道：「當然不可以和她眞箇銷魂，那與送死沒有任何分別，落在她手上更是生不如死。」

宋悲風皺眉道：「既然如此，又如何利用關長春好色這一點呢？」

任青媞道：「對李淑莊來說，關長春是她最想籠絡的人才，如能收爲己用，她以後都不用再爲煉製五石散的事費神。所以如果三哥能令李淑莊感到關長春對她已是情難自禁，她絕捨不得殺掉關長春。更精采的是如果三哥能令她對你生出微妙的愛意，那對我們會更爲有利。」

屠奉三頹然道：「任后的提議使我生出玩火的感覺。坦白說，李淑莊的媚術並不容易對抗，如果我眞的被她所惑，後果不堪想像。」

任青媞「噗哧」嬌笑道：「我眞的不敢相信這番話會從三哥口中說出來，三哥對自己在這方面的定力如此沒有信心嗎？只要三哥不時想想桓玄，肯定可變得心如鐵石。」

屠奉三劇震道：「對！只要想起桓玄，我便有信心克服任何困難。」

燕飛道：「我可看出屠兄已對李淑莊生出男女間微妙的感覺。嘿！我不是在取笑屠兄，因爲男女間的互相吸引，是人的天性，何況李淑莊是此道高手，尤其當屠兄不用掩藏色心，甚或要故意流露色心，情況將更危險。媚術是攻心之術，當心失守時，便像高手過招，露出破綻。如果屠兄能在適當時機，露出這樣的破綻，肯定可取信李淑莊，令她改採籠絡安撫的策略，而不是大動干戈。」

屠奉三道：「這麼說！燕兄是同意任后的主張了。」

宋悲風道：「但如何拿捏，卻是非常困難，一個不好，等於惹火燒身。」

燕飛聳肩道：「我們只好兩方面都準備，一邊試行任后之策，另一邊則全力戒備，動起手時，對魔門的人見一個殺一個，最好把李淑莊和那聖君全宰掉，雖未能達致最理想的效果，但總好過讓他們繼續爲桓玄出力。」

屠奉三道：「就這麼決定。」

接著道：「我約好了李淑莊後天見面，今次該和她在甚麼地方見面呢？」

任青媞欣然道：「如果仍是易於逃遁的燕雀亭，便無法顯示關長春對她心動了，最好是由關長春掌握主動，例如關長春到淮月樓見她如何？只要有燕爺在暗中提供保護，安全上該沒有問題。」

屠奉三苦笑道：「這是否就是甚麼『不入虎穴，焉得虎子』之計呢？」

宋悲風道：「最好能於李淑莊獨處之時，奉三突然出現，可收奇效。」

任青媞笑道：「事情愈來愈有趣哩！只看三哥是否有入虎穴的膽量。」

屠奉三啞然笑道：「任后不用施激將法，我一向不欠缺膽量，不過任后的提議確是一著奇兵，會令李淑莊對我重新估計。」

任青媞喜道：「三哥同意了。」

屠奉三雙目殺機大盛，沉聲道：「只要想起桓玄，縱然只是一線機會，我也要全力去爭取。就這麼決定吧！」

燕飛笑道：「文的不成便來武的，我們和魔門再沒有甚麼好說的了。」

第二十一章　政治妥協

劉裕不但難過，心中還有點不舒服。

司馬元顯的死訊於正午時分傳到京口來，他和老爹司馬道子的首級同被高懸於宮門外示眾。

對司馬元顯，他有一份特別的感情。

縱然於荒淫奢侈的皇族裡長大，又受到建康高門習氣影響，兼之不明人間疾苦，但司馬元顯仍於內心深處保持著某種東西，那或許是所謂的童眞。

那回司馬元顯由階下之囚變爲合作夥伴的經歷，引發和燃點了司馬元顯這一點童眞，也促成了未來合作的可能性。

對司馬元顯，劉裕一直心存內疚，不但因爲自己別有居心，更因爲司馬元顯眞當他是曾出生入死的好兄弟，完全信任他，爲他在他老爹前說盡好話。

他更醒覺自己走錯了一著，就是讓屠奉三去警告司馬元顯。如果司馬元顯心裡有所預防，絕不會父子同一命運。屠奉三肯定是陽奉陰違，有負他之託。這想法令他的心很不舒服。

矛盾的是他曉得在爭霸的大前提上，屠奉三的決定是正確的。若讓司馬道子父子仍然生存，還來投靠他，會是個難解的死結。

他感覺到自己正深陷在殘酷無情的政治和武力的鬥爭內，沒有回頭的機會。當然，爲了淡眞的恥恨，爲了所有追隨他的人，他也不可能就此罷休。

他實在很難怪責屠奉三，他一向都是這種人，於司馬元顯一事上從來沒有改變過立場，要怪便怪自己想得不夠縝密周詳。

坐在太守府的大堂裡，他生出莫以名之的感受。

他開始明白謝玄當年淝水之戰時的心情。現今對敵人的情勢，他已是智珠在握，勝劵雖然在手，可是勝利並不代表一切，還有很多個人的問題和思慮，就如謝玄清楚知道淝水之戰獲勝後，接踵而來的將會是挫折和失敗，那並不是憑武力可以解決。

他可以不做皇帝嗎？

當他擊垮桓玄，他將別無選擇的被推到那個位置上，隨他打天下的所有北府兵兄弟，還有孔老大、何銳等江湖人物，兩湖幫的幫眾，至乎王弘等高門裡支持自己的人，他們會形成一股龐大的影響力，驅使自己繼續向皇帝的寶座邁進，因爲他們的利益榮辱，已與他劉裕的成敗緊密結合在一起。

他劉裕再沒有退路。

此時手下來報，毛修之求見。

劉裕想了想，才記起他是當日在建康淮月樓由王弘引見的建康五子之一的人物，因其父被乾歸所殺，與譙縱有不共戴天的滅族之恨，連忙著人請他進來。

姚猛嚷道：「看！有兩艘戰船來了！」

卓狂生沒好氣道：「不要高興得那麼早，或許是敵人的戰船也說不定呢！」

魏品良道：「姚大哥是應該高興的，因爲的確是我方兄弟的船。」

三人擠在高起達五丈的碼頭望樓上，遠眺在水平線處出現的帆影。

碼頭位於小島的東端，小島的位置在巴陵之西三十里許處，是湖內眾多小島之一，也是兩湖幫一個具有戰略價值的重要基地，島上建有房舍，可容三千之眾。

他們本來以爲要奪回這個小島，須經一番苦戰，豈知島上並沒有敵人，讓他們不用費力便登岸進駐。由此也可見敵人軍力只能保住巴陵，無法再擴大佔領範圍。

七艘赤龍舟，正進入全面戒備狀態，以防敵人聞訊來犯。

望樓下的高彥往上喝道：「是否有船來了？」

姚猛應道：「是我們的船，共兩艘。」

魏品良呼叫聲再起，嚷道：「西北方又有十多艘船呵！該是周爺的船隊。」

「周爺」就是周明亮，是兩湖幫元老級的領袖人物，備受幫中兄弟尊敬，他肯應飛鴿傳書來會，正顯示兩湖幫仍是團結一致，且認定小白雁是他們的新幫主。

高彥旁的小白雁雀躍道：「成功哩！桓玄今回死定了！」

燕飛等人爲怕打草驚蛇，都不敢外出，躲在任青媞的秘巢，乘機爭取休息的時間，以養精蓄銳。可是建康的情況，卻全在他們的掌握中，因爲屠奉三早布下廣大精密的情報網，嚴密監察敵人的動靜。馬行早關門停業，負責馬行的兄弟們則轉進暗裡活動。

燕飛在任青媞安排給他的臥室打坐調息，眞氣運轉三百周天後，精滿神足，就像一般人熟睡醒過來般，感覺良好。

敲門聲響，進來的是一臉憂色的宋悲風，坐到床邊，道：「奉三出去了，他說要聯絡王弘，探聽建康高門現今的情況。」

燕飛皺眉道：「以他關長春的外貌，去見王弘似乎不大妥當。」

宋悲風道：「王弘是絕對可以信賴的，小裕對他既有救命之恩，他亦曾與小裕共生死，明白小裕是怎樣的一個人。不過這都不是最重要的，最關鍵處是王弘曉得桓玄鬥不過小裕。」

燕飛笑道：「宋大哥看得很透徹，桓玄現在看來佔盡上風，事實上卻是泥足深陷，失去了以前掌握主動的優勢，如果我們能把這情況如實展示予建康的高門，可收奇效。」

宋悲風道：「奉三正因今早『奇兵號』闖關揚威之舉，遂打鐵趁熱，去找王弘想辦法。唉！」

燕飛道：「宋大哥是否在擔心謝家？」

宋悲風點頭應是，問道：「你是否清楚孫小姐和小裕的關係？」

燕飛點頭道：「對小裕來說，謝鍾秀等於另一個王淡眞，可塡補他心中的缺陷。不過孫小姐卻似對小裕沒有意思。」

宋悲風一呆道：「爲何小飛會有這樣的判斷呢？」

燕飛把助劉裕偷進謝府夜訪謝鍾秀的情況如實道出，道：「那對小裕造成非常嚴重的打擊，我也沒想過孫小姐會是這樣的態度。」

宋悲風沉吟片晌，道：「照我看孫小姐對小裕是有意思的，情況異常複雜。對玄帥的早逝，孫小姐傷心欲絕，到現在仍沒法接受。小裕活脫脫便是另一個大少爺，只是出身寒微。會否是這樣呢？孫小姐不敢接受小裕，是怕害了他，因爲高門大族的人，絕不容寒門染指建康最顯貴世族的天之驕女，孫小姐正因深明此點，所以拒絕了小裕。」

燕飛道：「若眞的如宋大哥所言，那一切好辦，今夜便讓我偷進謝家去，找孫小姐說個清楚明白。」

宋悲風喜道：「一切全拜託小飛哩！最好先找到大小姐，弄清楚情況。現在我放心去辦事了。」

燕飛訝道：「宋大哥要去辦甚麼事呢？」

宋悲風道：「我要爲小裕去聯絡建康的幫會人物，他們以前最尊敬的是安公和大少爺，現在則看好小裕。我們的目標是要爭取每一分支持我們的力量，務要把桓玄這奸賊除掉。」

燕飛欣然道：「正如宋大哥說的，桓玄絕鬥不過小裕，建康高門自安公和玄帥後，再沒有傑出的人物出現，應該輪到布衣出身的英雄豪傑出頭，改變高門和寒門的不公平情況。」

宋悲風露出一絲苦澀的表情，拍拍燕飛肩頭告辭去了。

劉裕與毛修之相見，都心中歡喜，想起當日淮月樓之會，到今天於京口重聚，世局大有滄海桑田的變化。

毛修之發自眞心的說了番仰慕的言詞，然後道：「誰都沒想過李淑莊會站到桓玄的一邊，我也是到長民知會我形勢不妙，方立即逃往歷陽去，險至極矣。」

劉裕道：「李淑莊眞有這麼大的影響力嗎？」

毛修之坦然道：「李淑莊是建康高門最愛戴的人，原因統領大人該如我們般清楚。她更是個有非凡魅力的女子，說話言簡意賅，每能說中人的心事。憑她和建康一眾高門名士的密切關係，其對桓玄的助力是有目共睹。很多人認為她是當今之世最出色的縱橫家，單憑三寸不爛之舌，便把整個局勢扭轉過來，令桓玄不費吹灰之力取得建康。唉！聽說桓玄已令散騎常侍卞範之起草禪讓詔書，桓玄將於短期內逼司馬德宗讓位。」

劉裕訝道：「你不是忙於避難嗎？為何仍對建康的情況這麼清楚呢？」

在他眼前的毛修之，再不是以前華衣麗服的打扮，換成平民的裝束，令他予人較踏實的感覺。聞言答道：「桓玄起用了大批高門的年輕子弟，長民是其中之一。桓玄以大將刁逵守歷陽，長民便是刁逵的參軍，與我秘密來往。幸好得他照顧，我的日子才沒有那麼苦，今回便是他著我到京口來找統領大人，告訴統領他仍然支持你，只要你一聲令下，他會全力配合。」

毛修之口中的長民是諸葛長民，乃建康五子之一。

劉裕道：「除長民外，你見過其他人嗎？」

毛修之道：「現在建康敵我難分，長民勸我不要見其他人，以免節外生枝。桓玄不知是否得李淑莊指點，甫抵建康便展開懷柔籠絡的手段，特意起用被司馬道子打壓的高門子弟，王弘便是其中之一，他的堂兄王謐便得到桓玄重用為中書監兼司徒，謝混也得重用。桓玄手段的厲害，大出我們意料之外，他愈尊重王、謝二家，愈得建康高門的支持。」

劉裕心忖王弘肯定沒有變節，否則屠奉三早已死掉，道：「其他人我不清楚，但王弘肯定仍是以前那個王弘，毛兄可以放心。」

毛修之謙虛的道：「統領大人直呼我修之便可以了，否則修之會消受不起。」

劉裕微笑道：「仍對我那麼有信心嗎？」

毛修之現出崇慕的神色，道：「只是統領大人據海鹽出擊的妙著，早令我們佩服得五體投地。當我似失去一切希望的時刻，長民卻告訴我你已佔據京口，從劉牢之手上奪得北府兵的兵權，我眞的不敢相信。剛才我抵達京口，見到城防森嚴，但人民卻是生活如常，一切井井有條。所遇的兵將，人人士氣昂揚，就像以前玄帥在世時的威勢，我立即疑慮盡去，比以前任何時刻更有信心。桓玄是絕鬥不過統領大人的。」

劉裕道：「我想問你一個問題，請修之坦白告訴我。像長民般已得桓玄起用，爲何仍肯支持我劉裕呢？」

毛修之道：「我也問過長民同樣的問題，他答我道，人的性格是不會改的，變的只是手段，桓玄起用他諸葛長民，只是安撫建康高門子弟的一時之策。唉！長民說得對，我們永遠不會忘記，他乘王恭之危，脅逼王恭把女兒送給他。如果讓這樣的卑鄙之徒成爲皇帝，會是多麼可怕的一回事？咦！統領大人的臉色爲何變得這麼難看？」

劉裕怕他看穿自己的心事，岔開道：「你可知桓玄已殺了司馬道子父子？」

毛修之道：「不是這樣才會令人奇怪。桓玄從來都是心狠手辣的人，既無情亦無義，只看他如何出賣屠奉三便清楚了。我們眞的是全心全意投向你的。現在是到了有所改變的時候，皆因高門自玄帥去後已後繼無人，所以玄帥選擇了統領大人，認爲只有統領大人能繼承他未竟之志。」

稍頓續道：「現今統領大人已是我們最後的希望，與其屈辱地在桓玄的暴政下苟且偷生，不如轟轟烈烈的與統領大人同生死共榮辱，大幹一場。」

劉裕聽他言詞懇切，愈說愈激動，心中卻是一片平靜。他明白到毛修之正代表他們這輩高門子弟中的有志之士，向自己說出心聲。不過他們的投誠效忠，是有條件的。如果自己不能作出合乎他們期望的回應，不但會被他們看不起，他們還會生出異心。

事實上他也別無選擇，失去了高門的支持，南方將陷於四分五裂的局面。所以智士不論是侯亮生又或劉穆之，都主張繼續謝安「鎮之以靜」的施政方針，不可動搖高門大族的根基，只做有限度的改革，以消弭社會不公平的情況。

劉裕道：「我曾向王弘保證過，我會繼續安公和玄帥的政策，以北伐統一中原爲最高的目標，在這方面我從來沒有改變過，將來也不會改變。」

毛修之雙目射出熱烈的神色，道：「長民已準備妥當，只等待統領大人的指示，只要能殺死刁逵，長民便可以控制歷陽，也控制了建康的上游。」

劉裕點頭道：「這個我明白，互相間的配合非常重要，我更可派人去助長民。至於你又有甚麼打算呢？」

毛修之道：「我當然與長民共進退。」

劉裕搖頭道：「如此太浪費人才了，你能起的作用，該遠超於此。」

毛修之愕然道：「我可以起甚麼作用呢？」

劉裕微笑道：「現在譙縱傾巢東來，助桓玄打天下，其留守巴蜀的力量肯定薄弱，只要你能潛返巴蜀，號召舊部和一向支持你們的家族幫會，將可把譙縱的殘餘勢力連根拔起，令譙縱再沒有退路。」

毛修之先是興奮起來，接而又出現沮喪之色道：「我雖有重奪巴蜀控制權的信心，卻沒有把握對抗聞風而至的荊州軍。桓玄是懂兵法的人，定會於江陵駐有重兵，既可支援建康，又可監控上游的情況。」

劉裕搖頭道：「當你返抵巴蜀之時，我可以肯定江陵自顧不暇，忙於應付重振旗鼓的兩湖軍。」

毛修之雙目立即亮起來。

劉裕不厭其詳的向他說出兩湖幫現在的情況，又揭破譙縱是魔門之徒的身分，聽得毛修之目瞪口呆，才道：「你要我派多少人助你收復巴蜀呢？」

毛修之定過神來，沉吟片刻道：「只要打著統領大人的旗號，只我一個人便有顛覆譙家的信心，但卻須至少一年半載的工夫。統領大人可撥多少人給我呢？」

劉裕道：「我調派一隊十二艘戰船給你，指揮的人叫彭中，是北府兵中新近冒起最有實力的將領，水戰、陸戰同樣精通，兵力達二千人，足夠嗎？」

毛修之感激涕零的道：「足夠有餘，我毛家在巴蜀柢固根深，豈是譙縱這個妖人能連根拔起？統領大人這麼看得起我，我絕不會令統領大人失望。」

劉裕雙目射出火熱的神色，徐徐道：「爲省時間，你們須立即動身，逆水西上，今夜便可硬闖建康河段，我要讓桓玄清楚知道，他的所謂封鎖大江，只是形同虛設。稱霸大江的水師並非荊州軍，而是由玄帥一手創立的北府雄師。」

毛修之難掩興奮之色的道：「一俟控制巴蜀，我會以統領大人的名義，向遠近發出文告，然後先取被名之爲『三巴』的巴郡、巴東郡和巴西郡三城，再揮軍東下，奪取白帝城，如此便可以和兩湖軍夾擊江陵，桓玄勢危矣。」

劉裕心生感觸。

南方的政治，確實是高門大族的政治，像毛修之這種出身世家大族的人，精於政治，只要給他機會立顯鋒芒。如果自己像孫恩般打著旗號要推倒高門世族的統治，眼前的毛修之，至乎高門大族的所有人，將變成反對他的人。後果可想而知。

劉裕道：「名義上，當然以修之為主，彭中為副，但你卻應視彭中為我的代表，待之以誠以禮，才不致出岔子，誤了大事。」

毛修之道：「我明白。修之眞的明白，絕不會辜負統領大人的厚愛。可是長民方面又如何呢？」

劉裕欣然道：「我自會派人與長民取得聯絡，這方面的事不用你去憂心，最重要是做好你手上的事。奪得巴蜀後，你只要和壽陽的胡彬取得聯繫，我們便可互通信息。好吧！該是找彭中來與你見面的時候了。」

毛修之彈將起來，移到他身前，恭恭敬敬地跪下，連叩三個響頭，到再抬起頭來，已是滿臉熱淚。

劉裕明白他的心情，當桓玄進佔建康的一刻，毛修之肯定認為已永遠報不了被譙縱滅族毀家的血仇。忽然形勢逆轉，他不單報仇有望，還可以重振家族，怎到他不激動得控制不住熱淚。

自決定返回廣陵後，劉裕每一天都在思量如何擊敗桓玄，不放過任何可以打擊桓玄的策略和行動，運用手上每一分的力量。

他清晰的感覺到，不論是他自己還是追隨他的人，都明白正不住向最後的勝利邁進。就像淝水之戰時的謝玄和他手下的兵將，沒有人懷疑走的不是勝利的康莊大道。

這種鬥志和士氣，正是決定淝水之戰成敗的關鍵。

桓玄的聲勢乍看似是如日中天，但劉裕卻知道桓玄已是日暮途窮，現時的威勢只是迴光返照。

淡眞！淡眞！

爲你雪恥的時刻，已愈來愈接近了。

桓玄輸掉建康這一仗後，將永遠沒有翻身的機會。

第二十二章　勝券在握

嘉興城。

蒯恩一陣風般奔進書齋，喜形於色的道：「徐道覆中計了！」

正埋首書卷的劉穆之放下書本，欣然道：「一切盡在蒯將軍算計中，對嗎？」

蒯恩神情回復平靜，在劉穆之對面坐下，道：「剛接到消息，徐道覆在海鹽以西，運河東岸處集結大軍，擺出可同時進攻我們和海鹽的姿態，試探我們的反應。」

劉穆之笑道：「天師軍新敗之後，兼之孫恩飲恨於燕飛劍下，士氣低落至極點，如此主動反攻，實爲下下之策，眞想不到以徐道覆的才智，竟會犯上這麼嚴重的錯誤。」

蒯恩道：「早在盧循於翁州祭天，大事宣揚孫恩水解得道，我便猜到天師軍會全面反攻，故暗中部署，令徐道覆摸不清楚我們實力的分布。現在看徐道覆的情況，正是沒法看透我們的策略。」

劉穆之欣然道：「徐道覆是想趁我們劉帥返回廣陵的時候，希圖能混水摸魚撿便宜，卻不知我們有蒯將軍暗中在主持大局，哪能不吃虧呢？」

蒯恩臉紅道：「劉先生不要誇獎我，這個位置絕不好坐，令我如履薄冰，不敢懈怠，幸好有劉先生爲我籌謀運策，方可有眼前的局面。」

劉穆之道：「我只能在施政和安定人心上出點小主意，說到韜略奇謀，蒯將軍仍須靠自己。好了！今回蒯將軍有何對策？」

蒯恩雙目閃閃生光，沉聲道：「直至今天，天師軍仍佔有地利、人和的優勢，但此役之後，天師軍將徹底崩潰，再沒法發動另一場反攻，而我們則可回師助劉帥攻打建康，斬下桓玄的賊首。」

提到桓玄，蒯恩兩眼充滿仇恨，顯是對侯亮生之死念念不忘。

劉穆之淡淡道：「千萬不要急於求勝，徐道覆絕不容易應付。所謂『百足之蟲，死而不僵』，何況天師軍人數仍在我們數倍之上？」

蒯恩現出警惕的神色，點頭道：「劉先生教訓得好，我是不會輕敵的。」

又沉吟道：「徐道覆的眞正目標，當是嘉興而非海鹽，只要奪回嘉興，徐道覆便可再次控制運河，那時進可攻退可守，海鹽則變爲一座孤城。徐道覆以嘉興作爲首個進攻的目標，亦是捨難取易，只要收復嘉興，可以大振軍威，一洗天師軍的頹氣。劉先生認爲我的猜測對嗎？」

劉穆之微笑道：「我完全同意，但徐道覆會千方百計來迷惑我們，所以我們必須堅持這個信念，千萬不要懷疑自己的決定，那此戰勝利可期。」

蒯恩喜道：「得先生認許，我立即信心大增。我還有一個問題想向先生請教，此戰我們是以攻爲主？還是該以守爲主呢？」

劉穆之撚鬚笑道：「問得好！由此可知蒯將軍已是勝算在握，看穿敵人最大的弱點。」

蒯恩露出心悅誠服的神色，道：「難怪燕爺要把先生從邊荒請到嘉興來，因爲先生確是智深如海，只憑我兩句話，就猜中我的戰略，那是我苦思良久後，才有的一點小心得。」

劉穆之道：「你是個很謙虛和肯力求進步的人，難怪連屠奉三也要推崇備至的侯先生，獨是看得起你。」

侯亮生！

唉！想起侯亮生，蒯恩心中一陣激動。蒯恩一生最感激的人，肯定是他。如果沒有他自盡前的巧妙安排，自己便沒有今天。

對著劉穆之，他頗有如對著侯亮生時的感受，所以他不但尊敬他，還很享受和他相處的感覺，如沐春風。

蒯恩道：「不論盧循如何爲孫恩吹噓，甚麼水解成仙，可是卻沒法推翻一個事實，就是孫恩在天師軍最需要他的時刻，永遠地離開了他們，這對天師軍的士氣已造成最嚴重的打擊，而這亦是敵人的致命弱點。」

在劉穆之鼓勵的目光下，蒯恩接下去侃侃而論道：「不論天師軍來勢如何凶猛，任他們如何人多勢眾，卻是外強中乾，人心惶惶，只要我們能在某一點重創天師軍，便可打開缺口動搖天師軍的軍心，引發天師軍全面崩頹。」

劉穆之道：「自小劉爺去後，蒯將軍不練兵時便是對著地勢圖苦思，又或到城外視察周圍的地理環境，我便猜到蒯將軍要採取主動突擊的戰術。天師軍的缺點除了士氣低落外，還有就是良莠不齊，大部分均爲訓練不足、裝備不齊、倉卒成軍的農民、漁民。只要蒯將軍能掌握準確，避其強破其弱，可收事半功倍的奇效。」

蒯恩道：「多謝先生指點。」

劉穆之撫鬚笑道：「天師軍雖然人多勢眾，但由於訓練不足，反成爲他們的弱點，且會在大規模調動時，將此弱點完全暴露出來。而我們的優勢則在水道的控制和騎戰上，只要蒯將軍能發揮我們的優點，當可趁勢奪回會稽諸城，如此天師軍之患可平矣。」

蒯恩站起來，恭敬的施禮道：「一切如先生所言，我立即以飛鴿傳書知會海鹽朱大將軍，該是文清小姐的雙頭戰船隊出動的時候了。」

劉裕剛送走遠赴巴蜀的船隊，回府途中被何無忌截著，兩人就在馬上對話。

何無忌道：「司馬尚之之弟司馬休之正在帥府等候大人。」

劉裕點頭道：「早猜到他會來找我。」

司馬休之是司馬氏皇族最後一個仍握有兵權的大將，拜劉裕的部隊西拒荊州軍，南壓天師軍的形勢，仍保著無錫和丹徒兩座城池。據最新的消息，司馬休之的部隊士氣消沉，加上缺糧，原本的三千戰士只餘下千餘人，其他的人都溜掉了。

何無忌沉聲道：「統領準備如何處置他？」

劉裕見他目露殺機，嘆道：「你想我宰掉他嗎？」

何無忌道：「這叫一不做，二不休。現在誰都曉得司馬氏氣數已盡，除去司馬休之，等若把司馬氏連根拔起。」

劉裕從容道：「那我和桓玄有何分別？我和桓玄之爭，豈非變為帝位之爭？」

何無忌啞口無言。

劉裕道：「我明白無忌的心情，你的想法，不但是我們北府兵兄弟的想法，更是廣大平民百姓的心願。對朝廷大家都是徹底的憎惡和厭倦，皆希望新主出現，帶來新的風氣、改革社會種種不公平的情況，讓人人有安樂的日子過。這是大家的理想，更或許終有一天會實現，但現時的形勢仍不容許。」

何無忌忿然道：「我不明白。」

劉裕道：「你不是不明白，而是不想接受。安公當年爲何不許玄帥取司馬氏而代之，正因他看破此點。是好是歹，高門大族的利益，已與司馬氏王朝緊密地結合在一起。推翻司馬氏，等於挑戰高門大族的整體利益，至少在他們的心理上是這樣子。現在桓玄能得到建康大部分世族的支持，正因有人以我寒門布衣的出身大做文章，渲染我的破壞性，利用高門和寒門尖銳的對立和分隔，令建康高門對我生出抗拒之心。如果我於此時刻斬殺司馬休之，更自立爲帝，那我該以甚麼名義討伐桓玄呢？建康高門又有何反應？縱使我們能攻克建康，南方仍只是個爛攤子。可是若我們打著旗號，以『保晉室、伐逆賊』的名義起事，將可讓建康高門清楚我並非一個破壞者。而我們如何對待司馬休之，正是關鍵所在。」

何無忌苦笑道：「統領看得很透徹。唉！可是如果我們打生打死，只是爲讓那個白癡皇帝復位，想想都教人氣餒。我們已受夠了，更無法忍受另一個司馬道子的出現。」

劉裕的目光投往出現前方的帥府，又向在街道兩旁向他歡呼喝采的民眾揮手致意，道：「一切都不同了，你再不用擔心司馬氏，他們風光的日子，已隨桓玄入主一去不返。有很多事都非一蹴可幾的，必須循序漸進，靜候時機的成熟。桓玄可以稱王稱帝，我卻絕不可如此，皆因出身有異。眼前的頭等大事是對付桓玄，凡有利此事的我們絕不錯過，但有害的一件也嫌多。明白嗎？」

何無忌釋然道：「完全明白。我的想法太簡單了，只會壞事，幸好有大人提點。」

劉裕心中暗嘆一口氣。

經過反覆的思量，他終於為自己作出清晰的定位。其間他嘗遍內心鬥爭之苦，一切都是為了要殺死桓玄，但同時自己也踏上一條沒有回頭路走的漫漫長路去。

在返回廣陵前，一切都是模模糊糊的，只是一場接一場的戰爭，使他無暇他想。但抵達廣陵後，他卻必須針對眼前的局勢作出最明智的決定。一個錯誤可帶來不堪想像的可怕後果，且是沒法更正的。例如不是當統領而是稱王稱帝。

他深切體會到現今自身所處的位置，和因那位置而來的一切感受。

但有一件事他是肯定的，就是他每進逼一步，桓玄便愈接近敗亡的絕地。再沒有人能改變眼前形勢的發展。

建康。黃昏時分。

王弘應暗記之召，到城南一間酒館見屠奉三，久候多時的屠奉三向他招手示意，王弘才勉強把他認出來，坐下後讚嘆道：「為屠兄易容改裝的肯定是高手，連我都沒法認出是屠兄。」

屠奉三沒作解釋，問道：「建康現今情況如何呢？」

王弘苦澀的道：「形勢頗為不妙，現在建康流行一種說法，就是劉裕之所以有今天的威勢，全賴荒人在背後鼎力支持，而荒人之所以肯撐劉裕的腰，是要把荒人那套搬到建康來，如此將會徹底改變南方的現狀。」

屠奉三道：「你相信嗎？」

王弘道：「我當然不相信，可是劉兄得荒人支持，卻爲不爭之實，別有用心者遂可繪影繪聲，愈說愈眞。」

屠奉三心忖任青媞認爲必須除去李淑莊，確實是獨具慧眼，這條只須出口不用出手的毒計，是不易化解的，一時間他也想不出辦法來。

要攻陷建康，必須從內部動搖、分化建康高門和桓玄的關係，如建康高門全體力撐桓玄，劉裕必敗無疑。

屠奉三沒有向王弘透露內心的煩惱，冷哼道：「是非黑白，自有公論。桓玄方面又如何呢？」

王弘道：「桓玄正密鑼緊鼓，爲要登上帝位做準備。據我聽回來的確切消息，桓玄將會先封楚王，加授九錫，然後製造出最有利的形勢，才接受禪讓，登上帝座。」

屠奉三不解道：「爲何要封王呢？是否多此一舉？」

王弘道：「封王的好處，是可以名正言順設置丞相以下的文武百官，接著由王變帝便成，只差一步。」

屠奉三明白過來，但又生出另一個疑問，道：「現在桓玄想當皇帝或太監，只要一句話便成，爲何還要製造適當的形勢？」

王弘道：「這關乎到所謂『天命』的問題。司馬氏向爲大晉正統，被認爲是天命所授，要改朝換代，必須有天意配合，方可爲人接受。所以桓玄必須設法炮製出種種祥瑞預兆，便可在群臣力勸下，借禪讓之名，篡登帝位。」

屠奉三深切地體會到，建康的政治，確是高門大族的政治。對這方面他自問一竅不通，但王弘卻像在說著家常閒話般流暢。道：「這些消息，該屬機密，你是如何知道的？」

王弘苦笑道：「我的堂兄王謐成了桓玄的頭號心腹重臣，爲他賣命，籌謀獻計，我便是從他那裡聽來的。」

又道：「爲了造勢，桓玄是不擇手段的。其中最荒謬的，是桓玄認爲每當改朝換代時，都有隱士出世，於是令我堂兄王謐四出尋訪隱士。唉！既然是隱士，一時到哪裡去找呢？幸好給我想出個辦法。」

屠奉三愕然道：「你竟爲桓玄出主意？」

王弘露出得意的笑容，壓低聲音道：「我是不安好心的，要我堂兄去找個人冒充隱士，到山中隱居，再由白癡皇帝下召，徵召他入宮做著作郎，卻要那冒牌貨堅拒就職，貫徹隱士淡泊名利的高尚情操，如此便可應了隱士的徵兆。只要我們在適當時候揭穿此事，可重重打擊桓玄。」

屠奉三啞然笑道：「眞有你的！」

王弘興奮起來，道：「桓玄此子眞不是材料，爲了顯示與安公有別，不住有新的主張，今早竟在朝會時提出廢除錢幣，改用穀米和綢緞布匹做交易，更打算恢復肉刑，弄得議論紛紜，莫衷一是。這些沒長腦袋的所謂新政，根本是行不通的，虧他想得出來。」

屠奉三道：「你所提供的消息，全都非常有用，令我們對桓玄的情況瞭如指掌。你也不宜出來太久，稍後我再聯絡你。」

王弘得屠奉三讚賞，非常高興，欣然離開。

第二十三章　秦淮魔蹤

燕飛從河水裡冒出頭來，遙觀謝家臨秦淮這邊碼頭屋舍的情況。

河水冰寒徹骨，換過是屠奉三和宋悲風那種高手，長時間浸泡在冷水裡也要吃不消，可是燕飛在水中近半個時辰，感覺仍和初下水時沒有多大分別。

以燕飛之能，從陸上潛往謝家去亦遇上了一定的困難，但從秦淮河偷進謝家，卻是容易多了。不過他萬萬沒想到桓玄竟恰於此時到訪謝家，只有望之興嘆的分兒。

謝家燈火通明，碼頭處人影幢幢，還有七、八艘快艇在謝家所在的河段往來巡弋。燕飛雖見不到桓玄，但看到此等威勢，也猜到是桓玄來了。

燕飛不由想起屠奉三口中描述的桓玄，自小貪婪卑劣，想得到某東西，絕不會罷休。當他看中別人的珍品，不論是字畫珍玩，至乎莊園別墅，他會跟對方賭博，好據爲己有。對物如是，對人也如是。他忽然夜訪謝家，醉翁之意當然不在酒，而在謝鍾秀。

想到這裡，以燕飛的修養，也興起不顧一切，硬闖入府，斬桓玄於劍下的衝動。當然這個念頭只能在腦袋裡白想，因爲他雖練成至陰至陽合璧的元神，但仍只是血肉凡軀，並非金剛不壞之體，他的眞氣仍會因劇戰而損耗，這樣徒逞匹夫之勇，與送死實在沒有分別。小不忍則亂大謀，燕飛只好忍下這口惡氣，靜候桓玄的離去。

爲了劉裕，爲了安公和謝玄，更爲了謝道韞，他會竭盡全力保護謝鍾秀，只要弄清楚這美女的眞正心意，便一切好辦。他有信心不論桓玄如何目中無人，也不敢向謝鍾秀施以強逼的手段，只會軟硬兼施，以遂他對謝鍾秀的野心。

燕飛的目光投往秦淮樓和淮月樓的一方，視野內十多艘燈飾燦爛輝煌的花船畫舫或泊岸旁，或緩航河面，映照得天上星月黯然失色，令他記起當年在謝安的安排下，乘他的座駕舟與劉裕、高彥往赴紀千千雨枰台之會的動人情景，事前他哪想得到，雨枰台的約會竟改變了他的人生。

此時一艘畫舫正從上游駛至，燕飛不知如何忽發奇想，想到魔門那個被稱爲聖君的神秘人物，如果要在建康找尋最佳的藏身之所，或許該是秦淮河其中一艘畫舫之內。如此不單可借水道之便，進可攻，退可遁，只要跳進河水裡，任敵人如何人多勢眾，也可以借水開溜。

這個想法愈想便愈覺眞實，因爲憑李淑莊的關係，李淑莊可以把那聖君安頓在任何一艘畫舫上，至乎是李淑莊旗下的畫舫。

換作是別人，縱然有此想法，對著秦淮河數以百計的畫舫，也有無從入手之感，但燕飛並非常人，他擁有超凡的靈覺。忽然燕飛心中一動，往下游潛泳過去。

魔門對桓玄一意要得到謝鍾秀一事，是持甚麼態度呢？幾可肯定是絕不同意。因爲王淡眞之死，桓玄的好色早引起建康高門的反感，特別是仰慕王淡眞的年輕子弟。但因當時桓玄所爲是得到王恭同意，別人難以說話。不過謝鍾秀的情況則完全不同，如果桓玄硬以權勢去淩逼謝家，會動搖整個建康高門對桓玄的看法和支持。從這個角度去看，魔門肯定反對桓玄這種不顧大局的自私行爲。

那聖君得悉此事後，可以有甚麼辦法阻止桓玄犯此錯誤呢？燕飛設身處地去以魔門的角度著想，也大感無計可施，正如屠奉三所說的，沒有人能阻止桓玄。

在這樣的情況下，魔門唯一的方法，就是由謝鍾秀身上下手，例如令她忽然「病歿」，便解決了所有問題。

此時他潛泳至河彎處，從水中冒出，將秦淮樓和淮月樓隔河對峙的美景盡收眼底，河上畫舫如鯽，要從其中之一尋到不知其形相的魔門聖君，彷如大海撈針。

不過燕飛卻有他的辦法，他先運氣下墜尺許，然後兩手推出，一股勁氣斜斜衝出，直抵離他兩丈許處的河面，登時浪花激濺，似有巨魚迅速在近水面處滑衝而過。

他試探的目標是可遙觀謝家情況的十多艘畫舫，掌握的是對方微妙的心理。

假設聖君的確寄身畫舫之上，而他確實又對謝鍾秀不懷好意、有所圖謀，會將畫舫停泊於一個可觀測謝家的有利位置。如果燕飛的猜想沒錯，那聖君極有可能此時正在畫舫上監視謝家的動靜。

燕飛正是要引起他的注意。他再下沉三尺，靈覺提升至巔峰的狀態，耐心靜候。

勁氣在水面破開一道長達兩丈的水痕浪花，然後水面回復浪波蕩漾的原貌，就像甚麼都沒有發生過。

燕飛生出微僅可察的感應，似乎的確有人把注意力投往水面異樣處，但他卻沒法把握來源，更弄不清楚其位置。

燕飛沒有失望，反大感滿意。

如果對方是普通人，又或一般高手，肯定瞞不過他的靈應。但只有像聖君那級數的高手，方可無時無刻地把精氣神斂藏，不使外洩，便像鬼影般，令人沒法察覺。

這已足夠了，既然聖君確實在其中一艘畫舫上，那他的推斷便很有道理，說不定等桓玄離開謝家後，此君會立即從水路潛進謝家，加害謝鍾秀。

燕飛暗抹一把冷汗，想想也覺得險至極點，如果不是他忽然想起這方面的問題，今晚謝鍾秀將難逃毒手。

如此重大的事，那聖君必親自出手，以保萬無一失。

就在此時，一艘小艇從淮月樓駛出，朝燕飛的方向滑去。

魏詠之進入帥府主堂，劉裕正和何無忌在說話。

劉裕見魏詠之滿臉興奮之色，微笑道：「是不是有好消息？」

魏詠之欣然道：「我肯定不善於隱藏心事，故被大人一眼看穿。確是好消息，且是天大的好消息。」

何無忌笑道：「坐下來再說，肯定是孔老大方面傳來喜訊。」

魏詠之在劉裕左邊地蓆坐下，肅容道：「孔老大傳話來，確如統領所料般，建康有大批糧資運至廣陵，分別儲存到城內八個糧倉去，還有弓矢兵器，只是弩箭機便達六十台。」

何無忌大喜道：「孔老大畢竟是孔老大，竟神通廣大至連有多少台弩箭機也弄得一清二楚。」

魏詠之嘆道：「全賴桓弘不明情況，竟徵召城民做力伕，孔老大遂安插幫中兄弟爲桓弘做民工。」

劉裕道：「桓弘實力如何？」

魏詠之對答如流的道：「敵人總兵力在五千人間，戰船約三十艘。其中三千人分駐在城外的兩個軍營。不過這只是現時的情況，敵方兵員、戰船陸續開來，廣陵的兵力正在不住增強中，看來不但要封鎖京口，還可隨時向我們發動大規模的攻擊。」

劉裕沉著的道：「照孔老大估計，這批糧資有多少呢？」

魏詠之道：「孔老大說這批糧貨，足可供我們三個月以上的需求。」

劉裕拍腿大笑道：「事過半矣！」

魏詠之欣然道：「孔老大也有四字眞言，就是『事不宜遲』。」

接著俯前正容道：「孔老大說全城民眾的心都是向著統領大人，如果統領大人大舉前攻，他至少可以發動三千人舉義，來個裡應外合。最好是趁夜色進攻，更容易製造混亂的情況，令桓弘糊裡糊塗的輸掉這場仗。」

劉裕沉吟不語。

何無忌道：「我軍已準備就緒，隨時可從水陸兩路夾擊廣陵，屆時只要孔老大能控制其中一道城門，讓我們長驅直進，敵人必敗無疑。」

魏詠之也催促道：「此仗確實宜早不宜遲，若敵人完成調軍，大幅增強城防，我們縱能收復廣陵，也必傷亡慘重，大不利日後攻打建康。」

劉裕好整以暇的道：「這場仗，我們是不是可以贏得再漂亮一點呢？」

魏詠之和何無忌愕然相看，均感劉裕智深如海，難以測度。因爲在他們心中，剛才提出的辦法，已是最好的了。

劉裕微笑道：「不論我們如何攻其不備，又或有孔老大做內應，可輕易攻入城內，但要取得廣陵的控制權，定必須經一番血戰，方能達到目的。現在敵人陣腳未穩，兵力不足，大部分守軍均駐在城外，如果我們能採取擒賊先擒王之策，一舉命中敵人要害，再以迅雷不及掩耳的手法控制全城，不但可保著所有糧倉，還可使城外敵人不戰而潰，至乎可強奪敵人戰船，這樣的戰果不是更理想嗎？」

魏詠之面露難色，道：「當然最理想，但我卻怕孔老大和他的兄弟難當此重任。」

何無忌也道：「更怕是尚未動手，便走漏了風聲，那時孔老大和他的兄弟都要遭殃。」

劉裕從容道：「由我到廣陵親自主持又如何呢？」

魏詠之和何無忌聽得面面相覷，一時說不出話來。

劉裕微笑道：「我們從北府兵眾兄弟中，挑選出二百精銳，只要能讓我們混進城內去，便有能力攻入太守府，於桓弘猝不及防下幹掉他，接著全城起義，把敵人逐出城外。此時我方戰船隊直逼廣陵，我敢肯定敵方駐紮城外的軍隊立即四散奔逃，如此我們便可在極少的傷亡情況下，重奪廣陵的控制權。」

魏詠之頭痛的道：「如何讓二百名兄弟混進城內去呢？」

劉裕道：「我們當然無法可想，但孔老大是地頭蛇，必然有他的辦法。立即通知孔老大，我們就以三天的時間，化整爲零的逐一混進城內去。敵方守城者初來乍到，怎能於短時間內弄清楚廣陵的情況呢？我這個辦法肯定行得通的。」

魏詠之精神大振道：「對！敵人可不像我們，對於來往行人是否廣陵城民，能一眼便看穿，只要採一個換一個的辦法，肯定可以成功。」

何無忌露出欲言又止的神情。

劉裕訝道：「無忌是否有話想說呢？」

何無忌略一遲疑後，問道：「統領當日捨廣陵而取京口，是否早預見今日的情況？」

不待劉裕答話，魏詠之跳將起來嘆道：「到此刻我才明白，爲何大人到京口後，第一件事就是要我去找孔老大，詠之服了！」

說罷欣然去了。

從淮月樓碼頭駛來的小艇，和其他數以百計正往來陸岸與畫舫間的小艇，乍看沒有任何分別，由一個船伕在船尾搖櫓，客人坐在艇子的中間。每當天黑之後，於秦淮河來說，這個情景是最平常不過的。但令燕飛生出警覺的是艇上的風流客，他披著厚厚的長斗篷，把頭臉完全掩蓋，像怕被人窺破他的廬山眞貌。

而那人亦不閒著，不住掃視遠近河面的情況，當他往燕飛的方向瞧去時，儘管燕飛沉進河水去，仍似感到對方凌厲的眼神。

另一個引燕飛注意的地方，是操舟者並非一般船伕，頗有舉重若輕、輕鬆自若的姿態，可知乃此道高手，這樣的人，所載送的人當然大不簡單。

燕飛直覺感到艇上的客人該是李淑莊，此行是去見那個聖君，而事情多少和桓玄往訪謝家有關，否則哪會這麼巧呢？

燕飛暗呼幸運，從水內直追快艇而去。

小艇在畫舫間左穿右插，如果有人在後駕艇跟蹤，不是被撇下便是被發現蹤影，更堅定燕飛的信心。

當小艇從兩艘或可稱之爲浮動的青樓畫舫間駛出來，只剩下船伕一個人，逕自掉頭返淮月樓去。這種江湖障眼法簡單卻有效，可令人不知那人到了哪艘船去了，但怎瞞得過燕飛？正如他所料的，那人登上的是在一邊可遙望烏衣巷謝家的畫舫，令燕飛大感欣悅。

另一個頭痛的問題來了。

這艘畫舫長達十五丈，寬三丈，樓高三層，每層約有七、八個廂房，此時全船爆滿，燈火燦爛，絲竹管弦之音和客人猜拳敬酒的喧鬧聲，響徹全船，即使以燕飛的靈耳，要在這樣的情況下，偷聽其中兩人的對話，也是沒有可能的事。何況對方必會以內功束斂聲音，一般高手就算在近處用心聆聽，也聽不到他們對話的內容。

燕飛在船旁冒出水面，陣陣歡笑聲從甲板上傳下來，原來有幾個不知是哪家的世家子弟，正攜美在甲板上倚欄笑談風月事。

燕飛差點想放棄，改爲到遠處監視，旋又想到如果那聖君的確藏身船上，該選在第三層景觀最佳的位置，且非普通待客的廂房，因爲那聖君並非來泡妞嫖妓，佔著廂房卻不召妓相陪，會惹人懷疑。

如他的猜想成立，聖君此刻該置身於第三層首尾作儲物或作其他用途的房間。

想到這裡，燕飛把心一橫，心忖頂多文的不成便來武的，大幹一場，必要時傾盡全力斬殺那聖君，以削弱魔門的實力。不過如果那聖君的武功與向雨田相當，他便大有可能留不住他。正因這個想法，所以他沒想過動武，以免打草驚蛇，最怕是李淑莊生出警覺，那他們倒李淑莊的行動，將功虧一簣。

要除去那聖君，必須在某一難以逃生的環境形勢下，絕不是在秦淮河的一條船上。

燕飛避開甲板上有人的地方，潛泳至船中央的位置，倏地從水裡騰升，就那麼以至陰至柔的眞力，令手足生出吸攝附著的巧妙力道，迅如靈猿攀樹般，視船身爲平地，一溜煙的直升往船頂去，眨眼的工夫，他已置身彷如樓房之巓的船頂處。

寒風陣陣吹來，秦淮河的美景盡收眼底，燦爛的燈火、喧聲樂聲，塡滿這截河段，秦淮河的晚夜，等同常人的白晝。

燕飛暗嘆一口氣。

今夜情況的發展，實出乎他意料之外，希望紀千千晚些兒入睡，否則他要爽約了。

燕飛想起與紀千千的夢約，更不敢遲疑，忙集中心神，在人字形的樓船頂伏身疾行，片刻已有所發現，伏身在接近船尾面向烏衣巷的一邊，把耳貼在瓦坡去。

一聲冷哼適時傳入耳中。

燕飛大感不負此行，只聽哼聲，便知此人功力深不可測，乃高手中之高手。

接著是李淑莊的聲音響起道：「淑莊把東西帶來了。」

她是以蓄音成線的方式把話送出，若非像燕飛般的高手，休想聽得隻字片語。

燕飛心中湧起自豪的感覺，自己是否天下第一高手，還難下定論，至少在武技上他與孫恩仍未分勝負。但可肯定自己是最超卓的探子，故可以在這裡偷聽魔門領袖最機密的對話。

燕飛全神竊聽。

第二十四章　稱帝之心

一個男子的聲音道：「爲何拖延了兩天，才把東西送來？」

聽聲音，此人的年紀該在三十許間，想不到統領魔門的人，這麼年輕。亦使燕飛對他更具戒心，因爲在魔門的派系裡，講的不是論資排輩，而是實力。

他同時生出希望，李淑莊該尚未透露與屠奉三的丹方買賣，否則此君便該曉得李淑莊因忙於試煉丹方，致延誤了其他事。

李淑莊答道：「爲了安撫建康的一眾風流名士，我不得不趕製另一批五石散，以應需求。於此非常時期，由於人心不穩，對丹散的需求比平時驟增數倍，使我應付得很吃力。」

燕飛整個人輕鬆起來，因爲任青媞確實料事如神，看穿魔門中人自私自利的性情作風，李淑莊果然沒向同門洩露關長春的秘密，管他是天王老子，又或魔門聖君。

男子似在研究李淑莊給他的東西，好一會兒才道：「這東西是否眞的不留絲毫痕跡？否則將會引起軒然大波。」

李淑莊信心十足的道：「我煉製出來的『瞞天恨』，服食後保證不會有任何徵候，當年匡士謀就是以『瞞天恨』混入一劑療治毒傷的藥中，交給桓玄，再讓桓沖服下，令桓沖一命嗚呼。唉！士謀也算倒楣，竟給桓玄來個殺人滅口，更亂了我們的陣腳。」

燕飛聽得心中懍然。終於由李淑莊之口，證實桓玄弒兄之事，且是由魔門暗中推波助瀾。他雖未聽過匡士謀之名，但也猜到大概的情況。此人肯定是奸狡多智的人，被魔門安插在桓玄身邊，只恨惡人自有惡人磨，獻上毒計反遭桓玄滅口，可說是自作孽了。

那人道：「小美人病況如何呢？」

燕飛雖然早猜到兩人會面與謝鍾秀有關係，但當這個大有可能是聖君的男子提及謝鍾秀，仍不由心生寒意，大呼好險。

李淑莊道：「自謝玄去世後，謝鍾秀便因傷心過度，積鬱成疾，且情況一天比一天差，最近更曾多次暈倒，如果她忽然病逝，肯定沒有人懷疑。」

那人嘆道：「如此高門淑女，又是一代名將之後，眞令人不忍心加害，眞的沒有別的方法嗎？」

燕飛聽得謝鍾秀抱恙，先是心中一沉，接著再聽到此君一番憐香惜玉的話，不由心中大訝，因想不到這魔門的最高領導者竟有惻隱之心，又毫不掩飾的說出來。

李淑莊緩緩道：「自漢亡以來，今天是我們聖門復興有望的最大良機，我們絕對不可以錯過。桓玄此子賊性難改，垂涎當年王淡眞的美色如是，現在對謝鍾秀又如是。近日建康謠言滿天飛，不住有人問我桓玄是否對謝鍾秀有野心，否則爲何會如此禮遇謝家？既親自前往謝家拜祭謝琰，又邀謝混共赴淮月樓的晚宴。我雖然極力爲桓玄說好話，但紙終包不住火，今晚桓玄又借詞往訪謝家，如此下去，我也要應對不來。唯一的方法，是要桓玄死了這條心，請聖君明鑑。」

燕飛終弄清楚房內的男子確是那個聖君，也暗讚李淑莊說話得體，既能向聖君曉以魔門的大義，又不會開罪聖君，例如指他不該心軟，不該有婦人之仁，成大事者豈能拘於小節諸如此類不中聽的話。

聖君道：「此計由我想出來，我當然明白其中的道理關鍵。在烏衣豪門中，我最欣賞謝家的風流，實不願雙手沾染謝家子弟的血。」

燕飛目光不由投往遠處的烏衣巷，桓玄顯然尚未離開，難怪此君有閒聊的心情。也禁不住對魔門的人大為改觀，原來他們也有如常人般的七情六慾，並非全然泯絕人性。當然他不會誤以為聖君會因此而放過謝鍾秀，因為毒計正是由他想出來的。

李淑莊不以為意的道：「聖君的高瞻遠矚，淑莊是佩服得五體投地。自謝玄成立北府兵後，聖君便預見淝水之戰的發生，於是設計了整個復興魔門的計畫，淑莊也因此到建康來闖天下，更令我聖門團結一致。現今聖君的部署已逐一實現，只要桓玄能坐穩皇位，天下將是我聖門囊中之物，我們定要堅持下去，凡事皆不可懈怠。」

聖君道：「我並不像淑莊所說般的神通廣大。我慕清流雖能就當時大勢趨向，作出準確的預測，可是對局中個別的發展，卻是無能為力。比如燕飛的出現、劉裕的冒起、桓玄現在的失控，均為我意料之外的情況。而這些在我掌握之外的變化，恰正是決定未來大局最關鍵的因素。可知『謀事在人，成事在天』這兩句話，確有道理。」

燕飛終於曉得這個魔門聖君高姓大名，亦不由心生佩服，此君肯定是智勇雙全之士，且非常謙虛，絕不是狂妄自大之徒。這樣的人，如果不擇手段，才最可怕。

魔門聖君慕清流忽又出其不意的轉話題，問道：「桓玄沒有迷上你嗎？」

李淑莊顯是被慕清流的問題突擊個措手不及，猶豫片刻後方答道：「還不是丹散累事，鼎房的一爐丹藥出了問題，令我不能赴桓玄之約。」

慕清流淡淡道：「淑莊是否有事瞞著我呢？」

李淑莊忙道：「淑莊怎敢呢？」

燕飛暗叫厲害，更從李淑莊答話的語調感應到她發自深心的恐懼，令她害怕的當然是慕清流，由此可知慕清流在魔門中的威勢。

慕清流忽又再轉話題，嘆道：「恐怕鬼影已遭不測之禍，沒有他天下無雙的斥候之技，令我們再無法像以前般對敵人情況瞭如指掌，這也是我始料難及的事。」

李淑莊道：「鬼影或許是因事而延誤，所以未能於約定時間回來，我不信有人能奈何他，即使燕飛也拿他老人家沒法子。」

慕清流沉默片刻後，道：「燕飛加上向雨田又如何？」

燕飛心中劇震，不由得對慕清流的智力作出新的評估。這根本是無從猜測的，但慕清流卻是一矢中的，命中確切的情況。

李淑莊震驚的道：「不會吧！向雨田豈敢聯同外人來對付我們？」

慕清流冷靜的道：「向雨田從來都是膽大包天的人，更清楚拒絕受命，形同背叛聖門，而鬼影正是我們聖規的執行者，向雨田覷準我們無暇他顧的時刻，來個先發制人有甚麼好稀奇的？當時鬼影正追蹤燕飛，恰好向雨田亦在邊荒集，而只有他和燕飛聯手布局，方有殺死鬼影的可能。如果這幾天仍未見鬼影回來，鬼影定已遇害。」

李淑莊怒道：「眞想不到墨夷明竟會調教出這樣的徒弟來。」

慕清流有感而發的道：「正是墨夷明這樣的人，方會調教出像向雨田這樣的徒弟來。墨夷明無疑是我門數百年來最傑出的人物，如此人物，怎會受世俗門規所束縛？尤其他練的是我門至高無上的靈異心法。這叫有其師必有其徒。若鬼影眞的命喪向雨田之手，不論燕飛有沒有助他，已足證明他的成就不在其師墨夷明之下。此事就到此爲止，我們絕不可找向雨田算賬，否則後果不堪設想。」

李淑莊抗議道：「聖君！」

慕清流沉聲道：「這是我的決定，沒有人可以異議。」

李淑莊沉默下去，不敢抗辯。

燕飛對此人又多添幾分敬重，這才是超卓之輩的本色，拿得起放得下，只有自己才明白他，清楚他這個決定是多明智。像向雨田這個人，一旦成爲死敵，連燕飛自己也感頭痛。

好一會兒後，李淑莊道：「謝鍾秀的事……」

慕清流打斷她道：「桓玄去後，我會依計行事，此事由我親自負責，淑莊不用理會。」

忽然喊殺之聲從大江方向傳來，還有投石機發出的「隆隆」響音，震徹大江。

只聽得李淑莊一震道：「發生了甚麼事呢？」

喊殺投石的聲音漸轉清晰，顯是有戰船硬闖建康大江水段，從下游逆水來犯，逐漸接近大江和秦淮河的交匯處。

慕清流平靜的道：「劉裕的戰船又來了，且今次是一支船隊，目的既要展示實力，又可闖往兩湖，支援兩湖幫的餘黨。哼！如果桓玄不能及早從他的帝王夢醒過來，即使我們全力相助，此戰仍不容樂觀。」

接著又道：「淑莊回去吧！再不要這般直接的來見我，現在建康危機四伏，我們還是小心點好。」

燕飛曉得是離開的時候了，連忙悄悄回到水裡去。既有戰船隊闖建康水域，縱然桓玄千萬個不情願，也必須立即離開謝家，趕去處理此事。而慕清流出手的時刻也來臨了。

桓玄的臉色說有多難看便有多難看，目光投往大江上游，雖然北府兵的十二艘戰船，早消失在河道遠方的暗黑中。

四艘受創的荊州軍水師艦，三艘仍在江水上冒黑煙，其中一艘已救無可救，正傾側下沉。陪伴在旁的將領親兵沒有人敢說話，均知若惹毛盛怒的桓玄，隨時會有殺身之禍，更有人暗自為今晚負責大江防務的值勤將領擔心。

出奇地桓玄冷靜的道：「劉裕這是甚麼意思？是想向我示威，顯示有突破我鎖江的實力，還是另有目的呢？」

寒風陣陣颳至，吹得立在石頭城外碼頭的眾人衣衫飛揚，頗不好受。

站在桓玄身側的譙奉先踏前一步，道：「卑職認為這十二艘戰船，是要盡快趕赴兩湖，以協助兩湖幫的餘孽重振旗鼓，圖謀不軌。」

另一邊的桓偉同意道：「巴蜀侯之言有理，兩湖幫的賊黨在別無他法下，只好向劉裕投誠求援，劉裕以為有可乘之機，遂派出戰船，到兩湖興風作浪。」

桓玄沉聲道：「劉裕眞有可乘之機嗎？」

桓偉答道：「兩湖幫已潰不成軍，實難有作為。失去聶天還和郝長亨後，兩湖幫再沒有能號召幫眾的領袖，我看兩湖幫現時只是迴光返照，再無力左右大局。劉裕這麼派出戰船到兩湖去，只是白白犧牲。」

桓玄道：「奉先有甚麼看法？」

譙奉先恭謹的應道：「以劉裕的作風爲人和過去的戰績，他是絕不會讓手下去送死的，既然這麼做了，他當有一定把握，我們不可掉以輕心，必須認眞應付。」

桓偉不悅道：「早在周紹和馬軍率兵抵達巴陵前，兩湖幫餘孽便四散逃亡，不敢應戰，可見賊子們已潰不成軍。劉裕只因不明形勢，方會以爲有意外的便宜可得，派人到兩湖去招攬兩湖幫的餘黨。劉裕也會有錯估形勢的時候吧？」

桓玄道：「奉先還有甚麼話說？」

譙奉先按下怒火，道：「不怕一萬，只怕萬一。劉裕先後兩次派人闖關，視我們駐守建康的水師如無物，背後的原因絕不簡單。請大人明察。」

桓玄頷首道：「奉先謹愼的態度，我非常欣賞，不論江陵或巴陵，都絕不容有失。桓大將軍明早立即動身返回江陵，全力支援巴陵，以肅清兩湖幫的小賊。哼！我倒想看劉裕還能弄出甚麼花樣來？」

接著沉吟起來。

眾人知道他還有話要說，只好靜心等候。

桓玄忽然問道：「京口的情況如何？」

譙奉先答道：「劉裕不住加強城防，又以北府水師封鎖海口，準備攻打廣陵。」

桓玄冷笑道：「一旦我們在廣陵集結足夠的軍力，從水陸兩路進攻京口，我要先殲滅他的水師船隊，然後再從水陸兩路把京口重重圍困，看他能捱多久，如此大局定矣。」

又道：「明天我將受封爲楚王。司馬德宗須遷離皇城，就暫時把他安置在皇城外的永安宮，而司馬氏祭廟內歷代祖宗的牌位，則遷往琅琊國，同時我們在九井山北麓興築高台，爲我祭天登基一事做好準備。」

眾人轟然答應，只有譙奉先沒有任何反應表示。

桓玄雙目閃過怒火，朝譙奉先望去，皺眉道：「奉先不同意我的決定嗎？」

譙奉先苦笑道：「奉先怎會反對？只不過奉先認爲時機並不適合，現今建康人心未穩，特別因有劉裕在旁掀風播浪，令有異心者生出不切實際的妄想。人的心很奇怪，一天司馬德宗仍然在位，大家會如常生活，視大人清除奸邪、拔擢俊賢的事爲撥亂反正的德政，不但樂於接受，且懷抱希望，認爲可過一段安定的日子。可是如果我們於此陣腳未穩之時，便急遽求變，且是最極端的變化，不論朝野，都會感到難以消受，於我們實有害無利。」

事實上他已說得非常婉轉客氣，指出桓玄於局勢未定之際，便原形畢露，讓人人看出他完全不把司馬德宗放在眼裡，爲所欲爲，盡顯他篡位代晉的野心，會逼使更多人對他生出不滿，改爲投向劉裕。

桓玄沒有答他，呼吸卻沉重起來。

其他人更不敢插嘴說話。

譙奉先又道：「大人登基的大事，是勢在必行，愚意卻認爲該在收拾劉裕之後進行，如此劉裕反變成亂臣賊子，也令劉裕名不正、言不順。昔日曹操挾天子以令諸侯，也是基於同樣的原因，就是據有皇朝正統的優勢，再討伐其他亂賊。請大人明鑑。」

桓玄冷然道：「區區一個劉裕，我還不放在眼裡，豈容他來左右我的決定。我明白奉先的意思，但卻認爲奉先是過慮了。司馬氏的天下，本應是我桓家的天下，我只是討回我爹失去的東西。」接著喝道：「我心意已決，明天一切依計畫行事，馬來！」

親兵們忙牽來駿馬。

桓玄接過馬韁，道：「今回將是劉裕最後一次硬闖建康，由今夜開始，建康的水防交由奉先負責，再不許有同樣的事情發生。」

譙奉先心中暗罵，表面只好恭聲答諾。

桓玄飛身上馬，仰望夜空，長笑道：「我桓玄登基後，會大赦天下，施行德政，當人人心存感激，劉裕豈還足道？劉裕是絕對沒有機會的，當我大軍東下之時，看他還可以有多少風光的日子過。」

接著一夾馬腹，同時抽韁，令坐騎人立而起，仰天嘶叫，確有君臨天下的威勢。

眾人紛紛上馬，只有受命接管水防的譙奉先肅立原地。

桓玄俯視譙奉先道：「今早我聽到消息，說錢塘臨平湖湖水，忽然盈滿。據父老相傳：『湖水乾枯天下亂，湖水滿盈天下平。』除此之外，江州又降甘露。凡此皆爲吉祥的徵兆，可見天意已定，像劉裕這種跳梁小丑，實不足爲患。奉先只要全心全意助我辦好建康的水防，我定不會薄待奉先。」

譙奉先還有甚麼話好說的，只好大聲答應。

桓玄再一陣得意的笑聲，領先策馬去了。

眾兵將慌忙追隨，轟隆的密集蹄音，粉碎了江岸旁的寧靜，令附近的住民從夢中驚醒過來，顫動的心只能想到殺伐和戰爭。

第二十五章　心戰之術

蒯恩和劉穆之徒步離開太守府，只有十多個親兵護行，這些衛士不是來自大江幫的兄弟，便是原屬振荊會的人馬，人人忠心可靠，兼又武功高強。

在這區域，任何軍事行動，首要是保密，如若洩露風聲，預定的計策便不靈光。而於此任何一個人均可能是天師道信徒的地方，保密的工夫更不可疏失。所以在劉穆之的提議下，兩人都換上普通北府兵的裝束，乍看只像一隊普通不過的巡軍，看不出一個決定兩軍勝負的行動正逐漸展開。

際此夜深人靜之時，街上不見人蹤，只響起眾人軍靴踏足地面的聲音，一片肅殺靜穆的氣氛。寒風呼嘯。

蒯恩見劉穆之一副若有所思的神態，忍不住問道：「先生是否在擔心今回的行動呢？」

劉穆之微笑道：「對蒯將軍我是信心十足，只看你在劉帥去後，立即把三千精騎，調往附近隱秘處，便曉得蒯將軍早預見今天的形勢。這三千精騎養精蓄銳，勢不可擋，豈是師疲力竭、士氣消沉的天師軍招架得住呢？」

蒯恩訝道：「然則先生又因何事煞費思量？」

劉穆之道：「我想的是擊敗徐道覆後，如何收拾這個爛攤子的問題。如果孫恩不是命喪於燕飛之手，我要頭痛的問題會更多。」

蒯恩苦笑道：「這方面要仰仗先生了，我實在想不出辦法來。」

劉穆之欣然道：「你肯認爲這是一道難題，已非常難得。自天師道興起後，晉室一直沒法看清楚問題的重心所在，只視天師軍爲亂民賊子，對付他們的方法唯有武力鎮壓，在政策上是絕對的錯誤。」

稍頓續道：「宗教是不講理性，只講信念，縱然信念與事實對立，亦只會選信念而捨事實，遂令信徒變成盲目的跟從者。當然信念的深淺各有不同，但基本上仍是如此，否則便不是信徒。像天師道這般的宗教，其領袖起著關鍵性的作用，如竺法慶之於彌勒教，孫恩之於天師道，領袖的個人魅力直接影響信徒的信仰。」

蒯恩苦惱的道：「我眞的不明白，竺法慶之死導致彌勒教的崩潰，但現在孫恩明明死了，卻是另一番情況，教人百思不得其解。甚麼水解仙去，大家都應心知肚明是騙人的謊話，偏是這麼多愚夫愚婦都深信不疑。」

劉穆之道：「人心是很奇怪的，蒯將軍不明白他們，皆因蒯將軍所思所想與他們有異，這就是人心的分歧。沒有人會認爲自己選擇的信念是錯誤的，否則就根本不會抱持這樣的信念，當遇到現實的衝擊，事實似與自己堅持的信念有牴觸，大多數人的選擇，並不是糾正自己的信念，而是設法漠視矛盾，只挑願意相信的事去相信。但是懷疑仍藏在心底裡，這也是人的本性。只要蒯將軍好好利用此點，不但可以輕易贏得這一仗，還可以大利日後的管治。」

蒯恩謙虛的問道：「此爲心戰之術，請先生指點。」

劉穆之從容道：「現在最令天師道徒懷疑的，就是孫恩究竟是水解仙去，還是給燕飛宰掉？在戰場上長篇大論是不可能的，但喊喊口號，卻是有利無害。如果我軍在與天師軍交戰時，齊喊『孫恩死了』，對方多少也會受到影響，肯定可收奇效。」

此時他們剛進入城道，把守門關的守軍忙開啓城門，讓他們通過。

蒯恩叫絕道：「先生的提議肯定管用，換成我是天師軍，聽到這句話，士氣肯定受挫。」

眾人來到城外，護城河外的吊橋盡處，另一隊人馬正在恭候著，一旁另有十多匹空騎，以供蒯恩等代步。

劉穆之撚鬚微笑道：「我送蒯將軍就送到這裡，我們不但可以在戰場上喊響『孫恩死了』的口號，還可於道路交會處高豎寫上『孫恩死了』的牌匾。此事交由我負責，蒯將軍請安心出征，更祝蒯將軍此戰大捷而回。」

蒯恩恭恭敬敬地向劉穆之施軍禮，接著與手下們越過吊橋，登馬去了。

滎陽城。

雪終於停了。

雪停後不到半個時辰，紀千千和小詩在風娘的陪伴下，登上馬車，離開慕容垂的行宮，走上通往城門的大街。

車窗垂下厚簾，或許只是爲了禦寒，但紀千千卻生出如被蒙在鼓裡的感覺，聽到的是從四周傳來的馬蹄聲，卻不知身在何處，也不知要到哪裡去。

風娘閉目養神，神色清冷，像絲毫不在意正發生著的事，亦不關心未來會發生甚麼事的模樣。

小詩早疲累不堪，擁著被子就在座位處睡著了。

紀千千卻沒有絲毫睡意，心中湧起莫以名之的懼意。

她頗有歷史重演的感覺，而這正是令她心神不安的原因。就像那回與慕容永作戰，慕容垂帶著她們主婢停停行行，時快時慢，晝伏夜出，忽然間決戰來臨，打得慕容永這個慕容鮮卑族最強勁的對手永遠不能翻身，她眞怕同樣的情況會出現在拓跋族和荒人聯軍上。

可恨她連自己現在的情況亦弄不清楚，出了滎陽城後向東向西也難以分辨，如何向燕飛傳遞精確的情報呢？

在這樣憂心如焚的情況下，她根本無法入睡，還如何夢召愛郎，由他爲自己分憂？

邊荒集。

小建康的碼頭處燈火通明，三十五艘載滿糧貨、兵器、弓矢的貨船泊在碼頭處，正準備啓碇開航。

這或許是開戰前最後一批運送糧資物料到平城的船隊，由四艘新造的雙頭艦護航，負責此事的是費二撇和丁宣。

荒人夾岸歡送，顯示出荒人在拯救紀千千主婢的行動上，團結一致。

議會成員全在送行者之列，益發令荒人情緒昂揚，氣氛沸騰熱烈。

拓跋儀覷個空檔把丁宣拉到一旁，從懷中掏出一個以火漆密封的竹筒，道：「這個竹筒子，你必須親手交給族主，告訴他內藏燕飛從建康傳來至關緊要的訊息，千萬要小心保管，不容有失。」

丁宣疑惑的把竹筒藏入懷囊裡，訝道：「聽當家的語氣，筒內的消息當與慕容垂有關係，但燕爺怎可能在建康得到北方的情報呢？」

拓跋儀像燕飛面對這類問題時般大感要解釋之苦，只好搪塞道：「此事曲折離奇，確實一言難盡，日後有機會我再告訴你吧！」

丁宣皺眉道：「如果族主追問起來，我如何答他？」

拓跋儀淡淡道：「族主不會問你半句話。」

丁宣大感錯愕。

拓跋儀探手抓著他雙肩，語重心長的道：「到平城後，你留在族主身邊，做我們兩軍之間的聯絡人，盡心爲族主辦事，族主必會重用你。」

丁宣一呆道：「留在那裡？這個……」

拓跋儀放開雙手，拍拍他肩頭道：「邊荒集始終不是你久留之地，擊敗慕容垂後，可供你大展所長的機會將在北方而非邊荒集。在筒子內的書函裡，我借燕飛之名向族主舉薦你。天下間若只有一個人對族主有影響力，那個人就是燕飛，明白嗎？千萬勿錯失這個機會。」

丁宣兩眼一紅，感動的道：「當家！」

拓跋儀微笑道：「多餘話不用說了，我和邊荒集都是沒有前途的，由於推薦你的人是燕飛，所以不論在任何情況下，族主都會善待你。你自己看情況而定，如果覺得難有大作爲，便退隱山林、娶妻生子，過些寫意的好日子。」

丁宣道：「可是燕爺……」

拓跋儀打斷他道：「燕飛是怎樣的一個人，大家清清楚楚，我會私下和他說的。去吧！路途上小心點。」

此時兩岸歡聲雷動，原來探路領航的兩艘雙頭艦正從下游處駛上來，費二撇立在指揮台上，威風八面的向兩岸喝采的荒人兄弟姊妹揮手回禮。

拓跋儀催促道：「登船吧！」

丁宣拍拍懷內的竹筒，道：「我絕不會有負當家所託。」說罷登船去了。

慕容戰來到拓跋儀身旁，訝道：「丁宣的神情為何如此古怪，今回的船運該沒有甚麼風險，憑慕容垂現在的水師實力，是沒法奈何我們的。」

拓跋儀按手搭著慕容戰肩頭，笑道：「我們去喝酒如何？我請客。」

慕容戰欣然道：「恭敬不如從命，多找幾個人會熱鬧點，對嗎？」

笑聲中，兩人朝夜窩子去了。

劉裕在床沿坐下。

忙了一整天後，他終於可以靜下來，感受獨處的滋味。

在臥室的暗黑中，他生出沉重的感覺，那是難以形容的感覺。

他現在已成為北府兵自立的大統領，肩負起誅除以桓玄為首的亂黨的大任，整個南方的命運全掌握在他手裡，可是他並不感到此刻的他和以前的劉裕有甚麼分別。

他還是以前的那個劉裕，像一般人那樣有過去、現在和將來，有七情六慾、喜怒哀樂，不會多一分，或減一些。

他醒悟到不論他處於甚麼位置，一切仍是依然故我。他腦海中閃出無數的念頭，既包含著痛苦，又夾雜著希望。他有點不敢去想王淡眞，又或江文清。前者令他生出無法負荷的椎心歉疚，後者卻令他感到因接納了任青媞而覺得對不起她。

人生爲何總是令人如此無奈？

自己縱能一步接一步登上帝皇的寶座，但已發生的事卻再沒法改變過來，遺憾將長伴著他。如果有選擇的話，他會選擇於幹掉桓玄後，從這令他疲於奔命、勞心費神的位置退下來，回到邊荒集去，做一個無所事事的荒人。

閒時和燕飛在第一樓的平台灌幾口雪澗香、聽千千彈琴唱曲；無聊起來可到卓狂生的說書館，聽他誇張渲染的說書，重溫「一箭沉隱龍」的歲月。又或到夜窩子閒逛，欣賞來鐘樓廣場賣藝者千奇百怪的表演。這樣才是有血有肉的生活。

可是他比任何人都清楚，他再沒法爲自己未來的生活方式作出選擇。這條帝皇之路，是不能回頭的不歸之路。

劉裕暗嘆一口氣，就那麼仍穿著靴子的躺到床上去。

完了！

他爭霸南方的日子可說是剛開始，但他闖蕩江湖的優閒日子卻是徹底的完了。他已失去了自由。那種日子是多麼令人懷念！未來他完全捉摸不透，最實在的希望可隨時化爲泡影，絕處又可逢生。而正是這種沒法掌握命運、浮沉不定的感覺，令他深切體會到生命的苦與樂。

現在的他，每一步行動都經過深思熟慮，如在下棋，眼前的對手便是桓玄，而他只能循自己定下的路線踏出每一步，有些兒像他已變成自己想法牢籠的囚徒。

這些此起彼繼的念頭，令他感到茫然。晚夜涼颼颼的空氣湧進室內，可是他卻不想拉被子蓋著身體，心兒沉重地怦怦跳躍，更有點呼吸不暢。

但他也清楚，到明天醒來，面對唯他馬首是瞻的北府兵將，他只會向他們顯露最英明神武的一面，令他們感到在他劉裕的領導下，他們正踏足通往最後勝利的坦途上。

當年的謝玄，於淝水之戰的前一個晚夜獨處時，是否有同樣的感受呢？

擊敗桓玄後，他的使命絕不會因此告終，還有北伐以統一天下，這是謝玄對他的期望，也是南方所有人對他的期望。從這個角度去看，他的確失去了為自己而生活的自由，他再不屬於他自己。

一陣勞累襲上心頭，劉裕沉沉的進入了唯一能令他忘掉現實的夢鄉。

快艇離開小島，乘風破浪地朝巴陵前進。划艇的是四名兩湖幫的兄弟，他們對洞庭湖瞭如指掌，要偷進巴陵水域是輕而易舉的事。

卓狂生、高彥和姚猛三人坐在快艇中間，心情不由緊張起來。

姚猛舒一口氣道：「他奶奶的，如果撞上敵船，我們究竟是立即跳進水裡去，還是撲上對方的船大幹一場呢？」

卓狂生哂道：「現在是甚麼時候？對方亮著燈火，只要隔遠看到，便來個避之大吉。他娘的！你道我們是去攻城嗎？我們現在是去進行刺殺行動，只要幹掉周紹和馬軍任何一個，便可令敵人軍心大亂，知道我們不是好惹的。」

姚猛又懷疑的道：「高小子的情報並不是每次都準確的，如果馬軍明晚沒有到巴陵最著名的仙源樓去，我們還不知要等多久？」

高彥罵道：「我哪次給你的情報是失準的？你這個沒膽鬼！自己害怕便胡言亂語，來派我的不是。全賴我看準馬軍是色鬼，在巴陵各大青樓廣布眼線，才知馬軍差人往仙源樓訂下廂房，還指定要最當紅的小花花陪酒。你奶奶的，不來讚我精明，卻來懷疑我消息的可靠性。」

卓狂生不耐煩的道：「不要吵了！吵得我的心都亂起來。」

又笑道：「其實問題在我們三個都從未當過刺客，若有燕飛在，我們根本不用擔心。」

姚猛有感而發道：「小飛那傢伙眞令人想念。」

高彥笑道：「這叫蜀中無大將，廖化充先鋒。他奶奶的！有甚麼辦法？眼前論武功，以我們三人最強，只好由我們濫竽充數。」

卓狂生啐道：「如單論武功，小白雁比你高明多了。眞不明白你爲何不讓小白雁一起來當刺客。」

高彥苦笑道：「皆因她從未殺過人，我更不想她的玉手沾上血腥，只好忍痛和她暫別片刻。」

姚猛一震道：「不好了！前面有燈光。」

撐船的其中一個兩湖幫兄弟應道：「稟告姚爺，那只是巴陵的燈火。」

卓狂生和高彥忍不住齊聲大笑。

姚猛以乾咳掩飾尷尬後，理直氣壯的道：「我這叫警覺性高，有甚麼好笑的，小心點才對嘛！」

高彥忍著笑道：「像你這般自己嚇自己、杯弓蛇影的刺客確實天下罕有，眞後悔帶你來呢！」

卓狂生道：「不要笑小姚了！明晚的刺殺必須快、狠、準，一擊不中，立即退走，勿要敗壞了我荒人的威名，否則我的天書會留下污點。」

高彥深吸一口氣，道：「我會在旁爲兩位大哥搖旗吶喊，到時請恕我這個小卒幫不上忙，因爲我也從未殺過人。哈！」

卓狂生和姚猛聽得面面相覷，無言以對。

第二十六章　謝府風雲

平城。

拓跋珪在內堂接見趕來的張袞，坐好後，張袞道：「中山方面敵人有異動。」

張袞受命專責偵察大燕首都中山的情況，定期向拓跋珪做報告，今次的報告卻比原定的日期提早了三天。

拓跋珪微笑道：「理當如此，敵人方面有何異舉？」

張袞道：「慕容垂以慕容會代替慕容隆守龍城，又以蘭汗代替慕容盛守薊城，而慕容隆和慕容盛的兩支部隊，則返回中山。據探子的觀察，這兩支部隊均士氣昂揚，特別是慕容隆的龍城部隊，軍容鼎盛，是慕容垂本部外最精銳的部隊，人數在二萬人間，從未吃過敗仗。」

慕容隆是慕容垂的兒子，由姬妾所生，被認爲是慕容垂諸子中最有才能的人，但由於慕容寶手段圓滑，又懂結交慕容垂身邊的侍從寵臣，而慕容隆賦性耿直，故遠不如慕容寶般得到慕容垂的歡心。

拓跋珪啞然笑道：「不嫌太遲了嗎？若上回是由慕容隆代小寶兒領軍來攻打盛樂，實勝敗難料，現在卻是錯恨難返。」

張袞道：「族主千萬勿掉以輕心，龍城兵團從未參與攻打我們的戰役，所以對我們全無懼意，且養精蓄銳，若與慕容垂的主力軍夾擊我們，我們恐怕抵擋不住。」

稍頓續道：「慕容垂的兵力估計在五萬左右，加上慕容隆的龍城軍團，總兵力達七萬之眾，是我們兵力的兩倍以上。雖說我們有平城和雁門兩大重鎮互相呼應，可是如被慕容垂重重圍困，截斷盛樂與我們之間的聯繫，而敵人的補給可從中山源源不絕的送至，我們的形勢絕不樂觀。」

拓跋珪露出深思的神色。

張袞道：「我們還有一個很大的弱點，就是邊荒集離我們太遠了，就算從水道趕來，也須十五至二十天的時間，且肯定瞞不過敵人的耳目，如在我們兩方會合前，被敵人截著，逐個擊破，會使我們陷於孤軍作戰的劣勢。」

拓跋珪苦笑道：「這正是我最頭痛的難題，荒人怎樣才可以發揮他們的作用呢？」

張袞道：「族主請恕我直言。」

拓跋珪皺眉道：「說吧！我要聽的是眞話而不是諂媚之言。」

張袞道：「慕容垂一向善於用奇使詐，像慕容永輸掉老命的一仗，便是被慕容垂所惑，慘中埋伏。現在我們據平城、雁門，目標明顯，令慕容垂可從容部署。兼且現在天寒地凍，頻下大雪，令我們難掌握敵人行蹤。最怕是到敵人兵臨城下，我們方猛然醒覺，便悔之已晚。」

拓跋珪點頭道：「這個我明白。」

張袞嘆道：「我們眞的不明白族主，爲何不採取當日應付慕容寶之法，盡量避免與敵人正面交鋒，待敵人氣勢消滅之際，方全力反擊呢？如此主動將掌握在我們手上。」

拓跋珪微笑道：「不要憂慮，很快你們會明白我的戰術。夜哩！早點休息吧！」

張袞告退後，拓跋珪忍不住嘆了一口氣。雖然他要張袞放心，事實上最擔心的人正是他自己。

今回紀千千是否仍能發揮其神奇探子的效用呢？他沒有半絲把握。慕容垂可不同慕容寶，兼之兵力遠在他之上，如果被慕容垂逼得正面硬撼，後果實不堪想像。

他忽然想著楚無暇，想著她動人的肉體，若再來一顆寧心丹，感覺會如何呢？

建康。烏衣巷。謝家。

謝鍾秀所在的小樓仍透出燈光，這個天之嬌女已登榻休息，燕飛可聽到她發出的呼吸聲。伺候她的兩個小婢在下層爲她以慢火煎藥，草藥的氣味瀰漫在外面的園林中。

燕飛藏身一棵大樹的椏杈處，可透窗看到謝鍾秀香閨內的情況，不由記起當日劉裕到小樓來見謝鍾秀的情景，心中百感交集，若當日謝鍾秀沒有拒絕劉裕，現在又會是怎樣的一個局面？

建康高門最著名的兩位美女，都分別與劉裕扯上關係，這是不是某種沒有人能明白的宿命呢？

謝鍾秀的呼吸大致上均勻平靜，但有時會忽然急促起來，情況令人擔心。燕飛直覺她的身體很弱，處於虛不受補的情況，他的眞氣於這樣的情況下將派不上用場，得到的只會是反效果。

四個護院攜犬巡到此區內，還詢問小婢們謝鍾秀的情況，旋又離開。今夜謝府警衛森嚴，又有惡犬巡邏，但燕飛卻曉得對慕清流那級數的高手，再嚴密的警戒也起不到作用。

如何應付慕清流，燕飛仍拿不定主意。

若沒有倒李淑莊的計畫，他會覷準時機，全力出手，務求斬殺對方於蝶戀花下，予魔門最重的打擊。

不過即使他眞的如此決定，動手的地方仍令他非常頭痛，如在謝府內進行，一來會驚動謝家上下人等，至乎桓玄方面的人，這麼一想，令燕飛更是投鼠忌器。以對手的智計，如若見勢不妙，抓起個小婢已足以令燕飛罷手。

可是如待他離府時才動手，又恐留他不住。只要想想慕清流的功夫接近向雨田，他便沒有絕對的把握。

較聰明的方法，似乎仍是只破壞對方的下毒之計，然後再憑靈應追蹤慕清流，看看有沒有誅除此人的良機。

慕清流此來並非要殺人放火，而是要偷偷向謝鍾秀施毒，讓謝鍾秀表面看來似是病情惡化，致玉殞香消。所以慕清流絕不會動手傷害任何人。

而最方便害死謝鍾秀的方法，燕飛可以想到的就是把「瞞天恨」混進謝鍾秀服用的藥湯內去，就像桓玄毒殺親兄桓沖的手法一樣。

就在此時，燕飛生出感應。

一道白影從林木間閃出來，到了小樓之旁。

燕飛收攝心神，斂去可發出任何令此人生出警覺的信息，凝神瞧去。

此人身材修長，高度比得上他燕飛，雖然是來幹見不得光的勾當，卻披上一襲在黑夜最奪目的白外袍，且舉止從容，自有一股睥睨天下的氣勢。他看似一副漫不經心隨隨便便的樣子，還予人甚麼都不在乎的印象，但燕飛卻曉得小樓內乃至遠近發生的事，沒有一點能瞞得過他。

此人武功肯定是向雨田的級數。

只看直至他從暗處閃出的一刻，他燕飛始能生出感應，便知此人如何了不起。

小樓的下層處，一個小婢正把藥壺提起來，把藥湯注入碗裡去。

慕清流別頭朝燕飛的方向瞧去，燕飛忙把雙目瞇成一線，同時看清楚他的尊容。

燕飛從未見過長相如此英俊奇偉的人，但他的英偉卻帶著一股從骨子透出來的邪異氣質，令人捉摸不定，莫測其深淺。

他的目光並沒有在燕飛藏身處停留，顯然沒有發覺燕飛的存在，掃視一匝後，也不見他有任何動作，忽然筆直騰升，再一個翻騰，竟穿窗進入謝鍾秀的閨房。

燕飛差些兒失聲驚呼，更後悔得要命。他本估計對方只會進入下層，然後制著兩個小婢，把「瞞天恨」投進藥湯裡，再弄醒兩個小婢，憑他的身手，保證兩個小婢回醒後完全不知道曾發生過甚麼事，只會以爲被睡魔侵襲，稍有失神。

只恨此時悔之已晚，如果自己魯莽出手，慕清流可以先對付謝鍾秀，又或以她來威脅自己。

燕飛處於絕對的下風，只能眼睜睜的看著房內的慕清流。

慕清流正一步一步地往臥榻上的謝鍾秀走過去。

第二十七章　苦中作樂

燕飛的精神倏地提升至頂點，只要「魔門聖君」慕清流下手傷害謝鍾秀，他會不顧一切的向慕清流出手，直至分出生死勝負。

此時慕清流來到謝鍾秀臥榻之旁，在油燈的芒光照耀下，俯頭默默打量正在床帳內擁被而眠的謝鍾秀。

樓下的一個婢女，已端起藥湯，準備送往二樓去。

倏地慕清流轉過身來，且移到窗旁，目光投往夜空，燕飛可清楚看到他一臉唏噓傷感的神色，那絕不是假裝出來的，而是心有所感，情動於中，他本來平靜至近乎冷酷的眼神亦起了變化，閃動著令人難明的某種深刻的情緒。

小婢女足踏階梯的聲音於此時響起。

慕清流現出一個無比苦澀的神情，搖頭喃喃的唸出一句話來，接著穿窗而出，不帶起任何風聲的落往地面，然後毫不停留地沒入園子的林木去，迅速去遠。

暗處的燕飛立即頭皮發麻，心神震撼，因爲他已讀出慕清流喃喃自語的那句話。

燕飛生出不敢面對「現實」的軟弱感覺，可是眼前卻是無可逃避的現實。

慕清流說的是「天妒紅顏」四個字。

他究竟看出甚麼來呢？爲何竟放過下毒的良機？燕飛再沒有勇氣想下去，心亂如麻的等待登樓的機會。

屠奉三在宋悲風身旁坐下，道：「不用擔心，以燕飛的身手，若一意要逃走，千軍萬馬也攔他不住。」

宋悲風苦笑道：「我不是擔心小飛，而是在想謝家的事。當年的情況我最清楚，安公眞的不願出仕，更是旁觀者清，眼看著先後有王敦和蘇峻之亂，都曾一度攻入建康，使他明白晉室的政局是怎麼的一回事。」

屠奉三默默聽著。對舊主的緬懷，已成了宋悲風生活的一部分；而屠奉三對舊主桓玄，卻只有噬心的仇恨。

宋悲風嘆道：「王導是活生生的例子。安公平生最佩服的人，正是王導。在安公二十歲前，晉室一直是王導在執政，而即使在王導睿智寬達的施政下，背後痛恨他、密謀要轟他下台者仍大有人在，以此可見其餘，安公眞的不願蹚此渾水。兼且當時桓溫早露不馴之心，安公怎願捲入朝廷的激烈鬥爭裡？唉！當詔書送至東山，安公爲此整天沒有說過一句話，可是當他決定接受後，卻從沒有退縮過。」

屠奉三明白宋悲風爲謝安的這番辯解，是有感而發，針對建康批評謝安的閒言閒語而說的。因爲謝安一派名士作風，即使棲遲東山期間，仍攜妓同行，故被認爲「既然與人同樂，就不能不與人同憂」。言外之意，是他不能安於淡泊處約的生活。

屠奉三點頭道：「我明白！」

宋悲風慘然道：「安公肯出山是一種犧牲，不但葬送了逍遙自在的山林野逸生活，更令謝家成爲眾矢之的。但他爲的非是個人的榮辱，更不是家族的聲名地位，而是漢人的福祉、漢統的延續。幸好謝家除他外還出了個謝玄，致有現在的小裕，否則後果更不堪想像。」

屠奉三怕他太過傷情，岔開道：「當劉帥收拾桓玄，平定南方，宋大哥有甚麼打算呢？」

宋悲風雙目閃著奇異的光芒，沉聲道：「到甚麼地方去都好，我不想再留在建康，不想再聽到有關建康的任何事。」

屠奉三皺眉道：「離開建康只須舉腳便成，但想聽不到建康的消息，卻不容易。」

宋悲風道：「到嶺南去又如何？那是安公生平最想遊居的偏遠異域。聽安公說，嶺南山水雄奇，四季如春，風光明媚秀麗，且遠離中土的戰爭亂事，人民自耕自足，實乃人間樂土。」

屠奉三愕然道：「原來宋大哥竟有避世退隱之心，小裕肯定對宋大哥這個決定非常失望。」

宋悲風道：「我自十五歲起伺候安公，過慣了東山身心兩閒的隱逸生活，直到今天仍未習慣建康的繁囂。建康並不是我理想的居處，它是屬於你和小裕的。」

屠奉三搖頭道：「建康也不適合我。」

宋悲風訝然注視他，奇道：「你不是已決定了追隨小裕，助他大展拳腳嗎？」

屠奉三苦笑道：「對永無休止的政治鬥爭，我早打心底生出倦意。幹掉桓玄後，我會趕往邊荒集去，參加荒人兄弟拯救千千主婢的行動。」

宋悲風忍不住問道：「之後呢？」

屠奉三現出落寞的神色，淡淡道：「之後？我倒沒有想過，也沒有氣力去想。」

宋悲風聽得一時說不出話來。

屠奉三振起精神，勉強笑道：「支持著我的，是對桓玄的仇恨。現在事實擺在眼前，桓玄已處處露出敗象。我不但清楚桓玄，更清楚劉帥，桓玄根本不是他的對手。任青媞也是清楚此點，所以才會來投歸劉帥。但很奇怪，即使現今大仇得報在望，我心中卻有人非物換的感慨。」

宋悲風點頭道：「我明白奉三的心事，因爲過去了的再不能挽回。還是安公說得好，人世本就是苦海，而我們必須學會苦中作樂之道，盡量令生命有趣一點。嘿！我不是善於表達心中想法的人，只能以安公的話與奉三共勉之。」

屠奉三欣然道：「宋大哥又有甚麼苦中作樂的大計？趁小飛尚未回來，何妨說來一聽，讓我可與大哥分享樂趣。」

宋悲風苦笑道：「我本來並不打算說出來，皆因此事愈少人知道愈好，但見你一副生無可戀的樣子，這樣下去怎是辦法？唉！就告訴你吧！但你要爲我守秘密，不可透露給任何人知道，包括小飛和小裕在內。」

屠奉三大訝道：「甚麼事這般嚴重，竟連燕飛和小裕都要瞞著？」

宋悲風雙目亮了起來，道：「當小裕平定南方後，我會向謝家求一個人，然後帶她到嶺南去，我可保證自己會永遠忘掉痛苦，這正是安公所說的『苦中作樂』的眞義。」

屠奉三愕然道：「向謝家求一個人？聽老哥你的語氣，這個人該是個女子，對嗎？」

宋悲風微笑道：「眞有你的！她就是當年我在謝家時伺候我的小婢，燕飛在建康昏迷百天，也是由她照顧。她是個人見人愛的可人兒。我一直沒在意她，因爲她實在太年輕了，只有十七歲，我做她的父親足足有餘，疼愛她當然不在話下。」

屠奉三感到宋悲風此時的神態語調，與平日的他迥然有異，且愈說愈興奮，顯示他心情極佳，令屠奉三生出古怪的滋味。

愛情的力量眞的是如此偉大嗎？竟可把一個人徹底的改造。看宋悲風便明白了。

屠奉三點頭道：「我明白那種感覺。事實上大哥一直對她有著特殊的好感，只是在苦苦克制自己，對嗎？」

宋悲風露出深思的神色，道：「我眞的沒有你說的那種感覺，而是待她如親生女兒。我要她伺候燕飛，是希望燕飛會看上她，帶她離開謝家。」

屠奉三不解道：「那宋大哥是何時對她動心呢？」

宋悲風道：「那是很後期的事了。當我決定離開謝家，小琦知道後，便來央我帶她一起走，說要永遠伺候我，被我斷然拒絕後，更哭得死去活來。」

屠奉三沉吟道：「大哥拒絕她，是否認爲她並非眞的喜歡你，只是爲求能離開謝家，故肯作出任何犧牲？」

宋悲風道：「由此可見我和奉三是非常不相同的兩種人，我想也沒想過這方面的問題，更沒有想過甚麼終生伺候與男女之情有關，如果我帶她走，會爲她選擇如意郎君，讓她得到幸福和快樂。」

屠奉三老臉一紅，道：「我這是以小人之腹，度大哥你的君子之心。」

宋悲風啞然失笑道：「你既非小人，我也不君子。我壓根兒沒想過這方面的事，只因我當時認爲小琦留在謝家，遠比跟著我浪蕩江湖好多了。謝家並不是個可怕的地方，人人以禮相待。」

又道：「順帶告訴你另一件事，是關於我的名字，『悲風』兩字是安公給我取的，他說我的命格太硬，這名字是以毒攻毒，說不定能收奇效。安公曾說過，我是那種天生只會樂中尋苦的人，與他的苦中作樂剛好相反。」

屠奉三恍然道：「我一直奇怪大哥怎會有個這般悲傷失意的名字，原來竟是安公的回天之術，如此說，命運該是可憑名字改變的了？」

宋悲風道：「我也曾向安公提出同樣的問題，他只笑說名字是命運的一部分，就再沒有解釋。」

屠奉三道：「大哥特別提起此事，是否因對離開謝家後的未來日子並不樂觀，所以不敢帶小琦一起離開，怕令她受苦呢？」

宋悲風欣慰的道：「奉三終於掌握到我的心意了，但我眞的對她沒有半點佔有之心。」

屠奉三微笑道：「事實上我卻認爲小琦早就暗戀著大哥，大哥雖不著意於男女之情，但大哥不論人才武功和性情，均是女兒家理想的選擇，只是大哥不自覺吧！小琦長期貼身伺候你，當然比任何人更清楚大哥的優點，也因而被大哥吸引。小琦對你的愛戀，是絕不用懷疑的。」

宋悲風啞然笑道：「你不用推波助瀾，因爲再不需要。我第二次與她有獨處的機會，是當大姑爺戰死會稽，我護送大小姐返回謝家之時，在謝家逗留了一段時日。」

屠奉三眞心的爲宋悲風感到高興，興致盎然的追問道：「她再次央你帶她走嗎？」

宋悲風道：「她不但沒說過這些話，還比以前沉默了，但卻眞的是無微不至的伺候我，所有心神都用在我日常的起居上，她的眼神令人心顫，也令我開始有感覺了。」

接著嘆道：「可是在那種今天不知明天事的形勢下，我怎敢要她跟著我呢？我那時對小裕根本不抱任何希望。」

屠奉三同情的道：「換作是我，也不敢答應她甚麼。」

宋悲風道：「但很快事情有了轉機，小裕施盡渾身解數，於絕境掙扎求存，與司馬道子暫時和解，希望便出現了，到我們布局殺死乾歸，我大有撥開雲霧見青天的感覺，更堅信小裕終有一天能平定南方，繼續大少爺未竟之志。」

屠奉三道：「我只想知道大哥與小琦第三度獨處的情況，究竟是由誰提出來？」

宋悲風道：「我再次見到她，是陪小裕到烏衣巷去見大小姐，燕飛也有隨行。我和她在廳子一角閒聊等候小裕，當時燕飛也在。不知如何，當她說起謝家的瑣事，又或提及我在謝家時的舊事，我都生出很窩心的感受。就像聽著自己疼愛的小嬌妻，把日常平凡不過的事，變爲充滿生趣的樂事，令我們之間的關係拉近了。由那一刻開始，我便暗下決定，如果將來形勢許可，我會帶她走。」

接著嘆道：「不過我仍會給她選擇的機會，不會硬要她嫁給我。」

屠奉三露出尊敬的神色，道：「在高門大族裡，六十歲老翁納十八歲的女子做妾，乃平常不過的事，難得大哥完全沒有習染高門這種風氣。」

宋悲風道：「因爲我眞的疼愛她，不想她不快樂。」

屠奉三道：「小琦正在待嫁之齡，你不怕謝家爲她作主，許了給人嗎？」

宋悲風道：「對謝家的風尚規矩，我當然清楚，縱然是難以啓齒，我也厚顏向大小姐明示我的心意，請大小姐照拂。」

屠奉三大感興趣的道：「大小姐怎樣反應呢？」

宋悲風欣然道：「大小姐聽後非常高興，沒有多問一句的一口應承，還說絕對同意我的決定。」

屠奉三讚了兩句謝道韞後，忍不住的問道：「之後宋大哥又如何和小琦說呢？」

宋悲風啞然笑道：「想不到奉三竟會關心我的事，這麼想知道詳情，令我意想不到。」

屠奉三坦言道：「大哥是我最敬重的人之一，不關心你關心誰呢？」

宋悲風笑道：「好吧！我便連這方面的事也告訴你。今回我到建康來，與以前返回建康的心情實有天淵之別，感覺上優勢已向我方傾斜，亦令我有勇氣向小琦作出保證。就在大小姐回來前，我找小琦私下說話，問她是否仍願意跟隨我，我可把她收做乾女兒。」

屠奉三愕然道：「你仍要試探她嗎？」

宋悲風道：「不是試探，而是眞的讓她作出選擇。」

屠奉三現出感動的神色，道：「小琦如何回答呢？」

宋悲風一臉沉醉於回憶的神情，聲音轉柔，道：「她現出我從未見過既驚喜又害羞的表情，垂下頭去低聲的道：『小琦願意終生追隨宋爺、伺候宋爺，但卻不要做宋爺的乾女兒，只願做宋爺的小妾。』」

屠奉三拍腿道：「成哩！恭喜大哥！」

宋悲風道：「我答她道：『只要你不嫌棄我，我宋悲風會娶你爲妻，永遠疼愛你，只對你一個人好，此生不渝。』」

屠奉三動容道：「這是最好的情話。」

宋悲風打量著他道：「好哩！聽過我苦中作樂的辦法後，你有甚麼感受呢？」

屠奉三嘆道：「首先是精神大振，爲大哥你高興。」

宋悲風道：「大丈夫立身處世，求的不外是事業和家室。快樂與否，很多時候只在一念之間，奉三切勿自尋悲苦，這人世便像老卓所描述的邊荒集般，充滿機遇，奉三萬勿錯過。」

屠奉三點頭道：「大哥的故事，乍看似是平凡不過，不知如何卻能深深的打動我，令我有很大的啓發。大哥放心吧！我會以大哥爲榜樣。嘿！我還想問清楚一件事，就是劉帥和王淡眞的關係。」

宋悲風皺眉道：「你爲何想知道呢？此事似較適合由你直接問小裕。」

屠奉三道：「他一直沒有向我提及有關王淡眞的任何事，可知他不想說出來，所以我不想直接問他。」

宋悲風道：「知道了又如何呢？」

屠奉三雙目亮起異芒，冷然道：「這會助我下一個重要的決定。」

宋悲風訝道：「甚麼決定？」

屠奉三一字一句的沉聲道：「就是決定究竟是由我手刃桓玄，還是由劉帥親自下手。」

宋悲風爲之愕然。

屠奉三苦笑道：「我曉得劉帥的爲人，若我堅持由我下手，劉帥無論心中多麼不願意，也會把這稱心快事讓給我的。」

宋悲風立即軟化，點頭道：「好吧！趁小飛尚未回來，我把我所知的，全告訴你吧！」

第二十八章　笑談天下

燕飛從碼頭離開謝家，投進冰冷的河水裡，他的心亦如秦淮水般冰寒徹骨。

現實太殘酷了。唉！天妒紅顏，他終於明白了這句話的含意。

燕飛生出心碎的感覺。謝家是否被下了毒咒呢？

一艘輕舟從上游駛下來，到橫亙燕飛前方時，竟停定不去，水流對它似沒有絲毫的推動力。

燕飛暗嘆一口氣，從水中一躍而出，輕鬆的落到船頭處。

坐在艇尾的「魔門聖君」慕清流平靜的注視著他，唇角掛著一絲笑意，船槳打入水裡，艇子立即轉彎，掉頭逆流而上。

燕飛正對慕清流重新評估，因爲他能對燕飛的精神生出感應，武功已絕對是屬於向雨田的級數，今夜惡戰難免。自己如能幹掉他，魔門勢將崩潰。

可是，可是自己眞能狠得下心腸這麼做嗎？自己的生父也是魔門的人。

燕飛淡淡道：「收手吧！」

慕清流沉聲道：「鬼影是不是已栽在燕兄手上？」

燕飛坦然點頭。

慕清流接下去道：「燕兄曉得我是誰嗎？」

燕飛知瞞他不過，微笑道：「慕兄你好。」

慕清流苦笑道：「淑莊太不小心了，竟沒料到會有如燕兄般的高手在暗裡監視她，遂被燕兄跟蹤至慕某人藏身的畫舫，且聽得我們要對付鍾秀小姐的計畫。我感應到燕兄的一刻，已心中奇怪，如果燕兄是負責保護鍾秀小姐，怎會讓我接近她呢？多謝燕兄坦白相告，解開我的疑團，其時燕兄誤以爲我只是下毒，到發覺我直闖鍾秀小姐的香閨，方提高警戒，也令慕某人察覺到燕兄正窺伺一旁。燕兄果然名不虛傳，竟能瞞過慕某。」

燕飛聽得頭皮發麻，此人才智之高，腦筋的靈活，絕不在他所認識的任何智士之下。幸好自己沒有隱瞞，否則被他看輕，便不利要進行的「好言相勸」了。

慕清流就像向雨田，會看不起才智與他不相稱的對手。

小艇在慕清流輕搖櫓槳下，緩緩逆流而上，不知情的人會以爲他們是建康的名士，正遊河談心。

今次慕清流忽然現身與燕飛相見，令事情的發展，到了不受任何人控制的地步，誰也沒法逆料將來的可能情況。

燕飛嘆道：「慕兄收手吧！懸崖勒馬，尚可保持魔門的元氣。」

慕清流大訝道：「究竟是否我的錯覺，我竟感到燕兄的誠意？燕兄竟關心我聖門的盛衰嗎？燕兄爲何不像其他所謂的正道人士般，視我聖門中人爲人人得而誅之之徒？請燕兄指點。」

燕飛直覺感到慕清流是可講理的人，而非蠻纏的冥頑之輩。平靜的道：「在這大亂的時代，甚麼正邪之道的界線已變得模糊不清。成者爲王，敗者爲寇，沒有甚麼道理可講。不過桓玄敗象已露，慕兄若明知不可爲而爲，只會令貴門陷入絕境，動輒落得全軍覆沒的命運。」

慕清流凝望他好半晌後，點頭道：「燕兄這一番話語重心長，言詞懇切。不過慕某卻不同意燕兄的看法。桓玄兵力達十二萬之眾，戰船超過四百艘，且據有如建康般的堅城作據點，又佔有大江上游之利，擁巴蜀雄厚的物資作後盾，兼得建康高門的支持，縱然一時不能奈何劉裕，但如相持不下，吃虧的始終是劉裕，對嗎？」

燕飛迎著河風深吸一口氣，從容道：「表象確如慕兄所述，但慕兄卻忽略了貴方最大的破綻弱點，就是選擇錯誤，挑了桓玄，而此人根本難成大器。」

慕清流微笑道：「桓玄是否帝王之才並不重要，只要他肯接受我們的意見，劉裕必敗無疑。」

燕飛淡淡道：「桓玄肯接受你們的意見嗎？」

慕清流輕輕道：「桓玄害怕了！」

燕飛皺眉道：「慕兄這句話是甚麼意思？」

慕清流道：「全賴你們大力幫忙，先後兩次派船突破建康的江防，令桓玄再不敢倚賴其自身的手下。現在桓玄已把建康的水防交給我們，如你們再派人闖關，肯定吃不完兜著走。」

燕飛心中暗懍，曉得魔門確有一套具高效率的傳訊系統，故慕清流能知悉不久前發生的事。

道：「慕兄不但高估了桓玄，更低估了劉裕。桓玄兵力雖達十二萬之眾，荊州軍亦是精銳之師，但自桓玄進佔建康後，戰線拉長，兵力也由集中變分散，根本無力捍衛漫長的大江水道和沿江的十多個重鎮。讓我透露一個消息，兩湖幫仍保存一半的實力，且萬眾一心要為聶天還復仇，當巴陵重入兩湖幫之手，江陵便岌岌可危，慕兄認為桓玄可應付一場兩條戰線的戰爭嗎？甚麼上游之利、巴蜀之資，將不再存在。」

慕清流啞然笑道：「燕兄勿要唬我！兩湖幫群龍無首，人心渙散，再難捲土重來。且巴陵有我們的人在主持，絕不會讓兩湖餘孽有東山復起的機會。」

燕飛淡然自若的道：「聖君似乎算漏了一個人，而此人正是兩湖幫能捲土重來的關鍵人物。」

慕清流拍腿苦笑道：「燕兄是指小白雁嗎？她現在是否在兩湖呢？」

燕飛道：「你在巴陵的人竟掌握不到這個消息，可見巳陷於被封鎖孤立的劣境，如果我沒有猜錯，巴陵陷落的消息會在十天內傳到建康來。」

慕清流有點意興闌珊的道：「我害怕的情況終於出現了，不過只要我們守穩江陵，當可壓得兩湖幫不敢進入大江。憑他們的實力，理該無法影響大局。」

燕飛聳肩道：「但從另一個角度去看，你們必須調重兵到巴陵，如此則大幅削弱建康的軍力，假如廣陵落入劉裕之手，你們敢對他展開全面的反擊嗎？」

慕清流凝視燕飛，不解道：「燕兄是眞的想說服我，要我收手嗎？我眞的不明白。唉！我不明白的事多著哩！例如我絲毫感應不到燕兄的敵意。究竟是怎麼一回事？我們不是勢不兩立的嗎？」

燕飛沒有直接回答，反問道：「慕兄爲何在此等候在下？」

慕清流灑然道：「燕兄此問大有深意。表面看來，我當然是希望能擊殺燕兄，但若我眞的要殺燕兄，絕不會挑秦淮河作戰場，更不會予燕兄公平決鬥的機會。」

接著現出醒悟的神色，淡定的道：「因爲燕兄的忽然出現，令我生出危機四伏的感覺。」

燕飛心叫不妙，此人才智之高，還在他原先的估計之上。如被他察破對付李淑莊的大計，會令他們陣腳大亂。

慕清流忽又道：「向雨田在燕兄眼中，是怎樣的一個人物？」

他這兩句話突如其來，令燕飛有點兒摸不著頭腦。不過如不坦誠相告，會破壞他們眼前彼此間微妙的氣氛，令交談難以繼續下去。

道：「我初見慕兄之際，便忍不住拿向雨田來和慕兄比較。慕兄明白我的意思嗎？」

慕清流點頭表示明白，道：「不瞞燕兄，向雨田是我最想見的同門，我亦非常欣賞他這個人。像向雨田這種人，自有其超卓的識見和獨特的性格，不受任何門規約束，亦不想有任何束縛，就像他的師父墨夷明。不過向雨田確有獨立特行的資格，鬼影曾親口向我說過，除非我肯與他聯手對付向雨田，否則他沒有把握對向雨田執行門規。」

燕飛愕然道：「向雨田若聽到慕兄這番話，會生出知己之心，且非常高興。」

此時小艇駛入燕雀湖，慕清流收起船槳，任由小艇隨波飄蕩。

慕清流微笑道：「我本來的姓名不是慕清流，這是我到建康後取的名字，以示我對名士文化的欣賞。不過能被我看得入眼的名士寥寥可數，他們均是眞正的名士、高門裡的清流，謝安則於我欣賞的名士中高踞榜首，所以我不願傷害鍾秀小姐的心意，是絕對發自眞心。」

想起謝鍾秀，燕飛的心直沉下去，嘆了一口氣。

慕清流仰望星空，吁一口氣的悠悠道：「謝氏家風，確實令人景仰，其名士家風、莊老心態，恰是整個名士傳統的結穴和落脈，雅人深致。但謝家子弟又不能不出仕、爲官、固位，否則其風流意韻便無所附麗，也令其家史更多彩多姿，起伏跌宕，恰正反映了整個大時代的傳承、遷變和消亡的過程。唉！我今夜太多感觸了，是否因我已嗅到失敗的氣味？」

燕飛湧起與知心好友深談的古怪滋味，道：「貴門不是爲求奪權，不擇手段嗎？但我怎樣也感覺不到慕兄是這種人。」

慕清流目光回到他身上，徐徐道：「或許終有一天，我會和燕兄作生死決戰，但絕非今夜。說出來你也不會相信，直至此刻，我仍沒法對燕兄動殺機，不但因為我仍沒法掌握燕兄的深淺，更因為我對燕兄生出親近之心，這令我明白為何向雨田會成為燕兄的夥伴和朋友。」

燕飛欣然道：「這是不是表示慕兄認為我的提議，有商量的餘地呢？」

慕清流凝望他好半晌後，道：「燕兄可否坦誠賜告，為何這般關懷我聖門的盛衰榮辱呢？燕兄大駕在此，已顯示燕兄掌握到這場換朝之爭的成敗關鍵，令我生出懼意。燕兄放心說吧！我是會為燕兄嚴守秘密的。」

燕飛道：「我想先弄清楚慕兄是怎樣的一個人，還有貴門的其他人，會否挑戰慕兄的決定呢？」

慕清流啞然笑道：「燕兄的要求很公平，我既要知道燕兄的秘密，當然要先透露自己的底細。坦白說，我和燕兄間誰高誰低，對大局已是無關痛癢。即使我能殺死燕兄，影響的只是拓跋珪與慕容垂間的鬥爭，絕不能左右南方局勢的發展，反只會便宜了南方的勝出者。」

燕飛點頭道：「慕兄看得很透徹。現今南方的情況，等若箭已離弦，只看能否命中目標。當巴陵重入兩湖幫之手，廣陵則被劉裕攻佔，慕兄當曉得我不是虛言恫嚇。」

慕清流淡淡道：「燕兄為何獨不提建康的情況，是否有此事是你不想提及的，以免引起我的警覺呢？」

燕飛心叫厲害，和這人說話須非常小心，一個不留神，又或故意忽略某一方面的事，都會引他懷疑。幸好李淑莊隻字不提關長春，否則怕他早猜到他們的倒莊大計。

燕飛道：「在建康我們之間的情況，可以近身搏擊來形容，大家都要展盡渾身解數，不容有失，有些事不便說出來吧！」

慕清流苦笑道：「這正是我生出危機感的另一原由，令我害怕的地方，就是我們在明，你們在暗，主動權已落入你們的手上。」

燕飛道：「我很欣賞慕兄的坦白，令我對聖門大爲改觀。」

慕清流沉吟片刻後，道：「事實上我和向雨田都可說是聖門的異種，向雨田之所以會這樣，皆因他的師父退隱沙漠後，專志修煉敝門秘傳的大法，再不過問敝門的事，所以培育出來的徒弟，對敝門沒有歸屬感。而我的情況卻不相同。敝門又可分爲兩派六道，其他門派的名稱恕我不便透露，但我所屬的派系花間派，不論武功心法，均在敝門中另闢蹊徑，故培養出來的傳人亦與其他派道傳人迥然有異，對事物更有另一套看法。至於我個人的決定，是否可作爲敝門的決定，那就要看事情的緩急輕重，如是關係到爭天下的鬥爭，那各派道當有自行決定的權利。如果我認爲事不可爲，會向其他派道發出全面撤退的指示，至於他們是否遵從，則不是我可以管轄的事。這麼說燕兄滿意嗎？」

燕飛默然片刻，然後輕描淡寫的道：「慕兄這般坦白，我也不瞞慕兄，墨夷明正是我燕飛的生父。」

以慕清流的修養，仍忍不住失聲道：「甚麼？」

燕飛道：「此事慕兄須爲我嚴守秘密，這是我不願讓人曉得、至乎不願提起的事。現在慕兄該明白爲何我會與向雨田成爲夥伴好友，因爲我們可以完全信任對方。」

慕清流呆看著他，說不出話來。

燕飛嘆道：「你們是沒有機會的，關鍵處在桓玄，而桓玄根本不是劉裕的對手，形勢的發展，會令慕兄不再懷疑我的看法。收手吧！只有急流勇退，方可保持貴門的元氣，我實不願貴門毀在我燕飛手上。這是個成者得到一切，敗者輸掉家當的遊戲，中間沒有絲毫轉圜的餘地。如果慕兄堅持戰至最後一兵一卒，我只好用盡全力來打擊貴門，再不講甚麼人情淵源，因爲我沒有選擇。」

慕清流深吸一口氣道：「聽燕兄的語氣，對如何打擊我們，早已成竹在胸。」

燕飛道：「慕兄是因測不破我們的手段，致生懼意，對嗎？」

慕清流雙目精光閃動，沉聲道：「我們可否立下賭約，假如巴陵、廣陵確如燕兄所料，在十天內陷落，我立即向敝門發出全面撤退的指令，但如果燕兄所料有誤，燕兄則須退出南方的紛爭。」

燕飛想也不想的道：「一言爲定。」

慕清流動容道：「原來燕兄對自己的猜想竟有十足的把握。」

燕飛道：「慕兄不是想反悔吧？」

慕清流苦笑道：「我們曾要求桓玄讓我們負責鎮守江陵，那便可以兼顧巴蜀和兩湖的形勢發展，豈知卻給這蠢貨一口拒絕。而燕兄提出的，正是我們最害怕會出現的情況。若讓形勢發展至那種田地，而我們仍不知收手，就像桓玄般愚蠢了。」

燕飛欣然道：「慕兄確實是提得起、放得下的智者。」

接著又道：「我們今夜能在此談笑，正表示我們進入短兵相接的階段，慕兄將會對我們進行全面的反撲，我們當然也不會留手，情況的發展，再不是我們能控制的了，慕兄有想過這方面的問題嗎？」

慕清流嘆道：「燕兄在建康的部署，我完全猜不著摸不透，燕兄指我能全面反撲，實在太抬舉我了。」

燕飛微笑道：「以慕兄的才智，雖或未能猜到我們行事的細節，但總能掌握大概。桓玄之所以能輕取建康，全賴建康高門的支持。一旦失去高門的支持，桓玄也完蛋了。我們就算不做任何事，當桓玄逐漸暴露他的豺狼野性，將會失去高門的心，而眼前形勢正朝這方向發展，誰都難以改變。」

慕清流皺眉道：「燕兄爲何有這番話呢？」

燕飛正容道：「我的意思是桓玄必敗無疑，慕兄愈早收手，愈能保持貴門的實力和元氣。燕某之言至此已盡，希望慕兄好好考慮。」

慕清流道：「如我不能堅持直至賭盤開局，如何向門人交代？燕兄的好意心領了，我仍會留在畫舫，燕兄若想找我說話，我慕清流無任歡迎。」

燕飛一聲長笑，翻身投進湖水裡去。

第二十九章　選擇之權

燕飛在宋悲風身旁坐下，訝道：「奉三到哪裡去了？」

宋悲風答道：「他踩李淑莊的線去了。如何？」

燕飛道：「我見過大小姐，唉！」

宋悲風色變道：「大小姐出事了嗎？」

燕飛露出沉痛的神色，道：「大小姐精神是差一點，但卻沒甚麼大礙。問題出在孫小姐身上。」

宋悲風難以置信的道：「不會吧？孫小姐還這麼年輕，而且一向體質不錯。」

燕飛道：「我們都要堅強起來，面對這殘忍的事實，據大小姐說，孫小姐自聞得淡眞小姐的死訊後，自責極深，身體亦不住轉壞，積憂成疾，她認爲自己須爲淡眞之死，負上不可推卸的責任，最近更曾多次昏倒，令人擔心。」

宋悲風的臉色難看至極點，兩唇顫震，說不出話來。

燕飛道：「心病還須心藥醫。大小姐和我的看法相同，孫小姐心中的如意郎君肯定是劉裕無疑，只要劉裕能現身她眼前，向她求婚，說不定她會霍然而癒。這是我唯一能想到的辦法。」

宋悲風憂心如焚的道：「你的眞氣對她也不起作用嗎？」

燕飛道：「我的眞氣雖能減輕她的苦楚，卻有點像飲鴆止渴，當下一次病發時，大羅金仙也救不了她。」

接著沉聲道：「所以在那情況發生前，劉裕必須來到她身邊，再看老天爺的意旨。」

宋悲風苦惱的道：「可是小裕現在怎可分身？」

燕飛道：「就讓小裕自己作出選擇和安排，但如果我們不給他這個選擇的機會，他這輩子都不會原諒我們。」

宋悲風愁眉深鎖的道：「大小姐……唉……大小姐怎麼看這件事？」

燕飛道：「她的表現很奇怪，表面看相當冷靜，又或許是哀莫大於心死。只說生死有命，我們必須以平常心面對。」

宋悲風慘然道：「謝家究竟走了甚麼厄運？為何會變成這樣子的？」

燕飛道：「大小姐還說了些奇怪的話，她說離開也好，離開便不用再受苦了。」

宋悲風乏言以對，好一會兒後，現出一個堅決的神色，道：「我現在立即趕去京口，向小裕報告孫小姐的情況。小飛你說得對，我們必須把選擇權交在他手上。」

屠奉三回到秘巢，已是三更時分，燕飛仍呆坐廳子裡，神情木然。

屠奉三於他身旁坐下道：「發生了甚麼事，為何你這般的神情？」

燕飛把謝鍾秀的情況說出來，嘆道：「誰都沒料到孫小姐的情況如此嚴重，都是謝混那小子不好，與孫小姐最憎恨的桓玄眉來眼去，氣壞了孫小姐。有關謝混的事我都瞞著宋大哥，怕他告訴小裕。因為小裕一向對謝混印象極差，如果孫小姐出了事，小裕會遷怒謝混，說到底謝混也是身不由己。」

屠奉三沉聲道：「劉帥絕不可以到建康來，太危險了。而且北府兵不可一日無他，他不在，會令軍心不穩。」

燕飛苦笑道：「我明白你的想法，更清楚你的想法有道理。如果我是劉裕，我會不顧一切到建康來見孫小姐一面。既然我自問會這麼做，好應該也讓劉裕有選擇的機會。」

屠奉三一時說不出話來，好一會兒後才道：「我是太過講功利了。對！我給你說服了。何況有你燕飛貼身保護劉帥，至不濟也可以溜之夭夭。」

燕飛道：「我還有一件至關緊要的事告訴你，我剛才不但見過那聖君，還與他立下賭約。」

屠奉三失聲道：「甚麼？」

燕飛把情況詳細道出，只瞞著自己乃墨夷明之子這個環節，當屠奉三聽畢，忍不住長呼一口氣，以舒緩心中緊張的情緒，道：「事情竟會如此急轉直下，眞教人意想不到，此事究竟於我們有害還是有利呢？如果你輸掉賭約，豈非不能插手南方的事？」

燕飛答道：「如果我們不能在十天內分別奪得巴陵和廣陵的控制權，這場仗的勝負也已清楚分明。小裕兩次派船隊闖關，正是深知奪取巴陵的重要性。而廣陵一向是北府兵的根據地，只要小裕能於敵人陣腳未穩之際發動，肯定可以成功。」

屠奉三不解道：「我眞的不明白，現時我們佔盡上風，大有機會把魔門連根拔起，去此心腹禍患，爲何燕飛你不但肯放他們一馬，還冒上輸掉賭約之險，似乎划不來吧！」

燕飛道：「你可知桓玄因今夜北府兵艦隊闖關之事，已把建康的江防交由譙奉先負責，由此可見當桓玄覺察到失敗的可能性，會轉而倚賴譙縱和譙奉先，如果情況發展至這個地步，對我們將非常不利。慕清流此人才智高絕，又懂掌握時勢，儘管我們能擊敗他，也必須付出沉重的代價。」

屠奉三道：「可是慕清流明示譙縱可以不遵從他的命令，縱然我們贏得賭約，仍未能得到我們應有的成果。」

燕飛道：「只要慕清流肯退出，餘子豈還足道？」

屠奉三苦笑道：「我說不過你哩！」

又問道：「任后呢？」

燕飛道：「她或許已上床就寢，又或出去辦事了，誰知道呢？」

屠奉三以苦笑回報。

燕飛問道：「你不是去偵察李淑莊的情況嗎？有甚麼收穫？」

屠奉三道：「白走了一趟。我依王弘的指示，潛進她在淮月樓附近的華宅，卻找不到她的蹤影，然後再到淮月樓去，但她也不在那裡。」

燕飛道：「你沒試試到江湖地去找她嗎？她似乎對園內臨淮的小亭情有獨鍾，愛到那裡去。」

屠奉三略作沉吟，有點難以啓齒的道：「我們是否仍須繼續進行對付李淑莊的計畫呢？」

燕飛凝視他好一會兒，微笑道：「屠兄是否對李淑莊生出憐香惜玉之心呢？」

屠奉三嘆道：「她的確是動人的尤物，魅力十足。不過話是這麼說，但我比任何人都明白，倒莊大計必須繼續下去，個人的感覺並不重要。」

燕飛道：「我卻有另一個想法。」

屠奉三精神一振的問道：「甚麼想法？」

燕飛道：「春江水暖鴨先知，你道現時在魔門之中，撇開慕清流不論，誰是最先察覺到桓玄已顯敗象的人呢？當然是李淑莊，對嗎？桓玄的急於稱帝，肆意踐踏司馬氏，又對謝鍾秀顯露野心，加上施政紊亂，待人至嚴，律己不力，必令建康高門生出離心，而李淑莊會直接感受到這方面的壓力。以魔門中人的行事作風，李淑莊肯作桓玄的陪葬品嗎？」

屠奉三皺眉道：「你令我想到另一個危機，假如李淑莊曉得事不可爲，還買我的丹方幹甚麼？最聰明的方法是挾財而遁，等待另一個時機。」

燕飛道：「若眞給小裕取桓玄而代之，還有甚麼等待時機可言？只要小裕一天在位，魔門肯定全無機會。」

屠奉三道：「我給你弄糊塗了，你究竟想說甚麼呢？」

燕飛道：「我只是分析李淑莊的心態，或許我看錯了，誰說得定呢？慕清流曾流露出意興闌珊的神情，恐怕便是因得悉建康高門對桓玄的支持正不住的減退。對付李淑莊的計畫仍要進行下去，但分寸要由你拿捏掌握。假設我們成功贏得賭約，而李淑莊亦肯依慕清流的指示撤退，我們當然可以放李淑莊一馬。」

屠奉三精神大振道：「既有選擇的自由，我的心情好多了。」

燕飛道：「屠兄是不是對李淑莊心動了。」

屠奉三苦笑道：「心動有啥用？像李淑莊這種背景出身的人，絕不會輕易對人動情，更何況是貪財好色的關長春。我從她眼中，只看到鄙視不屑的神色。」

燕飛道：「男女間的事很難說，看看任后便明白。其他由老天爺安排如何？」

屠奉三道：「形勢的發展確實出人意表，爲免夜長夢多，我打算明晚去見李淑莊，看她是不是有做交易的誠意。如果她出手殺我，我們的倒莊大計也完蛋了。」

燕飛道：「就這麼辦。一切等明天再說，明天再想。」

廣陵。午後時分。

劉裕在孔老大和魏詠之左右相伴下，進入倉房，正在那裡候命的二百多個北府兵兄弟全體起立，但卻沒有弄出任何聲音，每個人雙目都閃動著興奮和期待的光芒。

劉裕含笑立定，道：「請孔老大來和我們說幾句話。」

孔老大嚇了一跳，忙道：「劉帥說笑哩！我有甚麼資格說話？」

魏詠之欣然道：「劉帥說誰有資格，誰便有資格，何況你是我們北府兵最愛戴的龍頭老大，老大你就隨便說幾句爲眾兄弟打氣吧。」

孔老大見人人點頭，登時感到大有面子，他也是見慣場面的人，道：「劉帥吩咐，孔某怎敢不聽說聽道？就來說說我的心情，我感覺輕鬆，一點都不緊張，因爲劉帥和他的北府兵兄弟來了。」

眾人均露出笑容，卻不敢笑出聲來，怕驚動敵人。

此倉位於孔老大的一所華宅後院，本爲糧倉，現在搬空了來藏兵。此宅鄰近帥府，以之作突擊的據點，佔盡地利。

魏詠之笑道：「孔老大對我們有信心是有道理的，因爲回到廣陵，我們蒙上眼睛，也懂得怎樣走進帥府，宰掉桓弘，打贏這場仗。」

眾人握拳擊往上方，以此無聲的方法，表現心中的激動和必勝的信心。

孔老大道：「輪到劉帥開金口哩！」

劉裕從容微笑道：「我們的秘密入城行動，比原定的三天時間快了一半，也令我們不單可提早一天發動，更有足夠的時間好好休息，養精蓄銳。」

孔老大道：「我們也準備就緒，只要看到劉帥在帥府放出煙花訊號，立即在全城發動，保證敵人被我們殺個措手不及。」

劉裕連叫了幾聲「好」，方油然道：「敵人會於黎明前換防，我們就於換防的一刻依計畫攻入帥府，大家都清楚所有的安排了嗎？」

眾人紛紛點頭，情緒愈趨高漲，士氣昂揚。

劉裕道：「今回是天助我們，據消息顯示，桓玄已派出吳甫之和皇甫敷兩人，率領二萬荊州兵，正從水陸兩路往廣陵來。不過他們將會發覺是白走一趟，因爲廣陵已回歸原主。」

如果情況容許的話，眾人肯定會發出震倉的喝采聲。

劉裕道：「兄弟們好好的休息，享用隨身帶來的乾糧，但心裡勿要怪孔老大招待不周，因爲他是有苦衷的，怕忽然大批的買糧，又酒又肉，會打草驚蛇。」

眾人忍不住笑起來，又不能出聲，表情不知多麼趣怪，更忍笑忍得非常辛苦。

魏詠之拍拍劉裕肩頭，表示是離開的時候了。

劉裕再說了幾句激勵的話，這才與孔老大和魏詠之離倉。

返回主宅途中，劉裕道：「現在一切準備妥當，桓弘方面情況如何？」

孔老大不屑的道：「桓弘這種紈褲子弟，根本難當大將之才，今早還和人到郊野打獵作樂，茫不知大禍即至。」

魏詠之道：「幸好我們發動得早，如讓吳甫之和皇甫敷兩人率軍抵達廣陵，會是另一個局面。此二人向得桓玄寵信，是有眞材實料的大將。」

劉裕微笑道：「如果現在坐在帥府內的不是桓弘，而是吳甫之或皇甫敷其中之一，鹿死誰手，尚未可預料。」

孔老大道：「桓玄疑心極重，只信任親族的人，遂予我們可乘之機。」

劉裕問魏詠之道：「通知了無忌嗎？」

魏詠之道：「一切辦妥。無忌的大軍會於明早天亮時從水路攻至，保證敵人望風而潰。」

劉裕朝孔老大瞧去。

孔老大忙道：「當我的人見到煙花傳訊，城內的兄弟會立即佔奪各大糧倉，城外埋伏的兄弟則設法奪船，既然是免費的，當然設法多取幾條船哩！」

魏詠之興奮的道：「劉帥想出來的辦法，確實精采，當最後一個兄弟成功混進城裡來，我便曉得勝券在握了。」

此時抵達主宅正廳的後門，劉裕止步道：「建康的情況如何？」

魏詠之笑道：「剛得到來自建康的消息，桓玄今早已受封爲楚王，並把白癡皇帝遷往皇城外的永安宮，令朝野震動，現在誰都認爲桓玄會於數天內登基。」

孔老大問道：「建康高門對桓玄的所作所爲，有甚麼反應？」

魏詠之道：「有關建康高門對此事的態度，我們仍未收到消息。不過不用打聽也可知道大概。桓玄太快露出眞面目了，好像完全不曉得自己陣腳未穩，當他曉得廣陵落入我們手上，才會清楚自己的想法是多麼的天眞。」

劉裕沉聲道：「他仍不會夢醒，只會教吳甫之和皇甫敷兩人緊守廣陵和京口的上游，希望可以繼續作他的皇帝夢。」

孔老大道：「有個兄弟剛從無錫回來，據他說天師軍正大舉反攻，目標極可能是海鹽，形勢相當緊張。」

劉裕大喜道：「徐道覆這是自尋死路。」

魏詠之皺眉道：「我卻怕朱序和劉毅不是徐道覆的對手，能守穩海鹽已相當不錯了。」

劉裕道：「如果我沒有必勝天師軍的把握，怎敢抽身回來？放心吧！與天師軍最後決勝的指揮者並不是朱序，而是蒯恩，此人不但精通兵法，且謀略過人，臨機應變的能力更是超人一等，且有智士爲他策畫籌謀，肯定可輕易收拾徐道覆，最妙是徐道覆並不曉得對手不是朱序而是蒯恩，只是此點，已足可令徐道覆部署失誤，錯恨難返。」

魏詠之露出佩服的神色，道：「虧我和無忌還一直在擔心海鹽的情況，原來劉帥早成竹在胸。」

孔老大喜道：「如果能把海鹽的部隊抽調回來，我們實力將大增。」

劉裕道：「就算擊潰天師軍，海鹽的部隊仍然動不得，否則必然亂事再起。不過我會調兩個人回來。」

魏詠之訝道：「調哪兩個回來？」

劉裕道：「一個是劉毅，他和建康高門年輕一輩關係良好，我們進佔建康後，有他爲我們籠絡建康高門，可收事半功倍之效；另一個人叫劉穆之，此人學富五車，遍遊天下，是有實學的智者，有他爲我作主簿負責文章之事，釐定治國之策，事過半矣。」

孔老大和魏詠之爲之嘆服，亦只有像劉裕般高瞻遠矚者，方配作他們的最高領袖。

第三十章　共嚐丹方

在夕照下，李淑莊的倩影出現在屠奉三的眼前。

華衣麗服的打扮，更凸顯她某一種難以形容的氣質，令人更受吸引想去親近她，但又不敢冒犯放肆，怕遭她鄙視。屠奉三更曉得她的危險性，知她是有致命毒刺的怒放鮮花，集美麗和死亡於一體。

她神情木然坐在江湖地的臨淮小亭內，秀眸一片茫然，凝望著對岸的宏偉城景，部分房宅已亮起燈火，在呼嘯的寒風裡，這個南方最偉大的城市，透出一種難言的滄桑感覺。

屠奉三登上小崗，心忖她不在淮月樓打點生意、招呼賓客，卻到這裡來呆坐，又不用婢女貼身伺候，顯然是心事重重，想獨自思量。

她有甚麼心事呢？是否已察覺到形勢不妙，勝利已向劉裕一方傾斜？

到屠奉三在石桌另一邊坐下，李淑莊才往他瞧去，對他的突然出現沒有露出半點訝色，像大家早約定了似的。尤令人詭異的是桌面不但有壺酒，且有兩份飲酒的器皿，像是特為屠奉三而設的。

屠奉三再次從她眼中看到一閃而逝的鄙夷神色。心中奇怪，難道專以色相誘人者，最看不起好色的人嗎？壓下心中波動的情緒，屠奉三沉聲道：「夫人你好！」

李淑莊輕嘆一口氣，道：「你怎曉得到這裡來呢？」

屠奉三心中懍然，與這美女交手絕不能輕忽，一個錯失，之前的努力會盡付東流。嘿然道：「事關本人的生死，關某當然做足工夫，否則到死都會是一個糊塗鬼。」

李淑莊目光離開他，投往長流不休的秦淮河，漫不經意的道：「任后是不是身在建康？」

此時天色隨夕陽的引退，暗黑下來，眉痕的新月，現身在浮雲的間縫裡。

屠奉三淡淡道：「任后的事，從來輪不到我去管，我亦管不著。」

李淑莊再嘆一口氣。

屠奉三忍不住問道：「夫人爲何一副心事重重的樣子呢？」

李淑莊沒有向他望去，喃喃道：「你這是關心我嗎？」

任屠奉三事前如何猜想，心理如何準備充足，也沒想過與李淑莊會扯到這種話題上，登時湧起古怪的滋味。苦笑道：「夫人是我最後一個賺大錢的機會，我當然關心我交易的對手了！更擔心會否把老命賠進去。」

李淑莊仍不肯朝他瞧過去，輕描淡寫的道：「不是財色兼收嗎？」

屠奉三不自禁地心癢起來，旋又把慾火硬壓下去。同時心中奇怪，自年少初戀的慘痛經歷後，他對美女已是心如止水，練就一副鐵石心腸，只有紀千千能令他心動，但那種感覺是仰慕之情遠大於愛慾之念。可不知如何，這危險的魔門之女，卻能觸動他內心深處密藏的某種情緒，令他心中漣漪蕩漾。

嘆道：「我關長春雖然愛女色，但更愛自己的小命。當我趕來建康時，確有財色兼收的心，可是見識過夫人的手段後，我不得不重新思量自己的想法，是否愚不可及？」

李淑莊平靜的道：「我們不是說好由你餵我春藥，再任你施展挑情的手法，然後合體交歡嗎？爲何忽然又打退堂鼓呢？」

屠奉三差點想立即撤退，此女輕描淡寫的幾句話，實有無比的挑逗性和誘惑力，配合她平靜的神情，對他生出強烈的衝擊。以媚術論，李淑莊絕不在任青媞之下。

屠奉三屏除妄念，冷然道：「夫人勿要耍我了，關某人這個提議，只是爲試探夫人的心意，如果夫人只是要丹方不要我的命，根本不會答應。」

李淑莊終於往他瞧去，雙目異芒大盛，盯著他道：「既然如此，你爲何仍要來見我？是否嫌命長了？」

屠奉三大感頭痛，這個女人確實非常難應付。一邊回敬她凌厲的眼神，一邊答道：「因爲我不想白走一趟，今夜來見夫人，正是要弄清楚夫人的心意。現在只要夫人一句話，我關長春立即拂袖而去。」

李淑莊似又軟化下來，柔聲道：「我又怎捨得讓你走呢？」

目光重投河水，雙目透射出惘然的神色，輕輕道：「這兩天我不時湧起取消我們之間交易的念頭。這麼辛苦幹甚麼，又爲了甚麼？有時我眞的不知自己是怎麼了？對著自己憎厭的人，仍要裝出笑臉，還要千方百計的去討好他。」

她以爲屠奉三不會明白她這番話，但屠奉三卻清楚曉得燕飛的看法是對的，因爲她已察覺到桓玄敗象畢呈，因而像慕清流般生出意興闌珊的頹喪感覺。今早桓玄受封爲楚王，又逼遷司馬德宗，定使她難以向建康高門交代，所以躲到這裡來，好眼不見爲淨。她的心事，屠奉三像她一般清楚。

當經過多年的部署和經營，李淑莊成爲建康最有影響力的人之一，但隨著桓玄的胡作非爲，她辛苦建立的基礎被桓玄逐一砸掉，換作任何再堅強的人，也會生出心灰意冷之心，懷疑自己是不是正作著最勞而無功的蠢事，而李淑莊正陷於這種惡劣的情況。

她甚至會懷疑其門派的多年努力，到底所爲何來？既然控制建康高門已變成沒有意義的事，那還爲何要付出大批的金子，以換取他的二十四條丹方呢？

屠奉三當然不會把心中的想法說出來，不解的道：「夫人既然這麼討厭我，爲何又說捨不得讓我走呢？是否要出手留人？」

李淑莊緩緩別過頭來，打量他片刻，眉頭淺皺的道：「你並不是眞的好色。對嗎？」

屠奉三暗吃一驚，令他震驚的是完全不曉得在甚麼地方露出破綻，也因而無法補救，只好兵行險著，從容笑道：「夫人何出此言？只要是男人，便會好色，只看節制的能力。」

李淑莊搖頭道：「不要誆我，我遇過太多色中餓鬼了，這種人就算你坦言討厭他，他也絕不會以爲你眞的討厭他，只會認爲你仍未發現他的優點和長處，當你進一步和他接觸，你對他的討厭一定會變成喜歡。你愈討厭他，他得到你後愈有成就感。正是這種想法，變成他們拜倒石榴裙下的動力，他們用金錢、權勢去得到女兒家的身體時毫無愧色，永不知道自己是如何惹人討厭。」

又沉默片刻，凝望著他徐徐道：「我剛才說的討厭，並不是針對你來說的，而是泛指我所說不知風流和下流有何區別的那類人。但關道兄竟安然接受，亦不覺得有大不了的地方，顯示道兄並不眞是對淑莊見色起心，又或色迷心竅。道兄太清醒了。」

屠奉三心呼厲害，李淑莊不愧在青樓見盡世情的人，對男性心理有深入的掌握，故任他千算萬算，也算不到會在這些地方露出破綻。不過他是老江湖，自有一套應付的方法。冷笑道：「夫人愛怎麼想便怎麼想，現在我只想知道一件事，夫人是否仍有意思和我做交易？」

李淑莊道：「如果我不想和你交易，說半句話也嫌多。我只要求價錢由我來定，因爲我希望可以立即完成交易，以免夜長夢多，變得你和我最後都一無所得。」

屠奉三只聽她說這番話，便知她已從慕清流處獲悉賭約的事。這也是合理的，李淑莊是最清楚眼前局勢的人，當慕清流對成敗失去把握，自會來找她問個分明。

今回輪到他大惑難解，如果李淑莊也認定形勢不妙，隨時要全面撤退，她得到二十四條新丹方又有何意義和作用？

屠奉三恰如其分的露出不悅之色，斷然道：「一個子兒都不能減。想想二十四條丹方可爲你帶來多麼龐大的利潤，便知我的價錢相對之下非常便宜。」

李淑莊雙目殺機遽盛，旋又斂去，嘆道：「假若我告訴你，二十四條丹方並不能爲我帶來任何利益，道兄肯相信嗎？」

屠奉三愕然以對，不是故作訝異，而是眞的想破腦袋也想不通。

李淑莊忽地「噗哧」嬌笑道：「我開始感到和道兄說話很有趣，道兄的才智更遠在我估計之上，看你眼神的變化便清楚了！你說出來的話和你心中所想的不盡相同。對嗎？」

屠奉三頭皮一陣發麻，李淑莊「善解人意」的能力，是定此「倒莊大計」前他和任青媞都沒計算過的。

屠奉三傲然道：「沒有一點兒道行，我怎敢到江湖來混呢？這交易不如取消算了，誰會做只有賠沒有賺的生意呢？」

李淑莊微聳香肩，向屠奉三展示一個能顚倒任何男人、具萬種風情之美的媚態，卻又帶點不屑的生動神情，柔聲道：「勿要再浪費我的時間了，讓我直話直說，現在最重要的不是價錢的問題，而是你那二十四條丹方如你所說般有神效嗎？若只是普通貨色，又或比不上我所懂得的十二條丹方，那麼即使你肯賤價賣出，奴家也沒有興趣。」

屠奉三糊塗起來，更頗有失去主動的危機感，皺眉道：「夫人尚未依我的丹方製法，把丹散煉出來嗎？」

李淑莊從香袖裡取出一個袖珍小瓷瓶，頂多只可容一至二粒丹藥，然後拔開瓶塞，立即清香盈鼻。

屠奉三暗自慶幸任青媞曾詳細向他描述製出來的丹散氣味和賣相，否則現在肯定會手忙腳亂，不知該作何反應。遂露出心迷神醉的表情，狠狠以鼻嗅了一下，閉目道：「雖然火候差了一點，致令香氣散而不聚，但已非常難得。」

他再睜開眼時，李淑莊已把瓶內的丹丸傾倒在掌上，一共兩顆，在她晶瑩似玉的手掌上閃著金黃的色光，予人詭秘莫名的感覺。小小兩顆丹散，卻似擁有某種超乎世俗不可測度的神秘力量。

李淑莊若無其事的把丹丸以另一手輕輕拈起，逐一放在兩個空酒杯裡，道：「我愛把丹散和酒一起服用，如此會更快見效。」

屠奉三心叫救命，李淑莊的確是老江湖，竟想出此計，要自己一起和她試服丹散，如果是毒藥，他便要作她的陪葬品。

雖說丹毒只對那些長期服用五石散，以致在體內積聚丹毒的人有影響，但屠奉三卻從未試過這玩意兒，要屠奉三忽然破戒服藥，已是千萬個不情願，何況是這有致命危險由任青媞設計出來的含毒五石散。

唉！天才曉得任青媞會否計算錯誤，一顆丹丸已足可奪去他和李淑莊的兩條小命？更令他猶豫的，是李淑莊把丹散溶在酒裡服用，保證連任青媞也不知以此法服食，會不會增加丹丸的毒力。

太多不能預知的因素了。

事情的發展，令形勢出現新的變化，「倒莊大計」再非唯一的選擇，只要廣陵和巴陵在十天內失陷，慕清流會向門人廣發全面撤退的指令，而看李淑莊現在意興闌珊的模樣，她肯定會依言退避，自己何苦還要害她一命，說不定還會同時害了自己。

現在該怎麼辦呢？

李淑莊舉起酒壺，把酒注進放了丹散的杯子去，神情專注，姿態優美，若不知她的底細，此刻橫看豎看，都看不出她或許是建康最危險的女人。

屠奉三感到頭皮在發麻著。

李淑莊放下酒壺，又拿起木杓，伸進杯子裡把酒和丸散攪和，輕柔的道：「奴家對道兄提供的丹方有很大的期待，道兄不會令奴家失望吧？」

屠奉三乏言以對。

李淑莊訝然朝他望去，秀眉輕蹙道：「道兄為何不說話？」

屠奉三暗嘆一口氣，猛下決定，不過卻想先弄清楚她「期待」的含意，道：「夫人期待的，是不是指丹散會為你帶來的龐大利潤和效益呢？如果是的話，便和夫人剛才說的有所矛盾。」

李淑莊拿起加了料的酒，放到他身前，雙目射出淒迷而令人心醉的神色，輕輕道：「此刻我還哪來閒心去想令人心煩的事呢？我期待的是道兄的丹散會把我帶進一個全新的境界，忘掉了世間一切煩惱，忘掉了過去和將來，好好的享受人生。如果我有選擇的話，我會單獨一個人服藥，然後彈琴聽曲，欣賞秦淮河的煙花美景。服藥後的李淑莊會變成另一個人，拋開一切，說不定你今晚便可以得到我。」

屠奉三生出危機的感覺，如自己也變成另一個人，拋開了對她的戒心，說不定會爲她所乘，那便眞是栽到家，陰溝裡翻船，冤枉至極了。

李淑莊神色靜如止水，凝神看著他道：「你的確不是好色的人，還似心中隱藏著很多不可告人的秘密。像剛才聽到有可能在今晚得到奴家的身體，眼神仍沒有絲毫變化。關道兄告訴我吧！你究竟是怎樣的一個人？」

屠奉三目光投往酒杯內晶亮的酒液，丹散已無影無蹤，與美酒渾融如一，心中卻在盤算向她透露眞相的後果，對剛下的決定又猶豫起來。

人總有脆弱的一面，就像自己，有時也會失去鬥志，生出心灰意冷的情緒，但情緒平復後，又會鬥志昂揚，變成另一個人似的。

眼前的李淑莊肯定處於情緒的低谷，可是當她從低谷走出來時，會回復鬥志和信心，如果自己向她透露眞相，那後果實在難以預料。

屠奉三忍不住問道：「夫人是不是遇上不如意的事呢？上回我見夫人，與今日比較，就像兩個不同的人般。究竟是怎麼一回事呢？」

李淑莊微笑道：「道兄這麼關心奴家嗎？爲何要問這種與交易無關的問題？」

屠奉三道：「服藥的其中一個大忌，就是於心情不好時服藥，這會令好事變成壞事，更添心中的煩惱。」

他這番話並不是亂說的，而是任青媞告訴他的，可讓他能恰當的冒充服慣藥的人。

李淑莊淡然自若道：「道兄是過慮了，奴家是個堅強的人，煩惱歸煩惱，卻不能影響我的心情。人總要在適當的時候放鬆自己，又或放縱一下，才能取得平衡。我是不容易放棄的人，不論形勢對我如何不利，我都不會輕易認輸。我扯得太遠哩！來！讓我看看道兄的丹方是如何的超卓不凡。」

接著舉杯道：「道兄請！」

屠奉三拿起酒杯，心中暗嘆，聽李淑莊的語氣，她是不接受急流勇退的指令，而會一直撐下去，直至桓玄潰敗的一刻，才肯服輸。

既然如此，「倒莊大計」必須繼續下去，再沒有別的選擇。

李淑莊催道：「請！」

屠奉三見李淑莊擺明要自己先喝掉手上的酒，才會跟隨，暗叫了句「捨命陪妖女」，毫不猶豫的舉杯一飲而盡。

李淑莊露出欣然之色，也把手上的酒飲盡。

兩人同時放下酒杯，四目交投。

第三十一章　迷離境界

高彥從後門進入鋪子，向把風的兩湖幫兄弟打個招呼，逕自來到前鋪。如果他心裡沒有準備，驟然見到眼前的景況，肯定會嚇了一跳。

二十多個人正圍繞著兩台弩箭機在忙碌著，其中兩個人是卓狂生和姚猛。

卓狂生眼角發現高彥，斜眼對著他道：「有好消息嗎？」

四名兄弟推動另一台弩箭機，由於地上鋪了厚軟的布帛，只發出輕微的聲音，到弩箭機抵達緊閉的鋪門前，方才停下。

高彥來到卓狂生和姚猛中間，興奮的道：「目標剛離開太守府，隨行的只有八個短命鬼，九個人全部都是騎馬的，清楚分明。」

另外兩台弩箭機同時移動，與先前的弩箭機並排列陣，只要把寬敞的鋪門推倒，弩箭機便可攻擊鋪外街上的目標。

姚猛笑道：「天助我也！天助我也！明年今夜，將是馬軍這傢伙的忌辰。」

這三台弩箭機是兩湖幫遺留在巴陵的武器，一旦發動，可連續發射六枝弩箭，其勁道之強，功夫差了點兒的武林好手都難以消受。

卓狂生趨前，打開鋪門的一個小方窗，往外窺看對街，仙源樓的外院門映入眼簾，此時院門大開，幾名把門的大漢正招呼前去光顧的客人入內。

卓狂生道：「準備！」

姚猛沒好氣道：「準備你的娘！眞是嫩手，各兄弟早進入指定的位置了！還要說多餘的話。」

卓狂生回頭一看，也感尷尬，因爲鋪內兄弟負責操控弩箭機的，又或負責推倒鋪門者，全都蓄勢以待，只等他一聲令下。幸好他尙有最後一道殺手鐧，喝道：「我是著你準備，還待在這裡幹甚麼？你是否害怕得偷偷在褲襠內撒尿，故動彈不得，還不給我滾。」

姚猛向高彥做了個奈何卓狂生不得的表情，匆匆由後門離開。

高彥趨前來到卓狂生身旁，從小方窗看出去，道：「是時候了！」

卓狂生向立在後方負起傳訊之責的兄弟打個手勢，那人領命後去了。

卓狂生嘆道：「這就叫猛虎不及地頭蛇，整個巴陵全是支持兩湖幫的人，這間位於仙源樓對面的鋪子，說句話便暫時是我們的了，周紹和馬軍怎是我們的對手？」

高彥道：「你似乎引喻失誤，馬軍才是地頭蛇，我們方是猛虎，只不過馬軍現在變成千夫所指的叛徒，等於人人喊打的過街耗子。」

卓狂生哂道：「甚麼都好！只要能宰掉馬軍便成。」

高彥低聲道：「你是不是心情緊張，致語無倫次？」

卓狂生道：「你不緊張嗎？」

高彥坦然道：「我怕得要命！既怕馬軍改變主意忽然不來了，又怕他的武功比我們所知高強，竟能逃過這次暗殺，要擔心的事眞是數之不盡。」

卓狂生哂道：「你是在瞎擔心。我們今次的行動是由我們三個臭皮匠想出來的，等於諸葛武侯的智計。最精采是周、馬兩人還以爲我們早四散逃亡，哪想得到我們會返回虎穴，還要謀他們的小命。坦白說！就算沒有布置，只要馬軍落單，憑我的武功也可輕取他的性命，別忘記他只得一條手臂來擋老子的絕世神功。」

高彥渾身一震，道：「來哩！」

卓狂生忙湊往小方窗看過對街，又鬆了一口氣，道：「輕鬆點行嗎？只是我們的人出動而已！」

從窗口看出去，數名衣著和把守院門的漢子無甚分別的兩湖幫兄弟，正朝院門走去，其中一個與守院門的漢子密斟幾句後，守門的漢子個個臉色劇變，退入院門內。

卓狂生當然曉得己方人馬向他們說了甚麼話，也不虞退入院內的漢子會洩露他們的行動，因爲另有專人伺候他們。

此時己方兄弟取代了把門漢子的崗位，一切看來與先前無異。

蹄聲響起，自遠而近。

姚猛從橫巷走出來，馬軍和八個隨從，正放緩騎速，抵達院門，準備要進入。

姚猛急步衝前，登時引起馬軍等的注意，人人目露凶光，朝不住逼近的姚猛瞧過去，他們沒注意到的，是整截街道只剩下他們，人流已被兩湖幫的兄弟截斷。

姚猛在離馬軍等人兩丈外止步，「鏘」的一聲拔出佩刀，大喝道：「馬軍你背叛幫主，老子來和你拚命了。」

馬軍在馬背上審視他，露出不屑的神色，啞然笑道：「你這小子是從哪裡鑽出來的，爲何我從未見過你？」

眾隨從均發出嘲弄的笑聲。

「砰！」

院門關上。

原來扮作把門者的兩湖幫兄弟，早悄悄退入院子內。

馬軍終是跑慣江湖的人，目光投往關上的院門，色變道：「散開！」

姚猛長笑道：「太遲了！」

「蓬！」

對街舖子的大門整幅向外坍塌，出現三台弩箭機、卓狂生、高彥和一眾兄弟。在馬軍等魂飛魄散之際，弩箭機已三箭齊發，軋軋聲中，射出一輪接一輪的弩箭。

數以百計的箭手同時站立於弩箭機所在的房舍之頂，人人彎弓搭箭，朝他們狂射勁箭。

慘況令人不忍卒睹。

先是全無異樣的感覺，接著臉孔開始熱起來，一陣暈眩。屠奉三差點想運功把丸散的藥力逼出體外，但又怕李淑莊察覺，只能心中叫苦。

李淑莊凝神瞧著他，唇角逸出一絲笑意，輕輕道：「似乎相當不錯呢！」

屠奉三心中苦笑，感到體內血液加速，心兒的躍動也比平時加速，不由心中生出悔意，這個險實在不該冒的。

李淑莊忽然有點無意識地嬌笑起來，像沒有機心似的，比之平常的她，又有另一番惹人遐想的嬌姿美態。

不知如何，屠奉三也想縱聲狂笑，眼前美女的笑聲，像有著無與倫比的感染力。屠奉三訝道：「有甚麼好笑的？」

話出口才感到突兀，但又是如此自然，換了平時的他，當不會問這句話，至少不會直接問出口，只會在腦袋裡作猜測。

李淑莊更笑得花枝亂顫，似是屠奉三問這句話便足以笑彎了她的腰，她忍著笑喘息道：「你不覺得好笑嗎？我們兩個也不知算是甚麼關係？但偏要湊在一起，最妙是根本不知道服食的究竟是仙丹還是毒藥？」

屠奉三暈眩的感覺消失了，取而代之是另一種全新的感覺，且確如李淑莊描述的，有點不知自己為何會在這裡？他和眼前美女究竟有何關係？一切只是單純的發生，是這樣子便這樣子，不用有任何道理，單是發生的本身已是自具自足。

屠奉三嘆道：「夫人認為值得嗎？」

李淑莊閉上美目，心滿意足的道：「我很久沒有此刻的感覺了。有時我會想，只有服藥後的人生才是真的，才會令人感動，你聽到風的呼嘯聲嗎？感覺到冷風拂在身上的動人感覺嗎？為何平時我們對這些卻毫不在意呢？」

屠奉三把精神集中到被風吹拂的感覺上，寒風颳上皮膚的感覺驟然增強許多，差點令他感到吃不消，忙把注意力重投李淑莊的如花玉容去。

李淑莊恰於此時張開秀目，雙目亮閃閃的，柔聲道：「道兄的確沒有騙我，此丹的效力絕不在我原本的十二道丹方之下，而其新鮮的感覺更是無與倫比，令我到達前所未有的境界。好吧！我不想再節外生枝，就以一千兩黃金，買下道兄全部丹方。」

屠奉三丹醉三分醒，皺眉道：「這與我先前提議的價錢差太遠了。」

李淑莊妥協的道：「好吧！讓我告訴你我真實的情況，雖然有傳言說我是建康最富有的女人，但我的財產大部分是像淮月樓般的不動產，淮月樓也是我手上最有價值的財產，在我手上周轉的資金，絕不過五千兩之數，而能立即調動給你的，一千兩金子已是極限，否則我將出現周轉不靈的情況。」

屠奉三饒有興趣的聽著，不知如何的，他把握到眼前正發生的事的趣味所在。現在的「倒莊大計」已變成了一個遊戲，是他和李淑莊之間的遊戲。李淑莊肯定是做生意的高手，所以懂得如何來壓價。

聳肩道：「夫人以為我是第一天出來混的嗎？不論是五石散的買賣，又或淮月樓的愛情交易，你賺的都是黃澄澄的金子，夫人怎可能只有這麼少數量的錢在手上呢？」

李淑莊不悅道：「這是真的，至於其他的錢到了哪裡去，你最好不要知道，否則會為你招來殺身之禍。」

忽又噗哧笑道：「你知道嗎？你現在像變成另一個人似的，令我感到再不認識你。」

屠奉三完全不介意。既不介意是否會被李淑莊識穿，更不介意是否做得成這場交易，一切有老天爺在冥冥中安排，不論他做甚麼，其結果到最後都仍是那個結果。他甚至不再在意自己為何要到這裡來見李淑莊，又和她一起服食含有丹毒的危險丸散，他的注意力全集中到眼前此刻去。至於過去的回憶，對未來的推算，比起現在這一刻，比重上變得微不足道。

一股輕鬆寫意帶點懶洋洋的感覺，湧上他心頭。李淑莊的嬌笑聲，她低沉好聽的聲音，變得晶瑩剔透，每個字音本身已是最動人的天籟。

屠奉三笑道：「還提甚麼打打殺殺的，眞大煞風景，他奶奶的，你不是說過服藥後會變另一個人嗎？嘿！言歸正傳，我並沒有逼你在短時間內籌措足這筆金子，而是給你足夠的時間，辦法當然由你去想出來。」

李淑莊黛眉輕蹙的道：「我可能沒有那麼多時間了。你這人哩！只關心自己的利益，你明白現在南方的形勢嗎？」

屠奉三生出和情人鬧彆扭的古怪滋味，衝口而出道：「夫人終於發覺錯看桓玄，致生出朝不保夕的危機感，既然如此，還買我的丹方來幹啥？」

李淑莊像清醒過來般雙眼射出銳利的光芒，旋又被溫柔之色代替，輕輕道：「我早看出你這個人絕不簡單。貪財好色的人我見多了，絕不像你這模樣。看你的眼神便清楚。第一回在燕雀湖見到你，我便有種奇怪的感覺，你的才智該遠比你表現出來的高明，不論和你說甚麼，你都清楚明白，且似看穿我心中的想法，故能屢次把我逼在被動的下風，令我感到新鮮刺激。現在嘛！更有點想向你投降，求你網開一面，以一個我付得起的價錢，把丹方賣給我。唉！你既清楚我的處境，便該明白假如桓玄失敗了，我將變得一無所有，那時也沒金子和你交易哩！」

屠奉三心裡被不知是何滋味的曼妙感覺佔據，這番話肯定是李淑莊的肺腑之言，因爲他聽不出任何破綻。皺眉道：「可是夫人常不自覺地對我露出鄙視的神情，又是怎麼一回事呢？」

李淑莊抿嘴笑道：「奴家眞的是甚麼都瞞不過你，但你卻看錯哩！那不是鄙夷的神色，而是感到惋惜，像你這般軒昂的男兒漢，卻只懂煉藥和在脂粉叢中打滾，還像建康的所謂名士般對自己的所作所爲全無愧色。好哩！長話短說，你究竟肯不肯做這個交易？奴家的心已掏出來給你看了，你也清楚奴家的處境。一千兩金子足夠你揮霍一段長時間，若你仍感不足，今夜你到奴家的閨房一宿，讓奴家可以好好伺候你。」

屠奉三湧起差點遏抑不住的慾火，忙硬壓下去，人也清醒了點，道：「我眞的不明白，既然夫人對自己的前景並不樂觀，二十四條丹方對你還有甚麼價值？」

李淑莊掩嘴笑道：「都說你不是好色的人，聽到奴家肯投懷送抱，仍不露絲毫饞相。你當我是隨便陪男人的人嗎？淑莊才不會這麼作踐自己。索性一併告訴你吧！我買你的二十四條丹方並不是要賺錢，而是爲了自己，爲了自己將來的日子作打算。唉！假如我失去眼前的一切，唯一能使我感到活著尚有點意義，便是我手上的三十六條丹方了！你明白了嗎？」

屠奉三失聲道：「你竟是買來自用的？」

李淑莊露出淒然之色，幽幽道：「不要看我李淑莊表面風光，事實上我心中非常寂寞，滿腦子煩惱，有時更不知道自己在做甚麼，只有丹藥可驅走我的煩惱，讓我好好的享受人生。好吧！我答應你，假若情況好轉，我會補償你的損失，如你仍不信任我，我便把淮月樓的房產地契交給你作抵押，如此你該不會懷疑我沒有交易的誠意吧！」

屠奉三呆看著她，好一會兒後嘆道：「形勢是不會好轉的，桓玄根本鬥不過劉裕，夫人該比任何人都清楚此點。」

李淑莊輕輕道：「你究竟是誰呢？」

我究竟是誰？

這種問題，平時屠奉三絕不會費神去想，因爲根本不成其問題。但此刻屠奉三卻對這個問題有了全新的體會。對！我究竟是誰呢？屠奉三這三個字只是代號。對敵人來說，屠奉三或代表催命符；對劉裕來說，是個好幫手。但對自己來說，他是甚麼呢？

寒風拂體，面對眼前有高度誘惑性的美人兒，身處淮月樓旁清幽雅致的園林內，屠奉三感到自己完全徹底的融入環境裡去，在下面流過的河水，天上的夜空，與他似生出不可分割的關係，這是他從沒有嘗過的動人滋味。自己究竟是誰，再不重要。

他現在看到的，是李淑莊的另一面。她也像任何人般有血有肉，會感到寂寞、悲傷、煩惱、失落，也會受情緒影響。

一些從未在他腦域出現過的意念，一個接一個的緊扣而來，還伴著鮮明的圖像，似乎意念本身已是最大的玩意和樂趣，令他一時想得癡了。

「道兄！」

屠奉三有點不情願的從內在的天地走出來，訝然朝李淑莊瞧去。

李淑莊以古怪的神情盯著他，緩緩道：「你究竟是誰？剛才你提起桓玄和劉裕時，我直覺感到你非常了解他們，語氣中透出強大的信心，並深信不疑自己的看法。」

屠奉三輕鬆的道：「我是誰並不重要，最重要是我肯不肯和夫人進行交易。我們約個時間和地點如何？」

李淑莊像小女孩般雀躍道：「道兄肯答應了。」又幽怨的道：「今晚你不陪淑莊嗎？不知如何？

我現在眞的感到孤零零一個人的感覺很不好受。你不曾感到寂寞嗎？當你和別的女人歡好時，會不會仍感到寂寞呢？」

屠奉三發覺自己正認眞思考李淑莊的問題，點頭坦白的道：「你倒說中了我的心事。我雖然有過不少女人，但沒一個能令我念念不忘，又或想和她再次溫存。我能擁有的，只是剎那的歡娛，事後卻有去如春夢的感慨。唉！我想在每一個人的生命之中，都會有寂寞的時候，不管有多少人前呼後擁，但寂寞卻似是與生俱來的事，是一個心境的問題。」

李淑莊欣然道：「我從未聽過比你這番更能引起奴家共鳴的話，直說到我的心坎裡去。更使我開心的，是再感覺不到道兄的戒心和敵意。今晚不要走好嗎？你是個很奇特的人，當我第一眼看到你時便知道。」

屠奉三發自眞心的道：「坦白說！我仍沒法弄清楚夫人是眞情還是假意，我們定下交易的時間和地點如何？除了二十四道丹方外，我還有可令夫人驚喜的意外得益。」

李淑莊一呆道：「意外的得益，道兄指的是哪方面的事？」

屠奉三道：「我現在不可以洩露，且須看夫人的表現，但對你肯定有利無害。」

李淑莊凝視他半晌，道：「我愈來愈感到道兄的不簡單，且似乎很清楚我的處境。令我感到害怕。」

屠奉三暗嘆一口氣，道：「我能在逍遙教中佔上一席，當然不是普通之輩。夫人勿要多心。」

李淑莊皺眉道：「我們爲何不可以立即進行交易呢？讓淑莊把人財獻上，道兄滿意後，把餘下的丹方默寫出來，那麼不論明天發生甚麼事，淑莊再也不在意了。」

屠奉三感到心中的憐惜之意遠大於對她的敵視，更開始相信她有交易的誠意，問題在他頂多只記得另外四條丹方，且都是居心不良的毒方，縱然千萬個情願，也無法依她所說的去完成交易。

道：「給我一點時間好嗎？」

李淑莊訝道：「道兄似乎另有難言之隱，何不開誠布公的說出來？」

屠奉三已習慣她善於捕捉別人心事的本領，苦笑道：「不瞞你了！我還要回去和任后商量。」

李淑莊憤然道：「原來你和任后有私情，怪不得不把我李淑莊放在眼裡。」

屠奉三大訝道：「夫人在妒忌嗎？」

李淑莊呆了一呆，竟說不出話來。

屠奉三心中湧起一陣連自己也沒法解釋的醉心感覺，微笑道：「夫人放心，我可以關長春三字立誓，我與任后絕沒有男女私情，有的只是利害關係。」

李淑莊垂下螓首，輕柔的道：「知道哩！」

短短的一句話，卻直敲進屠奉三的心坎裡去，生出魂爲之銷的美妙感覺。

這美女是否對我動了眞情呢？或只是她勾魂攝魄的手段？

屠奉三糊塗起來，很想知道答案，這是從未有過的滋味。

李淑莊輕輕道：「明晚初更時分如何？你曉得我家在哪裡嗎？」

屠奉三道：「任后此時不在建康，多給我幾天時間吧！快則三天，遲則六天，我會再來找夫人的。」

說畢起身離開，因爲如果再不下決心離開，連他自己也沒法肯定事情會如何發展下去。

第三十二章　全新想法

燕飛來到屠奉三身邊，疑惑的道：「究竟發生了甚麼事？屠兄不立即回家，卻要到三十多里外的大江上游來吹風？」

坐在一塊大石頭上的屠奉三，俯視著在崖下東流不休的江水，頹然道：「我想清醒一下，因爲我剛和李淑莊一起體驗了第一道殺人丹方的驚人威力，我和李淑莊就像變成了另外兩個人，又或許我們只是露出了眞本性，像荒人回到夜窩子去的情況。」

燕飛在石旁蹲下，面向大江，啞然失笑道：「我的娘！竟然這麼有趣？我們低估了李淑莊，沒想到她會來此一著，告訴我！屠兄是否對李淑莊動心了？」

屠奉三感到渾身舒泰，因爲他絕對的信任燕飛，更不用擔心安全。苦笑道：「但願我有個肯定的答案。大家兄弟，我也不想瞞你，第一眼看到她，我便感到心動了。但因這是全無可能的，更何況我還要殺她，所以我把這種令人迷惘的感覺硬壓下去，且一直很成功，直至你告訴了我有關你和慕清流的賭約，那被壓下去的某種情緒又復活了。」

稍頓續道：「勿要以爲我公私不分，事實上我想到一個更佳解決李淑莊的辦法，就是和她做一個公平的交易，締造雙贏的局面。」

燕飛欣然道：「只要你老哥認爲是好辦法，我支持你。」

屠奉三訝道：「爲何你絲毫沒有懷疑我中了五石散的毒，以致胡言亂語呢？」

燕飛道：「男女之間的感情，可以在任何時間、任何情況下發生，而當其發生時，誰都擋不了。」

屠奉三沉吟道：「你是過來人，比我清楚。但我眞的愛上了她嗎？」

燕飛道：「由於你老哥長期抑壓自己這方面的情緒，說你愛上了她或許是言之尙早，但你的確是對她生出微妙的感情，故不忍害死她。」

屠奉三道：「我是否非常愚蠢呢？換了你在我的處境，會如何處理？」

燕飛道：「你肯問我的意見，顯示你仍然保持理智。告訴我，她那方面的情況又如何？」

屠奉三苦笑道：「我眞的不知道。幸好我並沒有非得到她不可的心，所以她是眞情還是假意，我絕不介意，只是不忍出手殺她。」

燕飛點頭道：「如此更好辦。正如我說過的，對李淑莊我們再非沒有選擇，先說出你的新想法吧！」

屠奉三把李淑莊的情況解釋明白後，道：「我的新想法有個條件，就是須說服任后把二十四條丹方的製法交出來，再由你親自出手爲她化去體內積聚的丹毒，而李淑莊則以淮月樓來做交換，且助我們狠踩桓玄一腳。」

燕飛沉吟道：「你認爲李淑莊會同意嗎？」

屠奉三道：「當廣陵和巴陵先後失陷，慕清流輸掉賭約，發出全面撤走的指示，李淑莊還有別的選擇嗎？這個交易對她是有利無害的。」

燕飛道：「爲何你不想多要些兒，譬如得到她呢？」

屠奉三苦笑道：「像她那樣出身的人，會對人生出眞感情嗎？如果她有把握，早把我幹掉。」

燕飛搖頭道：「我卻有不同的看法。她向慕清流隱瞞你的事，實出乎我意料之外，當時我雖大惑不解，卻沒有深思這方面的事。現在事後回想，她沒有透露你的存在，是因爲她根本沒有想過要殺你。當然她也像你這般心感矛盾，卻正顯示她對你並非沒有情意。」

屠奉三道：「你的看法或許正確，不過她的情況和任后不同，魔門的法規對她會有一定的約束力，與我相好說不定等若背叛魔門。唉！又或她只是在媚惑我，我不過是一廂情願吧。」

燕飛道：「我接觸過的魔門中人，不論是向雨田又或慕清流，說到底仍是個有血有肉的人，與你我沒有分別。男女互相間的吸引是不講道理的，像你老哥般，有想過會愛上要對付的目標嗎？同樣的情況，也可以發生在李淑莊身上。老天爺在這方面是公平的。」

屠奉三道：「你是在鼓勵我？」

燕飛道：「這個當然。我們荒人一向是無法無天、不受世俗道德禮法的約束，想到甚麼便去幹甚麼。今次如果魔門失敗了，恐怕李淑莊有生之年，仍沒有捲土重來的機會，她如眞的對你心動，你爲何要拒絕快樂？」

屠奉三道：「可是我眞的不了解她，更不清楚她對魔門的忠心程度，魯莽的去追求她，或會有不測之禍。眼前的頭等大事，仍是殺死桓玄，我不可讓私人的事影響大局。」

燕飛微笑道：「不要三心兩意，她拒絕你是她的事，只要你曾盡過力，曉得自己沒有錯過機會，便對得起自己，這種事誰可預料呢？至於怕出事，則是過慮。當慕清流願賭服輸，而李淑莊又曉得你是屠奉三，我保證她不敢動你半根寒毛，有誰想與我和劉裕結下解不開的仇恨？哈！還有你老哥是那麼容易收拾的嗎？」

屠奉三默然片刻，忽然嘆道：「我是不是很傻呢？」

燕飛道：「但我卻最喜歡你現在這樣子。如果事事都精明厲害，算盡機關，只講利害，做人還有甚麼樂趣？放手去做吧！錯過了你會終生悔恨。」

屠奉三頹然道：「我眞怕自己只是一廂情願。」

燕飛道：「樂趣正在這裡。就像高小子追求小白雁，起始時誰都不看好他們，但結果卻出乎所有人意料之外。我們回去見任后，看她對我們的提議如何反應。不用擔心，我與你是站於同一陣線的。快天亮哩！」

劉裕在瓦頂遙觀太守府的情況，後院已有多處房舍透出燈光，顯示下人已起來工作，該是準備早膳一類的事。

他身旁的孔老大道：「桓弘每日天亮前起床，梳洗後便到主廳吃早點，聽取手下彙報昨夜的狀況。陪他同吃早膳的尚有七、八個親將，此爲最佳下手的時刻。」

另一邊的魏詠之道：「桓弘今次死定了，府內的守衛不過百人，且完全沒有警戒之心。」

孔老大笑道：「桓弘不論衣食，均非常講究，甫抵廣陵，關心的不是廣陵的防禦，而是誰是廚藝最了得的人。他請的三個廚子裡，有兩個是我們的人，另外我又安排了四個兄弟混進去，在廚房幫忙。後院的大門已被他們做了手腳，一撞便開，我們可以迅雷不及掩耳的快速殺進去，先把主廳重重包圍，再進去取桓弘的小命。」

魏詠之興奮的道：「每一個兄弟都清楚自己在幹甚麼，當看到煙花訊號後，我們的人會先奪取糧倉和城門的控制權，如此大局已定，就看我們能再奪多少條船。」

劉裕目光投往東方，已隱見日出前的霞彩，心忖廣陵的爭奪戰將揭開與桓玄之戰的序幕，打破僵持不下的局勢。以桓玄的性格，大怒下會派兵猛攻廣陵和京口，如此則正中他下懷。

孔老大道：「現在一切情況全在我們掌握裡，要生擒桓弘，也肯定可辦到。」

劉裕道：「我們定要當場斬殺桓弘，以示我們的決心。同時也可讓建康高門曉得，誰站在桓玄的一方，誰便要死。」

魏詠之點頭道：「對！誰敢助桓玄，我們便殺之無赦！」

不知如何，劉裕想起了謝混，此子肯定站在桓玄的一方，自己可以狠下心腸殺他嗎？自己知自己事，不論謝混如何開罪他，至乎無人不認爲謝混該死，他仍沒法對謝混下手。只是看在謝鍾秀分上，他便下不了手。忽然間，他感到自己把話說滿了。

劉裕再次感到坐在這個位置上的種種爲難處，要公私分明，實有極高的難度。

孔老大道：「是時候哩！」

太守府後院處亮起一盞綠色的燈，旋又斂消，接著又亮起來，如此連續三次，方告熄滅。

魏詠之欣然道：「桓弘到主廳去了。」

劉裕深吸一口氣，道：「動手吧！」

建康。

秘巢內，任青媞靜心聆聽屠奉三昨夜與李淑莊交鋒的過程，玉容平靜，即使聽到屠奉三不得不與李淑莊共嚐丹散，仍沒有甚麼特別的反應。

窗外天色轉白，漫長的一夜終於成爲過去，就像以往無數的夜晚，但燕飛卻曉得昨夜特別不同，至少對屠奉三來說，昨夜發生的事，或許會徹底改變他未來的命運。

他不時想著紀千千，隱隱猜到紀千千已隨慕容垂的大軍起行，離開滎陽，因而無法和他作心靈的連繫。

屠奉三最後說出了他的新構想，然後等待任青媞的回應，沒有任青媞的同意，他根本沒法和李淑莊做交易。

燕飛也爲屠奉三緊張，曉得不費一番唇舌，休想說服任青媞，因爲她有堂皇理由不把二十四條丹方的製法說出來，皆因此爲可以控制建康高門，令她在建康呼風喚雨的本錢，當然愈少人知道愈好，何況對方是有政治野心的魔門妖女。

任青媞忽然笑容滿面，向屠奉三喜孜孜的道：「恭喜三哥，終於覓得意中人。」

屠奉三和燕飛相對愕然，怎猜得任青媞如此好說話？

任青媞道：「不論三哥有甚麼新的提議，青媞都全力支持，二十四條丹方算甚麼呢？比起三哥將來的幸福，根本是微不足道。」

屠奉三首次對任青媞喚他作三哥完全受落，還一陣感動，且又有點兒尷尬，苦笑道：「我只是要和她做個公平的交易，並沒有其他意思。」

任青媞笑臉如花的道：「三哥不用害羞，男子漢大丈夫敢作敢爲嘛！何況是如此知情識趣的佳人？」

屠奉三道：「我和她……唉……」

任青媞道：「我當然明白三哥的心事，你怕她是魔門之徒，心意難測，不過這並非沒有解決的辦法。」

燕飛奇道：「連這事也有辦法解決嗎？」

任青媞道：「李淑莊是否對三哥動了真情，一下子便可試出來。」

屠奉三愕然道：「究竟是甚麼好法子？」

任青媞道：「當廣陵或巴陵失陷的消息傳到建康來，三哥便可以本來面目去見李淑莊，看她反應如何，如果李淑莊仍顯露對三哥的情意，三哥便可依我的方法測試她眞正的心意。」

連燕飛也對任青媞大爲改觀，她不但肯交出珍貴的丹方，還爲屠奉三想法設計，盡顯她愛屋及烏的心意。

任青媞美目生輝的道：「只要李淑莊肯脫離魔門，三哥便値得爲她作出任何犧牲，因爲她是眞的向三哥盡傾心中之愛。」

屠奉三苦笑道：「李淑莊對我的愛絕達不到這種叛門的程度，照我看她只是感到我這個人不簡單，生出了好奇心吧！」

任青媞搖頭道：「三哥你錯了。魔門的人一向以絕情絕義爲本色，一切只看功利效益。可偏是這種人，一旦動情，卻是一發不可收拾。燕大哥說得對，她沒向慕清流提及你這個人，已是有違她的作風，只因她對你動心了，這是唯一合理的解釋。」

燕飛道：「但她也可以口稱叛幫，暗裡卻完全不是那回事。」

任青媞道：「像魔門這種歷史悠久的門派，想脫身談何容易？幸好有燕大哥在，當然可以直接和慕清流談條件，以更大的利益做交換。」

接著正容道：「李淑莊能負起這般重要的任務，肯定是魔門兩派六道其中的派道之首，以魔門的慣例，派道之首同時也是該派道最重要典籍的持有者。如果李淑莊眞的肯脫離魔門，又得到慕清流首肯，她必須把由她保管的典籍交出來，而這是沒法騙人的。因爲魔門派系與派系間不住勾心鬥角，誰都想奪取對方的典籍，一旦交出去，再收不回來。」

燕飛拍桌道：「果然好計！」

屠奉三嘆道：「要她背叛魔門來跟隨我，照我看只是個笑話。」

任青媞道：「試試看好嗎？三哥勿要小覷自己，若青媞不是先遇上劉爺，也會對三哥情不自禁呢！」

屠奉三只能向燕飛苦笑。

第三十三章　驚聞噩耗

周紹揭開蓋著屍體的黑布，左右的人都露出不忍卒睹的神情，只有他仍神態冷靜，審視被射成刺蝟般的馬軍，好一會兒後才爲他蓋上黑布。

參軍鄭達道：「九個人無一倖免，全部中箭慘死，此事今早已傳遍全城，人人都曉得兩湖幫的餘孽回來搞事。」

另一副將謝家寧道：「同一時間兩湖幫的赤龍戰船攻擊我們泊在碼頭的戰船隊，毀了我們三艘船，全賴碼頭的守軍全力反擊，方驅走敵艦。現在我們的水道已被敵艦封鎖，切斷了我們和江陵的聯繫，情況不妙。」

周紹嘆道：「這是不可能的，兩湖幫怎能忽然發動如此詐謀奇計，且計畫周詳、組織嚴密，一下子命中我們弱點的攻擊？究竟誰在主持兩湖幫呢？」

鄭達道：「據街頭巷尾的傳聞，重整兩湖幫的是聶天還的愛徒，有『小白雁』之稱的尹清雅。」

謝家寧道：「據傳還有荒人在暗中出力，尹清雅與荒人關係密切，更與邊荒頭號探子高彥相戀，此一傳聞，該貼近事實。以昨夜的情況看，肯定高彥有參與，否則時間、地點哪能拿捏得這麼精準？」

周紹狠狠道：「我們千算萬算，仍算漏了小白雁的影響力，令兩湖幫投向了劉裕。此事非常嚴重，如果我們守不住巴陵，將會影響整個戰局。」

鄭達疑惑的道：「這麼一個乳臭未乾的小女孩，竟能起如此大的作用嗎？」

周紹苦笑道：「兩湖幫的幫眾和百姓，對聶天還是又敬又怕，但對小白雁卻是沒有保留的疼愛，加上她和荒人及劉裕的關係，為兩湖幫幫眾、百姓帶來新的希望，昨夜又成功刺殺馬軍，令他們士氣如虹，一洗頹風，我們絕不可輕忽視之。」

謝家寧道：「如果他們敢來攻打巴陵，我們便可重挫他們的氣燄。」

周紹雙目精芒閃動，道：「家寧是外來人，故不明白巴陵的情況。兩湖幫在這裡極得民心，如果任情況依現在這般發展下去，兩湖幫的聲勢會日益高漲，彼長此消下，我們將陷於劣勢。所以我們必須掌握主動，至少要破掉他們的封鎖，否則悔時已晚。」

鄭達道：「兩湖幫水戰之術，名震南方，我們恐難與他們在水道上爭雄。」

周紹道：「單憑我們手上的水師戰船，當然辦不到。我們必須向江陵求援，請來戰船隊，以粉碎兩湖幫的反攻主力，如此巴陵將可穩如泰山。」

鄭、謝兩人轟然領命。

建康。

黃昏時分。

屠奉三回到秘巢，直接來到燕飛的房間，後者正打坐練功。

屠奉三在床邊坐下，笑道：「燕兄怎辦得到的？在這等時勢，仍可以隨時洗心淨慮的坐上幾個時辰，毫不氣悶。」

燕飛笑道：「是否有好消息，竟有閒情來笑我？」

屠奉三道：「是天大的好消息。我剛見過王弘，廣陵失陷了，此事轟動建康，聽說桓玄氣得暴跳如雷，誓要在短期內重奪廣陵，然後大舉進攻京口。」

燕飛劇震道：「屠兄豈非今晚便可以去會佳人嗎？」

屠奉三尷尬道：「爲甚麼要扯到這方面去？」又岔開道：「據王弘說，劉帥此仗贏得乾脆漂亮，且是四兩撥千斤之法，教敵人的守軍沒法發揮戰力。」

燕飛點頭道：「小裕在軍事上的才能，確實不在玄帥之下。」

屠奉三續道：「劉帥先和數百名北府兵兄弟，混進城內，然後於黎明時在城內發難，強攻入太守府，當場斬殺桓弘，又攻佔各處糧倉，全城舉義，殺得荊州軍棄城而逃。城外本駐紮了數千敵軍，但北府兵船隊同時由水路大舉進犯，令敵人無心作戰，望風而潰。聽說敵人泊在碼頭的戰船，大部分都落入劉帥手上。」

燕飛動容道：「小裕的手段，教人意想不到。」

屠奉三深有同感道：「由劉帥一箭沉隱龍，再於極度劣勢下反擊天師軍成功，忽然又回到廣陵策動兵變，奪得京口，到今早重奪廣陵，每一著都是出人意表，我屠奉三對他的謀略是打心底佩服。」

燕飛從枕下取出一個以火漆密封的牛皮袋，遞給屠奉三，道：「這是任后離開前要我交給你的，內藏丹方的詳細製法，保證大致上沒有丹毒的問題，她還說你可放心和她一起服食依丹方製成的丹散，絕不會出事的。但李淑莊必須先化去體內積聚的丹毒，方可服用。」

屠奉三老臉一紅，有點尷尬地接過牛皮袋，納入懷裡，順口問道：「她到哪裡去了？」

燕飛道：「她出門時看來心情很好，卻沒有說要去哪裡。千叮萬囑我好好的照顧你，還叫我提醒你不可以毫無戒心，要你千萬不要著了李淑莊的道兒。」

屠奉三說不出話來。

燕飛續道：「照我猜，她是去聯絡逍遙教潛伏在建康的舊部，好準備將來在建康過她新一代清談女王的風光日子，也可提攜仍肯對她盡忠的手下。」

屠奉三搖頭苦笑。

燕飛當然明白他對任青媞矛盾的心情，不過今回任青媞二話不說的把丹方製法交出來，足可化解他們之間的嫌隙和仇怨。

道：「她特別指出封袋內集錄全部三十六條丹方，全部依她從『丹王』安老處學來的東西加以改良，把丹毒減至微乎其微。你出門後，她便坐下來寫了足足有三個時辰，包括她的製丹心得，等若一本製丹的秘笈。在見李淑莊前，你最好取出來看一遍，以明白是拿甚麼好東西去和李淑莊做交易。唉！我也不得不承認，在此事上她是有玉成你和李淑莊的誠意，眞的是盡了力。」

屠奉三感慨的道：「眞令人想不到，我原以爲必須大費唇舌，還要小飛你開口說話，怎想得到她這麼好商量。」

燕飛道：「她是個聰明的女子，更作出了最精明的選擇。現在一切全看你了，是否今晚去見李淑莊呢？」

屠奉三道：「我想聽你的意見。」

燕飛道：「去見她吧！現在建康的形勢每天都在變化中，誰都不曉得明天會發生甚麼事。若小裕在此，他也會像我這般毫無保留的支持你，大家是兄弟嘛！」

屠奉三嘆道：「我從沒有這麼渴望想見一個人，好吧！待我細讀過任后提供的煉丹秘本後，便去見她，不論結果如何，我都會欣然接受。」

他拍拍燕飛肩膀，以示感激，然後離房用功去也。

劉裕在返回帥府的途中，心中百感交集。就是在這裡，他和王淡真定下私奔之約。當日的情景一幅接一幅的浮現心湖，令他無法自已。

策騎在他身旁的孔靖、何無忌和魏詠之等人卻是情緒昂揚，充滿勝利的狂喜。

剛才他到城外碼頭慰勞水師的兄弟，所到處，軍民齊聲喝采，呼喚「小劉爺」的聲音震撼著廣陵城。

劉裕清楚感到自己已確立了北府兵最高統帥的地位，因爲他以事實證明給所有人看，桓玄根本不是他的對手。憑著超卓的謀略，他付出最少的代價，贏得最漂亮的一仗，硬把廣陵從桓玄的魔掌裡奪回來，且得到大批的糧資、財貨和近三十艘完好的戰船，如果這還不算戰績彪炳，怎樣才算是成果驕人呢？

旗開得勝，最能振奮士氣。

入外院門後，劉裕跳下馬來，自有手下趕來伺候。他正要和孔老大等說幾句話，一名親兵湊近他低聲道：「宋爺剛從建康趕回來，說有急事要立即見劉帥。」

劉裕心中一震。

有甚麼事能令宋悲風拋開一切的回來找他呢？有甚麼事是屠奉三和燕飛也應付不了的？難道是……

劉裕不敢再想下去，向手下們交代幾句話後，立即匆匆到書齋見宋悲風。

劉裕進入書齋，不用宋悲風吩咐，便把門關上，來到神色凝重的宋悲風身前跪坐，卻發覺自己沒有發問的勇氣。

宋悲風慘然道：「自我踏足廣陵，我曾數次生出衝動，想掉頭便走。不過記起小飛的話，終於還是來了。小裕你要冷靜的聽我說，千萬不要感情用事。」

劉裕劇震道：「是否鍾秀小姐出事了，桓玄他……」

宋悲風道：「雖然與桓玄有關係，但並非你想的那樣子。」

接著苦嘆道：「孫小姐自大少爺去世後，再加上淡眞小姐的事，心情鬱結不解，致積憂成疾。到桓玄佔奪建康，還屢次到烏衣巷騷擾她，令她的病情急速惡化，已到藥石不靈的危險狀況，以小飛之能，亦感無計可施，憑他的先天眞氣，也只能舒緩她的痛苦，並估計如果她再度復發，恐有性命之虞。」

這番話就像五雷轟頂，令劉裕整個人飄飄蕩蕩似的，失去了所有力氣，全身被針刺般發麻起來。

宋悲風雙目淚花閃動，道：「我們也知道你在這吃緊的時刻沒法分身，且亦絕不可以抽身離開，但小飛認爲該把選擇權交到你的手上，由你自己抉擇。孫小姐最大的問題是失去了生存的鬥志，自暴自棄。因爲淡眞小姐的事，令她感到生無可戀，不斷責備自己、折磨自己。唉！我們……唉！」

劉裕聽得心中滴血，顫聲道：「說下去吧！」

宋悲風頹然道：「心病還須心藥醫，現在唯一回天之計，是由你去見孫小姐，向她示愛，或可振起她求生的意志，令她好轉過來。」

劉裕淒然道：「我去見她有用嗎？」

宋悲風道：「大小姐向燕飛說，在孫小姐心中的人正是你，但卻怕她自己的身分，會連累到你，故不敢向你表達心中的情意，還拒絕了你。現在只有你才能振起她的意志，解開她的心結。」

劉裕閉上眼睛，好一會兒後再睜開來。

宋悲風這番話一入耳，他便生出立即拋開一切，趕往建康的強烈衝動，可是身體卻像生了根似的不能移動。

與桓玄的決戰才剛開始，他是絕對不可以因私忘公，就這麼抽身離開，否則如何向手下交代？際此荊州大軍隨時反攻的一刻，他的離開會造成災難性的後果，更會令北府兵的手足對他徹底的失望。

他的心被撕成血淋淋的兩半，一半留在廣陵，另一半則飛往建康去了。

宋悲風道：「我感受到這裡的氣氛，北府兵現在是不能沒有你的。希望孫小姐能吉人天相，度過難關，將來你們仍有相見之日。」

劉裕深吸一口氣，沉聲道：「據小飛估計，鍾秀還可以撐多久？」

宋悲風道：「小飛沒有說出他的判斷，只說若她再次病發，便非常危險。他對孫小姐的情況，並不樂觀。」

劉裕道：「謝混那小子是否在旁推波助瀾？」

宋悲風吃了一驚，道：「謝混也是身不由己，桓玄現在權傾建康，誰都不敢逆他之意。」

劉裕仰天嘆道：「我前生究竟造了甚麼孽呢？老天爺竟對我如此不仁。」

宋悲風無言以對。

劉裕露出堅決的神色，斷然道：「不論如何！我都要趕赴建康見鍾秀，誰都擋不了我。」

宋悲風駭得魂飛魄散，且深深的後悔，顫聲道：「萬萬不可！」

劉裕冷然道：「桓玄何時稱帝？」

宋悲風摸不著頭腦的道：「該是這幾天內的事，他已自封為楚王，還把司馬德宗逐離宮城，又派人準備禪讓時祭祀的神壇，據說連禪讓的詔書也著人起草撰寫了。問題在廣陵的失陷，會否打亂他的陣腳。」

劉裕雙目閃閃生輝道：「當桓玄稱帝的一刻，就是我動身去建康之時。我明白桓玄這個人，沒有任何事可阻撓他稱帝一事。」

宋悲風愕然道：「為何要等他稱帝才到建康去？」

劉裕吁出緊壓心頭的一口悶氣，道：「因為我要讓建康所有人都清楚知道，我不是要和桓玄爭天下，而是要撥亂反正，誅除桓玄這個叛賊。」

宋悲風稍放下心事，道：「小裕是要發兵攻打建康，對嗎？」

劉裕道：「原本的戰略，是以逸代勞，憑廣陵和京口之固，痛擊來犯的桓軍，以削弱桓玄的兵力。但為了見鍾秀，我會改變策略，全面猛攻建康。我要堂堂正正的到烏衣巷去見鍾秀，以事實向她報喜，害死淡真的人絕不會有好的下場。」

宋悲風一震道：「如此改變既定的策略，是否太冒險呢？」

劉裕道：「誰曉得是否不智呢？我只曉得一件事，如果我只是坐在這裡，我的感覺會是生不如死。我意已決，宋大哥不用勸我。」

宋悲風一時說不出話來。

劉裕長嘆一聲，道：「小飛該已告訴了宋大哥有關孫小姐拒絕我的事。唉！我是明白鍾秀的，雖然我曾誤解她，甚至對她生出怨恨，但此刻我卻完全的明白她。」

又仰望上方，無限唏噓的道：「她一直不肯原諒自己，認爲自己須對淡眞的死負上全責，所以她拒絕我，不止因爲怕她的身分毀了我的事業，更是拒絕快樂。」

他又記起謝鍾秀在拒絕他之前，於謝家看他的那個眼神，心臟一陣陣的刺痛，呼吸困難。

宋悲風垂首道：「我留在這裡。」

劉裕似一時掌握不到他的話意，一呆道：「你留在這裡？」

宋悲風道：「我不想孤身回到建康，我要把你帶到建康去，如果我們失敗了，我陪你一起死。」

劉裕搖頭道：「我不會死，你也不會死，死的人將是桓玄。時間寶貴，我現在立即去著手準備。」

宋悲風憂心忡忡的道：「小不忍則亂大謀，小裕你千萬不要魯莽行事。」

劉裕默然片刻，道：「宋大哥放心好了，我不但不魯莽，還會比以前更小心，謀定才動，因爲我希望能活著到建康去，令鍾秀感到生命可以是如此美好的。」

稍頓又道：「沒有人能阻擋我。眞的！再沒有人能擋住我，我清楚的知道。宋大哥好好休息。」

說畢離開書齋去了。

第三十四章　烈火乾柴

「奇兵號」泊上兩湖幫湖島基地的碼頭，數以百計的兩湖幫幫眾擁到碼頭來迎接，呼喊喝采聲直沖夜空。

站在指揮台上的程蒼古、老手、船上的一眾兄弟都看呆了，想不到兩湖幫幫眾如此熱情。於離巴陵二十里處，他們遇上兩湖幫的赤龍舟，知道形勢大好，遂在引領下到湖島基地來。

程蒼古心中佩服劉裕，他派出帥艦到兩湖來，比千言萬語更有說服力，充分表達了劉裕對兩湖幫的誠意和重視，故才會出現眼前人人欣喜如狂的場面。

老手本來對兩湖幫的態度心中忐忑，這刻當然完全放下心事。

領頭躍上船來的是尹清雅，還有十多個兩湖幫的頭領，包括魏品良在內。

岸上的兩湖幫幫眾爆起更激烈的歡呼，就像著了魔似的。

尹清雅嬌呼道：「程公！」

程蒼古給她喚得心都軟了，看著她落到身旁，訝道：「兩個小子和一個瘋子到哪裡去了？」

尹清雅喜孜孜的唸道：「兩個小子一個瘋子！嘻！程公形容得眞貼切。他們都在巴陵城搞破壞，昨夜才宰掉馬軍那叛賊。現在巴陵的水路交通已給我們截斷，看周紹還能撐多久。」

說完目光落在老手身上，那會說話的眼睛像在問：「你是誰呢？」

程蒼古沒立即介紹兩人認識，道：「清雅先讓他們靜下來，我要爲劉帥交代幾句話。」

尹清雅漫不經意地向岸上的兩湖幫兄弟打出肅靜的手號，出乎程蒼古和老手意外地，震天的呼喊聲立即消失，只聽見火把獵獵燃燒的聲音和呼嘯的湖風。

程蒼古扯著老手走前兩步，來到尹清雅左右，讓人人可清楚看見他們。魏品良等頭領識趣的並排站在他們三人後方。

程蒼古表現出賭林高手的風範，輕鬆的揚聲道：「我們坐的這條船叫『奇兵號』，是北府兵大統領、謝玄繼承者劉裕劉統領的座駕舟。站在尹幫主身旁的這位好漢，我們喚他作老手，乃北府兵公認的水戰第一高手，更是劉裕的心腹大將。『奇兵號』便是由他一手建造的，船上任何一件東西、一塊木頭，沒得他允許，都不會放上去。」

老手在千百雙眼睛注視下，老臉破天荒第一回紅起來，幸好他皮膚黝黑，不那麼醒眼。事實上連他自己也沒有想過，程蒼古會當眾讚揚他，令他這個一向只顧實幹、不慕虛名的人大感害羞。

程蒼古表現的正是荒人的作風，誇大卻不脫離現實，行徑荒誕不經又充滿誠意。

在人人屏息、靜心聆聽的氣氛下，程蒼古續道：「劉裕今回讓出帥舟，正是要以『奇兵號』作尹幫主的旗艦，而老手則負起輔助尹幫主的重責。京口現在已入我們之手，廣陵則是我們囊中之物，就讓尹幫主坐上『奇兵號』，收復巴陵，再攻江陵，然後我們沿江而下，直搗建康，斬下桓玄的臭頭，以祭聶幫主和郝副幫主在天之靈。」

歡呼喝采聲再次響起，把其他聲音完全掩蓋，一時湖水也似沸騰起來，就像兩湖幫幫眾體內的熱血。

建康。

初更時分。

燕飛藏身樓房高處，看著屠奉三進入李淑莊在淮月樓旁的華宅，心中苦樂糅集。

今回到建康來辦事，「倒莊大計」已因屠奉三對李淑莊生出微妙的情意和憐惜之心，而循另一令人感到驚喜的方向發展，壞事或許會化作喜事。

對魔門的人，他並沒有惡感，當清楚認識魔門成立的過程，還大生同情之意。說到底這是個成王敗寇的問題，不同信念的路線鬥爭，很難說誰對誰錯。更何況他的生父墨夷明正是出身魔門，且他遇上魔門兩個出類拔萃的人物：向雨田和慕清流，都不是泯絕人性的人。比較起來，桓玄和司馬道子還更像邪門人物。

閒著無事，他想起紀千千，縱然想到紀千千之所以不能和他遙距交感的可能性，但說不擔心就是騙人的。又想起謝鍾秀，不由心中暗嘆。

就在此時，心現警兆。

一道嬌巧纖美的黑影，正迅速趕至，在對岸半里許外的樓房處倏現乍隱。

燕飛一眼認出是譙嫩玉，心忖她難道是來找李淑莊。

燕飛想也不想的從高處落下，往秦淮河的方向掠去，務要阻截譙嫩玉於秦淮河北岸，不讓她渡河。

不論如何，他絕不可讓譙嫩玉破壞李淑莊和屠奉三的「交易」。

屠奉三穿窗而入，來到李淑莊的身前席地坐下，後者正冥坐於布置清雅的書齋內，此齋位於李淑莊華宅的東園內，不見婢僕。

李淑莊張開秀目，內藏掩不住的倦色，淡淡道：「道兄終於來了！」

屠奉三沉聲道：「夫人猜到我今晚會來嗎？」

李淑莊答道：「道兄消息這麼靈通，當然收到廣陵失陷的消息，桓玄的時日怕已無多，你自然會及早來和奴家進行交易。」

接著皺眉道：「爲何要蒙頭蒙臉的，我不喜歡你這鬼鬼祟祟的樣子，還不除掉那鬼頭罩。」

一直將面目藏在頭罩內，只露出眼睛的屠奉三一言不發地揭開頭罩，現出自身原來的樣貌。

李淑莊嬌軀輕顫，雙目殺機大盛，沉著的道：「屠奉三！」

屠奉三心中暗讚，李淑莊的確是禁得起風浪的人，明知栽到家，仍能沉著應付。

屠奉三道：「夫人勿要氣憤，我肯以眞面目和夫人相見，正代表我有交易的誠意。屠奉三見過夫人。」

李淑莊呆看他好半晌，現出一個苦澀的表情，又露出失望的神色，喃喃道：「屠奉三！唉！屠奉三。你走吧！我以後再不想見到你。」

屠奉三從懷裡掏出牛皮袋，擺放在她身前，道：「裡面收藏的是全部三十六條丹方，包括夫人曉得的十二條丹方在內，卻又與夫人擁有的丹方不同，是經改良過的，請夫人過目。」

李淑莊目光落在牛皮袋處，卻沒有伸手取閱，只是細瞧著屠奉三，雙目射出驚疑不定的神色，道：「這是甚麼意思？」

屠奉三道：「這是表示我對夫人的誠意。」

李淑莊現出錯愕的神色，凝望屠奉三好一會兒後，搖頭道：「我不明白。眞正的關長春在哪裡呢？」

屠奉三道：「關長春只是任后隨口杜撰的人物，根本不存在。袋內的三十六條丹方來自任后所寫，並經她應用從『丹王』安世清處學來的秘法把丹毒減至最低。」

李淑莊一雙秀眸蓋上迷惘的神色，黛眉輕蹙的道：「我仍不明白。」

屠奉三道：「我說的每一句都是實話，原本我們對你是不懷好意，只要你不住試服新丹方製出來的丹散，便會引發夫人本身積聚於體內的丹毒，到時大羅金仙也沒法挽救夫人。這是我們針對夫人的行動，因爲夫人對建康高門的影響力，已成爲我們與桓玄之戰成敗的關鍵。」

李淑莊發呆半晌，幽幽嘆道：「你們太抬舉我了。桓玄此子成事不足，敗事有餘，聽到廣陵失陷，仍不顧眾人勸阻，此刻他已離開建康，到九井山去，準備在明天日出時祭天登基，你說奴家可以幹甚麼呢？」

屠奉三心生憐意，微笑道：「只要夫人能除去體內積聚的丹毒，攜三十六條新丹方逍遙而去，好好享受生命，眼前得失算甚麼呢？」

李淑莊嬌軀輕顫，目光垂下，輕輕道：「屠當家爲何改變初衷，還似處處爲淑莊著想呢？」

屠奉三體內熱血上沖，看著眼前嬌娘，一時間沒法說出半句話來。

燕飛倏地現身，剛好截著譙嫩玉的去路，他時間拿捏得精準，對方剛從高處落地，奔進一道小巷，便被他攔個正著。

全身裹在黑衣裡，只露出眼睛的譙嫩玉的反應也是一等一的迅捷，沒有絲毫的驚慌失措，往後腰一抹，兩手抖動，以滿天花雨的手法，七、八顆鐵蒺藜，分襲燕飛頭、臉、胸口和下肢要害，手法純熟，不愧魔門高手。

燕飛哈哈一笑，身子左右急晃，來勢洶洶的暗器全部射空。

譙嫩玉嬌叱一聲，左右手各多出一枝短棒，用鐵包著頭尾，撲將上來，向燕飛展開水銀瀉地式的攻擊，把近身搏擊和短棒的打擊性能發揮得淋漓盡致，盡顯其功力。其招式更是千變萬化，令人防不勝防。

可惜她遇上的是燕飛。

燕飛並沒有出動他的蝶戀花，輕輕鬆鬆的在棒影裡來去自如，或以掌劈、手撥，或以指彈、掌拍，招招封擋對手的狂猛攻擊。

譙嫩玉的內功心法別出蹊徑，棒子固是力道十足，送來陣陣氣勁，但每道氣勁都暗藏另一道尖銳的眞氣，縱然棒勁被封阻，此道尖銳的眞氣仍像棉裡藏針般鑽入被攻者的經脈內，具有強大的殺傷力，換過一般高手一定沒法捱下去，但這當然難不倒燕飛，體內至陽至陰之氣運轉，輕易把入侵的陰損眞氣化去。

燕飛只擋不攻，片刻譙嫩玉向他攻出六十二棒，也被他硬擋六十二棒。

譙嫩玉終於吃不消，後力不繼，兼之銳氣已過，駭然後撤。

燕飛凝立不動，看著譙嫩玉退至兩丈開外，雙目射出驚異之色，狠狠盯著他。

如果可以有選擇，燕飛可肯定譙嫩玉會有多麼遠溜多麼遠，但因自己的精氣神正牢牢鎖緊她，只要她多退一步，燕飛會在氣機牽引下，如影隨形的趕過去，以雷霆萬鈞之勢向她發動攻擊。

燕飛從容一笑，道：「玉姑娘你好！這麼晚了！爲何不留在宮內，卻要躥房越脊的四處奔走呢？」

譙嫩玉聞他道破自己身分而嬌軀輕顫，道：「你是誰？」

燕飛道：「我又沒有像玉姑娘般不敢以眞面目示人，仍猜不到我是誰嗎？」

譙嫩玉劇震道：「燕飛！」

燕飛可肯定譙嫩玉仍未曉得自己和慕清流不但碰過頭，還立下賭約，否則早該猜到是他燕飛。欣然道：「正是在下。」

譙嫩玉揭開罩頭的黑布，現出如花玉容，她的秀髮在頭後結髻，強調了她俏麗的輪廓，以姿色論，她實不遜色於王淡眞和謝鍾秀等美女。

譙嫩玉道：「你要殺我嗎？」

燕飛聳肩灑然道：「若你眞的毒殺了高小子，今夜肯定不能活離此巷，不過我仍不能任你離開，因爲我要帶你去見一個人。」

譙嫩玉臉色微變，卻仍保持表面的鎭定，道：「本姑娘現在沒有空，另約時地如何？人家保證不會爽約。」

燕飛啞然笑道：「你連要去見誰都不曉得，便保證不會爽約，可知毫無誠意。相信我，我只是爲你好，才帶你去見那個人。」

譙嫩玉嘆道：「不要逼人太甚好嗎？我承認打不過你，你這是明來欺負我。」

燕飛知她硬的不成便來軟的，換成一般情況，他的確沒法狠下心腸對待這麼嬌滴滴的小姑娘，不過現在是非常特殊的情況，他不會讓她去破壞屠奉三的事。

微笑道：「玉姑娘爲何不問我要帶你去見何人呢？」

譙嫩玉嗔道：「會有甚麼好事呢？我才不想知道。」

燕飛笑道：「現在還由得你作主嗎？究竟是要我強來，還是玉姑娘乖乖地隨我走？」

譙嫩玉幽幽道：「待嫩玉去辦妥一件事好嗎？你可以在旁監視我，待我交代幾句話後，燕飛你要我怎麼乖我便怎麼乖好了。」

燕飛絲毫不爲她語帶雙關的話所動，道：「玉姑娘是要去見李夫人嗎？」

譙嫩玉終於色變，往後猛退。

李淑莊道：「說話呵！你變成啞巴了嗎？」

屠奉三深吸一口氣，苦笑道：「夫人莫要笑我，我對夫人不但再沒有絲毫敵意，還希望夫人能及時抽身，好好的過些逍遙快活的日子。」

李淑莊垂下螓首，以自語般的聲音道：「你對我沒有別的要求嗎？」

屠奉三是老江湖，並不會因這句話而認定李淑莊對他已生出情愫。沉聲道：「我只希望夫人能置身於桓玄和劉裕的鬥爭之外，再沒有額外的條件。不過這三十六條丹方是我向任后求回來的，她當然希望夫人只供自用。任后指出，夫人體內積聚的丹毒，隨時會反噬夫人，而要化解夫人體內的丹毒，天下間只有一個人辦得到，那個人就是燕飛。」

李淑莊像沒聽到他這番話般，輕輕道：「屠奉三你爲何對淑莊這麼好呢？你不是冷酷無情的人嗎？」

屠奉三攤手道：「你想聽眞話嗎？我便說給你聽，我屠奉三的確對你動了眞情。就是如此簡單。」

李淑莊嬌軀劇顫，道：「這是不可能的。」

屠奉三苦笑道：「事實上我也沒有想過會對夫人動心，問題可能出在那顆和著酒飲下的丹散，我尙是第一回服用這東西。」

李淑莊抬頭朝他瞧去，秀眸射出複雜的神色，淒然道：「我們是不會有結果的。」

屠奉三平靜的道：「那並不是我關心的事，我關心的是夫人對我的心意，夫人千萬勿要騙我，不論夫人心中有何想法，我都可以接受，縱然我們將來天各一方，永遠不再見面，我亦絕不會怨夫人無情。」

李淑莊冷靜下來，雙目眨也不眨的與他對視，柔聲道：「從第一眼看到你，我便曉得你不是關長春那種人，至於爲何我有這種感覺，眞的沒法向你解釋。我曾經有過不少男人，但從來沒有對任何人動心。可是自從見過你之後，便不住想起你，心中既恨又氣，偏拿你沒法子。我眞的不知道是否對你動了眞情，但現在我卻很想投進你懷裡去，大哭一場。」

屠奉三欣然道：「這番話已足夠了，夫人請在此耐心等候，趁有時間看看袋內的丹方……噢！」

話尙未說完，李淑莊已撲過來投入他懷裡去，讓他軟玉溫香抱滿懷。

屠奉三再沒法繼續說下去，感覺是乾柴遇上烈火，甚麼敵我關係，應有的戒心，全被拋於腦後。一切都失控了。

第三十五章　前生情孽

燕飛把被他弄昏了的譙嫩玉，放到室內一角，然後到慕清流前方坐下，道：「桓玄輸了！」

慕清流目光投往譙嫩玉，嘆道：「我很想說燕兄言之過早，但肯定會被燕兄看不起我。唉！做人有時真的很難。」

燕飛道：「劉裕不費吹灰之力便從桓玄手上把廣陵拿下來，勝了漂亮的一仗，立時打亂了桓玄進攻京口的大計，擾亂了整個調軍的行動，陣腳已亂，可能不用等巴陵陷落，劉裕便攻入建康，若要到那時慕兄才願承認輸掉賭約，不嫌太遲嗎？」

慕清流苦笑道：「我從未見過比燕兄你更厲害的人物。坦白說，我現在的確感到有點手足無措，不知該如何答你。桓玄這小子真沒有用，到建康後的表現窩囊至極點，且又輕視劉裕，茫不知劉裕的軍事才能和謀略，絕不在當年淝水之戰的謝玄之下。唉，我再說得坦白點吧！我看錯了桓玄，迷信只有高門名士方能得到建康高門的支持坐上皇座，卻忽略了民眾的力量。劉裕之所以能在廣陵創造奇蹟，皆因他得到當地民眾的全力支持。」

燕飛道：「這也難怪慕兄，兩晉的政治就是高門大族的政治，慕兄從南方當權大族中選人，是最合乎情理的。」

慕清流苦笑道：「燕兄真會安慰人，合乎情理的另一個負面的說法就是隨波逐流，不能脫出陳腐的框框，以致多年心血，一朝盡喪。今早當我聽到廣陵陷落的消息，弄清楚劉裕攻陷廣陵的手段，已向敝門發出全面撤退的指令，至於有多少人肯聽我的話及時抽身，則不是我管得到的事。」

燕飛心中佩服，慕清流不愧是提得起放得下的明智之士。

慕清流目光再落在譙嫩玉身上，皺眉道：「她應該是來找我的，這顯示他們仍不肯認輸收手，卻不知燕兄爲何出手拿下她呢？」

燕飛愕然道：「這是一場誤會，皆因我不知道慕兄已向同門發出撤退的指令，還以爲她是去見李淑莊，故出手阻攔。」

慕清流愕然道：「淑莊？」

燕飛道：「我們原本有一個對付李淑莊的計畫，卻因敝方的屠奉三對她生出情意，所以不但打消原意，還會助她玉成心願。剛才屠奉三去找李淑莊攤牌，而我則在外面爲他把風，事情便是如此。」

慕清流沉吟道：「她的心願是否與五石散有關？」

燕飛點頭道：「好像沒有甚麼事能瞞得過慕兄。」

慕清流道：「淑莊沉迷五石散，在敝門已是公開的秘密，我曾對她苦言相勸，又嚴詞警告，她都置若罔聞。事實上我深切明白她的處境，不要看她談笑間把建康的皇族高門玩弄於股掌之上，她的內心實是空虛寂寞。五石散或可給她一時的快樂，忘掉一切，但事後也會令她更感生命的不足。」

燕飛道：「我想求慕兄幫一個忙。」

慕清流道：「是否要我網開一面，讓淑莊回復自由，追求她一直沒法得到的夢想呢？」

燕道：「不知慕兄是否有這權力？」

慕清流傲然笑道：「在敝門中，一向奉行強者爲王的法則，沒有甚麼道理可講，只要我點頭同意，敝門的人又曉得是由燕飛你一手促成此事，誰敢說半句反對的話？」

燕飛欣然道：「那慕兄你肯點頭嗎？」

慕清流雙目精芒驟盛，道：「如果我不答應，燕兄會如何處置此事？」

燕飛苦笑道：「我可以幹甚麼呢？難道硬逼慕兄動手決一生死嗎？我希望將來和慕兄再見時仍是知己和朋友。」

慕清流忽然岔開問道：「燕兄的武功，肯定已超越了俗世武學的範疇，臻達天人交感的層次。燕兄是如何辦到的？」

燕飛坦然道：「那是至陰和至陽的眞氣交激而產生的神奇力量，既沒法躲避，更沒法擋格，只看能捱多少招，如果能撐至我眞氣枯竭，便有可能掉轉頭來把我幹掉。」

慕清流道：「燕兄肯說個清楚明白，我非常感激。唉！原來如此，所以鬼影也無法免難。僅是敝門的人曉得鬼影是栽在燕兄手上，保證沒有人敢開罪燕兄，更不要說來尋燕兄的晦氣。」

稍頓續道：「淑莊的事我會妥善處理，燕兄可以放心。當然，這還得看她的意願，如果她有意和屠當家在一起，她必須作出種種安排，令敝門的人沒有異議。」

燕飛大喜道：「多謝慕兄！」

慕清流笑道：「事實上說感激的該是我。如果不是燕兄手下留情，嫩玉和淑莊肯定沒命，我聖門將元氣大傷，現在則仍有捲土重來的機會，不過怕是百年後的事了。」

接著伸出雙手，欣然道：「不論將來形勢如何變化，我們都是知己朋友，對嗎？」

燕飛毫不猶豫的伸出雙手，和他緊緊相握，一切盡在不言之中。

帥府。

議事廳內，劉裕召來眾將，除何無忌、魏詠之等心腹大將外，還有孔老大。大家都沒視孔靖爲外人。

魏詠之道：「據傳回來的消息，敵人陣腳大亂，吳甫之和皇甫敷的軍隊，再不敢推進，此刻停駐江乘，並收編從廣陵逃回去的敗軍。照估計在江乘的荊州軍，該不過二萬之數，戰船則約百艘。」

接著又道：「桓玄害怕了，所以不敢傾全力來攻打我們，反把兵力分散，更將軍隊調往建康城東北的覆舟山，希冀將我軍拒於建康之東。」

何無忌皺眉道：「桓玄是否懂兵法之人？如果我是他，便以攻爲守，傾全力來攻打廣陵，令我們難作寸進。」

孔老大笑道：「桓玄不是不懂兵法，只因他太過愛惜自己的小命，沒有大軍在旁保護他，他會睡不安寧。」

眾人都笑起來，神態輕鬆。

魏詠之欣然道：「還有一個消息，就是桓玄已起程往九井山去，準備登基稱帝。建康高門盛傳桓玄這麼急於稱帝，是因他迷信命運，認爲只要登上帝座，好運會隨之而來，一切難題會迎刃而解。」

眾人又再次發出哄笑。

接著目光投往劉裕，看他如何決定。

劉裕從容道：「桓玄的愚蠢，省去我們很多工夫，只要再打兩場硬仗，建康唾手可得。」

眾人的眼睛全亮了起來。

何無忌道：「桓玄稱帝後，肯定會立即發令，命江乘的軍隊沿江來犯，我們以逸待勞，是否划算些呢？」

劉裕道：「我們定下這個策略的時候，並不曉得桓玄會如此急於稱帝，更沒有想過桓玄竟把部分兵力改駐覆舟山，在在都顯示桓玄心怯了。不過無忌言之有理，以桓玄的妄自尊大，肯定沒法硬吞下廣陵被奪、桓弘被殺的這口惡氣，故定會下令江乘的軍隊來攻打我們，如此我們將有可乘之機。」

眾將點頭同意，對劉裕的料敵如神，他們早已心服口服，故絕不會懷疑。

劉裕卻是自己知自己事，明白自己正找藉口好能早日攻打建康。

將領劉道規道：「吳甫之和皇甫敷乃桓玄手下猛將，能征慣戰，如若來犯，將會使用疑兵之計，令我們弄不清楚他們究竟是攻打廣陵，還是要攻打京口，使我們兵力分散，難以抵抗。」

劉裕虎軀劇震，道：「對！」

眾人都愕然瞪著他，不明白他爲何反應如此之大。

劉裕卻有滿天陰霾盡去的感覺，因爲他已想到破敵之法，更掌握唯一致勝之法，絕不是以逸待勞，以他目前的兵力，實在難以穩守兩座城池，一旦讓敵人成功截斷廣陵和京口的聯繫，使桓玄恢復信心，荊州軍將源源不絕地攻來，那時他只有吃敗仗的分兒。這個忽然而來的明悟，令他再沒有爲私人理由而不顧大局的心障。

劉裕迎上眾人疑惑的眼神，心朗神清的道：「敵人有他們的疑兵之計，我們也有惑敵的手法，只要令敵人深信不疑我們的主力集中在廣陵，我有方法令敵人輸掉這場仗。」

另一個將領孟昶道：「這並不容易，只要敵方探子察看有多少艘船泊在廣陵附近，便曉得我們的虛實。」

劉裕微笑道：「假設我們的兵力的確是集中在廣陵又如何？」

眾皆錯愕。

劉裕從容道：「首先，我們要擺出全面進攻建康的高姿態。這方面，桓玄為我們製造了最好的時機，當他明天登基稱帝，我們便發檄文公告天下要討伐桓玄，然後調動軍隊，裝出隨時西上進攻的舉動。此計是針對吳甫之和皇甫敷這兩個知兵的人而發的，如果你們是他們，會有何反應呢？」

魏詠之拍腿道：「當然是覷隙而入，以奇兵奔襲京口，只要攻陷京口，我們不但不敢西上，還要擔心能否守得住廣陵。」

劉裕整個人精神都來了，雙目閃射著前所未有的光芒，沉聲道：「兄弟們！眼前正是建立不朽功業的千載一時之機，只要能破江乘的荊州軍，形勢會徹底逆轉過來，主動權將落入我們手上，只要乘勝而行，再破覆舟山的敵軍，建康便是我們的了。」

孔老大道：「如何破江乘的敵軍呢？」

劉裕道：「我們安排兩千精騎，秘密渡江，於南岸晝伏夜行，直撲江乘，當敵軍朝京口推進，我劉裕會親率此兩千精騎，攔腰截擊敵人，只要擊潰敵人的先鋒部隊，我們便全面發動，以戰船載兵，向敵人猛攻，屆時就看吳甫之和皇甫敷還可以捱多少時間。」

眾人的眼睛立即明亮起來。

此時手下來報，劉毅和劉穆之剛乘船抵達廣陵。

眾人轟然起鬨，均曉得天師軍完了，否則兩人怎能抽身來廣陵。

劉裕大笑而起，道：「這叫天助我也，起草討伐桓玄檄文的高手終於到了。」

燕飛回到李淑莊華宅，遇上正搜索他蹤影的屠奉三。

屠奉三像變成另一個人似的，生氣勃勃，神采飛揚，甫見面便道：「老哥到哪裡去了，這算是把風嗎？」

燕飛當然曉得他不是在責怪自己，只是在說笑，欣然道：「我剛見過慕清流，你是否已成功奪得美人芳心，故心情大佳呢？」

屠奉三聞言微一錯愕，道：「你竟去見慕清流，眞教我想不到，入屋再說如何？」接著領頭朝李淑莊的華宅掠去，片刻後兩人處身於宅內東園的書齋內，卻不見李淑莊。

兩人坐下後，屠奉三道：「你該知道了，淑莊告訴我慕清流已認輸收手，此人確實是了不起的人物，提得起放得下，絕不拖泥帶水。」

燕飛點頭表示知道，訝道：「夫人到哪裡去了？」

屠奉三一臉喜色的道：「她回淮月樓去取房產地契，快回來了！」

燕飛仔細打量他，笑道：「看屠兄春風滿面的樣子，便清楚結果。」

屠奉三有感而發的道：「人生眞的奇怪，忽然一件事，便可把整個命運扭轉過來。淑莊對我的感情肯定是眞的，因爲她根本不用騙我。不過正如任后說過的，還須看她肯不肯脫離魔門來從我。」

燕飛關心的道：「你們有談過這方面的問題嗎？」

求。」

屠奉三道：「我不想逼她，一切由她決定，如果她仍心在魔門，我絕不會勉強她。」

燕飛道：「她說去取房產地契，或許只是藉口，事實上卻是去見慕清流，提出脫離魔門的請求。」

屠奉三苦笑道：「希望是這樣吧！但我不敢去想，怕希望愈大，失望愈大。更怕慕清流阻撓。」

燕飛道：「屠兄不用擔心，慕清流已一口答應，只要是出於夫人的意願，他絕不阻撓。」

屠奉三一震道：「竟是這麼容易嗎？」

燕飛道：「慕清流是賣個人情給我，現在慕清流最怕的是我們棒打落水狗，對魔門窮追猛打。而事實上在未來一段長時間內，又或劉裕有生之年，魔門也難有大作爲。如果李淑莊一心要脫離魔門，硬把她留住還有甚麼意思？只要她肯交出保管的典籍，好好安排繼承人，慕清流何不做個成人之美的順水人情？」

屠奉三點頭表示同意，道：「魔門中人的行事，實難以常理測度，說不定慕清流是看中淑莊手上的魔門秘典，意欲身兼兩派之長，可以在武功上再作突破。」

燕飛道：「要兼兩派之長，豈是這般容易？除非慕清流肯散盡內功，重新開始。否則這個美夢，只有他的傳人，又或他的徒子徒孫，始有實現的希望。」

屠奉三顯然希望大增，心情轉佳，笑道：「這該是我們見不到的事了！」

燕飛露出聆聽的神色，道：「回來了！」

屠奉三遲他些許方聽到衣袂破風聲，李淑莊油然出現入門處，見到燕飛仍是神色平靜，以曼妙的姿態婀婀婷婷的輕移玉步，來到屠奉三身旁親密的挨著他坐下，才道：「淑莊見過燕公子。」

燕飛忙回禮。

李淑莊含笑瞧著燕飛，喜孜孜的道：「大恩不言謝，淑莊和三郎之所以能有好日子過，全拜燕公子所賜。」

屠奉三大喜過望。

燕飛亦精神一振，道：「夫人眞的是去見慕兄。」

李淑莊喜翻了心兒的道：「當聖君一口答應淑莊請求的一刻，我眞的不敢相信自己的耳朵，如果不是由燕公子親口向聖君說，這根本是不可能的事。在那一刻，我感覺自己得到了全新的生命。唉！甚麼爭雄鬥勝，我早厭倦得想死了。」

接著目光投往屠奉三，含情脈脈的道：「不知是否前世欠了他的情債，今世只好還給他。」

屠奉三正容道：「我屠奉三絕不會讓淑莊失望。」

李淑莊欣然道：「我還要去辦一些事，辦妥後自然會來尋三郎。」

屠奉三答道：「明白！」

燕飛笑道：「該是著手化解夫人體內丹毒的時候了，依我判斷，明天天亮前，該可大功告成。」又猶豫的道：「不過丹散雖能令夫人有一時之快，始終有害無益，任后說過她只能把丹散的遺害減至最低，卻無法根除，故不宜多服。」

李淑莊不好意思的道：「我已下決心戒除服藥，因我已擁有世上最好的五石散，就是三郎嘛！他保證不具丹毒，我還何須其他次貨呢？對嗎？三郎！」

屠奉三聽得傻笑起來。

燕飛打心底爲老朋友高興，這樣的情話，只有李淑莊懂得，也只有她敢說出來。他可以保證，李淑莊有本領迷得屠奉三忘掉了所有傷痛，沉醉在只羨鴛鴦不羨仙的生活裡。

第三十六章　洞庭春色

桓玄如期登基，大赦天下，改年號永始，以楚代晉。封司馬德宗當固平王，追尊老爹桓溫爲宣武皇帝，祭廟稱太祖。

當桓玄返回建康，消息傳來，蒯恩大破天師軍，當場斬殺徐道覆，盧循則憑驚人技藝，孤身殺出重圍，落荒而逃，不知所蹤。

這個消息轟動建康，對桓玄卻是非常不利，令建康高門對劉裕大爲改觀，認爲他雖然與桓玄展開生死鬥爭，仍顧全大局，全力剿賊平亂。

壞消息接踵而至，劉裕於桓玄稱帝後，向遠近廣發檄書，討伐桓玄，宣告毛修之已平定巴蜀，並向江陵發兵；諸葛長民，則策動兵變，奪取歷陽；兩湖義軍，已截斷巴陵水陸兩路交通，全力攻打，指日可下。

檄書當然出自劉穆之這個文章高手的妙筆，目的是譏諷桓玄稱帝的舉止，令他面子再掛不住。桓玄盛怒下果然中計，下令吳甫之和皇甫敷全力攻打廣陵和京口。

建康高門亦不好過，就在同一天，李淑莊留書出走，語調雖溫柔婉約，不失其清談女王的風範，言詞間卻處處顯示出對桓玄的不滿，指其甫抵建康之時，頗有興革，但旋即暴露篡朝奪位的野心，豪奢縱慾，政令無常，令她深感失望，且愧對建康高門，此後手上一切業務，將全交由閨中密友任青媞打理。

譙縱、譙奉先、譙嫩玉三人和其一批手下，亦同告失蹤，令桓玄更添懼意，卻又無可奈何。

在桓玄返回建康之前，燕飛和屠奉三於知會王弘後，離開建康，到廣陵找劉裕，始知劉裕已領兵趕赴江乘途中，忙趕上去與他會合。直追至江乘北五十里的江岸，終趕上劉裕。三人見面，當然非常歡喜。

當時已日落西山，劉裕、宋悲風、屠奉三和燕飛四人離開密藏林內的營地，到附近一個小丘頂說話。

劉裕向燕飛追問謝鍾秀的確切情況，燕飛雖然最不想談論這方面的事，但卻不得坦言直說，令他們的心情都變得沉重起來。

屠奉三道：「生死有命，如果老天爺這麼殘忍，誰都沒有法子，我們只好盡力而為，看看會否有轉機。」

宋悲風滿懷希望的道：「我仍認為小飛想出來以心藥治心病是最有效的辦法，希望我們能在孫小姐病情惡化前，及時趕回建康。」

燕飛往劉裕瞧去，道：「是否因孫小姐的病情，令劉兄你改變了整個作戰計畫呢？」

劉裕點頭道：「可以這麼說。不過此事非常古怪，當我和各兄弟研究改變戰略的一刻，我的腦袋像閃過靈光，令我醒悟到以守為攻並不是辦法，最佳策略仍是速戰速決，趁建康人心不穩之際，向建康發動全面進攻。」

屠奉三道：「每逢遇上重大戰役，劉帥總是奇謀迭出，令人意想不到，卻又屢收奇效，真是想不信劉帥是真命天子都不成。」

了？」

劉裕苦笑道：「唉！眞命天子——眞命天子又如何呢？嘿！差點忘記問你們，倒莊大計是否成功

屠奉三的臉孔破天荒的紅了起來。

劉裕愕然道：「發生了甚麼事？」

屠奉三尷尬的乾笑道：「沒有甚麼，不過行動取消了。」

劉裕和宋悲風詢問的目光同時落到燕飛身上。

燕飛攤手道：「情況完全失控，但有更驕人的成果，我們不但達到了所有目標，屠當家還贏得美人的芳心。」

劉裕和宋悲風聽得你看我我看你，似明非明。

待燕飛解釋清楚，劉裕大喜道：「恭喜奉三，這是我聽到最好的消息。」

屠奉三道：「千萬勿要笑我『色不迷人人自迷』。順便告訴你老哥，攻陷建康後，我會和小飛一道離開，趕返邊荒集，爲營救千千和小詩的行動出一分力。」

劉裕一呆道：「這個……唉！這個……我該怎麼說呢？」

屠奉三苦笑道：「我是爲你好，怕見到桓玄時，會按捺不住怒火和你爭奪殺他的權利。劉帥眞不夠朋友，還常說大家是兄弟，但卻一直瞞著我與淡眞小姐的關係。」

劉裕心中一痛，頹然道：「你的煩惱還不夠多嗎？好吧！桓玄交給我吧！我保證不會令你失望。」

宋悲風道：「現在魔門已認敗服輸，令桓玄實力驟減，更再鎮不住建康高門，我們該如何利用這

個形勢呢？」

屠奉三狠狠道：「我已著人散播消息，指桓玄毒殺桓沖，只要建康高門有一半人相信或生出疑惑，便足以動搖建康高門對桓玄的支持，何況再沒有像淑莊般有影響力的人出來爲桓玄說好話。」

劉裕大喜道：「奉三拿捏的時間妙至毫巔，不但能影響建康高門，且可直接打擊荊州軍的士氣，因爲桓沖之於荊州軍，就像玄帥之於北府兵，有著神聖不可侵犯的地位，其影響力並不因其辭世而衰竭。」

屠奉三雙目射出仇恨的燄火，沉聲道：「沖帥被桓玄害死一事，終於由魔門的人口中證實，所以我們只是讓眞相大白於天下。把匡士謀向桓玄提供毒物，又被桓玄殺人滅口，至乎桓玄向沖帥下毒的手段，均清楚揭露，只要是有腦袋的人，便知這不是一般憑空捏造的謠言，而是有所根據的事實。」

燕飛道：「現時敵人情況如何呢？」

劉裕沉聲道：「敵人在江乘的情況，全在我嚴密的監視下，一舉一動都瞞不過我。昨天早上，敵人一支三千人的先鋒部隊，已從江乘開出，沿江岸而來，目標應是京口。」

屠奉三道：「劉帥是否準備伏擊這支先鋒部隊？」

劉裕露出一個充滿著信心的笑容，徐徐道：「我想更貪心一點，奉三認爲行得通嗎？」

屠奉三笑道：「我們劉帥想出來的計謀，怎會行不通呢？這麼說，劉帥要偷襲的目標，是敵人隨之而來的主力部隊了。」

宋悲風皺眉道：「我們的兵力是不是稍嫌薄弱呢？」

燕飛道：「在戰爭中，影響勝敗的因素錯綜複雜，只要能命中敵人的要害，少可勝多、弱可克強，故才有苻堅淝水之敗。現在我們這個部隊已成奇兵，也令我想起小珪擊垮慕容寶數萬大軍的參合陂之役。」

劉裕雙目閃閃生輝道：「我有十足信心，可穩贏此仗。相信我，十天之內，我們將可進入建康，桓玄的末日亦爲期不遠了。」

高彥推門進入尹清雅在奇兵號的艙房，後者正坐在靠窗的椅子，側望窗外洞庭湖的夜景。聽到開門聲，她回過頭來，向他展示一個甜甜的笑容。

高彥舒展四肢，然後隔几坐下，嘆道：「程公回來眞好，甚麼事都有他這頭老狐狸去拿主意。還沒有告訴你，燕飛曾拿我全副身家去和他對賭，結果輸了。哈！世事眞的很難說，當時怎想得到大家會成爲兄弟？不過有些事卻是可以預料的，當我第一眼看到雅兒，便知道雅兒和我是天生一對，天打雷劈都分不開來。」

尹清雅嗤之以鼻道：「休要吹大氣，那時我看你才不順眼呢！一副自命風流的無賴樣兒，看人家的目光像要把人吃進肚子裡去的。嘻！爲何你的臉皮這麼厚呢？不知道我討厭你嗎？」

高彥聳肩道：「那你何時才開始對我情根深種，難以自拔呢？我很有興趣知道。」

尹清雅扠著小蠻腰大嗔道：「誰對你情根深種、難以自拔？見你的大頭鬼。」

高彥嘻皮笑臉道：「見大頭鬼？要到邊荒集去才成。哈！是情根深種便是情根深種，哪瞞得過人，我親雅兒的小嘴時便最清楚了！」

尹清雅大窘，玉頰霞燒，用手捂著耳朵尖叫道：「不聽！不聽！以後再不聽你說話。」

高彥跳將起來，移到她身前，不懷好意的道：「不想聽我說話，便不可把手放下，時機又告成熟了！爽得要命。」就那麼探手抓著尹清雅香肩，對著她的小嘴，準備俯身一吻。

尹清雅放棄捂著耳朵，兩手改爲封擋高彥的進襲，可是任她武功如何了得，偏是在這一刻嬌軟無力，反抗得力不從心。

高彥改爲捉著她一雙纖掌，大嘴繼續進犯，鬧得不可開交的當兒，敲門聲響。

高彥千萬個不情願的被逼撤退，尹清雅則狼狽地整理散亂了的秀髮，免被人看到破綻，卻沒法讓紅透了的耳根回復原本的晶瑩雪白。

高彥深吸幾口氣，方拉開房門。

卓狂生站在門外，怨道：「怎麼這麼久才開門，還以爲你出了意外。」接著探頭從高彥肩上望過去，笑吟吟的道：「明白了！的確是差點出事。」

尹清雅大窘道：「你這死館長、壞館長！」

高彥狠狠的道：「你若沒有敲門的最好理由，我會揍你一頓重的。」

卓狂生以肩碰肩的方式闖入房內，從容道：「我從不打沒有把握的仗。給老子關門。」

高彥奈何不了他，悻悻然把門關上，看著鵲巢鳩佔，被卓狂生坐入他的位子裡，只好倚門而立。

卓狂生道：「最新消息，巴陵發生了奇怪的事。」

尹清雅和高彥一時忘了向他追究不請自入的原因，前者訝道：「有甚麼事好奇怪的？」

卓狂生好整以暇的道：「據報周紹忽然不知去向，令巴陵的兵將軍心大亂。」

高彥愕然道：「我們又沒有幹掉周紹，他怎會忽然失蹤呢？」

卓狂生道：「這恐怕周紹本人才清楚，不過敵人的確曾搜遍全城，仍找不到這個傢伙。」

尹清雅沒有說話，一雙大眼睛亮了起來。

高彥懷疑的道：「會否是周紹使詐，想引我們去攻打巴陵？」

卓狂生道：「可是自黃昏開始，巴陵的荊州軍便整理行裝，擺出要撤離巴陵的姿態，這可是騙不了人的。」

高彥道：「眞有這樣的怪事？教人百思不得其解。」

尹清雅道：「江陵方面情況如何？」

卓狂生道：「直至這一刻，仍未接到江陵的荊州水陸部隊南下的情報，害得我們白等了多天。」

高彥道：「究竟發生了甚麼事呢？」

卓狂生道：「那就要看巴陵的荊州軍是不是眞的撤走，這可是沒法騙人的。如果是事實，就代表周紹眞的溜了。這傢伙見形勢不妙，江陵軍又不肯來援，更曉得我們絕不肯放過他，故搶先溜掉。」

高彥道：「我們該怎麼辦？」

卓狂生油然道：「當然是靜觀其變，全面戒備，防敵用詐，也做好隨時接收巴陵的準備工夫。」

尹清雅尖叫道：「不！」

兩人愕然朝她瞧去。

尹清雅雙目湧出熱淚，淒然道：「我要親手斬下周紹的臭頭。」

高彥和卓狂生聽得面面相覷，知道說出任何反對的話，她都聽不入耳。可是在目前不明朗的形勢下，去追搜不知已溜了多遠的周紹，是絕不明智的行爲。

高彥向卓狂生使個眼色，示意他離開。

卓狂生識相的道：「只要是清雅的提議，我們一定會支持，我現在立即去準備。」說畢去了。

高彥來到尹清雅身前，單膝下跪道：「雅兒……」

尹清雅打斷他道：「你不用勸我，勸也沒有用的，我定要爲師父和郝大哥報仇，你不陪我去，我就算自己一個人也要去。」

高彥大感頭痛，道：「雅兒還記得你要我去和江幫主求情，請她放過天叔的事嗎？」

尹清雅一呆道：「那有甚麼關係？」

高彥嘆道：「當然大有關係。兩軍交戰，都是不擇手段，無所不用其極的，甚麼臥底反間之計，只要能有效打擊對手，便會施用。臥底當然令受騙的一方痛恨，可是他們也是奉命行事，對指令他的一方來說，不但不是叛賊，且更是大功臣。」

尹清雅不悅道：「你想說甚麼呢？」

高彥道：「我想說的是，周紹只是個嘍囉，罪魁禍首並不是他，而是桓玄。」

尹清雅怒道：「可是如果不是周紹出賣師父，師父怎會遇害？」

高彥道：「清雅可否換另一個角度去想，周紹只是另一個叫做胡叫天的人，是敵人策略的一部分，我們犯不著爲他強行出兵，致亂了全局。」

尹清雅岔然道：「說到底！你就是不肯陪我去。好吧！我便一個人去找周紹算賬。」

高彥心痛的道：「當然不是這樣，如果雅兒眞的要去，我怎都會和雅兒在一起。」

尹清雅往他瞧去，道：「那你說這麼多話來幹甚麼？」

高彥苦笑道：「因爲我不想仇恨把雅兒徹底改變，我更不想你雙手沾上血污。」

尹清雅呆了一呆，露出思索的神色。

高彥以衣袖爲她揩拭眼角的淚漬，柔聲道：「如果你師父和郝大哥死而有知，定不願看到雅兒心中充滿仇恨。小白雁是最快樂的鳥兒嘛！海闊天高，任你翱翔，生活應是多麼的寫意。這樣你師父和郝大哥才能含笑九泉之下。我們當然不可放過桓玄，抓到周紹亦不會手下留情，但小不忍則亂大謀，我們必須以大局爲重，不要讓兄弟去冒險，現在荊州軍不戰而退，是最理想的情況。異日劉裕統一南方，兩湖的兄弟和百姓人人有安樂的日子過，如此才不辜負你師父和郝大哥對你的期望。」

尹清雅聽得沉默了起來。

高彥堅決的道：「雅兒若仍要去追殺周紹，我高彥絕不會退縮。」

尹清雅忽然俯下嬌軀，雙手摟上高彥的脖子，臉蛋緊貼著高彥的臉頰，顫聲道：「高彥！」

高彥心都融化了，喚道：「雅兒！我會爲你做任何事。」

尹清雅道：「人家甚麼都聽你的。」

高彥道：「那是去還是不去呢？」

尹清雅在他肩上狠咬一口，道：「死小子！人家都說聽你的話了，還有甚麼好去的。」

高彥大喜，又心癢起來，只恨清楚卓狂生正等待他勸說尹清雅的結果，若等到明早才去向老卓報告，既不合情更不合理。暗嘆一口氣，道：「待我去和卓瘋子交代幾句，轉頭便回來陪你。」

尹清雅耳語道：「雅兒睏哩！只想好好睡一覺。」

高彥把她整個人抱起來，朝她的秀榻移動，聽著兩顆心在劇烈的跳動，一時間天旋地轉，不知人間何世。

尹清雅任他把自己放在榻子上，雙眸半睜半閉，玉容像被火灼般又紅又熱，神態誘人至極點。

高彥在她香唇上吻了一下，爲她蓋被子，道：「我很快回來。」

尹清雅「嗯」的應了一聲。

高彥依依不捨地朝艙門走去，來到門前猛一咬牙，不是推門而出，而是鎖上門閂。

第三十七章　江乘之戰

大江南岸，黃昏。

離江乘三十里許處的一座小山崗上，燕飛和劉裕蹲坐草叢之中，目光投往快沒入西山下的夕陽。

劉裕苦笑道：「自離開海鹽後，我的日子實在不知道是怎麼過的，更搞不清楚是痛苦還是快樂？看著勝利不住接近，但我反而有茫然若失的感覺，有時還不曉得自己在幹甚麼？」

燕飛道：「事實上你比任何人都清楚自己在幹甚麼，每一步都顯示出你深謀遠慮，且每一步都沒有犯錯，眼前的成就是你爲自己爭取回來的。」

劉裕頹然道：「可是我總有身不由己的感覺，像被命運之線擺布的木偶。每一步都是險著，每一步都可令我把贏回來的全輸出去，那眞是很大的負擔，而我完全沒有別的選擇。」

燕飛道：「自玄帥看中你的那天開始，你便失去了選擇的自由。我明白你的心境，但只要你想想南方百姓的禍福，全繫於你身上，那受甚麼苦都是値得的。」

劉裕嘆道：「早在玄帥提拔我之前，我便有命運再不屬於我的感覺。還記得我們在汝陰城的相遇嗎？由那一刻開始，我便注定要走上這條沒得回頭的路。老天爺眞殘忍，爲何讓我遇上淡眞呢？」

燕飛說不出話來。

劉裕滿懷感觸的道：「我很痛苦，眞的很痛苦。如果不是沒有時間去想東想西，我怕我眞會發瘋。」

燕飛明白他的心情。

在手下面前，劉裕必須裝出英明神武的模樣，以掩飾其脆弱的一面。可是對著燕飛，他卻不用隱瞞，可盡洩心中情。

劉裕道：「你明白我的心情嗎？當上皇帝又如何？我永不能得回淡眞。我本以爲那是永遠不能彌補的遺憾。可是當我擁著鍾秀的一刻，我生出擁著淡眞的滋味。那感覺是沒法形容的。爲何我會這樣，我是不是不自量力呢？」

燕飛凝望他好半晌，道：「因爲對你來說，鍾秀等於另一個淡眞，且在某一程度上，犯禁的感覺更強烈，當安公和玄帥在世時，鍾秀的確是建康的天之驕女，身分地位比淡眞更顯赫，所以打破禁忌的滋味更無與倫比。對嗎？」

劉裕回想著道：「就在我們赴秦淮樓雨枰台之約的那一天，我們見到淡眞和鍾秀。那時我有一種她們是高高在上的天星的奇異感覺，只能抬頭觀看，但永遠沒辦法把她們摘下來。鍾秀比淡眞更驕傲，有點不大看得起我們，當然！這只是比較而言。淡眞臨別時的笑容和眼神，令我留下深刻難忘的印象，卻只敢暗中偷偷地想她，不敢告訴任何人，怕被人嘲笑我癡心妄想。但老天爺爲何偏要讓我再遇上她呢？這算甚麼娘的命運？」

燕飛見他雙目淚光閃動，知道他正陷於傷痛的回憶裡，不過他眞的找不到安慰他的話，因爲他最明白王淡眞之死對劉裕的沉重打擊。而劉裕今夜如此黯然神傷，與謝鍾秀脫不了關係。

劉裕仰望轉黑的天空，長長吁出一口氣，道：「我是個很有自制力的人，只有兩個人能令我完全失控，一個是淡眞，一個是鍾秀，或許這才是眞正的愛。這個想法令我對文清生出內疚和歉意，也令我更痛苦，我不但要瞞著文清有關任青媞的所有事，還要向她隱瞞心中眞正的感覺。老天爺爲何要陷我於這樣的處境裡？」

燕飛有感而發的道：「那是因爲淡眞在你心中造成的傷痕太深刻了。相信我，幹掉桓玄後，你的感覺會好得多。好好的去愛護文清，她會是個好妻子。當她爲你生下白白胖胖的兒子，一切會改變過來。人是不能永遠活在沉痛的記憶中，那不但會摧毀你，還會摧毀愛你的人。任青媞的事你也不用內疚，因爲你並非平常人，你肩負的是漢族未來的命運，在這大前提下，個人的一點犧牲並不算甚麼。」

劉裕慘然道：「問題在我並不覺得是犧牲，我不但迷戀青媞的肉體、她的風情，還沉迷於她對我的愛，這使我更感內疚。」

燕飛道：「我認爲這是不必要的。任青媞是任何男人都難以抗拒的美女，就當是老天爺對你的一點補償吧！但當然是有條件的，所以你必須克服心中的內疚。」

劉裕默然片刻，沉聲道：「爲何你不提鍾秀？你是否對鍾秀的病情不樂觀？」

燕飛嘆道：「你該明白孫小姐心病的源頭，那也像你心中的創傷般，是沒法縫補的。生老病死，人生便是如此，只是時間的問題。你必須堅強的面對任何情況，因爲你已成爲南方百姓最後的希望，千千萬萬民眾未來的福祉，全掌握在你的手上。」

劉裕目光投往里許外的官道，聽著隱傳過來的馬嘶聲，道：「那是最沉重的負擔，我再不是爲自己活著，我的一舉一動，說的每一句話，都要考慮所帶來的後果和影響。我多麼希望幹掉桓玄後，能隨你去與慕容垂作生死決戰，然後回到邊荒集去，過醉生夢死的生活，過那只有今夕，沒有明天的生活。」

燕飛搖頭道：「這樣的生活，並非你眞心所願，因爲你並不是這種人。好好的愛惜文清，好好的享受任青媞的愛，好好的管治國家，當你見到一切回復安公在世時的繁榮，人人享有安樂的日子，你就會感到甚麼都是値得的。」

劉裕倏地起立，向後方打出手號，守候在崗下的傳訊兵，立即把他的命令傳往後方。

燕飛隨之而起，道：「兄弟！我們每一個人，都有不同的路要走，你走的這條路，套句老卓的話，就是眞命天子之路。老天爺從你這裡取走很多珍貴的東西，但也給了你很多珍貴的東西。人生便是這麼有得有失，而我們唯一可以做的事，就是針對現實的情況，盡力做好自己本分該做的。」

此時大批騎兵從後方密林馳出，在小崗兩邊布陣。

劉裕雙目內傷情無奈的神色一掃而空，取代的是凌厲銳利的眼神，道：「敵人的主力大軍已經起行，且戒心不大，只分兩路行軍，或許因先鋒軍沒有遇上阻截，故誤以爲前路暢通。」

燕飛也目注前方，道：「屠當家的部隊該已進入攻擊的位置。」

兩個親兵牽馬來到他們身後，恭候他們上馬。

劉裕從懷中取出煙花火箭，由燕飛燃點，接著抖手擲往上空，火箭直朝上沖，在離十多丈的高空，爆開一朵金黃的燄光。

劉裕微笑道：「敵人看見我們的煙花信號，會有甚麼反應呢？」

燕飛瞥劉裕一眼，心忖劉裕天生是吃這口戰爭飯的人，這時的他彷彿成了另一個人，再難令他聯想到剛才傷情悲苦的模樣。

答道：「當他們誤以爲我們是從這方向攻擊時，已後悔莫及。」

劉裕喝道：「是時候了！」

兩個親兵牽馬過來，讓他們飛身上馬。

劉裕暴喝一聲，策馬衝下小崗，燕飛緊隨其後。

左右兩軍連忙衝出，隨劉裕和燕飛越過平野，朝官道的方向殺去。

此時官道處已是殺聲震天，顯示屠奉三和宋悲風以一千五百名精銳組成的突襲部隊，已向敵人發動猛攻。

今次的伏擊，他們經過精心的計算，對附近的地勢環境，下了一番研究的工夫。選取的時間也很精準，敵人於午前起行，從江乘出發，到這裡走了近三十里路，正準備紮營休息，再無力對抗養精蓄銳的突襲部隊。

敵軍主力在一萬三千人間，形成逶迤達數里的隊伍。他們雖然人少，但全力攻打一點，只要把對方首尾截斷，那麼任對方如何人多勢眾，也難發揮應有的戰力。

在劉裕和燕飛的領頭下，五百精騎衝過疏林，前方火光處處，官道旁的叢林多處起火焚燒，在火光掩映下，敵方部隊已告不支，隊不成隊，陣不成陣，而屠奉三的部隊則四處衝殺，殺得敵人四散潰逃，再無反擊之力。

劉裕大喝道：「劉裕來了！」領著五百名手下，殺進戰場去。

當第一線曙光出現在巴陵城外的天邊，整座城池已落入兩湖幫手上。

楚軍於初更時分從陸路撤走，還留下七、八艘戰船，大批兵械物資。

當「小白雁」尹清雅領隊入城，城民夾道歡迎，爲她喝采歡呼。

兩湖軍高舉的不但有本幫的旗幟，還有連夜趕製的北府兵旗幟，顯示他們再不只是地方的勢力，而是忠於劉裕的部隊，對穩定人心即收立竿見影的奇效。

高彥、卓狂生和姚猛等擁著尹清雅策馬入城，頗有陪著「公主」出巡的奇異感覺。看得出尹清雅在兩湖一帶的百姓心中，肯定享有金枝玉葉的公主地位。

姚猛發了呆般看著路旁情緒高昂的人群，雙目忽然放光。卓狂生顧著向另一邊的民眾揮手，沒有留意，卻被正左顧右盼的高彥察覺，循姚猛的目光瞧去，登時眼前一亮。

令姚猛失態的是個年輕女子，一身鮮黃色的奪目勁裝，體態均勻，樣貌甜美，看來斯斯文文的，聲音卻叫得比任何人都響，她雖位於人牆的後方，卻因是站在一個箱子上，令她形象更是突出。

高彥拍了卓狂生一記，道：「幫我和小猛看管馬兒。」

卓狂生尚未弄清楚是怎麼一回事時，高彥已跳下馬來，還硬扯著姚猛下馬，就那麼挾持著姚猛往路旁人堆擠進去，登時引起一陣混亂，幸好群眾注意力全集中在尹清雅身上。

察覺有異的尹清雅別頭一看，罵了句「死小子」，便不再在意，繼續行程。

一夜之間，劉裕扭轉了整個形勢。吳甫之率領的部隊，甫離江乘便被劉裕以奇兵伏擊，大敗下退往江乘。豈知北府兵的水師船同一時間全面進犯，載兵於江乘北面登陸，分多路進攻，令敗軍沒法返回城內，變成在城外苦戰之局。

劉裕借馬快之利，趕上吳甫之，親手斬殺吳甫之於江乘城西的羅落橋。城內的皇甫敷率三千兵出城來援，與劉裕激烈交鋒，北府兵將領檀憑之不幸戰死，皇甫敷則被流矢射中，從馬背栽下身亡。

至此楚軍再無力反擊，江乘軍棄城而逃，劉裕進軍建康之路終於廓清。

何無忌等收拾殘局，趁手下處理戰場之際，劉裕、燕飛、屠奉三、宋悲風、孔老大、魏詠之和劉毅等七人，策馬登上羅落橋西面一個小丘之上，遙眺建康的方向。

偉大的建康都城，已在一天馬程的範圍內。

決戰一觸即發。

孔靖道：「我的心情完全改變了，再沒有患得患失的不安感覺，現在只看小劉爺你如何帶領我們去打勝此戰，看怎麼贏得乾脆俐落。」

魏詠之欣然道：「據建康傳來的消息，桓玄已派桓謙及游擊將軍何澹之，進駐覆舟山東北的東陵城，後將軍卞範之，則負責指揮覆舟山的守軍，兩軍總兵力約二萬人，仍有和我們一拚之力。」

劉裕搖頭道：「不！楚兵再也沒有成為我們對手的資格。」

屠奉三皺眉道：「這將是我們和桓玄最後一場決戰，劉帥萬勿掉以輕心。」

宋悲風也道：「只要擊潰覆舟山的楚軍，我們便可直入建康，取桓玄之命。」

劉裕沉著的問道：「建康情況如何？」

魏詠之道：「很奇怪！桓玄把兵力和船隊集中在石頭城，可是如果我們從覆舟山進入建康，石頭城將難起作用。」

屠奉三嘆道：「桓玄是要逃走哩！」

劉毅道：「我們可以水師船隊，攻入建康水域，再封鎖石頭城水段，令桓玄欲逃無路。」

劉裕淡淡道：「桓玄要走，便任由他走吧！他可以逃到甚麼地方去呢？以逆流攻順流，這個險不值得我們去冒，也沒有這個必要。」

接著狠狠道：「我要桓玄死前多受點苦，嘗遍朝不保夕的流亡滋味。」

眾人放下心來，曉得劉裕並沒有因勝而驕，生出輕敵之心。

燕飛道：「建康高門的情況又如何呢？」

魏詠之答道：「除了和桓玄關係密切的高門外，其他人都採觀望的態度。對我們發出討伐桓玄的檄文，大多數人都認爲既合情合理，亦充滿誠意，令他們對我們的疑忌大減。」

宋悲風提出他最關心的問題，道：「我們何時進軍覆舟山？」

劉裕輕鬆的道：「今晚如何？」

眾皆錯愕。

誰都曉得事不宜遲，要趁士氣高昂之際，乘勝進軍，以雷霆萬鈞之勢，一舉摧破桓玄在覆舟山最後的防線，但誰都沒想過，今晚便動身起行。

燕飛道：「是否快了點呢？」

劉裕胸有成竹的道：「你們感覺到如果今晚進軍，會過於急促，那就表示敵人也會這麼的去推斷。當覆舟山的敵人，明早起來，見到我們大軍殺到，且旌旗似海，軍容鼎盛，會有何反應呢？」

孔老大道：「最怕是對方趁我們趕了一晚路，人疲馬困之時，突施反擊，我們可能會吃大虧。」

劉裕微笑道：「他們敢嗎？」

燕飛心生感慨，這時的劉裕，和昨晚向他傾訴心事的劉裕，活像兩個不同的人。而這正是劉裕的特點，當面對敵人，他便變成精明厲害、冷靜沉著的統帥，個人煩惱，再不能對他生出影響。

屠奉三道：「絕對不敢。敵方的主事者當然是桓謙，我清楚桓謙是怎樣的一個人，他絕不敢主動來攻。」

劉裕道：「桓謙根本摸不清我們的實力，尤其是天師軍已破，我們可從南面抽調大批的軍隊投入這場戰爭去，今回我們是師法玄帥淝水之戰的故智，巧布疑陣，令敵人不敢強攻。方法很簡單，我們派出數十隊騎兵，遍插旌旗於覆舟山東面各處山頭，至於我們的主力部隊，則由戰船送至覆舟山之西，切斷覆舟山和建康之間的聯繫，好省去我們的腳力，天亮後我們開始進攻，不容楚兵有喘息的機會。」

屠奉三讚嘆道：「好計！」

劉裕道：「敵方軍心已亂，速戰速決是我們最佳的策略，如讓桓玄回過氣來，覆舟山的敵軍再次完成部署，建立起堅固的堡寨，我們要攻破這道防線便很吃力。正如淝水之戰，宜速不宜遲。畢竟，現時我們能動用的兵力，仍及不上桓玄。」

劉毅不解道：「桓玄不是常自誇英勇無敵嗎？為何不披甲上陣，到覆舟山與我們正面交鋒呢？」

眾人目光都落在屠奉三身上，在場沒有人比他更了解桓玄。

屠奉三望著覆舟山的方向，滿懷感觸的道：「因為他已嗅到失敗的氣味，不但失去了信心，且比任何人都更愛惜自己的小命。桓玄呵！你想不到會有今日吧！」

第三十八章　以武會友

平城。

拓跋珪獨自一人在內堂吃早點，思索著燕飛向他傳遞的密信。

荒人遠道送來的糧資，對他非常重要，令他更有信心和慕容垂周旋，可是他仍是想不破慕容垂的手段。燕飛在密函中提及紀千千沒法再和他作心靈傳訊，由此可推知紀千千正處於異常的情況下，故沒法集中精神，又或情況不容許她進行這方面的事。

他明白在風雪裡行軍的苦況，在天寒地凍裡人會變得軟弱和沮喪，體能直線下降，肉體的苦況，會直接影響紀千千的精神狀態，令她難以向燕飛發出信息。

慕容垂怎敢冒這個險呢？

此時崔宏進來道：「向雨田來了。」

拓跋珪精神一振，道：「他在哪裡？」

崔宏道：「就在門外。」

拓跋珪大喜道：「請他進來！」

高彥和姚猛兩人垂頭喪氣地來到太守府正門外。

姚猛嘆道：「唉！他奶奶的！怎會這樣的呢？明明看到她在那裡，擠過去時她卻像忽然消失了，怎麼都找不到。我這算甚麼運道？」

把門的兄弟見兩人來到，不住地呼喚高爺、姚爺，態度既親切又尊敬。

高彥一邊忙著和他們打招呼，一邊探手搭著姚猛肩頭，推著仍心有不甘的他進入太守府，安慰道：「放心吧！只要你的未來嬌妻仍在城內，我便有辦法找到她。現在我們先去見雅兒，由她發下命令，要全幫的兄弟搜遍全城。她的衣著這麼容易辨識，像她這種美女又是萬中無一，能躲到哪裡去？」

姚猛患得患失的道：「找著又如何呢？她未必看得上我。」

高彥皺眉道：「怎麼對自己這麼沒有信心？哈！有我指點，保證你可以俘虜她的芳心。不知她是何家的閨女，如此美人兒在巴陵肯定是街知巷聞，應該很容易找得到。看樣子她也懂兩下功夫，否則不會穿得像個女俠的模樣。哈！貌美如花、武功高強，你這小子走運哩！」

姚猛頹然道：「找到她再說吧！我真的沒有信心。」

高彥不悅道：「有老子支持你，還這麼沒信心？」

姚猛沒好氣的道：「我正是對你沒有信心。」

兩人進入大堂，程蒼古、卓狂生、老手和七、八個兩湖幫的頭領圍坐一桌，正喝酒慶祝，高聲談笑，充盈勝利的熾熱氣氛。

卓狂生見兩人來到，罵道：「你們兩個小子滾到哪裡去了，還不過來喝酒？」

高彥神氣的道：「我們有至關緊要的正事要辦，沒空應酬你。我的小白雁飛到哪裡去了？」

有人應道：「尹幫主在內院堂……」

高彥不待那人把話說完，便拉著姚猛要從大堂後門離去。

卓狂生大聲道：「你曉得內院堂在哪裡嗎？太守府這麼大……」

高彥不耐煩地截斷他道：「你是第一天到江湖來混的嗎？竟不知有一招叫投石問路？在現今的形勢下，當然不用丟石頭，只須問路。看我的！」

剛好兩個兩湖幫兄弟迎面而至，高彥連忙截著他們問道：「請問兩位大哥，內院堂在哪裡呢？」

其中一人恭敬答道：「內院堂有三個，就是中內院堂和東、西兩個內院堂，不知高爺要找哪個院堂呢？」

姚猛狠瞪高彥一眼，道：「我們想找尹幫主。」

那人也是機靈，先要夥伴繼續去辦事，然後爲他們帶路，來到後園的入口處，道：「幫主就在園內的聚香居，她……」

高彥不待他說畢，便道：「多謝多謝！不用再勞煩你了。」

那人欲言又止，見他一副匆忙的神色，只好去了。

高彥情緒興奮，搭著姚猛進入小園，入目是一座書齋似的建築物，小白雁的嬌聲隱隱傳來。

高彥揚聲道：「我的雅兒，高彥來哩！」

尹清雅的聲音從建築物內傳出來道：「你這小子滾到哪裡去了，竟半途開小差，是否知罪？」

高彥邊推著開始感到尷尬的姚猛朝入門處走去，邊道：「雅兒有所不知，我高彥實乃義薄雲天之輩，爲朋友可以兩肋插刀，赴湯蹈火。哈！剛才姚猛那小子在路上見到一黃衣女子，像雅兒般的年紀，登時驚爲天人，神魂顛倒，徹夜不能眠、茶飯不思。只恨伊人忽然無影無蹤，所以來求雅兒下令，要兄弟們搜索全城，務必要把令小猛心儀的美人兒尋得。」

尹清雅「格格」的嬌笑起來，然後忍著笑，大聲道：「你這小子眞誇大，小猛尙未有機會喝茶、吃飯和睡覺，你怎知他的單思症嚴重至不眠不食。你這蠢蛋，滾進來看看吧！」

高彥和姚猛聽得面面相覷，尹清雅要他們進去看甚麼呢？登時大感不妥當。

此時二人剛步上石階，來到書齋入口處，往內瞧去，立即同告魂飛魄散，以高彥臉皮之厚，亦吃不消；姚猛更不用說，窘得想找個地洞鑽進去。

門內是個小廳堂，放了張圓桌子，尹清雅並不是單獨一人，那坐在她身旁的人，正是他們遍尋不著的黃衣美女。此刻的黃衣女正霞燒玉頰，又羞又氣又好笑的狠瞪著兩人。

尹清雅笑彎了腰，指著黃衣女道：「是不是她呢？」

黃衣女大嗔道：「連清雅你也來笑人家。」

高彥回過神來，連忙補救道：「這叫踏破鐵鞋無覓處，得來全不費工夫，多謝老天爺幫忙。哈！姚猛你還不過來見過這位……嘿！這位姑娘，快爲我們的無禮賠罪。」

姚猛心忖你犯錯卻要我去承擔，這算哪門子的道理，不過卻是沒有選擇，趨前一步躬身道：「姑娘請恕我們不敬之罪。」

尹清雅仍笑個不休，辛苦的道：「你們說的全是讚美她的話，何罪之有？還不滾過來坐下，這位是我自幼相好的金蘭姊妹左倩兒，乃鄱陽湖首富左公亭的獨生愛女，她知道我幫出事後，便到此來找我，想看看可以幫上甚麼忙，剛好趕上我們隆重的入城禮。」

兩人這才恍然，明白爲何左倩兒在街上叫得比任何人都要賣力，原來是爲自己的好姊妹打氣喝采。

坐好後，尹清雅笑著向垂下頭去的左倩兒道：「你覺得姚猛這小子如何？長得還不錯吧！他是邊荒集夜窩族的領袖，吃喝玩樂無所不精，保證不是悶蛋。」

高彥和姚猛聽得發起呆來，這樣的介紹也算別開生面了。

左倩兒終於抬起頭來，目光投在姚猛身上，打量他好半晌後，淡淡的道：「但是武功如何呢？」

尹清雅欣然道：「你道邊荒集是甚麼地方呢？沒有兩下子，如何在那種弱肉強食的地方出人頭地。」

左倩兒一雙大眼立時明亮起來，興致勃勃道：「先過兩招看看，看你是否夠資格？」

高彥和姚猛對看一眼，同時起鬨怪叫。

拓跋珪和向雨田隔桌對坐，互相打量片晌，拓跋珪微笑道：「幸好向兄不是我的敵人，否則會令我更難安寢。」

向雨田訝道：「拓跋族主竟有失眠的問題嗎？」

拓跋珪避而不答，道：「向兄來得真快，昨夜我才派人在平城城牆的西北角懸掛三盞綠燈，今天向兄便來了，向兄果然是守信的人。」

向雨田道：「我一直留在附近，晝伏夜出，留意平城一帶的情況。」

拓跋珪欣然道：「風雪對向兄沒有影響嗎？」

向雨田道：「當然有影響，卻是好的影響，我習慣在惡劣的天氣和環境下修行，可收事半功倍之效。」

拓跋珪動容道：「向兄眞是奇人，難怪小飛對你推崇備至。」

向雨田坦然道：「我不習慣被人稱讚，拓跋族主請勿說客氣話了。今回召我來，有甚麼用得上我的地方？」

拓跋珪忽然岔開道：「萬俟明瑤眞的回到沙海去了嗎？」

向雨田點頭道：「確是如此！拓跋族主可以放心。」

拓跋珪雙目射出惆悵無奈的神色，道：「如果我不是身負本族興亡之責，我會設法追上她，現在卻是緣慳一面，小飛在這事上並沒有對我盡兄弟的情義。」

向雨田目光灼灼地注視他，淡淡道：「相見爭如不見，有點保留，反而最美，燕兄只是為你著想。」

拓跋珪大奇道：「你和燕飛顯然沒有蓄意配合過，為何語氣卻如出一轍，究竟是怎麼一回事，難道萬俟明瑤變醜了？」

向雨田苦笑道：「她不但沒有變醜，她的美麗仍是可令任何男人神魂顚倒。不過燕兄的確是為你好，明瑤的心已隨她深愛的男人死去了，我們最明智的做法，是讓她在沙海安靜地生活，千萬勿要惹她。」

拓跋珪雙目射出忌妒的神色，冷然道：「她的男人是誰？」

向雨田呆了一呆，才道：「拓跋族主最好永遠不要知道，而死者已矣！此事就這樣終結吧！」

拓跋珪苦笑道：「我失態哩！向兄勿要見笑。」

向雨田道：「沒有關係，我不會笑你。」

拓跋珪沉吟片刻，道：「今回請向兄出來，是想要向兄幫一個大忙。」

向雨田忽道：「拓跋族主完全信任我嗎？」

拓跋珪微笑道：「我是絕對的信任向兄，因爲燕飛也絕對的信任你，雖然我不明白你們之間的關係。」

又皺眉道：「爲何問這個問題？」

向雨田道：「因爲我全心全意的希望你們能擊敗慕容垂，把紀千千救回來。所以我想弄清楚拓跋族主對我信任的程度，以免將來誤事。看拓跋族主的眼睛便知道，拓跋族主是不會輕易信任人的。」

拓跋珪欣然道：「那我便直話直說。於十多天前，慕容垂忽然冒著風雪離開滎陽，不知去向，我必須弄清楚他的行蹤，否則這場仗我們會輸得很慘。」

向雨田道：「中山方面可有異動？」

拓跋珪露出欣賞的神色，答道：「中山的燕軍正作大規模的調動，由慕容隆指揮的龍城兵團，正在中山集結。」

向雨田點頭道：「慕容垂又再次玩弄他奇兵突襲的手段了。」

拓跋珪嘆道：「我眞不明白，際此風雪交加之時，慕容垂竟敢冒險行軍？」

向雨田道：「只要預先選擇地點，做好防風雪的措施，便可以分段行軍，把人馬的損失減至最低。」

拓跋珪欣然道：「和向兄說話，確實爽快，我也是這麼想。現在我們的問題是沒法掌握慕容垂軍隊的行進路線，如待風雪忽停，慕容垂的大軍忽至城下，此戰我們必敗無疑。我請向兄來，就是想請向兄先一步找到慕容垂主力大軍所在，讓我們可以其他手段，應付慕容垂。」

向雨田點頭道：「我明白了！燕飛何時回來呢？」

拓跋珪道：「只要他能於南方的帝權爭奪戰中抽身，會立即回來，現在荒軍亦準備就緒，隨時可以從水路北上。」

向雨田道：「此事包在我身上。我對慕容垂會從哪個方向來，心中已有個大概，只待查證。當我完全掌握敵人的情況，會立即來向拓跋族主報告。」

拓跋珪道：「你猜慕容垂會從哪個方向來呢？」

向雨田笑道：「當然是從我們料想不到的方向來，愈沒有可能的，愈有可能，如此方可令我們陣腳大亂。拓跋族主沒有信心守住平城嗎？」

拓跋珪苦笑道：「我們的兵力，並不足以同時保著雁門和平城兩城，故只好放棄雁門。如在春暖之時，慕容垂大軍忽至，而我們則閉城死守，平城會被重重圍困，加上燕兵再源源不絕地從中山開來，我們必敗無疑。」

向雨田道：「我了解了！」

拓跋珪皺眉道：「向兄仍未告訴我你心中的猜測。」

向雨田道：「只是止於猜測，所以我不想說出來。這些日子來我並不閒著，我走遍以平城為中心的數百里範圍，並猜想燕軍會從何處攻來。現在把腦子轉轉，當時實地觀察認為燕軍最不可能從那處攻來的地方，便是最被我懷疑之處。」

拓跋珪道：「何不說出來大家參考呢？」

向雨田笑道：「我怎會瞞拓跋族主呢？燕飛的兄弟，便是我向雨田的兄弟。我認爲慕容垂最能出乎我們意料之外的進軍路線，是越青嶺、過天門，然後直指雲中，那麼到慕容垂兵臨城下，我們才會如夢初醒。」

拓跋珪失聲道：「那是不可能的。」

向雨田笑道：「慕容垂乃名震北方的無敵統帥，沒有人比他更明白此仗勝敗的關鍵，就是以奇兵突襲平城和雁門，並重重圍困拓跋族主，如此方有殺死拓跋族主的可能。否則拓跋族主見勢不妙，撤返盛樂，將令他大費周章。平城更非甚麼難攻的堅城，遠比不上洛陽、長安那級數的大城。慕容垂確實了得，明白風雪不但影響行軍，更可把拓跋族主困在這裡，除非拓跋族主肯拋下城中軍民，孤身逃遁，否則若讓慕容垂計策成功，確如拓跋族主所說般，此戰有敗無勝。」

拓跋珪道：「可是五迴山的青嶺、天門，萬峰擎天，處處懸崖峭壁，山徑筆直上升，於大雪封路之時，更是舉步維艱，龐大的軍隊如何可以穿越？」

向雨田道：「看似沒有可能吧！所以最初我也認爲不可能，但這條路線的另一優點，是穿越天門後，一路都有山野掩護，可神不知鬼不覺直抵青嶺，秘密藏軍而不虞會被我們察覺。如此當慕容垂突然發動，可攻我們一個措手不及，說不定平城會被慕容垂一舉攻破。」

拓跋珪雙目閃閃生輝道：「這件事只有勞煩向兄，亦只有你有能力辦得到，我不但要弄清慕容垂的動向，還要掌握龍城軍團的調動。向兄爲我做的事，我拓跋珪永遠不會忘記。」

向雨田微笑道：「只是舉手之勞吧！大家兄弟，客氣話不用說了。」

又道：「拓跋族主今晚該可以好好睡一覺，如我讓慕容垂的大軍兵臨城下時，拓跋族主方曉得，我向雨田三個字以後倒轉來寫。我去了！」

第三十九章　天命難違

數以百計的戰船，乘著黑夜，在大江逆流而上，軍容鼎盛，令人望之生畏，似在預示以劉裕爲首的北府兵團，已成無可阻擋之勢。

敲門聲響。

屠奉三道：「進來！」

劉裕推門而入，把門關上，到屠奉三身旁坐下，道：「在想誰呢？」

屠奉三嘆道：「劉帥猜得對！我正在想她，多年來我從沒有牽腸掛肚的去想一個人，淑莊是唯一的例外。」

劉裕很難想像當李淑莊變成依人小鳥時，會是怎麼一副動人的模樣，因爲他印象中的李淑莊，潑辣厲害，永不肯認輸。道：「不要再劉帥前、劉帥後的喚我，很刺耳。我們不但是戰友，還是兄弟，對嗎？」

屠奉三笑道：「這是你贏回來的。我很少對人心悅誠服，你是其中一個例外，另一個是燕飛。燕飛眞的很夠朋友，當日他陪高小子到兩湖去找小白雁，我只以爲他在發瘋，今天才眞正清楚他是怎樣的一個人，沒有他，我和淑莊是不可能有結果的。」

又道：「你該曉得我並沒有知會司馬元顯，你若要怪我，便怪我吧！」

劉裕苦笑道：「這叫陰錯陽差。我的確有一陣子曾生你的氣，但明白你是爲我好之後，氣早消了。」

屠奉三道：「我自問一向是但求目的、不擇手段的人。可是邊荒集改變了我，所以我才會忍不住把此事說出來，否則心裡會不舒服。其實我當時還請王弘爲我圓謊。」

劉裕搖頭嘆道：「過去的事不用再提。」

屠奉三道：「我對任后非常感激，如果不是她肯送我丹方，淑莊便不會因我顯示出來的誠意而被打動。」

劉裕欣然道：「多謝你爲青媞說好話，只要她眞的一心對我，我是會好好待她的。」

屠奉三道：「時間會告訴你一切，我相信她是有誠意的，她是個聰明的女人，曉得如何爲自己爭取快樂和幸福。」

劉裕道：「世事眞令人難以逆料，怎想得到青媞提出的計畫，會達致如此理想的效果，既打擊了桓玄，也玉成青媞的心願，又使你和李淑莊兩個有情人成爲眷侶。」

屠奉三道：「換了任何一種情況，我和淑莊也不可能有這種發展，她正處於最異常的狀況。因爲錯把籌碼押在桓玄身上，致辛苦經營的優勢一朝盡喪，她正處於生命最低潮，只想取得秘方，找個安靜的地方以丹藥麻醉自己，好度過餘生。就在此刻我出現了，還設法成全她。」

劉裕道：「我看她眞正動心的一刻，是當你向她揭露眞正身分之時。因爲她清楚屠奉三是怎樣的一個人，而你竟肯爲她改變心狠手辣的一貫作風，可見你對她的眞心眞意，是絕對無可懷疑的。任何人都有脆弱的一刻，而你老哥卻在她最脆弱的一刻，無私地向她作出奉獻，她不心動才怪。」

屠奉三笑道：「想不到你對她這麼了解。與她一起時的感覺的確美妙動人，不瞞你說，由見到她的那一刻開始，我一直苦苦克制自己，怕被她的媚術所惑，現在她的媚術反變爲我生命中最大的樂趣。」

劉裕又嘆了一口氣。

屠奉三關切的道：「不要想那麼多，明天將是與桓玄鬥爭的轉捩點，當我們破掉覆舟山的防線，桓玄便大勢已去，從此陷於挨打的局面，永遠失掉翻身的機會。」

劉裕仍是頹然無語。

屠奉三道：「當你親手宰掉桓玄的一刻，你會發覺過去真的變成了過去，一切從那一刻重新開始。你一定要設法讓自己投入新生活去，好好的去愛大小姐，一邊享受與任后的秘密戀情，老天爺負你太多了，你千萬不要自責，只要問心無愧便成。」

劉裕道：「希望我辦得到。」

屠奉三緩緩道：「你一定辦得到的，更不可能的事你都辦到了。我現在心情很好，非常興奮，這是我多年來不曾有過的情緒，我期待踏足建康的一刻，桓玄若是死守建康正合我意，不過能看著他夾著尾巴逃回江陵去，我已感此生無憾。」

又別過頭來凝望著劉裕道：「勝利的喜悅將掩蓋一切，當你看到南方的百姓重過繁榮安定的日子，個人的得失再不會放在心上，這樣才可以當個好皇帝。」

劉裕道：「你會回來找我喝酒嗎？」

屠奉三坦然道：「我真的不知道，所以沒法回答你。」

劉裕道：「不論如何，屠奉三永遠是我劉裕的兄弟和知己。唉！我真捨不得你。你會到邊荒集定居嗎？」

屠奉三道：「機會很小。邊荒集那種生活方式，對我來說，擁有過便足夠。我大概會換一換生活的環境，過些寧靜的生活。」

劉裕沒再說話。

姚猛進入內堂，垂頭喪氣的在卓狂生和高彥身旁坐下，道：「完了！」

卓狂生愕然道：「完了？你不是說笑吧！人家姑娘擺明是來一招比武招親，而你則表現超卓，任她大姑娘使盡十八般武藝，你仍八面威風，處處牽制著她，令她馴如羔羊的隨你去遊山玩水，現在卻來說完蛋，難道你多年的泡妞道行，竟不懂談情說愛，討人家姑娘的歡心嗎？」

姚猛神情古怪的道：「問題不在我，而是出在她爹身上。倩兒說她爹絕不容她嫁胡人，而老子我正是不折不扣的胡人。她爹只想她嫁給建康的權貴，而我偏又不是建康的權貴，只是個無法無天的荒人。」

高彥鼓掌道：「老卓錯怪你了，原來你這小子如此有本事，只一天工夫，便和倩兒到了談婚論嫁的地步。這事多麼容易解決呢！用我那招便成，一口氣把生米煮成熟飯，待她有了身孕，哪由得她的爹不答應。」

卓狂生啐道：「你這小子真不長進，虧你想得出這蠢辦法來，你當倩兒的爹是荒人嗎？你當倩兒是隨便的女兒家嗎？此法萬萬不行。」

轉問姚猛道：「倩兒現今在哪裡？」

姚猛道：「她去找清雅，說要和她共寢夜話。」

高彥失聲道：「甚麼？那我……」

卓狂生截斷他道：「分開一天半天算甚麼鳥事，兄弟的終身幸福才是大事。」

高彥俯首受教道：「對！對！是我錯！」

姚猛道：「誰錯都好！唉！老子的問題全是死結，根本沒有解決的辦法。」

卓狂生道：「首先要弄清楚一件事。」

姚猛道：「甚麼事呢？」

卓狂生道：「你是否對她動了真情呢？」

姚猛微一錯愕，然後有點尷尬的道：「唉！該怎麼說呢？她不是不好，可是我和她卻是風馬牛不相及的兩種人，生活習慣完全不同。她懂的我不懂，我懂的她作夢也未想過。」

高彥一呆道：「你和她不是一見鍾情嗎？」

姚猛苦笑道：「和她在一起時，時間過得真快，我的確很開心，不過……」

卓狂生皺眉道：「不過甚麼？」

姚猛苦笑道：「不過為了她未來的幸福著想，我認為我和她的事該就此告一段落。縱然她爹不反對我們的事，可是要我這麼一個胡人，活在漢人的地方，還要守他們的禮節和規矩，這和受刑根本沒有分別。我還是情願回到屬於我的邊荒集去，去過夜窩族的生活。現在她對我雖然不錯，只是因對我生出好奇心吧！想知道多點關於荒人的事。這事我決定了，我是沒法離開邊荒集的。老卓該比任何人更明白我。但我會永遠記著她，在我心中，她將永遠是最美好的。」

卓狂生和高彥你看我我看你，一時都說不出話來。

《邊荒傳說》卷十四終

國家圖書館出版品預行編目資料

邊荒傳說／黃易著. --初版.--台北市 ：
蓋亞文化，2015.09－
冊; 公分. --

ISBN 978-986-319-163-6 (卷14 : 平裝)

857.9　　104000521

邊荒傳說

卷14

新編完整版

作者／黃易
封面題字／錢開文
裝幀設計／克里斯
出版／蓋亞文化有限公司
地址◎台北市103赤峰街41巷7號1樓
電話◎（02）25585438　傳眞◎（02）25585439
部落格◎gaeabooks.pixnet.net/blog
服務信箱◎gaea@gaeabooks.com.tw
投稿信箱◎editor@gaeabooks.com.tw
郵撥帳號◎19769541　戶名：蓋亞文化有限公司
法律顧問／義正國際法律事務所
總經銷／聯合發行股份有限公司
地址◎新北市新店區寶橋路二三五巷六弄六號二樓
電話◎（02）29178022　傳眞◎（02）29156275
初版一刷／2015年09月
定價／新台幣 280元
Printed in Taiwan

ISBN／978-986-319-163-6